深圳匠魂

旧风车书轩 编著
辜承福 主编

· 第一辑 ·
· 上 ·

深圳报业集团出版社

出 品 人：胡洪侠
责任编辑：彭春红　魏孜文
技术编辑：王　鹏　叶怨秋
装帧设计：弘言文化

图书在版编目（CIP）数据

深圳匠魂：第一辑．上 / 旧风车书轩编著；辜承福主编．— 深圳：深圳报业集团出版社，2023.8
ISBN 978-7-80774-069-8

Ⅰ．①深… Ⅱ．①旧… ②辜… Ⅲ．①报告文学 – 作品集 – 中国 – 当代 Ⅳ．① I25

中国国家版本馆 CIP 数据核字（2023）第 115977 号

深圳匠魂·第一辑·上
SHENZHEN JIANGHUN DIYIJI SHANG

旧风车书轩　编著

辜承福　主编

朱熳青　执行主编

深圳报业集团出版社出版发行

（518034 深圳市福田区商报路 2 号）

深圳市和谐印刷有限公司印制　新华书店经销

2023 年 8 月第 1 版　2023 年 8 月第 1 次印刷

开本：787mm×1092mm　1/16

总字数：900 千字　总印张：42.5

ISBN 978-7-80774-069-8 定价：153.00 元（共两册）

深报版图书版权所有，侵权必究。
深报版图书凡有印装质量问题，请随时向承印厂调换。

以工匠精神铸就中华民族伟大复兴

——《深圳匠魂》丛书总序

王京生

闻悉深圳报业集团出版社等单位联合出版《深圳匠魂》丛书，甚感欣慰。深圳作为建设中国特色社会主义先行示范区，40年蓬勃发展的雄厚积淀中，涌现出这一批新时代的深圳匠人。为这些工匠精神的代表人物著书立传，也是贯彻习近平总书记在深圳经济特区建立40周年庆祝大会上重要讲话的精神，提升深圳文化软实力的需求。

习近平总书记强调，供给侧结构性改革的根本目的是提高社会生产力水平，落实好以人民为中心的发展思想。"要从生产领域加强优质供给，减少无效供给，扩大有效供给，提高供给结构适应性和灵活性，提高全要素生产率，使供给体系更好适应需求结构变化。"《中国制造2025》指出，没有强大的制造业，就没有国家和民族的强盛，打造具有国际竞争力的制造业，是我国提升综合国力、保障国家安全、建设世界强国的必由之路。

中华文明之所以在世界上广泛地为人所知并大放异彩，除了中华文化博大精深外，起初引起人们直接兴趣的，恐怕还是来自中国的产品。中国器物之精美冠绝一时，并长时间地引起世界震惊，由此世界便开始了对中华文明的尊崇，并引发了经久不衰的"东方热"。而工匠精神的可贵和对今天的重大意义也在于此。

无论是工匠所制造的产品，还是工匠精神所体现的职业道德，乃至背后人的素质，都与一个民族的尊严、生存与发展有着密不可分的关系。实际上，中华民族艰苦奋斗、坚韧不拔、追求卓越的民族气质，恰恰是工匠精神的重要内容。正是由于工匠精神的式微，才导致今天中国一系列的产品问题和社会问题。

工匠精神一直流淌于中华民族的血脉之中，一部中华文明史凝聚着历朝历代工匠们的智慧和创造，如同诸子百家造就了中华民族思想天空的群星灿烂一样，工匠精神也造就了我们民族的百业兴旺、空前繁荣，同样是星光璀璨。

工匠精神是一种在设计上追求独具匠心、质量上追求精益求精、技艺上追求尽善尽美的精神，蕴涵着严谨、耐心、踏实、专注、敬业、创新、拼搏等可贵品质。工匠精神体现于各行各业，体现在企业家和劳动者的价值追求与综合素质上，落实在产品的质量和生产的各个环节上。

工匠精神与创新精神并行不悖，既相互联系、相互统一，又相互平衡、互为补充。一方面，创新精神需要工匠精神作为支撑，另一方面，工匠精神以创新精神为动力。创新精神更强调灵动的思想、瑰丽的奇想和义无反顾的态度。而工匠精神更强调细节、锲而不舍和永不满足的审美意识。就商业价值而言，创新精神更多体现在商品的跨越式发展上，工匠精神更加强调产品的质量、稳定和完美。在创新创业浪潮下，工匠精神既能够很好地矫正其中的非理性、运动式的行为，又能够促进新经济实现跨越式创新发展，并促进传统经济增质、提效和转型。

一国之产品质量，往往被视为一国之文明程度；一国产品之信誉，往往体现一国之国民尊严。也许有人觉得，这是夸大其词。但纵观世界文明史，我们就会发现，在世界贸易中，那些生产的器物、艺术品被他国广泛使用、欣赏乃至推崇的民族，它的文明也在世界上占有一席之地。马克思主义观点也认为，消费不再是一种纯粹的经济行为，而是一种生活方式，一种具有象征意义的文化行为。

时任国家总理李克强同志代表国务院向十二届全国人大四次会议作政府工作报告时首次正式提出："鼓励企业开展个性化定制、柔性化生产，培育精益求精的工匠精神，增品种、提品质、创品牌"。在第二届中国质量奖颁奖大会上，总理强调，弘扬工匠精神，勇攀质量高峰，打造更多让消费者满意的知名品牌，让追求卓越、崇尚质量成为全社会、全民族的价值导向和时代精神。"工匠精神"一经提出，便引起社会各界热议，受到各行各业的一致认可。从推动"大众创业万众创新"到实施"中国制造2025"，乃至实现民族复兴，无不呼唤着工匠精神。

《增广贤文》有言："良田百顷，不如薄艺在身"。《考工记》记述："知者创物，巧者述之守之，世谓之工。百工之事，皆圣人之作也"。蜿蜒万里的长城、栩栩如生的秦陵兵马俑、被称为"臻于极致的青铜典范"的四羊方尊、绚丽神秘的敦煌壁画和彩塑、巧妙绝伦的赵州桥……这些珍贵的历史遗存无一不是工匠精神的化身。又比如中国红茶，曾经成为欧洲皇室贵族的标签。小仲马在《茶花女》中描述："你连中国红茶都喝不起，还算什么贵族？"现在国人一窝蜂地到国外去买奢侈品，殊不知历史上，中国的产品曾经被西方顶礼膜拜，我们曾是名副其实的奢侈品出口大国呢！

制造业是国民经济的主体，是立国之本、兴国之器、强国之基。

强国必须先强质。追求精益求精、质量至上的工匠精神是制造业的灵魂，必须把工匠精神与创新精神作为强国战略的两大支柱。唯有如此，才能实现中国制造向中国创造的转变，中国速度向中国质量的转变，中国产品向中国品牌的转变，才能完成中国制造由大变强的战略任务。

要营造精益求精的良好社会风尚。工匠精神不单要成为制造业的发展准则，也要成为社会文明的价值导向。政府要做好示范引导，让敬业执着、脚踏实地、精益求精成为个人和各行各业自觉的价值追求，为工匠精神厚植土壤，使其转变为每位公民安身立命的精神气质，锻造国家和社会的风骨与脊梁。要在全社会弘扬劳动光荣、技能宝贵、创造伟大的时代风尚，形成"崇尚一技之长、不唯学历凭能力"的良好氛围。要注重发挥市场的力量，完善市场监督和淘汰机制，实现优胜劣汰。

正所谓，合抱之木，生于毫末；九层之台，起于累土；千里之行，始于足下。天下难事必作于易，天下大事必作于细。从个人、社会到国家，无论是创新创业之路，还是民族复兴大业，都需融入务实求精的工匠精神。唯有如此，我们的民族方能赢得更多尊重，中华文明方能焕发出更加璀璨的光辉。

在此期待《深圳匠魂》丛书的编撰工作，能够贯注工匠精神，精耕细作，早日为广大读者奉献出一批时代感强、高度提升民族自豪感的读物，真正让工匠精神深入人心，并成为激励各行各业履行规范、持之以恒、守业创新的动力，让民众为中华民族伟大复兴而发愤图强。

（作者曾任中共深圳市委常委、宣传部部长，联合国教科文组织"孔子奖章"获得者、国家文化艺术智库特聘专家、深圳读书月组委会总顾问）

前　言

中国历史上工匠延绵不绝，技艺精湛的鲁班、"游刃有余"的庖丁、造纸的蔡伦、发明地动仪的张衡等，一直都是古代工匠的代表。近几年热门的纪录片《大国工匠》《我在故宫修文物》里，也介绍了不少拥有顶尖技艺的一线技术工人，介绍了那些从事珍贵古漆器、镶嵌、织绣、木器、青铜、瓷器、书画修复的技术人员，他们都有着手艺人的特质——耐心、专注、坚持。中国有着悠久的手工业传统，在科技高速发展的今天，有些技艺依然不能被替代，工匠从不曾消失，但工匠精神的式微和缺乏，成为当今中国社会稀缺和呼唤的东西。

工匠精神一直流淌于中华民族的血脉之中，一部中华文明史凝聚着历朝历代工匠们的智慧和创造。2016年，李克强总理代表国务院向十二届全国人大四次会议作政府工作报告时，首次提出："鼓励企业开展个性化定制、柔性化生产，培育精益求精的工匠精神，增品种、提品质、创品牌。"总理大力提倡"工匠精神"，强调要推动"中国制造"完成一场"品质革命"，确保中国经济保持中高速迈向中高端。让追求卓越、崇尚质量成为全社会、全民族的价值导向和时代精神，着力把"中国制造2025""互联网+"和大众创业万众创新紧密结合起来，弘扬工匠精神将带动中国从"制造大国"走向"制造强国"。促进企业精益、提高质量，使认真、敬业、执着、创新成为更多人的职业追求。

2022年4月，习近平总书记致首届大国工匠创新交流大会的贺信提到："技术工作队伍是支撑中国制造、中国创造的重要力量。我国工人阶级和广大劳动群众要大力弘扬劳模精神、劳动精神、工匠精神，适应当今世界科技革命和产业变革的需要，勤学苦练、深入钻研，勇于创新、敢为人先，不断提高技术技能水平，为推动高质量发展、实施制造强国战略、全面建设社会主义现代化国家贡献智慧和力量"。

纵观当今世界，正处于大变局的时代，全球制造业一直竞争激烈，中国制造也不落人后。特别是深圳经济特区成立40周年后，深圳再出发，同时也面临新的挑战：企业转型升级、品牌价值重塑、精神文化复兴。唯有秉持"工匠精神"，做匠人持匠心，实现自我价值的同时实现社会价值，树立一种追求极致完美的人生态度和人格素质，方能成就卓越创造非凡。

深圳不是一天建成的，改革开放的40年令她成为处于前沿的国际化大都市。她的繁荣昌盛，离不开生活在这里每一个人的付出，其中就有这样一群人，在生产实践中怀匠心、践匠行、出匠品、做匠人，择一事终一生的"工匠精神"蔚然成风。他们精益求精的刻苦精神，充分展现着劳动之美、精神之美、时代之美，他们是这个时代最优秀的深圳匠人。这批涌现在不同领域的技术人才，个个身怀绝技，拥有家国情怀、高度的专业精神，崇尚极致，对美的执着追求。他们身上踏实坚毅的品格，代表着一个时代的气质，同时也代表了一种创新拼搏的深圳精神。他们的行为和信念值得抒写传颂，为他们撰写光荣的事迹，旨在弘扬工匠精神，营造崇尚技能、尊重人才的社会氛围。

时势造英雄，是这个城市高速的发展培养造就了他们，深圳市政府也特别重视嘉奖了这批为特区建设作出卓越贡献，具有高超技艺、精湛技能的特殊人才。从2016年开始，深圳市人力资源和社会保障局每年评选一届"鹏城工匠"，每次评选不超过10名，至2022年已连续评选了7届。我们从这7年评选的68位工匠中，鳞选17位有突出贡献的工匠代表，另外3位为传统工艺美术大师代表，他们是具有典型性代表特色的人物，以高科技为主，兼具传统手艺人为辅。工匠人物的选择，我们主要从几个方面来衡量：人格品德的优异，执着追求的专业精神，其行业学术界的创新性、引领性及原创性和社会的影响力。

这20位工匠人物中，既有扎根传统的工艺美术大师，如在陶瓷技艺上有着重要研发成果的詹培明、中国工艺美术大师裴永中和曹加勇、刺绣艺术大师黄伟雄、錾刻工艺美术师陈志忠、木雕艺术家胡冠军、玉石雕刻家伍辉；还有现代工业中科技能手专家，如从陆地到海洋的仪表维修技能大师邓祖跃、为地铁安全出行的使者唐智金、核电运行调试专家周创彬、为保燃气安全的安装技能师黄牛仔、继电保护高级技能专家王其林、集装箱岸吊操作师陈活常、道路行车安全专家贺鹏麟、国家级印刷技能大师高峰、汽修大师李明权、汽车钣喷维修技术能手凌云志、模具高级技师陈敏通、编程控制系统设计高级技师肖云辉、数控技能专家卓良福等。

这一群活跃在各个领域的行业精英，始终秉持传统工匠精神，忠实于自己的内心召唤，默默地在自己的岗位，用智慧和行动，为这个城市日新月异的发展，为了国家的繁荣富强，用毕生的心血倾其所有，全情地投入，让工匠精神深入骨髓、深入灵魂，成为一种奋发向上的指导意识，形成"深圳匠魂"的一股力量。大国有工匠，精工利器，匠心铸魂。榜样的力量是无穷的。为这些匠人著书立说，宣传他们的成功经验，旨在激励新时代的年轻人，倡导现代工匠精神，带来正面积极的社会效应，为了民族复兴、实现理想而奋斗！同时也为了结合粤港澳大湾区建设、深圳建设中国特色社会主义先行示范区及习近平总书记在深圳经济特区成立40周年庆祝大会上重要讲话的精神理念，提升深圳文化软实力的需求。因此初心出版《深圳匠魂》系列丛书，为这样一群人树碑立传，意义重大，非常有必要。

在岭南地区图书配送领域中，深圳市旧风车传媒发展有限公司（旧风车书轩），作为有情怀、有社会担当的图书出版公司，当为这座城市出版有纪念意义的书籍，既有社会价值又有正能量的图书。本着对这座城市的热爱，时代的使命感、责任感使然，为传播弘扬优良传统的工匠精神，担当社会道义和责任，特出资出版深圳工匠精神的代表人物传记——《深圳匠魂》丛书。

此书由出版界专家毛世屏先生组织发起，并得到深圳报业集团党组书记、社长丁时照先生，原深圳市政协副主席、深圳市企业联合会、企业家协会会长，现任《时代商家》杂志社社长吴井田先生的极力支持；最终我们还邀请到原中共深圳市委常委、宣传部部长王京生先生为本书撰写总序；具体工作得到深圳市职业技能培训指导中心主任凌远强、深圳市职工教育和职业培训协会秘书长樊玉林、深圳市工艺美术协会秘书长田勇的指导和协助；由深圳文化界资深的文学编辑、策划人、作家朱熤青担任执行主编，并组织优秀的创作团队进行采访撰写，其中参与采写的作家有舒蔓、海舒、郭洁琼、邵永玲、易芬、朱熳青、陈玺如、辜婧尧。非常感谢以上人员在新冠疫情防控期间克服重重困难，圆满完成采写任务。

经由深圳报业集团出版社、深圳市旧风车传媒发展有限公司、深圳市企业家联合会、深圳市企业家协会、深圳市职工教育和职业培训协会、深圳市工艺美术协会、深圳市高科技企业协同创新促进会等单位的通力支持合作，从策划选题到编撰，历时近 2 年的时间，才有了此书的顺利出版。

通过《深圳匠魂》丛书的学术研究和出版工程，了解这些工匠在平凡岗位的成长经历。这些深圳匠人看似平凡，实则工匠精神在他们身上体现得淋漓尽致，匠心铸魂，做出了利国利民的一番不平凡的事业。我们同时希望为更多中国企业汲取前行的智慧和力量，激励青少年树立正确的人生观、价值观，为这个喧嚣浮华的时代打开一扇精神文明之窗，建设知识型、技能型、创新型的劳动者大军，营造劳动光荣的社会风尚和精益求精的敬业风气。为了民族的伟大复兴，传承工匠精神，打磨事业的精工利器。深圳匠人，匠心铸就民族之魂，打造具有国际竞争力的制造业，提升综合国力、保障国家安全、建设世界强国之路而不懈努力！

2023 年 7 月 10 日
朱熳青于深圳怡心斋

目录

一、火土烈焰锻造的瓷语匠魂
　　——记斯达高瓷艺总工艺师詹培明
　　　　朱熳青　辜婧尧　003

二、千锤万凿里的铁骨柔情
　　——錾刻工艺美术师陈志忠纪事　　舒　蔓　041

三、艺行砚道溢情怀
　　——探访中国工艺美术大师曹加勇　海　舒　075

四、凿下镌文化　木里刻江山
　　——记木雕艺术家胡冠军　　　　　郭洁琼　107

五、上下求索追梦瓷里风华
　　——中国工艺美术大师裴永中纪事　舒　蔓　155

六、手造天工出神形
　　——玉雕工艺美术师伍辉掠影　　　海　舒　189

七、针尖上的流光溢彩
　　——中国刺绣艺术大师黄伟雄纪事　　　　舒 蔓 223

八、让平常活成为不平常
　　——记盐田国际岸吊操作师陈活常　　　邵永玲 259

九、豪迈唱响"我为祖国献石油"
　　——从陆地到海洋的仪表维修技能大师邓祖跃　易 芬 283

十、"电网神医"用匠心守护城市光明
　　——继电保护首席技能专家王其林　　　邵永玲 311

跋　　　　　　　　　　　　　　　　　　　　丁时照 332

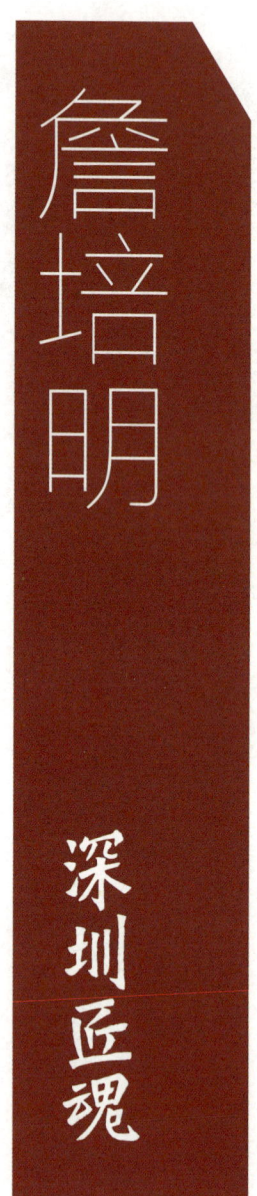

詹培明

深圳匠魂

深圳市斯达高瓷艺有限公司创始人、总工艺师。非物质文化遗产项目代表性传承人；中国陶瓷花纸标准第一起草人；全国印刷行业百名科技创新标兵；中国陶瓷行业突出贡献科技专家；中国陶瓷行业杰出企业家；网印特印大工匠；人民大会堂金色大厅国宴用瓷生产商；"一带一路"国际合作高峰论坛圆桌峰会用瓷生产商；世界野生动物摄影师；深圳市福田杰出人才；业余无线电爱好者；中国丝网印刷行业协会花纸印刷委员会会长等荣誉。获得发明专利7项，实用新型专利6项；是再现珐琅彩瓷的第一人；中国国家博物馆首次收藏其艺术日用瓷两套；主持设计制作的工艺陶瓷产品连续八届获得陶瓷领域"奥斯卡"之称的国际网印大赛（SGIA）陶瓷类金奖十连冠。

火土烈焰锻造的瓷语匠魂
——记斯达高瓷艺总工艺师詹培明

朱熳青　辜婧尧

初识詹培明先生的印象，他总是笑容可掬，戴着金边眼镜，说着有特色的潮普（潮州普通话），透着温文尔雅的绅士风范。他随身拿出自己一本厚厚的摄影集，跟众人津津乐道，述说他在国外拍摄野生动物中一些有趣又惊心动魄的经历，在场之人，都被他绘声绘色的忘情描述所打动，因此他在我心目中被定位为一位有情怀的摄影家。后来他相邀我去参观他在龙岗的工厂，他领着众人参观他占地面积10万多平方米的工厂，我仍然认为他就是一位长袖善舞的经营管理者、企业做得非常成功的企业家。随着我们的多次接触和深入了解，他却一次一次刷新了我对他的认知，最终接受他，认定他是一位把艺术与技术以及企业经营三度完美结合，多才多艺的传统匠人。

让我们来看看他含金量颇高的简历吧。他是中国知名陶瓷品牌斯达高创始人、总工艺师、董事长；世界瓷艺界知名人士；中国陶瓷花纸标准起草人；非物质文化遗产项目代表性传承人；全国印刷行业百名科技创新标兵；网印特印大工匠；世界野外鸟类摄影家……诸多荣光加身，这位陶瓷界的大咖，并不仅仅是一名传统陶瓷工匠，同时也是一个与时俱进，喜爱摄影，热爱生活，热爱科技，热爱大自然的艺术家。

他始终用拓荒牛的精神传承和发扬中国陶瓷文化，致力成为中国艺术陶瓷工业的领航者。作为1989年成立的"深圳老字号"斯达高瓷艺，在他的带领下，先后荣膺国家授予的"中国名牌""出口免验企业""国家高新技术企业""国家文化出口重点企业""中国国家用瓷生产企业"，承担国家文化创新工程重点项目，也是广东省版权兴业示范基地、广东省传统工艺美术展示基地等。凭借对陶瓷工艺的执着匠心，连续8届斩获素有陶瓷领域"奥斯卡"之称的国际网印及制像协会（SGIA）金像奖，从而成为国际上首家连续8次获此殊荣的企业，为中国陶瓷工业艺术争得国际声誉。除担任企业主要职务外，詹培明还身兼中国陶瓷工业协会装饰材料专业委员会会长、中国丝网印刷行业协会花纸印刷专业委员会会长、中国网印及制像协会副理事长、中国陶瓷工业协会常务理事、广东陶瓷协会副会长、深圳市陶瓷行业协会会长、深圳市版权协会会长、深圳市老字号协会副会长、深圳市进出口商会副会长等行业职务。

风和日丽的春天，我如约来到詹培明龙岗工厂总部的园区。斯达高的深圳陶瓷文化产业园，位于龙岗街道五联社区的爱联工业区，厂区花树葱郁，还种满了葡萄、莲雾、芒果、龙眼、大枣等水果，一进厂门就能看到一巨幅郎世宁画的《乾隆大阅图》陶瓷彩绘制作的墙画，下面装饰有假山水池，池中锦鲤畅游莲荷朵朵。热情的詹总在前面引路并侃侃而谈，走过两棵树环抱的握手罗汉松，园丁按照詹总的想法修剪成一个古典如意造型的红芽松，园区的整体布局皆遵循传统风水之道，颇感玄妙。我们又来到正在紧锣密鼓装修的新展厅，都有传统文化的寓意蕴涵其中，园内一花一草一物皆是詹

深圳陶瓷文化产业园区

培明费尽心思的布局，可见他心思细腻，事事处处透着对美的执着追求和深深的人文情怀。

将斯达高陶瓷文化产业园打造成文化与科技、工业与旅游"双轮"驱动的创新文化产业基地，一直是詹培明的追求，让斯达高企业成为内外兼修的重要发展内容。他把原有的工业园重新定义为文化产业园后，就是想让浸淫繁华都市生活久矣的市民回归大自然，到园区体验不一样的文化艺术生活。里面有瓷吧、陶吧、小作坊，对市民全面开放，让他们自己动手做手工陶瓷，还有会议中心、大师一条街、精品陶瓷展厅等配套设施应有尽有。詹培明如是言如是行，他按照自己理想中的园区，一心一意一点一滴打造着工业与艺术与旅游高度融合的园区。在龙岗区政府和龙岗街道的大力支持下，斯达高创新生产基地也渐渐建成花树山石缭绕，颇具田园风光，隐立都市的世外桃源。

詹培明带我参观了他们的出口订货展厅、国际部、设计部、特色精品展厅，看到正在搞装修的内部新展厅、对外销售厅、陶瓷咖啡吧、餐饮会所等。我们上到四楼2000多平方米的展厅，里面琳琅满目，展示着各个时期研发的、有着独特工艺和科技相结合的产品。听他激情昂扬——如数家珍地道来，加上对比参照眼前的实物，我们对斯达高陶瓷对詹培明又有了更为生动立体的全方位认识。

走进斯达高瓷艺陈列室，即被一个绚丽多彩的世界所打动，徜徉在一个艺术的殿堂，一件件美轮美奂的瓷艺神作，令人讶异令人流连忘返。一路观赏一路由詹总亲自讲解这些他倾注了心血的匠心之作。这里有"盛世金樽"康乾盛世茶具系列，"深之情"深圳特区30周年纪念瓷系列，"龙威犹在"龙文化系列，"红楼梦"名著系列，"万寿无疆"宫廷瓷系列，"蜂鸟"生活小品系列；斯达高精品系列：瓷板画"姑苏繁华图"，"瑞鹤图"恒色瓷板高仿画，"秋韵"恒色瓷板画……

已获得数百项专利的所有瓷器，传统文化和现代气息完美结合，无不透着"瓷之厚重以文传世"的艺术内蕴。有让人惊叹的巨幅瓷板画《姑苏繁华图》，由不同色调、不同尺寸的2928块瓷板组成；有最大达9米×1.8米、布局精妙严谨、气势恢宏的《印象深圳》瓷板画；面积最大瓷版画《乾隆大阅图》入选上海大世界吉尼斯之最。还有《永远的王妃》（戴安娜肖像）等世界名人肖像瓷，梵高的《向日葵》等多幅西方印象派名家名作，更有中外画家的作品，如克里姆特的《吻》、何家英的《秋冥》等。这里就是一个国际艺术空间，让人目不暇接，令人霎时穿越古今穿越中外……

詹培明说起他创立的斯达高瓷艺世界，不禁感叹道，红尘如梦，

富丽堂皇的中西艺术瓷展厅

多少风花雪月的日子都融入了那火土的熔炼，换来今天的红火事业，艰难创业的甘苦故事，如今一桩桩道来皆成沧海一声笑。我问詹培明是怎样走上这条研究瓷器艺术之路的，他兴致勃勃娓娓道来。往事如烟，在火与土的淬炼洗礼中，付出了他毕生的追求，烈焰铸就了他光彩夺目的瓷语人生。

出生于潮彩陶瓷世家

中国的瓷器发展历史悠久，早在3000多年前的商代就开始生产瓷器。最初的瓷器生产时呈青色，称之为"青瓷"，后面才慢慢生产白瓷，到了隋朝，白瓷的烧制工艺才达到一定的水平，成为后来各种瓷器生产的一个基础。如果没有白瓷，就没有后面五彩纷呈的青花、釉里红、五彩、斗彩、粉彩等瓷器的装饰。瓷器的彩绘技艺发明，是中国陶瓷发展史上一个重要的里程碑。彩瓷是在各种瓷器的白色的瓷胎上进行彩绘等装饰，经过彩绘的瓷器更显名贵，通

詹培明正在绘制十三笔鸡碗

过彩绘装饰加工，提高了瓷器的档次和艺术价值。

　　1948年12月7日，詹培明就出生于素有中国著名瓷都之称的潮州枫溪，他是家中最小的孩子，祖父、父亲都是技艺高超的潮彩工艺师。他从小就耳濡目染生活在这些瓶瓶罐罐的瓷器当中，从小就跟着家人每天玩泥巴，用陶土制坯、上釉、烧制、画瓷。年仅十几岁的他每天就要画上两千笔的陶瓷图案边饰，熟悉整个制作工艺，从娴熟自如到炉火纯青，一步一步走在这条家传的事业道路上，成为潮彩的第三代传人也就顺理成章了。

　　詹培明从小随父詹锦昌学艺，1963年进入詹厝彩瓷厂，继续跟随父亲及厂长詹俊杰和其他老艺人学习彩绘技艺，学徒期间就练习手工彩绘出口"鸡碗"。前辈老艺人创造性地将鸡碗纹样，概括为"十三笔"画成，即其构图头、尾、脚及枝叶、花均用十三笔画成，称为"鸡碗十三笔",达到既简练生动又高效率。这套技法成为潮彩技艺传承发展的一项基本功。

至今他已不知画过多少图形,改过几多样式,长时间的磨炼,造就了他一笔胸有成竹的手上功夫。如今虽然已届高龄的詹培明,仍然能拿起笔展示他的"鸡碗十三笔"绝活:先定三点,即鸡头、鸡尾、鸡脚,然后在鸡脖之处,用"十三笔"画妥鸡头纹样,用"十三笔"再画出鸡尾部分,再用"十三笔"画出鸡腿和鸡爪。枝叶也用"十三笔"一气呵成,花同样用"十三笔"一笔一瓣,然后将花芯洗出来,最后画芭蕉,都是运用"十三笔""绘成。一套潮彩传统规范化的工艺流程,他仍能娴熟自如一挥而就。

今天让我们首先了解一下潮彩的发展史,也就能清晰地了解詹培明是如何走在瓷艺事业上的。

潮州彩瓷是指潮汕地区瓷器彩绘的通称,故称"潮彩"。自唐宋开始,特别是北宋时期,潮州陶瓷无论造型、装饰、工艺与色釉都达到国内一流水平。明代瓷器盛行青花,清代则流行粉彩。这两种彩瓷形式支配着潮州瓷器装饰工艺的地位,潮彩就是在这两种工艺基础上逐渐发展的,清代潮彩釉上彩绘又有了较大的突破。以应用釉上彩绘工艺为主而言,尤以粉彩的应用承前启后。后来为迎合国外市场的需求,开始采用进口颜料,并按西洋画法进行彩绘,潮人称之为"洋彩",后改称"新彩"。清末潮彩艺人借鉴福建及景德镇陶瓷技法和传统中国画,技艺在不断发展中提升。1874年,枫溪瓷区已有知名品牌"公合成""永利"等彩馆从事瓷器彩绘作业,这是潮州"十窑彩"的开始。潮彩具有题材丰富、技法多样、布局严谨、线条流畅、色彩妍丽等特色,其中潮安枫溪詹氏潮彩艺术更是独树一帜,远近闻名。

潮彩中主要器形品种有盘、碗、杯、碟等。装饰形式以绿底、绿边中间饰花为主。画面多为四季花加梅、兰、竹、菊、荷花、牡丹及花蝶，后来进一步发展到使用粉彩原料。绘画题材也由原来的四季花蝶扩展到人物画，画工精细，装饰技法由原来的平涂摺彩进一步发展到洗染。1910年潮彩精品参加在美国旧金山举行的太平洋巴拿马万国博览会展出，获得高度评价，潮彩自此声名更加远播。

1949年后，潮彩艺术进入了一个崭新的时期，创作表现形式日趋多样。改革开放以后，潮州陶瓷迎来一个蓬勃发展期，在继承传统的基础上，结合当代的审美情趣，借鉴西方时尚艺术，创作观念不断更新，作品题材与艺术表现形式更加丰富。随着时代的发展和市场需求，潮彩艺术也与时俱进，从构图清雅大方逐渐到构图饱满，从具有中国画风味到色彩丰富，流光溢彩，金碧辉煌。近几年，随着陶瓷工艺技术和装饰艺术的不断发展，陶瓷装饰艺术形式的多样化，也给潮彩艺术的创新开辟了新的天地。

潮彩艺术在继承发展过程中，经过岁月的演变磨合，呈现的新图式、新格调，以及新材料、新技术的推广，如贴花、喷彩、印彩、堆彩、堆金、腐蚀金彩、漆彩及综合装饰工艺的运用，审美风格则具有立意高雅、格调清新、赋物传神、纹样多变、色彩瑰丽、线条流畅以及多姿多彩的艺术特点。经过千百年艺人的不断推陈出新，独特的地方风格陶瓷釉上新彩绘品种，它的实用性与审美性，表达了时代气息和文化特征。已形成具有岭南精神文化的凝聚物，为潮彩的不断丰富增添新的内涵和新的光彩。

我们再来看看詹培明又是怎样一步一步把家乡的潮彩艺术发扬光大，把他的斯达高陶瓷艺术事业，开辟出一个在国际上都具有影响力的高峰事业。

初出茅庐赚得满钵金

詹培明早年历尽坎坷，一出生就赶上饥荒年代，成长时又遇上天灾，求学时期又逢"文化大革命"。令他记忆犹新的一幕是，家乡潮州有一年一场洪水淹没了所有的稻田、红薯地，为了充饥他都吃过树皮。早年的这些艰难困苦反而磨炼了他坚定的毅力和信心，真正的勇士从来都是在充满荆棘的道路上前行的。苦难同样也是成功的基石，命运始终会眷顾有准备的人。

青春期的詹培明由于家庭出生成分的问题，没有资格读大学，也不能去全国各地搞串联闹革命，反而给了詹培明学习课外书籍的好机会。他经常在新华书店看书、找新书学习无线电知识。他当时最浓厚的兴趣点则是电子技术产品，没事就把家中的各种电器拆拆装装要弄个究竟，自学成才经常鼓捣装配收音机、电视机，这也练就了他人生中掌握的第一项技能。他同时还一边玩着摄影，一边如饥似渴地读着书，这些兴趣爱好都为他以后的事业打下了坚实的基础。

1979年，由于父亲在香港打拼创下了一份经营瓷器的家业，詹培明满怀希望地从潮州辗转到了香港。他从来没想过要依靠父亲，而是想通过自立拼搏来体现自我价值。1983年，随着中国改革开放的春风吹来，中国的彩电、录音机等电子产品在生活中逐渐流行起来。詹培明敏锐地捕捉到这一商业气息，他感觉这是一个创业的好时机。当时内地处于录音带产品需求多、渠道少的现状，头脑聪明点子多的他，也顺应国内改革开放的利好政策，利用香港的资源嫁接到内地。他很快就有了一个想法，花钱在报纸上刊登了一个小广告：推销锂电池和录音带。广告一经刊出，马上就有人来询问。于是他联系到香港一家专门生产录音带的公司，要求做内地销售的代理商。正好对应上急于开拓国内市场的生产商的紧迫需要，于是双方一拍即合。

詹培明凭着以前娴熟掌握的无线电技术知识，对电子产品市场的了解，随之又完备办理了相关经营的法律手续，打通上下销售的渠道，然后起早贪黑不辞辛劳，多方奔波开拓业务和市场。果然功夫不负有心人，一切都发展得非常顺畅，他也终于赚到了人生的第一桶金。他说生意最好的时候，一天最高的收入就能达到1万元，一年下来就赚了100多万元。初出茅庐就赚得满钵金，他迅速在香港买楼买车，真正在香港安家扎根。

话说手有余粮心不慌，詹培明此时冷静地思考着，光靠为别人做代理终究不是长久之计，也不能称之为自己的个人事业，要成大器，必须要做自己独立的事业。詹培明终究受世代相传陶瓷事业的影响，在这种潜移默化的氛围中，一份对瓷器的爱其实早已根植于心，他把视线重新投射在自己熟悉的瓷器上。他想到中国是瓷器的发源地，是中华民族一张骄傲的文化名片，加上潮州瓷艺潮彩又是家乡的特色，况且自己本身就有世代家传的这个手艺，因此让詹培明毅然决然下定决心今生只做好一件事，那就是一定要把中国的陶瓷发扬光大。

詹培明刚来香港时做的多是为茶楼的瓷器加工绘彩。"山高水深人情薄，手停口就停，一切都要靠自己。"这是他每每说起最初来港的经历，白手起家一切只能靠自己的努力奋斗。此时也让詹培明有机会接触到国外陶瓷的装饰艺术，他同时也看到了现代中国与外国瓷器艺术的差异。"我一直在思考这个问题，陶瓷起源于中国，为什么现在德国、日本生产的陶瓷还赶超过我们？为什么中国古代陶瓷精品在烧制成百上千个，才有几个成品？"詹培明在实践和观察中体会到，这是经验主义在传统陶瓷业造成的后果，由于没有物理和化学等现代科技参数的支持，陶瓷烧制变成了靠天吃饭、靠经验吃饭的行业。

他还了解到德国是当今陶瓷业最发达的国家，就非常渴望有更深入了解外国瓷器的机会，于是当他看到一则有关德国瓷器的报纸资讯，马上就给德国的一家知名瓷器公司写了一封信，竟然很快就有了回复，还收到考察邀请函。他只身来到德国进行实地考察，因此也了解到整个欧洲瓷器市场的需求。詹培明还了解到外国人已经不再欣赏中国的传统瓷器，而是青睐色彩鲜艳、构图精美且具有现代审美风格的瓷器。正是这次考察的机缘，也为他以后的瓷艺事业打开了一扇国门。

1985年詹培明曾在香港生产力促进中心进修学习，这让他接触到最新的丝网印刷技术在瓷器上的应用，通过丝网印刷，可以让陶瓷制品呈现出更加丰富多彩的面貌和图案。当他通过自学成才的电子技术，在香港赚到了第一桶金，初尝财富的甜头，他也有了更为清晰的思路，光靠传统经验和蛮干是不会成大事的，要与时俱进，把文化、科技和传统高度融合，才是改变现状的王道。既然对传统的技艺已经烂熟于心，现在随着对国外瓷器市场的认知，他有了更坚定的信心，想着要好好干一番大事业。

创立斯达高瓷艺事业

1989年，詹培明经过慎重考虑，带着对故乡的眷恋，揣着15万元港币来到了深圳投资办厂。他先是在深圳福利院旁租了个铁皮房作为厂房,在八卦岭工业区租了一个单间作为办公室,注册成立斯达高瓷艺公司。"在这么繁华的城市煅烧普通的瓷器,老板一定是犯傻了。"每每听到这样的议论,詹培明依然乐呵呵专注地做着自己的事业。斯达高创办之际,正是品牌意识在中国得到重视的年代,詹培明一开始就把企业定位为集高端陶瓷产品研发、设计创作、生产和销售为一体的文化企业。他的品牌发展之路,也一直把研发和设计作为增加品牌价值和文化含量的利器。

詹培明如此诠释斯达高的品牌文化:"表明我们斯人斯业,倾力创新出高质量、高境界的瓷艺。"斯达高是英文 Stechcol 的中文译名,简称 STC,而 STC 同时是 Superior Technology Colorist 第一个字母的组成,即"超高技术用色专家"的意思,把技术和艺术都做到极致,这是詹总创立斯达高的初心本意。正因为有这样的高要求高境界,他一直朝着目标稳步前行,时至今日斯达高才能代表中国陶瓷业率先登上了世界市场的制高点,让古老的中国陶瓷业重振雄风、重扬中国陶瓷的灿烂光辉。

由于爱好无线电和摄影,詹培明从小就是个既善于思考又动手能力极强的人,因此当他做企业的时候,他知道再墨守成规求发展有瓶颈之难。他深知文化和艺术的格调理念,加上高科技的结合,才可以使产品更趋于完美,才能增加产品的附加值,特别是产品的创新,还必须顺应时代的审美要求。要实现对传统工艺的突破非常重要,要把瓷艺推向一个崭新的发展高度,要如何让斯达高成为国内国际市场具有强势的竞争力?詹培明自豪地说:"从一开始,我们就走'文化+科技'的道路,我们不走常规路,不做普通瓷器,也不将精力放在扩大规模上,而是立足高端,勇于探索,参与全球竞争,在注重文化艺术以及工艺创新的基础上,做强做强再做强,并以此推进深圳文化产业的发展，做深圳乃至全国陶瓷文化产业的领头羊。"

匠心研发高精尖产品

詹培明说到他得到的许多发明专利奖，常常戏谑道，不是他的发明而是他的"发现"，事物本来的特性大家都知道，只是没有谁去在意去尝试研究它，于是他去做了，就成了新的"发明"。在企业发展的过程当中，他一直秉承匠人匠心的工匠精神，择一事终一生，不为繁华易匠心，不舍初心得始终。既然确立了自己的梦想目标，就不为虚浮凡尘所扰，力求把这份事业做到尽善尽美。

他投入巨资采用世界先进的无铅无镉环保颜料，引进分段自控恒温隧道窑。斯达高先后用新的材料和技术发明了"高温彩烤瓷板画制作方法""浮雕层网版制作方法以及粉彩浮雕瓷器的制作方法""镶金浮雕艺术瓷器的制作方法""珐琅彩瓷器的制作方法""具有明暗对比效果的饰金瓷器的制作方法"等国家发明专利。斯达高以绝佳的原料，领先的工艺，精雕细刻，煅烧出健康环保的顶级艺术瓷器。

20世纪80年代初，詹培明就学习了英国柯图泰公司的丝网印刷工艺。从小又随父辈那里学习到的陶瓷装饰工艺，加之他初中阶段的化学物理知识就学得好，这些化学性和物理性的基础知识，后来都运用到提升陶瓷研发技术当中，由材料工程科学来理解陶瓷原料、陶瓷颜料的应用技术。那时他已经开始意识到，要应用科学手段来解决陶瓷的烧制中的技术问题，从而颠覆了我国陶瓷历史上由经验主义统领陶瓷领域的落后现象。

远赴英国陶瓷公司交流

詹培明还从国外进口烧制陶瓷的电热偶温度计，代替烧瓷师傅用肉眼判断窑炉里热量的光度定温度，用电热偶测定窑炉各方位受热是否均匀，提高了陶瓷烧成的成熟率（为什么叫"成熟率"，陶瓷的烧成一定要烧透了才能叫做熟，有的表面温度达到而瓷坯里头却还没烧熟。是否能够达到最大比率，烧熟了就叫成熟率，特别是梭式窑的成熟率更加明显提高）。他的主攻项目是陶瓷的外观装饰、釉饰和花饰，釉饰是高温釉变效果的成果，例如窑变的形式有好几种，但结果无非有二，一是窑宝，二是窑病。他一直非常相信科学，时间、温度、气氛、材料跟化学性和物理性结合考虑，窑变的结果就近乎理想，解决了这个关键问题，出品的瓷器质和量就能达到理想效果。

"创新"一直以来就是斯达高崇尚的企业文化。公司以现代生产工艺和智能化设计技术为依托，在掌握釉料、瓷用颜料定性分析的基础上，复活、提高、升华这一高端技艺，创新研发出了一整套新型环保瓷艺颜料、釉料。同时，探索出了一整套在骨瓷的轻薄温润胎质基础上熔烧无铅珐琅彩的工艺，让瓷器更具光泽、线条更加生动、色彩更加柔和，其自行研发的无铅无镉釉料、颜料，环保性能也达到了世界最严苛的检测标准。釉上彩的一个问题就是以前的原料不过关重金属不过关，斯达高是在2012年顺利通过了出口免验的单位，所用的材料一直提倡无铅无镉环保化，客户可以放心地使用。

早在20世纪80年代，詹培明研发的陶瓷花纸就风行全国乃至世界，现在还一直出口欧洲的西班牙和英国，因为他的陶瓷花纸印刷技术是世界最先进的，花式受欢迎，花纸质量一直保持最高质量，当然还有个人和公司的诚信经营理念好的因素。詹培明在工厂公司的办公室几十年来从来没有超过20平方米，一张大台用来摆放陶瓷实验过程的样品和各种各样的材料、工具，经常大台不够摆放，占用了办公台3/4的位置，很乱。他经常交代他的助手没有他的同意，不要随意搬动他台面的实验样品。他有好几千个色标盘，现在一直在使用这个色样（标），那都是他几十年积累下来的配方成果。

说到色标，不得不说说陶瓷颜色的特性，陶瓷颜色怎么可以附着在陶瓷上而经久不脱色？陶瓷颜色怎么没有普通颜色鲜艳？这是因为陶瓷颜色是靠金属氧化物发色，加上他们之间的化学性关系，有许多颜料不能混合在一起，比如胭脂红和黄色调配不出中国红、橘红、橘黄，而这几个颜色在有机合成颜色中，是很容易调配出来的。所以陶瓷艺术中的一大难题是外观装饰艳丽多彩的颜色应用太难了。又比如印刷彩图的原理中的CMYK的比例变化，很容易达到彩图的还原效果（印刷出来的复制品和原稿相似度高），陶瓷颜色

詹培明办公室琳琅满目的色标盘

的 CMYK 的颜色只能叫做近似的四原色，C 和 Y 的不同比例可以调出接近的黄绿和绿的多个层次的色阶。C 和 M 的不同比例可以调出不同程度的紫红色、紫蓝色。陶瓷色的 Y 和 M 调色就有大问题了，因为陶瓷颜色是由金属氧化物构成，玫红颜色主要配方中有金、银氧化物成分，黄色的组分是锌和锑氧化物，这两种主色的化学成分就决定了他们之间不能随便混合在一起，所以我们如果想用普通法则的调配比例得到所要的色相就很难达到理想效果！又比如 M 色比例大而 Y 色少了，得到的不是大红，只是带点咖色的紫红，几乎可以肯定地说，陶瓷的四色成像规律中是任何配比都得不到大红和橙红色、翠绿色等，要得到很艳丽的色相只能用专色代入，所以陶瓷图稿的印刷有它独有的规律，这方面詹培明遇到的难题太多太多，不断总结经验。

比如陶瓷图稿四色印刷的印前分色应该如何进行（电脑分色），

不同性质的瓷色如何利用 Photoshop 巧妙衔接起来而不产生不良反应等，归根到底还是科学研究。弄懂瓷色的化学性和物理性，特别是因为瓷色的化学反应和物理反应，要经过不同阶段的烧烤才能产生，其中要经过反复推敲和时间的考验、判断，所以做很漂亮的陶瓷外观装饰是要经历很多艰难的过程才能得到。

从 1989 年起，早在陶瓷花纸网印行业中，詹培明的才华已现端倪。他既是重实践的实干家，同时也是注重理论的学者文人，他先后在《丝网印刷》《网印工业》等全国性专业期刊杂志上发表论文 12 篇，还多次引领中国陶瓷行业中花纸印刷技术，使之赶上国际水平，特别是总结出陶瓷花纸网印的规律，引入并开发先进技术，解决了中国陶瓷花纸技术上的长期难题，并经常为同行提供技术上的援助，这使他成为享誉整个行业的知名资深技师。

2002 年，在詹培明的指导下，斯达高在国内率先研制开发出无铅无镉陶瓷贴花纸及日用陶瓷产品，成功打入国际市场，产品铅镉溶出量达到极其严格的美国加州 65 标准的要求。2008 年，詹培明研究出利用网印堆彩工艺生产高温彩烤瓷板油画的工艺方法，生产的高温彩烤瓷板油画可以达到与普通油画一样的艺术质感效果，能显出色彩的丰富意蕴与肌理，以及由浅到深、逐层覆盖而产生的稳定、深邃的体积感、空间感和层次感，可见清晰的笔触，而且不风化、耐紫外线照射，耐酸碱洗涤剂洗涤，千年不变色，万年不变质。高温彩烤瓷板画特别适用于婚纱纪念、个人荣誉、个人作品等具有收藏性质的家居装饰，以及楼堂馆舍大厅和内外墙装饰。瓷板画尺寸可大小由之，小至家居墙角小景，大至大厦整幅面墙。如此等等，斯达高所有专利技术、所有获奖产品都是詹培明主持研发的。

"以匠人之心，具备坚韧不拔不畏艰辛的精神，建立了一支强大的设计团队,是斯达高乘风破浪不断前行的两大关键点。"詹培明说起20世纪90年代初,斯达高其中的一个贴花加工厂曾经有两年一个订单都没有,每个月净亏损5万元。"没有订单就大练兵,随时做好参与市场竞争的准备。"在那两年中,詹总带领团队不断提升自身的工艺,攻克技术难题。1995年,一个德国客户来参观工厂,整洁、规范、有序的厂房给对方留下深刻的印象,工艺精湛的产品更令对方赞不绝口。后来该公司采用被誉为"素肌玉骨"的优质高岭土原料,煅烧出了无与伦比的顶级艺术瓷器。产品已远销欧美等100多个国家和地区,并成为重要文化交流礼品,由相关部门赠予众多国内外政要和贵宾。

"色彩宇宙,瓷中贵族",这是斯达高的瓷艺粉丝对斯达高瓷艺作品装饰效果的高度评价。另有一说"一枝玫瑰扫天下",那是陶瓷行业对斯达高出口瓷器装饰花纹的形象说法。的确那时由詹培明主持的外观装饰设计形式,大部分都是玫瑰之类的花花世界纹样,色彩绚烂且富有浪漫主义风格,很受欧美市场追求时尚风情的要求,因此产品订单猛增,大量出口创汇,反响非常不错。

十年磨一剑　再现珐琅彩

斯达高的珐琅彩技艺在全国也是首屈一指。詹培明又是怎样通过现代技术重现珐琅彩的魅力?珐琅彩起源于15世纪中叶的欧洲,清代康熙时期传入中国,珐琅彩瓷器具有雍容华贵的特征,是颜色釉瓷器之中的珍品,制作难度大,成本昂贵,往往制作一件珐琅小瓶就要精描细绘三至四个月时间。其画工讲究,工艺精湛,这样的瓷器风格非常符合当时皇室极尽奢华的理念,因此多为皇家御用瓷器。珐琅彩瓷器所使用的彩料并不是我国传统的彩料，而是一种进口的彩料。珐琅彩瓷器色泽艳丽，具有铜胎珐琅的艺术效果和西画特征。珐琅彩瓷器可以说是中国传统瓷器和西洋风格的大融合。

珐琅彩瓷器的纹饰题材非常广泛和丰富，而且具有明显的中西合璧韵味。西洋人物画等都是具有西方特色的题材纹饰，和我国传统的花卉相组合，使得珐琅彩瓷器既拥有了西方化的元素，又含有东方的特色和神韵，这种金碧辉煌又不俗艳的风格，带给世人一种震撼的视觉冲击和享受。

珐琅彩是我国陶瓷装饰工艺历史中的一个断层，因为只供皇家御用，一直在宫廷烧制，技艺少有流落民间，随着清朝的没落更是销声匿迹。斯达高着重研发珐琅彩经历了10年时间，经过不断实验、完善，取得了骄人的成绩。斯达高独有的珐琅彩装饰技术无铅无毒，而且立体晶莹，绝对符合白瓷、软质瓷、硬质瓷各种符合膨胀系数的胚体。

詹培明谈到其成功的因素有4个技术特点，第一个是无铅的珐琅材料。这里的无铅需要解释一下，清代的珐琅彩绝对是重铅，重金属特别多，如果日用瓷用古代的珐琅彩的手艺、技术来做，绝对不符合当今日用品陶瓷的应用。斯达高经过釉料的研制、试验、总结和提高，达到一个新的技艺高度，显示出既有珐琅基础的光泽，又有较好的黏着性、流平性，更有无铅无镉的环保性能。第二个是联结剂的试制选配，这是使斯达高珐琅彩颜釉、料釉成功应用的关键。第三个是专利技术对画面进行分步的处理，使珐琅彩的色泽过渡、线条的精细明晰、有强的表现力、人物图案的质感强烈，渲染出浓烈的艺术氛围。第四个是先进设备的改进和应用，使斯达高珐琅彩瓷可以做出效果逼真的大型器物和画面，一改以往"珐琅无大器"的工艺制级。詹培明说，要再现就必须要有提高和突破，这才是有意义的。

斯达高的产品在造型上不拘一格，大胆创新，色彩上更是绚丽多姿，这就给消费者带来含有毒物质的误解。其实早在斯达高在求得发展的同时，对绿色环保的高度社会责任感，就使他们在产品的材料上，一直是无铅、无镉材料的倡导者和先行者，在无铅釉无铅颜料的研究和应用上一直处于国际领先水平。斯达高在詹培明的带领下不但坚持做到绿色无污染，每一件产品哪怕出现一点点小的瑕疵，都不会投入市场。33年来，它们不但在每件瓷器的外观装饰孜孜不倦地追求，保证了产品的创新，在产品质量上更是一丝不苟。

2012年，文化和旅游部文化科技司国家文化创新工程重点项目"彩瓷工艺文化的自主创新"落户斯达高。詹培明说，斯达高公司每年将销售利润的40%用于创新研发。"这个珐琅彩的小杯子运用传统工艺需要3~4天，但如果用斯达高的专利技术，3~5分钟就可制作完成，效率提升了1000倍，所以，我们必须在传承文化的同时也要发展新技术。"詹培明一边讲解一边展示着一只珐琅彩杯子。斯达高由于从原料、设计、工艺到技术都注重技术和设计的融合，因为在"文化+科技"的融合上尝到了甜头，其创新发展思路使中国陶瓷的技术含量、文化含量、价值含量均得到极大提升。

至今由总工程师詹培明领导的斯达高，获发明专利7个，实用新型专利6个，外观专利328个，作品著作权登记568个。这里说明下为什么外观专利跟作品著作权登记两个的区别这么大，因为外观专利的注册比较贵。而且打起官司可能它还站不住脚，后来发现作品著作权比较有效。著作权登记是根据现在的制作方式，在电脑里的时间戳来鉴定的，所以这方面非常有效。詹总也提议有关的厂家,设计团队在制作的时候,就要积极去申报电脑制作的时间戳。他们珐琅彩发明专利号是 ZL201210060725.0。

目前其产品主要外销遍布 100 多个国家。斯达高瓷业的产品 90% 以上出口到国外,尽管西方经济仍不太景气,詹培明表示,做高端瓷器的斯达高并未受到什么影响,反而逆势而上。近年来,不但夺得世界网印界奥斯卡金奖九连冠,如今詹培明在陶瓷行业由于花纸清晰,用色准,还成为名副其实的"用色专家"。英国目前仅剩下的一家花纸制作企业,其花纸就全部由斯达高制作生产。英国老牌花纸企业贝利公司破产之际,老板流着泪无奈将他们的一些先进生产工艺专利抵债给了斯达高。

陶瓷界都非常认可詹培明对陶瓷外观装饰很有特色的成就。他经过了几十年不断总结经验教训,用科学手段去颠覆我国陶瓷历史中由经验主义统领的落后面貌!特别是近几年他提出了"深派瓷艺"的概念,深派是既要追求科学,并与世界接轨的大局观含义,同时也代表深圳人敢于拼搏敢为人先的实干精神,又体现深圳开放前沿的思想文化。此三观与瓷艺相结合,就是他心目中的所谓"深派"。他始终坚信,在深圳这样一个没有瓷土的城市,斯达高瓷艺能像索尼、苹果等国际知名品牌一样在全世界绽放出灿烂光彩!

高端瓷艺频获大奖殊荣

30 多年来,斯达高一直追求对陶瓷文化的研究和艺术创作。詹培明对美学有着执着的追求,作品的设计美感更是精益求精,为了让斯达高的设计团队开阔视野,他经常让设计师奔赴世界各地的历史文化古迹学习考察,寻找创作灵感。詹培明自己每年再忙,他也要抽出两个月的时间,飞往世界各地拍摄鸟类和原野素材。摄影不但是他的业余爱好,作为斯达高瓷艺的创始人,他觉得这种不断去体验世界地理文化风情,用镜头挖掘美景记录自然界的灵动,其背后还有一个更重要的原因,就是身为"潮瓷文化"的发扬人和守护者,他内心对潮瓷文化的敬重与坚守,促使着詹培明几十年一直保持与自然世界产生密切的交集,让自己的每一件陶瓷作品,都能在世界与自然中找到归属感,保持自己的原创个性,延续潮瓷文化的符号象征。

　　技术的创新,文化内涵的注入,再结合前沿科技,一直是詹培明坚持的宗旨。斯达高的作品能够代表深圳、代表中国走向世界的舞台,引领瓷器艺术的新潮流,绽放中华文化的魅力。詹培明说每一件作品都是他们的匠心之作,在陶瓷的外观设计中不断延伸创新,出口产品的整体设计主要以欧式田园风格为主,温暖的主色调作为基调,配合热情的图案和精致的花纹,瓷器边缘使用纯手工描绘的金线,传达出了优雅从容的欧陆生活气息。为了将中国传统陶瓷业和建筑装饰业结合,斯达高相继推出了瓷板画、粉彩餐具、茶具等一系列创新产品。

　　自从 2002 年设计制作的工艺陶瓷《蛇年日历盘》在美国圣路易斯举行的国际 SGIA 大赛中荣获金奖,斯达高仿佛开了挂,2004 年公司创作的《龙袍》再次荣获国际 SGIA 大赛金奖。在《龙袍》创作中,技术人员就采用了 17 种颜色,网点过度层次最多处有 6 层,仅龙鳞就用了 4000 多线,线条细度只有头发丝的三分之一。这种技术突破怎能不打动国际瓷艺最高奖项的评奖专家?评为最佳奖也是实至名归。2005 年制作的《百骏图》获亚太地区工艺陶瓷展精品评比银奖及工艺陶瓷类金奖。2006 年 9 月 26 日,斯达高选送的熊

斯达高创制的产品荣获陶瓷界"奥斯卡"之称的金像奖九连冠

猫春夏秋冬系列盘连续第三次夺得国际 SGLA 大赛金奖。此外，斯达高设计制作的《嫦娥奔月》《三十六头餐具》《清明上河图》荣获 2008 广东省陶瓷艺术精品展金奖；《水果》荣获 2009 中国网印及制像协会第 14 届恒晖杯金网奖金奖，《乾隆大阅图》荣获 2009 亚太网印及制像协会网印精品奖两个金奖之一。

特别值得一提的是 2005 年，深圳市斯达高瓷艺有限公司携陶瓷装饰艺术在文博会亮相后，其后在每一届文博会上都大放异彩。如今，斯达高在龙岗生产的高档骨瓷礼品、茶具、餐具等已远销欧美等 50 多个国家和地区，成为首届及第二届"一带一路"国际合作高峰论坛特别指定用瓷，并在文博会上一举斩获了四项大奖。选送参评的《春色满园》宴会用瓷系列和《旷绝一影》瓷器系列从 2084 件参评作品中脱颖而出，喜获"中国工艺美术文化创意奖"金奖和银奖。同时，荣获了该次文博会特设的"文博会 15 年贸易贡献奖"和"优秀展示奖"。

所有的评委觉得《春色满园》宴会无论从用瓷艺术性、观赏性，还是雍容华贵的风格，特别符合在金色宴会厅宴请各国元首的场合。詹总认为文博会的展示很重要，对斯达高的宣传品牌起到了很大的作用。尤其是《集贤瓷》和《满园春色》两个陶瓷作品，研发前期付出了大量的心血，"集贤瓷"经过斯达高设计团队100个日日夜夜的集中攻关，采用珐琅彩的创新工艺，汉唐时期的敦煌艺术装饰，图案的卷草纹、石榴纹等重要元素作为素材，反映出中华文化的开放性和包容性，又以红、绿、粉、蓝4种颜色巧妙搭配，传达喜庆环保、柔媚与华贵之意。而《集贤瓷》的难点就在于珐琅彩工艺的制作，斯达高一直致力于珐琅彩瓷工艺的修复，通过10年的修复研发，终获硕果。《集贤瓷》就是斯达高在珐琅彩传统工艺上的又一次创新。同时，它所采用的珐琅颜料及连接剂皆为无铅无镉材料，因此高品质，最终让"集贤瓷"也成了"一带一路"国际合作高峰论坛圆桌峰会专用瓷。

2008年的广交会上，陶瓷泰斗张守智教授一句"中国陶瓷装饰有救了"，点燃了斯达高瓷艺发展历程上的一束绚烂火花。获奖作品《龙袍盘》的创作不仅让斯达高瓷艺结缘国瓷大师张守智教授，在日后的发展中也迎来了更多更大的机遇与挑战。

在2010年第六届文博会上，斯达高展示的新产品瓷板画，一经展示就引起轰动，获得盛况空前的好评，引来参观的队伍络绎不绝，纷纷排起长长的队轮候观赏。其中就包括中国工艺美术协会会长吕品田在内的众多专家。他们都不约而同用一个词语表达自己的感受："震撼！"专家们纷纷给斯达高的产品评定了最佳创作奖、最佳科技奖。

2017年，斯达高瓷艺应邀成为首届"一带一路"国际高峰论坛峰会用瓷的创作企业，这不仅是对斯达高瓷艺的认可，也是一个

中国国家博物馆馆长吕章申向斯达高总工艺师詹培明颁发收藏证书

技术考验。值得庆幸的是，由斯达高瓷艺创始人、总工艺师詹培明领衔总设计，带领着清华大学、景德镇陶瓷大学等一批瓷艺新秀，倾尽心血而作的《集贤瓷汉唐之光》，以其无与伦比的艺术魅力惊艳四座，服务30国的与会元首，承担了文化交流的重大历史使命，设计舒朗、博大，在世界面前展现了中华文明的开放与精彩。不仅如此，《集贤瓷》系列作品还获得中国工艺美术文化创意奖特别金奖，被中国国家博物馆永久收藏，开辟了日用瓷为国家博物馆收藏的先河，这是斯达高和深圳的荣耀，也是陶瓷界的一大盛事。

斯达高瓷艺从烧瓷描彩的小企业，到如今产品能遍布世界100多国家和地区，成为国瓷品牌，詹培明一直铭记"羊有跪乳之恩，鸦有反哺之义"的古训，他从未忘记深圳这座城市给予自己的恩惠。2020年正逢深圳经济特区成立40周年之际，他主持创作的《深之情》纪念瓷，以天青与纯白的颜色搭配，体现深圳与自然和谐相处、绿色发展的理念，矗立瓷顶的一头鎏金拓荒牛，凸显着深圳任劳任怨、无私奉献、拼搏进取的精神！点缀其间的市花簕杜鹃，风姿绰约、光彩照人，正是深圳人乐观豁达的真实写照，寄予着对这座城市最美好的祝愿。为纪念深圳改革开放而创作的大型瓷版画《深圳印象》《春天的故事》《百年荣光》等艺术精品亦成为深圳瓷艺代表作，都表达了对党的衷心拥戴和深深的感恩。

心存感恩之心，才能走得更远。詹培明一直用工匠精神讲述着美丽的中国故事。他不禁感叹道："一个好的时代给予了艺术绽放魅力的机会。天时地利人和是深圳这座改革开放前沿城市的魅力，为瓷艺科学用材、人才技术、先进生产力提供了源源不断的助力，深圳瓷艺方得荣登时代舞台。'深之情'坚持以深圳精神为创作导向，融深圳开拓创新、效率优先之意境，将艺术创作融入时代发展的洪流之中，鼓舞人心、凝聚力量。"前深圳市委书记厉有为对他高度评价："培明的感恩报效之情和与时俱进的理念，成为斯达高生机勃勃正气浩然的源泉。"

2019年第十五届中国（深圳）国际文化产业博览会举行，该次文博会以庆祝新中国成立70周年为主线，紧扣文化和旅游融合、粤港澳大湾区建设、"一带一路"倡议等核心主题进行展示，吸引了来自50个国家和地区的132家海外机构参展。斯达高独具特色的珐琅彩陶瓷品引起海内外同行的高度关注和盛赞，也让中国传统陶瓷成为促进中外文化交流的重要渠道。在这"一带一路"交流的舞台上，斯达高将中国传统陶瓷艺术与现代时尚生活相结合，巧妙地表达了现代都市文化，让时尚的"中国传统"从中国走向"一带一路"国家，为民心相通、文化交融助力，也形成了独特的文化产业。

詹明培认为，这是一件可持续发展，并且对中国文化艺术品走向世界、与世界优秀文化双向互动，是一件非常有价值有意义的事情。

此届文博会，斯达高瓷艺另有一力作，主题叫作千年的记忆——珐琅彩《中国新娘》。他由知名青年画家崔景哲创作的工笔画为蓝本制造，由于《中国新娘》在国外展出时颇受欢迎，国外消费者希望永久保留作品。谁能高保真还原并永葆《中国新娘》青春？经多方打探，崔景哲得知深圳有一家再现珐琅彩瓷工艺（千年不变色，万年不变形），三获国际网印金像奖的全国重点文化出口企业斯达高，后来斯达高与崔景哲的经纪公司太和艺术中心合作，强强联手共同打造推出这个系列作品。

"中国陶瓷再次走向世界不是梦。"当年崔景哲与著名书画经纪人、策展人贾廷峰以及资深创意人贝德诺维基一行，到访深圳斯达高公司的龙岗区龙城生产基地，参观了斯达高瓷艺馆及生产园区，对该公司开发的工艺陶瓷及装饰材料的创新运用深感兴趣，尤其是珐琅彩装饰工艺，触发了其制作旗下艺术作品的陶瓷工艺衍生品的想法。崔景哲对斯达高设计制作信心十足，双方一拍即合，当即签约珐琅彩《中国新娘》的设计制作项目，并筹备在巴黎文化艺术区的"左岸空间"隆重亮相。

《中国新娘》瓷实现了3项突破。其一，高保真还原实现了原作的中国红基色和工笔画神韵，特别真实地表现了画作中的金属色和服饰的装饰物；其二，开发了与主题作品配套的系列产品；其三，与画家、作家、艺术经纪人、策展人联手塑造并推出当代版中国文化形象——阳光、友情、端庄、活力四射的《中国新娘》瓷，从而在国际展会上由产品展区进入艺术品展区。展会上，国外参展客商当即与北京太和艺术中心签约价值2000万元的订单，订单瓷器则由斯达高生产。

国际陶瓷界都认可斯达高为用色专家，在全国同类企业中，没有一家企业可以同时任用十几个人做设计。斯达高一直高度重视创新创意，坚持做原创的东西，所以它们的产品更新换代快，永远紧跟新颖时尚的步伐，迅速顺应市场变化，及时了解满足客户的需求，坚持唯客户至上的优质服务理念，所以客户群体比较稳定。但凡前端畅销的产品，跟风者趋之若鹜。斯达高当然也遭受这样的困惑。詹培明却如此自信满满的回应："核心技术的研发是斯达高最重要的竞争力，原创是斯达高的灵魂，大家都在学斯达高，没关系，没有创造力的产品走不远。斯达高不断创新，不仅追求文化创新，还追求创新的速度！"此言的潜台词是有胆的放马过来，充分体现他敢于面对挑战的态度。

詹培明还说："内心的追求才是驱动文化的发条，永不停步才能创造出独一无二的杰作。如何继承发扬中华民族博大精深的历史文化十分重要，这是我们每一位非遗传承者应该考虑的问题。我们必须拿出精品，保障精品创作，而不是粗制滥造的东西。"

随着斯达高品牌价值的不断提升，2006年被评为深圳市"外商投资先进技术企业"、深圳市"先进技术企业"，荣获"国家奥林匹克体育中心指定瓷艺礼品"授权，被国家市场监督管理总局和中国名牌战略推进委员会联合授予"中国名牌产品"称号；2007年被深圳知识产权局、深圳市版权局评为"深圳市知识产权优势企业"；被中国陶瓷工业协会评为"中国陶瓷行业名牌"；2008年4月，荣获国家市场监督管理总局"出口免验企业"证书。此外，公司2019年被深圳市龙岗区人力资源局评为"龙岗区劳务协作爱心扶贫企业"；2019年被评为"深圳老字号"企业；2019年被广东陶瓷协会评为"广东陶瓷设计创新示范企业""2019年度日用陶瓷单项冠军企业";2021年被中国轻工业联合会、中国陶瓷工业协会评为"中国轻工业陶瓷行业十强企业";2021年被评为"国家高新技术企业"……

摄影与瓷艺的完美结合

詹培明还是位超级摄影发烧友,这种爱好从青少年时期保留至今。在陶瓷事业技艺上大步流星前行的同时,他还不断从大自然中汲取灵感,拍摄的题材风景人文鸟兽小品皆有涉猎,亲近大自然去寻找灵感,同时达到修心养性的境地。詹总每年无论工作怎么忙碌,他都会抽出两个月的时间云游世界,足迹遍及五大洲。他扛着长枪大炮般沉重的摄影器材,依然精力充沛步伐稳健,古稀之年老小伙一点不输年轻小伙。他常常不辞辛劳奔赴在野外险境拍摄异域风情和野生珍稀鸟类。近几年,他就拍摄了数万张珍稀鸟类照片,是业内可圈可点的野外珍稀鸟类摄影家。他说:"鸟是一种无与伦比的生灵,它们在我的镜头面前呈现自然赋予的美,是同人类一样的鸟类文明。"

詹培明未曾想他这业余爱好竟然走得越来越专业化,更为他的瓷艺创作打开了另一扇灵感之窗,大千世界的万千风情,都被他捕捉下那动人的一瞬。他把大自然原生态的美,激发的灵感,收获的大量创作素材,这些精美的摄影作品,都演化到他的瓷艺当中去,更是呈现出一番别样的艺术景象。詹培明在摄影方面极有艺术天赋,且悟性极高,他钟爱的专业野生动物摄影,对于作品的要求非常严谨,需要掌握较为复杂的后期处理技巧,这对于古稀之年的他着实不易。但潮汕人有着不服输的劲头，他通过强攻硬记的刻苦学习，让他也达到野生动物摄影高手的水准。最为可贵的是，他将所学之长，以瓷为纸以釉为墨，将这份灵动融入瓷艺之中，让更多的世人分享到摄影艺术的自然之美与瓷艺之美的高度融合。

他第一次去肯尼亚坐直升机在麦加底湖航拍，凭着感觉，迅速掌握了一些航拍技巧，还拍出了非常优秀理想的作品，让指导他的加拿大职业野生动物摄影师杰夫老师都非常惊异。他用光构图和追焦、拍摄时相机的控制等技术，都运用得非常精准，竟然拍出了一组很棒的火烈鸟作品，这幅作品他取名为《天途》，意境空灵悠远，此作构图颇有国画水墨之象，天空留白的写意恰到好处，浓淡墨韵氤氲。此幅佳作又被他应用在瓷器上，有瓷板画，瓷盘、茶具器皿。2019 年陶瓷界"奥斯卡"之称的国际网印及制像协会（SGIA）金像奖评比活动在美国得克萨斯州达拉斯揭晓，詹培明以摄影作品《天堂鸟》和《天途》制作的陶瓷挂盘，再次分别斩获 SGIA 金像奖年度四色印刷和专色印刷金奖。另外 10 余套以"醉美在原野"为主题的原创摄影作品及其系列瓷艺作品，都在业内外获得了如潮好评。

于是，原深圳市委书记厉有为如此评价："他的瓷器与摄影作品融为一体，相得益彰，相映成趣，我感到十分震撼。"他以镜头为笔，以陶瓷为纸将生活中珍贵的美好瞬间定格在一件件瓷器上，将中国传统陶瓷文化与现代时尚生活相结合，也展现了现代陶瓷装饰艺术的文化，这也成为他超越同行的一项绝活。詹培明做任何事都追求完美和极致，从始至终都以工匠精神的态度对待任何事物，一如他对斯达高取名所祈愿的追求那样。正因为这样的性格，持一事爱一物，精工利器，匠心铸魂。无论经营企业、他的瓷艺事业，还是他的摄影艺术，他都玩得转，并一不小心就

摄影作品《天途》系列荣获国际金奖

成了专家成了大咖。

重人才高待遇凝聚人心

创业初期詹培明一边用做贸易生意赚来的钱，购买生产设备，购置厂房和办公楼，但经营十分惨淡，企业连续亏损长达5年之久。但詹培明安之若素，仍有运筹帷幄之中，决胜千里之外的豁达胸怀，仍然注重培训员工的技术素质，至今已培养出一支200多人的高水平团队。这些生产、管理方面的骨干力量在斯达高后续运营中发挥了重要作用，绝大多数一直干到今天。

重视人才也是詹培明企业成功的一个重要因素。重视人才并合理管理，员工的努力既实现了个人的社会价值认可，又为企业创造价值的同时获得利益。一个成功的企业，离不开方方面面的人才，创造企业的是人才，也包括白领、蓝领的所有人才。詹培明深谙此理，在人才投资策略方面，他秉承老祖宗的古训"舍得"之道。舍得是人生的一种超然智慧，用真心先舍先付出，有舍才有得，获得的回报就自然而然地生发而来。

早年创业初期尽管连续亏损5年时间，员工工资却从来一分不少,仍然注重投资人才培养,5年他收获了近百名死心塌地跟他干的技术骨干。在他的公司,只要员工踏实肯干,胜任本岗,不分白领、蓝领都是人才,都能在斯达高获得价值认可,并得到相应的利益回报。

陶瓷属劳动力密集型行业,斯达高工厂蓝领工人有300人左右。如何让这300多人工作顺利、生活安定?他的工厂从创业伊始,就一直坚持为员工安排包吃包住,等于为员工安了家,解决了他们生活顾虑,让员工对于企业有了归属感。之所以他的企业能越做越大,不论外部环境优劣,他的员工都很少有跳槽的,员工军心稳定,生产力也就能稳步前进,这也是他的企业能做大做强的基石。

他对员工的待遇也绝不少于深圳同类企业,员工按劳分配后,工龄1年以上有年终奖,每月工资按时发放,从无拖欠。凡在公司服务5年的员工,斯达高会颁发含金量5克的金牌,满10年者换上10克的金牌。在公司的显要位置,可看到8名高层员工的巨幅形象介绍。詹培明解释这么做的良苦用心:"这些员工在公司服务时间长,有成绩,有贡献,斯达高尽量张扬他们的资质和荣誉,热捧他们的地位,增强他们的社会影响。""用真心换真心",这是詹培明管理企业最有魄力也是最有魅力的一招:给房安家。员工们的心留住了,没有了思想上的后顾之忧,工作态度也就安心踏实了。这么多年来他斥资数千万元在深圳多处购房,然后连房带房产证一切交给相关管理人才、设计人才和蓝领人才,更设立一个制度可提前预领5年奖金,为的是资助员工提前按揭买房,多年来共为骨干精英安置数套住房。在工厂园区的4幢楼分别如此安排,外聘专家住专家楼,已婚员工住夫妻房,大部分员工住公寓。同时还为员工设立娱乐文化室,配备各种体育文化器材,每年各种佳节举办联欢会,员工们欢聚一堂自导自演自娱自乐,大家庭的氛围非常浓烈,企业也更有凝聚力。老员工的回报则是每年春节后都从老家带新员工来，因此斯达高从未闹过"民工荒"，相反"老员工奖励"人数却年年递增，5年以上员工已非常普遍，10年以上、15年以上越来越多，甚至出现了20年以上的"开厂元勋"。

对于陶瓷行业的顶尖人才，詹培明更是爱才惜才，不惜重金引进优秀人才。10多年前他在广交会上遇到清华大学美术系教授张守智，对于陶瓷业界泰斗级人物，他力邀张守智担任公司顾问，并出巨资帮张教授成立"张守智瓷艺研究所"。他的诚意也打动张教授，使其乐于接受这一切。在合作期间，张教授为斯达高企业的发展方向、产品设计理念、市场销售渠道、人才培养等方面都给出很多有利建议、金点子。近年来，他还出资为张守智教授在湖南美术出版社出版他个人陶瓷精品力作巨著。

詹培明还曾将自己的总经理办公室腾出来给"泥人张"后人张荣达当泥塑室，在业界传为美谈。2018年詹培明认识了潮州陶瓷名师蔡维杰，发现蔡维杰就是潮州陶瓷博物馆大厅62米长巨型浮雕瓷板画《清明上河图》的原作者，大为感动，特意钻进蔡维杰9平方米斗室，看他花4年时间制作的百米巨型浮雕瓷板画《五百罗汉图》深受震撼，当机立断投巨资连人带画一起收归斯达高。

詹培明在人才激励上从来毫不吝啬，从来都是不拘一格降人才。骨干力量公司配住房、配汽车，分配能发挥专长的工作岗位，在工资待遇方面给予丰厚优待。詹培明对于人才也给予充分的信任，做到用人不疑，创新的课题能完全放手让研究人员自主发挥，给他们充分发挥自己想象力和创造力的余地。对于瓷艺这门古老的技艺，他一直认为必须赋予现代科技元素，才能有更大的发展空间。而瓷艺的创新在崇尚手工造型和传统技术面前，的确有些举步维艰，因此,瓷艺人才不能全部依靠引进而是注重自己企业的培养,在用人上坚持唯才是举,唯才是用。至今,斯达高引进有清华学院毕业的技术人员,还有景德镇陶瓷大学、广州美术学院的毕业生,也有函授毕业和艺校人员。他的选才要求,主要看是否真心喜爱瓷艺这个行业,有无决心在该领域长久从业的意愿,技术基础并不是最重要的,不懂的可以学,非专业的可以着重培养。

火土烈焰锻造的瓷语匠魂

作为陶瓷行业的忠实守业者,卓越品质铸就经典品牌,詹培明领导的斯达高凭着过硬的生产工艺和技术、严谨的管理、周到的服务,尤其是高质量的产品而蜚声海外。作为一家港商独资企业,通过了 ISO9001:2000 质量管理与 ISO14001:2004 环境管理认证,现以生产经营高档陶瓷产品和高品质陶瓷花纸为主,年产工艺陶瓷品种 1 万多个,2000 多万件,畅销于英国、德国、俄罗斯、日本、澳大利亚和东南亚 30 多个国家和地区,95% 的产品出口国外。尤其是欧美与中东,近年来以英、法、波兰为代表的欧洲国家更是钟情于斯达高公司的艺术表现力和产品的文化内涵。

詹培明还说起人生一段难忘的经历。2008 年一场金融风暴让许多企业顷刻之间七零八落,每每言及至今仍心有余悸。而他则坦然直面这一恶劣经济环境,仍然一派淡定从容。他不但自己有坚定的信心,还不忘激励员工,属于斯达高的订单只是暂时被阻隔了行程,一个也不会少。他仿佛料事如神,果不其然,金融风暴前锋一过,海外订单如同雪片般飞来。在第 105 届广交会上,有全球陶瓷"皇帝"之称的澳大利亚客商 Max 一举就订购了斯达高 300 万美元的陶瓷产品；韩国某客户在斯达高展位前左挑右选，签下 5 万美元订单；土耳其某客户第一次看到斯达高产品，抗不住美丽的诱惑，而签下 8 万美元订单；哈萨克斯坦一个客商仅在斯达高逗留 2 小时，就采购了约 40 万美元的产品……出口量不但没有减少，反而激增，斯达高不得不将交货时间从 120 天延长到 180 天。

前些年，华为集团在世界各国都设有办事处，要为各国客商购买具有中国文化特色礼品，既要有中国传统元素又要有时尚感，对品质的要求非常高，因此对凡事都追求卓越的华为，特别找到最善于处理礼仪事务的外交部。外交部的有关领导笑着说：何需舍近求远？并强烈推荐斯达高瓷艺。回到深圳后，半信半疑的华为办事人员马上到斯达高来探访，在瓷艺廊转了一圈，顿时大开眼界，又经有关负责人再次考察，批准将斯达高所有瓷器作品发到公司网站上，让驻在 145 个国家的办事处认真挑选，结果获得各地办事处齐声喝彩，从此华为集团也成为斯达高定制高端礼品的长期客户。

诸多师友曾经对詹培明有过评价，前深圳市委书记厉有为认为他"不追求企业最大，只追求活力最强，产品最美，文化品位最高"。国家一级美术师、中国摄影展览馆资兴分馆馆长则认为"让更多的世人得以分享大自然与瓷艺的融合之美，成为培明兄最大的人生财富"。深圳企业家摄影协会副主席杨惠光也说他"以平凡锻造经典，以勤奋传承文化。他不但是杰出的企业家，而且还是杰出的艺术家"。加拿大职业野生动物摄影师杰夫认为"他把野外拍摄作为瓷艺花色图案之源，拍摄丰富了瓷艺创作，瓷艺与自然景观结合得美妙绝伦，这点很少人能做得到。他的这种精神和造诣让我为之感动"。原万科基金会主席丁福源也评价道："做陶瓷的企业，真正用心去做的屈指可数，您詹培明算一个。做大的没有你好，做好的没有你大。"

"君子藏器于身，待时而动。"有着卓越才能的人，在等待中磨砺完善自我，以平和谦虚的态度潜心准备，机会总是留给有准备的人，这句话对于詹培明而言真是恰如其分。几许世事沧桑，笑看风云变幻，浮沉随浪只记今朝，他总是保持豁达开朗的心态，从容应对人生变故。

斯达高还携手联合陶瓷业同行共同推广国内市场，在他眼中，同行不是冤家，而是利益的共同体，只有整个行业共荣才有企业发展的良好土壤。"皮之不存，毛将焉附"，詹培明没有将国内同行视为竞争对手，而是试图通过帮助后进同行，带动国内陶瓷业的发展，以期在国际市场重现中国陶瓷的光彩。

斯达高获奖无数，专利数百，中标更多。詹培明每每人生金榜题名之时，得意喜乐之余，他始终认为如有万千流萤的衬托，才成就了他这片光明。这流萤是祖德的庇佑福荫，团队的努力，客户的认可，社会的支持，亲人师友的帮扶，还有顺势而为的时机，生活的小确幸，这一切点点滴滴成全了他今天的成功。他虔诚敬畏生活，倾心感恩图报。他始终不忘初心，为发扬潮彩和中国陶瓷事业，更让中国制造的陶瓷在世界焕发出更加璀璨的光辉。斯人斯业一直倾力而为，力求至诚至精，弘扬工匠精神，做优秀的中国匠人，精工铸就深圳匠魂，为伟大的民族复兴而奋斗。詹培明坚信斯达高的未来之路将越走越远，境界越来越高！

"千磨万击还坚劲，任尔东西南北风。"如今斯达高经过了33个年头的风风雨雨，站在新的历史起点，踏上"十四五"的新征程。斯达高瓷艺一直在国瓷行业里树立了一块丰碑，一直秉承厚德至诚，精工至善，创新致远，匠心铸魂。詹培明一直没有忘记斯达高之名所赋意的祈愿和使命。

深圳匠魂

陈志忠

深圳匠魂

　　高级工艺美术师，曾荣获广东省工艺美术大师、中国工美艺术大师、深圳市高层次人才等荣誉，享受政府专项津贴。自1986年起在香港开达公司模具部（中堂玩具厂）跟随骆宝璇先生学习，继承了濒临消失的全套金属手雕錾刻技艺，将传统手工工艺与现代设备有机结合，精通金属錾刻工艺的所有刀法并能制作各种錾刻工具，多幅作品上的錾刻肌理效果被行业内作为范本传播。雕刻制作了2003年、2009—2014年的中央电视台春节联欢晚会吉祥物，为北京奥运会、上海世博会制作的专用礼品被作为国礼赠送来宾，其雕刻作品共获得国家级金奖20多个。多年来注重技艺传承，培养的多名徒弟获得高级工艺美术师职称及深圳市工艺美术大师称号。

千锤万凿里的铁骨柔情
——錾刻工艺美术师陈志忠纪事

舒 蔓

听说陈志忠,最初是在《匠心南粤——广东当代工艺美术精品选》中看到对他的介绍,得知他一直从事金属雕刻工作,精通金属錾刻工艺的所有刀法并能制作各种錾刻工具。

看到"錾刻"二字,我不禁想起了故宫博物院里的国宝"金瓯永固杯"。它是清代帝王镇国传家之宝,为皇帝每年元旦举行开笔仪式时专用的酒器,外形呈鼎式,上面镶嵌着各种宝石,通体錾刻着缠枝花卉,玲珑剔透,是中国乃至世界金银器史上的巅峰之作,也是錾刻艺术的顶级代表作。

早就听闻錾刻工艺非常难掌握,从艺者稀少,兼之又必须通过口授心传、手把手教的形式才能培养徒弟,以至于此种工艺处于衰退的状况。没想到在深圳的"鹏城工匠"里,居然也有这样的錾刻工匠,我不禁急切地想去拜见本人,想了解个究竟。

和陈志忠约好,到他位于龙岗的工作室见面。想象中,这该是一位钢铁硬汉,颇有古时铁匠遗风。不料,见面时,只见他个子不高,中等偏瘦,一身舒适打扮的休闲衣服更没有了想象中的"肌肉男"的健硕样子,笑起来,眼睛眯缝着,非常随和有趣。

他从一个工业园样子的院子最里面一排房子走出迎来，简单寒暄后马上就带着我进工作室了。工作室门口种了竹子和菩提树，还摆放了一个大缸，里面养了些浮萍睡莲般的水生植物。工作室里面分成了3个大的部分：门口是一些奖牌奖杯的展示区；左边是比较大的作品展示区，展示区里面右边角上是很大的工作台，有工作人员正在上面敲敲打打；展示区再往左进一扇大门，就是陈志忠的工作区了。工作区里一整面墙的书架吸引了我的目光，书架中间摆了一张放大的家族合影黑白照，很有年代感，摄于1973年的武汉。我问陈志忠里面哪位是他，他让我猜，我根据年龄判断了一下，就指着位于照片中间的5岁左右的孩子让他确认。他爽朗地笑起来："长了几十年了，眼睛还是那么小，被你一眼就找出来了！"这句拿自己调侃的笑话立马就拉近了彼此的距离，我这才认真地看看陈志忠的眼睛，嘿，还真是小，不过，非常亮！正对着门的那面墙上挂着一幅字，很醒目，从左往右读，是"道门"，从右往左读，是"门道"。看着我盯着字看，陈志忠赶紧介绍说，那时他父亲写的。于是我们坐下来，就从父亲开始聊起了他的童年。

华科往事　錾刻起源

1968年，陈志忠出生于武汉，是家里的第一个孩子。陈志忠父母都在华中科技大学里工作。他的父亲陈守谨是20世纪60年代的大学生，考取的武汉机械学院，是新中国成立后为加强工业力量而重点建设的工科大学，也是华中科技大学的前身。读大学期间，陈守谨为了响应国家备战的号召，应征入伍志愿上了福建前线。和当时因为各方面素质优秀而被挑中的200多名武汉学生兵一样，他们都放弃了之前大学所学的专业，全部转为雷达兵，改为学习研究雷达相关技术。经过7年部队前线的磨炼后，陈守谨被安排重新回到武汉机械学院。不过，这时，武汉机械学院已经停办，连同专业和教职工都并入到了武汉工学院。7年之间，熟悉的校园早已物是人非，过去专业优秀的他在新的环境里无人知悉，部队所学的雷达在这里又不对口，安排工作时他进了校办工厂。

陈守谨除了专业优秀以外，还特别擅长书法美术，校办工厂的模具机械等工作对于他而言，是可以轻松胜任的。于是在8小时以外，他常常练习书法和绘画。有段时间，他因为一身本事无法发挥而有些郁郁寡欢，但一想到和他一起到福建前线的许多学生兵，有的牺牲在前线，有的留下残疾，又安慰自己，能活着回来在学校工厂工作已经是命运的眷顾了，于是又释然。

作为陈守谨的长子，陈志忠从出生起就被寄予了厚望。天资聪颖的男孩5岁就被父亲送进了小学。父亲的厚望是好事，陈志忠从小跟着父亲读书、练书法、篆刻和绘画；但厚望有时候也不是好事，陈志忠与比自己大2岁左右的孩子一起成长，被"拔苗助长"的感受强烈，另外与父亲揣着一颗知识分子的心混迹于工人之间类似，陈志忠揣着一颗小小孩的心，却不得不混迹在大小孩中间，颇有些"没朋友"的孤独。大小孩往往不乐意带着小小孩玩，还时不时要欺负他一下。陈志忠不想被欺负，习惯了自己玩。放学了，会跑到父亲的工厂里，看工人师傅们摆弄机械，看父亲制作模具；回家后，在父亲的指点下，读书写字画画。陈志忠小时候时常坐不住，于是经常挨揍。他开玩笑，练毛笔字时写过无数的名言警句，印象最深的就是"棍棒出孝子"。

不过，父亲督促的画画，陈志忠还是非常喜欢的，还有篆刻，尤其让他动心。他拿着父亲给他备好的刻刀和印床，在桌前一坐就

陈志忠金属雕刻代表作《风调雨顺》

是半天。他非常醉心于把一方小小的石头,用锋利的小刀雕刻成印的感觉。手腕和手指力度与方向掌握的不同,刀锋所落之处,平直不同、深浅不一、粗细各异,而且刻出来后,文字排布和篆刻手法的精心会导致刻印呈现出书法笔意的飘逸和绘画构图的优美。陈志忠觉得这方寸之间妙趣无穷,深深地被吸引了。他没事就一个人拿着刻刀刻,沉迷其中,手对刀的把控越来越好,一颗颗坚硬的石头在他手里变得柔软易控。

跟着父亲在工厂里看他们制作模具也有同样的乐趣,刀具在金属等材料上雕刻,明明是那么坚硬的互相抵御,最后做出来的成品却有着圆润的弧度、柔顺的画面。

陈志忠爱上了这些坚硬的刀、石和金属。就在这时,有一部电影,更加加深了他对"坚硬"的崇拜和热爱,那就是《少林寺》。《少林寺》是我们国家功夫电影史上具有划时代意义的影片,1982年在国内上映,以1毛钱的票价创下了超过1.6亿元的票房纪录,风靡全国,尤其是在当时的中小学生当中引起了巨大的轰动。孩子们纷纷模仿觉远和尚,以习武善打为荣。14岁的陈志忠也不例外。从小受大孩子欺负的陈志忠,默默地开始跟着书本、跟着别人打沙包、练拳、练习九节鞭和长棍。日子长了,也还真有模有样了。有一天,华科院子里放露天电影，陈志忠和一些小伙伴一样，没钱买票，就跑到银幕的背面空地去看。这时候遇到了一个经常欺负他的高年级男生，那男生见陈志忠坐的地方位置好，就过去找碴要他让开，陈志忠没有搭理他，他霸道地对着陈志忠就是一拳。练习了半年打沙包的陈志忠憋了多年的火终于爆发了，他站起身，奋力反击，没想到几拳就把大男孩掀翻在地，打得求饶。陈志忠突然发现反叛和"打倒纸老虎"原来"得来全不费工夫"，算是狠狠地尝到了练武的甜头，从此对打架颇为"上瘾"。他愈发刻苦地练武，把臂力、腕力、手力都练得非常好，也从从不惹是生非的"老实孩子"反转成了谁也不敢惹并且喜欢帮弱小朋友出头的"功夫大哥"。

在华科的院子里，在高校学者云集、知识分子成群的环境中，陈志忠俨然成了有名的"调皮娃"，父亲陈守谨"望子成龙"的心饱受打击，又不免时时会"棍棒"他几回。但只要看到陈志忠安静地沉迷于篆刻时，他又略感欣慰。于是，对于陈志忠美术学习方面的任何要求，他都尽力满足。陈志忠要画画写字和篆刻，他都是该买的买，该学的学。那时候书报都比较贵，家里长期订有《人民画报》等杂志。买书的时候陈守谨也毫不犹豫，只要有钱就买，陈志忠潜移默化接受到非常好的文化熏陶。陈志忠喜欢摄影，父亲居然为他买了一台上海出的儿童相机，一下花掉几个学期的学费钱。无论是金属錾刻还是金石篆刻，只要儿子乐意学，他都倾囊相授。这样，少年时期的陈志忠，"正书"读得一般，"闲书"却读得不错，调皮打架"惹事"多，但美术功底和手上功夫也不简单。陈守谨对儿子又爱又恨，陈志忠对父亲也一样。

就在这冰与火相交的日子里，陈志忠度过了他丰富多彩的童年和少年。到了1984年，没能如父亲所期望进入大学深造的陈志忠参加工作，来到了父亲所在的华科校办工厂。和从前同学、战友，还有华科同事的孩子们相比，陈守谨对外很少提及这个大儿子。而陈志忠也习惯地按自己的想法工作和生活。他进了模具车间，把从前的好奇变成了职业。模具制造既是体力活，也是脑力活，要根据模具设计的要求，结合产品需求，选择合适的设备和刀具，确定采用的加工手段和顺序，通常经过锻造、切削加工和热处理几道工序才能完成。陈志忠跟随父亲和师傅，很快就掌握了模具制造的基本方法和流程。工作之余，他依然喜欢练武，和朋友们玩乐。静的时候，他要么画画篆刻，把刻刀用得更加娴熟，要么看书，他看书很杂，尤其是一些看似无用的文化类的或者工艺美术类的书特别吸引他。

在华科的校办工厂工作1年多后，1986年春天，南方一家叫开达的公司到武汉的华科来招人。开达集团曾经是全球最大的火车模型制造商，旗下凯达玩具厂曾是深圳改革开放后的第一代港资企业，旗下东莞中堂开达玩具厂在1949年前就开始开厂，经历了玩具代工最繁华的年代。当时开达集团有一位高管是武汉机械学院最早时期的校友，对华科有着深厚的感情和信任，所以这次来武汉，把模具技术工人的招工名额全部留给了华科子弟。

中国改革开放不久，广东对于内地人而言是非常具有吸引力的，合资企业里规范的管理、成熟的技术，尤其是高出内地好几倍甚至10多倍的收入对年轻人有着非常大的诱惑力。陈志忠和他的很多同事同伴都报名了。到了招工考试现场才知道，报名的人数达到400多。经过了一轮轮文化和技术的测试，最后入围面试的就只有40多个了。陈志忠还记得最终入围的面试是在酒店里进行的，面试的主考官是一位能说普通话的天津人。面试貌似很简单，就是考官随意地和应试者聊天，聊得兴起的时候，考官突然给陈志忠递过来一根香烟。

陈志忠礼节性地回绝了："我不抽烟，谢谢！"

后来，陈志忠被录取了，和他同时被录取的还有6位熟悉的年轻人。他们在一起聊起了考试的过程，发现，大家在面试的时候都经历了主考官递过来香烟的情境，而且，他们的共同点是：都礼貌地拒绝了香烟。然后，和其他落选的伙伴们谈起，发现他们都接下来了递过来的香烟。大家都很惊讶，这个香烟原来不是无意闲聊的巧遇，而是考试的重要考点。日后他们才从考官那里得知，原来他们递香烟确实是特地设计好的题目。香港公司对于模具技术工人的要求很高，金属雕刻中的錾刻工艺操作过程复杂，技术难度大，要求操作者具备良好的综合素质，既要有绘画、雕刻的基础，又要掌握钳工、锻工、钣金、铸造、焊接等多种技术，对传统文化还要有一定的理解和鉴赏能力，非经长期刻苦的学习和钻研而不能很好地掌握。所以，他们在挑选技术工人时，综合考量了他们的文化和美术功底以及手工艺技术基础。至于香烟，则是考虑到錾刻和模具合范等重要技术环节都需要非常稳定的手力和精细的控制力，决不能抖动，抽烟的人容易得慢性咽炎，时常引起咳嗽，一旦咳嗽，就容易出不合格的产品。所以，他们要求模具技术工不抽烟。

得知缘由以后，陈志忠深深地感到庆幸，因为，他那时候其实是抽烟的，只是出于礼貌，拒绝了香烟。相反，他知道的，那天去参加面试的人中有许多其实并不抽烟，但同样出于礼貌，他们接下了香烟，结果被排除出局。多年以后，陈志忠依然感慨命运安排的神奇，一根烟，把一批人的命运都改变了。

1986年4月，陈志忠和这批新招的模具工一起从武汉抵达广州，然后被分配到东莞的中堂玩具厂，专门从事模具制作和金属雕刻工作。这是他人生中重要的转折点，奠定了从事錾刻工艺的坚实基础，因为，就是在这里，他遇到了人生最重要的恩师——骆宝璇。

拜师学艺　窥见门道

1986年，陈志忠成为在香港开达公司模具部东莞中堂玩具厂的一名技术工人，做芭比娃娃模具的雕刻。陈志忠一行新员工，被公司安排首先跟随师傅系统学习金属雕刻工艺，他和另外3人成了骆宝璇先生的徒弟。

骆宝璇是土生土长的香港手艺人，十多岁少年时代就进入了模具制造行业，精通金属雕刻的全套手雕技艺，为人非常宽厚随和。錾刻这门工艺对从艺者要求非常高，学艺者本来就不多，加上从来没有过工艺的系统教材和专著，也很难用大规模开班的形式进行授课，必须由师傅带徒弟，手把手教。

骆宝璇告诉自己的徒弟，錾刻，是中华民族传统手工艺技法之一，迄今已有两千多年的历史。从前最杰出的工匠往往都在造办处为皇帝制作御用之器，要了解最精湛的錾刻技艺，博物馆是最能增长见识的地方。那些堪称鬼斧神工的作品，都出自能潜心钻研、精心锤炼、追求极致的匠人之手。要成为好的匠人，要不断精进技艺，还要始终磨炼心性。师傅的这番话，让陈志忠思考良久。说话慢条斯理、语气温和的骆师傅和父亲陈守谨风格迥异，但要求一样高。如果说父亲的教导方式是"棍棒之迫"的话，那骆师傅则是"善诱之风"，师傅把路给你指得很明，道理讲得很透，但你需要自己领悟自己的不足，通过自我潜心发力来跟上师傅的脚步。

汉语"模范"一词，现代释义为"学习、工作中值得树为典型的人才或事迹"，它在古汉语中的来源却是指"制造器物的模型，

陈志忠錾刻工作照

模子"，也就是模具工人制作的内容。骆师傅制作模具多年，非常讲究规范，一招一式都严格要求，规规矩矩。他要求工作台每天保持桌面整洁，进行錾刻时，工具摆放有序，每一个步骤的开始和完成都要守规矩，錾刻中出现的灰尘及时地拂拭，手也要及时用肥皂清洗干净。骆师傅自己每天都穿得整洁干净，牛仔裤都是洗烫得洁净平整，一双手成天和金属、刻刀、油泥打交道，但要时常清洗，连指甲缝都永远是干干净净的。曾经调皮淘气出名的陈志忠突然像是被带进了一个全新的世界，与以前在校办工厂里操控机械的粗糙不同，他仿佛来到了一个宁静而洁净的世界，那些熟悉的刻刀和金属仿佛都变得柔和起来，不需要他去用力制服，而是等待他用情呵护。

骆师傅按錾刻的步骤程序一项项把手艺教给徒弟们，手把手地教他们打泥稿、翻石膏、翻树脂、仿型坯，最后再手工精细雕刻。

如果说从前跟随父亲学习更侧重于机械操控的话，那骆师傅的教授就更侧重于手工艺术了；如果说从前做金属雕刻更注重产品数量和效率的话，那现在的錾刻则更注重手上的技巧和产品的质量了。

陈志忠跟着骆师傅把要制作模具的蓝本画面临摹在稿纸上，再将纸覆盖在可供精雕的油泥上，用小针沿画面的每个线条扎小孔，让无数小孔在油泥上形成虚线，揭开稿纸，用刮刀根据油泥表面虚线勾勒出画面轮廓；把油泥粗样稿翻制成专供雕刻的石膏件，在上面进行按图刻画，把画面人物原本呈平面的轮廓变成立体状，具有高低起伏的浮雕效果；将石膏件翻制成树脂件，就其比较细腻的样稿动用工具再进行细部修整；将修整后的树脂件作为模板，使之与裁好的大小相等的铜板置放在仿型机上，令其铜板被仿制成胚；最后再运用各种铲刀在成型铜胚上錾出画面人物所要表现的各种细线条，同时也增加了场景中不同元素的肌理和质感。这里的每一个步骤都需要脑子里对美的悟性和手头上精巧细致的功夫。骆宝璇仿佛是一座巨大的宝库，敞开胸怀把一身手艺毫无保留地传给陈志忠，但陈志忠还是觉得深不可测，学无止境。

陈志忠以前学习的时候，时常觉得很快就能找到自己的兴趣点并且迅速地学成自己愿意学的内容，但在骆宝璇面前，他第一次感觉到自己见识浅薄，需要全力以赴方不至于摸不着门道。他不顾白天黑夜地学习练习，师傅不时指点，技艺进步非常快。很快，他就成了骆师傅最喜爱的徒弟，在他的勤奋求教下，也得到了更多"吃小灶"的机会。也是奇怪，从前在父亲面前总是挨打受骂的陈志忠在骆师傅面前好像换了一个人，他好学上进，时常得到师傅的肯定，师傅从来没有说过他半句重话。陈志忠被师傅手艺里的"刚"和性格里的"柔"所征服，所感动，所折服，他打心眼里敬重这位比他年龄大不了多少的骆师傅。

开达生产的芭比娃娃风靡全球,与骆宝璇这样的能工巧匠在制作模具时的精雕细琢分不开。錾刻的手工精细雕琢环节是其中最关键的一步,这关键一步,也是骆宝璇教陈志忠花时间最多和花精力最重的部分。例如,锤揲法是金属雕刻技艺的源头之一,就是利用金、银质地较柔软、延展性强的特点,将金银捶打成各种形状。首先锤揲出器物的基本形态,然后由内向外锤出人、物形轮廓,形成内凹外凸的效果,再在外凸的人、物轮廓上錾刻花纹,工艺非常讲究。骆师傅教陈志忠以线条和点相结合的形式作为构图手段,使用各种大小和不同纹理的錾子,用小锤连续地击打,在金属表面留下錾痕,形成各种肌理,取得在一色中产生较多层次、绮丽变幻的艺术纹理,以达到装饰的目的。錾刻的刀法种类繁复,骆师傅逐项悉心教授。不同錾法需要使用的锉刀、铲刀也各不相同,标准化生产的工具很难满足实际工艺需求,骆师傅有几百把不同的刀,大部分是自己制作的。"工欲善其事,必先利其器",为了在錾刻工艺中加工出层次分明、线条清晰的精美纹样,骆师傅还带着陈志忠制作适合自己的各种锉刀、铲刀……

在带徒弟的过程中,骆师傅传授得毫无保留。陈志忠遇到骆宝璇,仿佛海绵遇到了水,一个不停地汲取,一个不停地给予。旁人看在眼里,都不禁感叹,俗话说得好,"教会徒弟饿死师傅",在手工艺领域里,这种靠口授心传的绝技,哪有这么轻而易举就都倾囊而出的? 骆师傅对陈志忠实在是太过偏爱了! 陈志忠听在耳里,记在心里,非常感恩师傅的厚爱。跟随师傅学习模具制作和金属雕刻工艺2年后,家里捎来消息,要陈志忠马上回武汉。

原来,家里在武汉的华中科技大学出版社帮陈志忠找到了一份工作。陈志忠錾刻工艺学艺正酣,但父母期待他留在身边好好做份稳定的文职工作的愿望很强,加上陈志忠从小爱读书,也很愿意做

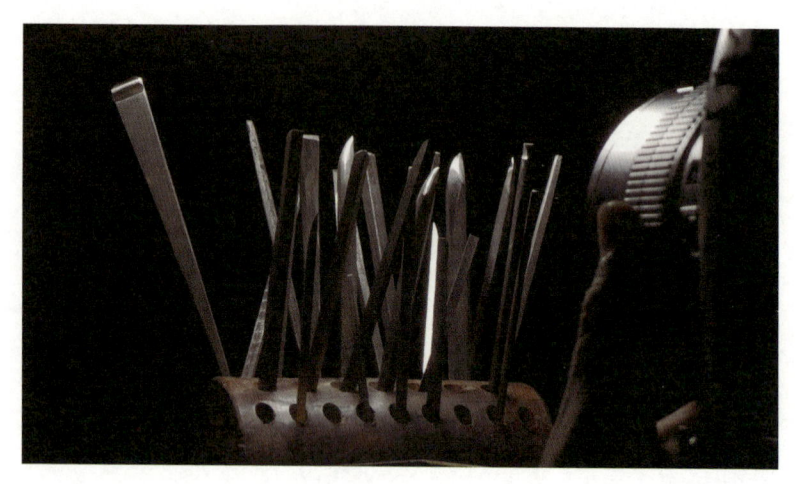

陈志忠自制的金属錾刻工具

和书相关的工作。权衡再三，他作别了骆师傅，离开了开达公司。骆师傅对于爱徒的离开，有些不舍，但是，他依然祝福他。多年以后，陈志忠谈起骆宝璇，依然满怀感恩真情："那时候年轻不懂事，别人都说没有哪个师傅能像骆师傅对我一样毫无保留，我不懂。人家说他教我技艺，就是把自己口袋里的钱掏给我，我也不懂。直到后来，我才明白。只可惜时间太短，骆师傅是宝库，我跟着他学艺2年，技艺也不及他十分之一，仿佛是他手里握着一副扑克，把大王小王的好牌都给了我，也只是其中少少的一部分。"

　　陈志忠在华中科技大学出版社做发行工作。经过开达公司里骆师傅春风化雨般的引导和錾刻工艺的磨炼，他心性大改，与之前的调皮打架有了很大的不同，工作上也算是安安稳稳。就在这时，又发生了一件事，极大地改变了陈志忠原本已经平和的心态。1988年底，华科校办工厂突然起了火，当时很多人都全力以赴去救火，及时化解了一场灾难。华科出版社就在校办工厂的隔壁，陈志忠看到着火以后，飞奔而去救火，生怕自己从前的工厂受损太大。救完火，他就默默地回出版社了。几天之后，陈志忠和家人都听到了传闻，说这把火就是那个调皮捣蛋出名的陈志忠放的！别人因为救火被表彰的时候，陈志忠却公安局派出所几次三番叫去盘问，倔强的陈志忠无法辩解也懒得辩解。后来听说是发行科的科长去公安局给他证明：陈志忠不可能放火，他是在看到火势以后跑出去救火的。这才还了他清白。

工厂的火是灭了，但陈志忠那憋屈愤怒的火却被点燃了！他不知道谣言从哪里来的，但是他知道那些人一定就住在他们一个院子里。过年那天，大家都在午夜燃放鞭炮欢庆，他却准备了很长很长的鞭炮，从楼顶挂下来垂到楼底。三四点的凌晨，估摸大家都睡着了，他恶作剧地点燃了大鞭炮。宁静的黑夜里，突然炸响的鞭炮噼里啪啦地惊醒了所有邻居，在大家的骂声中，陈志忠感觉是出了一口恶气。他厌恶别人对他的不公，无法和这周边的环境继续和平相处。于是，他出走了。1989年的农历大年初六，他带着简单收拾的行李，南下广东，到深圳这个陌生的城市里去寻找自己的未来。

千锤百炼 技艺精进

1989年初春的深圳，气候温暖舒适，怀里仅揣着不到100块钱来到深圳的陈志忠急切地想找到工作。春节过后，也正是许多港资等外资代工厂急切招工的时间段。陈志忠在马路边寻找着贴着招工电话的小广告条，抄下地址电话寻去，工厂需要操作机械的工人。陈志忠当场做了一把錾刀，招工的人立马就录了他。当他背着行李去工厂宿舍的路上，看到有家香港玩具厂招开磨床的工人，陈志忠想起自己在开达的那段充实顺心的日子，不禁对香港的玩具厂有些亲切的好感。他过去试着说了一声自己是开磨床的熟练工。对方一听很高兴，赶紧让他填表直接上班。

在这个玩具厂里工作时间不久，就有个从前武汉的熟人找来告诉他，有家香港工厂招模具工人，待遇给得很高，一天最高的有35块，要陈志忠过去试试。陈志忠就这样到力克模具公司招工的地方去见工。招工的人当中有个主事的，穿着皮夹克，说粤语，问了陈志忠几个问题，陈志忠那时还不会说粤语，就用笔在纸上写了自己是制作模具的熟练工，尤其是熟悉金属雕刻，做事速度比常人要快两三倍。负责人就让他第二天到厂区直接填表准备入职，还特地嘱咐他一定要去填表。第二天一早，也是凑巧，陈志忠和其他人在力克公司大门口排队等待领表的时候，恰好前一天穿皮夹克的阿叔吃完早餐回来看到他，叫他跟着自己不用排队直接进了厂区里面，优先把表给到他。在填"工资要求"一栏时，陈志忠写下了：每天35元。这个大胆的要求引来许多工人侧目，因为大家都按平常的工资水平填的每天18块、20块左右。模具制作部门的负责人也是个香港人，他对陈志忠稍做测试后，就跟他说，要先试用他一段时间，试用期里，给他30块钱一天的工资。陈志忠答应了。就这样，陈志忠成了深圳力克模具公司的一名模具技术工人。

陈志忠一上工作台，从前骆宝璇教他做事的"烙印"马上就体现出来了，他把工作台清理干净整洁，把工具摆放得规范有序，做起事来规规矩矩。负责的香港人一看就大致知道了他的水平，对他很客气。当时他工作那个小组的组长，听说陈志忠受皮夹克阿叔（后来陈志忠才知道，他是公司老板的叔叔）和部门负责人的青睐后，很是嫉妒这个新人。于是就把一个做坏的合范线丢出来，告诉部门负责人是陈志忠做坏的，他手艺根本就不好。陈志忠刚进公司才几天，还压根没有机会直接接触到合范线的重要流程，面对别人的"诬陷"，他百口莫辩。他攥紧拳头想使劲揍他一顿，又想起骆宝璇以前常常跟他说的话："少和人争辩。人家说得对的就改，不对的就听着，莫争辩。"于是他跟部门负责人说："你们把弄坏的拿来吧，我负责修好，如果我修不好，前面几天的工资我都不要了，算是赔偿。"中午他没有吃饭，更没有休息，很快就把那套坏掉的合范线重新对版，用画笔勾好线条，切割修好了。下午上班，他们拿过去一试，果然完全对上了。

他进公司一周，部门负责人就结束了他的试用期，给他把工资主动加到了38块钱一天，并且建议董事长把他的工作牌换成了等级较高的红色，可以独立操作精密工艺流程。

陈志忠得到了上司的信任和赏识，又做了自己熟悉和喜欢的模具制作里的关键技术部分——金属雕刻，工作非常勤奋。他沉浸在摆弄锉刀和打磨机的工作中，儿时做篆刻时反过来雕刻的经验和趣味应用到錾刻技艺中，竟然有着无穷的吸引力。他不停地敲敲打打、锤锤刻刻，看到自己做出来的模具越来越精致，生出了无限的成就感。这是年轻的陈志忠特别喜欢和享受的一种感觉。

他的手艺在千锤百炼中不断进步时，心灵也不断地接受着外部的"锤炼"。

依然有人嫉妒他，跑到部门负责人那里列举了他"三宗罪"：一是浪费电，每天一到工作台，就把台灯开得很亮，而且总是要前后开两盏，不到下班不关；二是上班"磨洋工"，时不时就跑出去洗手；三是故意加班骗加班费，每天下班都磨蹭着慢慢敲打。

前面两个习惯都是骆师傅帮徒弟养成的：金属雕刻是精细活，对双手稳定性的要求格外高，灯光要很亮并且要前后两盏灯对照着才能避免影子对雕刻的影响，为了让眼睛适应光亮，必须上工作台就开灯。时不时洗手,保持双手干净,那是精细做工的需要。至于加班,陈志忠就真的无法解释了,他只能跟自己说:我一定要自己手上的产品精益求精,没有时间的打磨做不到啊!得知对他的"告状"后,陈志忠按捺不住满腔的怒火,冲进这个又蠢又坏的"小头头"的办公室,一把把他办公桌上的所有东西横扫到地上,狠狠地瞪着他,就转身走了。他心里还是记得骆师傅说的"莫争辩"。

尽管他自己不争辩,但他的部门负责人还是懂行也信任他的。负责人并没有因为别人的"告状"而对他表示丝毫不快,反而更加确定他是一个难得的技术人才,因为,他的动作规范,不是"野路子"。陈志忠进厂1年多后,公司为了充分发挥他的才能,专门成立了一个团队,让他带一批学徒,专门做技术性强的手工雕刻工作。1991年,陈志忠的月工资超过了5000元。当他成为主管之后,工资已经不再另外计算加班费了,但是,陈志忠依然经常加班。他实在是太喜欢沉浸在精雕细刻里的感觉了,工作带给他的满足感和成就感不是回去休息玩乐可以替代的。

在力克的4年里,陈志忠得到了上司的信任和重用,也有了非常多的练习錾刻手艺的机会。模具雕刻对于别人来说,是工作量,对于他而言,是宝贵的练习机会。他总是记得骆宝璇师傅跟他说过的"师傅领进门,修行靠个人",还有"不能一本天书读到底",教导他做手艺人要不断地学习,反复地练习,并且要领悟、要创新,这样才能不断地进步,不断地突破自己。就在成千上万次的模具雕刻中,在无数次的锤炼中,陈志忠的錾刻手艺水平,远非一般同行能望其项背了。

1993年,一直器重他、支持他的负责人调走了,这时已经是厂里两个部门主管的陈志忠,又体会到了从前的"孤独感",加上模具生产技术方面他也非常成熟了，于是他选择了辞职离开力克公司，自己创业。他对力克的"皮夹克"阿叔和部门负责人一直心怀感恩，感谢他们是始终相信自己并帮助自己的"贵人"。多亏了这些贵人，他4年时间就稳稳地在行业里立足，技艺经过锤炼已经达到了令人羡慕的高度。

1993年3月，陈志忠注册成立深圳市丰茂艺术品模具有限公司，开启了自己的创业之路。

万事开头难，陈志忠更多的还是一名高级技术工人，对于企业的管理经验还是比较少，所以他运营公司的重点还是承接模具的制作。用錾刻工艺来制作艺术品是他一直的梦想，但在企业起步阶段比较长的一段时间里，都难以真正开头。在丰茂成立的最初几年，陈志忠接到做模具的业务也不少，但基本比较零散。考虑到公司的生存，陈志忠自己也一直坚持亲力亲为，做模具生产中最复杂的手工部分。企业慢慢成长着，头些年里，他在成长，也依然被生活锤炼着，经历了一些坎坷。

陈志忠精心带了几个徒弟，就像当年骆师傅对自己一样，他毫无保留地教授着技艺，也希望他们学好了本事后和自己一起发展壮大丰茂公司。可是有几个爱徒学成之后都"出走"了，并且带走了之前在丰茂时联系的客户和订单。陈志忠接连遭受打击，措手不及，心里难以释怀。如果自己只教了技艺还好，重要的是他付出了很深的感情，他满怀真诚，期待他们能懂得自己的严格和无私背后的深情。然而，现实并非如此。尽管，他也知道千百年来手口相传的技艺常常都是这样的结果，否则也不会有那么多保守的师傅和只传家人的习俗了，事情发生的时候，他还是会感到心痛。他只能宽慰自己，师徒之间是有缘分深浅的。

于是，他更加看重能留在公司里和他一起奋斗、一起等待的人

左：陈志忠和韩美林老师在一起
右：陈志忠为韩美林老师83岁生日制作的铜镇尺

了。2002年春节前，陈志忠公司有个员工家里出了大的状况，妻子被人绑架伤害了，员工急得都要疯了。陈志忠得知后，一边叫人报警，一边就带上公司里的一群男子汉冲去救人。寻到恶人后，还没等到警察赶到，陈志忠和"恶人头头"就发生了冲突，一急之下，出手太重，把对方打得浑身是血动弹不得。警察到了，把陈志忠抓了起来，那作恶的人生死未卜，被送进医院急救。

员工的妻子得救了，陈志忠进了看守所。被关起来的日子万般难熬。小时候经常仗义打架的陈志忠后来经过骆师傅的教导后，心性已是大改，但依然见不得弱小受欺负，忍不住会打抱不平。打抱不平还是基本有度的，没料到这场灾祸来得这么突然，人在极度愤怒和焦急的情况下，手就控制不住了。在看守所的日子里，陈志忠焦虑不安，不知道被打的人究竟怎样了，是否能够活下来？不知道自己未来会面对怎样的惩罚，是否要进监狱从此失去自由？不知道外面的家人会怎样的着急，老父母和妻儿是否能接受得了这样的打击？……他越想越焦虑，越想越痛苦。他回顾自己创业的艰难，想着自己还有那么多要做的事情没有来得及做，而未来，似乎已经变成了无边无际的黑暗。

苦苦地熬过40天的漫长日子后，他终于从看守所里放了出来。万幸的是，那天被他打伤的"恶人"是重伤，手术治疗后可以痊愈出院了。考虑到事情的前因后果，陈志忠算是无罪释放了。从看守所出来的陈志忠，再见到自由天空里的蓝天白云时，他下定决心：一定要好好地珍惜所拥有的，做出一番事业来！

精美的金银器，也有浴火而生的过往，最炫美的花样，都是千锤百炼的结果。

陈志忠的人生低谷，就是他的浴火重生。

匠心独具　传承创新

2002年春节后，当陈志忠重新回到烟火世界里时，分外珍惜常人眼中的平凡生活。他决心要好好地练好自己的手艺，修好自己的心性。他重新认真地思考自己的人生目标，不想等到自己离开这个世界的时候还没有做出过让自己骄傲和满意的作品。他想沉下心来做作品，对，就是艺术作品，不是工业产品。他去过许多博物馆，由衷地赞叹我们祖先文化的深厚和工艺的精巧，他渴望像那些作品背后的工匠一样，能用自己高超的手艺做下哪怕一件传世之作，也就一生无憾了。

陈志忠抱着"人过留名雁过留声"的想法，要做一件自己喜欢并且能够传世的作品。从小热爱美术的陈志忠在脑海里把很多美术大师名作思考盘旋了很多遍，最后把目标锁定在徐悲鸿珍藏的《八十七神仙卷》上。《八十七神仙卷》相传为唐代画家吴道子所绘制的一幅绢本白描长卷，图中以道教故事为题材，描绘了以东华帝君、南极帝君、扶桑大帝为主的87位列队行进的神仙，画面纯以线条表现出87位神仙出行的宏大场景,形神刻画细致入微。画面笔墨遒劲洒脱,根根线条都表现了无限的生命力,如行云流水,充满韵律感,代表了中国古代白描绘画的最高水平。《八十七神仙卷》本身是一幅充满争议和故事感的长卷,而徐悲鸿收藏《八十七神仙卷》的过程同样曲折并充满了故事感。

《八十七神仙卷》上面并无落款,因此对于该画作的创作年代和创作背景一直都有争议,大致分为"唐派"和"宋派"。以现代画家徐悲鸿、盛成以及张大千等人为代表的画家认为该画作创作于唐代,其中谢稚柳、张大千却认为该画作创作于晚唐时期,而徐悲鸿认为出自盛唐画家吴道子之手。吴道子生活的年代,正是唐代国势强盛,经济繁荣,文化艺术飞跃发展的时代。唐代的东西两京——洛阳和长安,更是全国文化中心。画家们上承阎立本、尉迟乙僧,群星璀璨,绘画之盛蔚为大观。吴道子吸收民间和外来画风,确立了新的民族风格,即世人所称的"吴家样"。与此同时,佛道内容经南北朝画风的渗透融合,至唐代而发生了巨大变化,集中表现在吴道子笔下的释道人物身上,便产生了宗教艺术与"吴家样"的完美结合。在此背景下,吴道子创作出了诸多道教画作,而《八十七神仙卷》有可能也是在这种条件下诞生的。而以黄苗子、杨仁恺、徐邦达等人为代表的"宋派"则认为该画作创作于宋代,并认为是《朝元仙仗图》的摹本。

这幅长卷是1937年5月徐悲鸿应邀到香港举办画展期间,在德国籍马丁夫人家中买下的,画作之上没有落款,徐悲鸿将其命名为《八十七神仙卷》,并盖上"悲鸿生命"印鉴。1942年5月,为了给抗日将士和烈士家属筹集资金,徐悲鸿来到昆明,在武成路举办劳军画展。5月10日,日军发动空袭,徐悲鸿与大家一起跑进了防空洞。等空袭警报解除，当他再回到办公室时，发现门和箱子都被撬开，自己珍藏的《八十七神仙卷》不翼而飞。1944年，徐悲鸿在其学生的帮助下以20万银圆赎回此画作，1953年9月，徐悲鸿去世，其夫人廖静文女士按照其遗愿将《八十七神仙卷》捐献给了国家。

关于《八十七神仙卷》的争议很多，但它是一幅传世的名作毫无异议。《八十七神仙卷》图中描绘了东华帝君、南极帝君、扶桑大帝在侍者、仪仗、乐队的陪同下，率领真人、神仙、金童、玉女、神将前去朝谒道教3位天尊的情景。图中神将开道，压队，头上有背光的帝君居中，其他男女神仙持幡旗、伞盖、贡品、乐器等，簇拥着帝君从右至左浩荡行进。队伍里，帝君、神仙形象端庄，神将威风凛凛，众多仙女轻盈秀丽。作者将众神仙安置在和画面平行的廊桥上，桥下莲花盛开，祥云舒卷；桥上锦旗招展，神仙们列队前行，他们或手持鲜花宝瓶，或高擎锦旒旗帜，或手握各类乐器、宝剑，等等；众神仙表情尊贵肃穆，衣裙随风飘拂，队列连绵不断，阵容蔚为壮观。画面中7位仙女执各种乐器簇拥而行，手持琵琶、竹笛、芦笙、腰鼓等乐器，边走边奏。《八十七神仙卷》无论在构图、线条还是细节上，都体现了画家高超的技艺和深厚的底蕴。

把这样一幅画用金属雕刻来呈现，无疑是对难度、高度发起的巨大挑战。且不说把平面的线条变成立体的形象，且不说毛笔笔锋起承转合要用錾刻技法里的锤凿雕刻来转化，且不说金属的坚硬要通过不同的錾刻刀形成肌理的叠加来转化出"吴带当风"的柔美，单就身份仪仗各异的87位神仙各自的服饰要变成金属雕刻作品时需要重新完善的细节部分，没有非常深厚的文化储备都难以完成啊！

陈志忠决定去挑战自己的极限，视这样一幅宏大的作品为一座不可逾越的高山，他要用余生最多的时间和精力去突破自己完善自己，不停地攀登、向上，最终抵达自己仰望的顶峰。

着手雕刻《八十七神仙卷》，刚刚开始构图，他就遇到了很多的困难与困惑。画中几笔勾勒出的仙女的发髻与头饰，细节究竟是怎样的？为了弄清楚古代不同地位神仙之间服饰的区别，他查阅了大量有关古代服饰、盔甲、头饰等文献资料，有时候到书店买书，买到口袋空空如也，搬运回去却连摆放的地方都找不到。为了了解古时女子发髻、首饰，还有衣服的样子，他到处观看古戏，有时候为了看场昆曲或者京剧花很高的票价，有时候为了看濒临失传的地方小戏，他坐火车、汽车到偏远的乡村。他一次次直勾勾地盯着台上的女演员看，一次次恨不得转到台后凑近摸摸女演员的头发……人们甚至传言说，自从陈志忠被关了40天以后，神经出了问题，犯了"花痴"。陈志忠沉浸在创作的构想中，一笑了之，曾经热爱热闹害怕孤独的他突然发现，孤独原来是个好东西，心静处心也净。

陈志忠这次不急了，他像攀登珠穆朗玛峰的运动员一样，做好各项准备，一边储备一边动手。他设计好粗稿，不断地细化，同时又开始了打泥稿、翻石膏、翻树脂等各项錾刻必需的基础流程。他选择紫铜来作为呈现载体，也是经过精心考量的。铜是象征着富贵、豪华、庄重、温馨的文化物质，更是一种质地坚硬的金属，而且耐腐蚀，不易受损，化学活性排列的序位很低，仅高于银、铂、金，因而性能稳定。当铜暴露在大气中时，还能自行产生氧化铜膜的保护层，所以铜材料在理论上的寿命是3000年以上，是担得起作为一件传世作品的材质要求的。铜錾刻浮雕的制作工艺较为复杂烦琐，它要经过无数次雕刻和焠火、锻打的过程才能完成，对工匠的艺术水准、技术难度和操作经验都有很高的要求，绝非常人能完成，也不可能完全复制，这正是陈志忠所追求的。

陈志忠金属雕刻代表作《八十七神仙卷》局部图

当然，陈志忠为了艺术理想而潜心创作和雕刻的时候，他也需要带领公司发展，让自己和家人生活得更好。所以，《八十七神仙卷》是陈志忠坚持多年费心费力的作品，同时他还要雕刻模具，接好订单。但与以往有所调整的是，他尽量承接有难度、有文化价值的订单来做，兼顾产品和作品的统一。

2003年是农历的羊年，每年中央电视台的春节联欢晚会都要提前大半年就开始设计制作摆放在舞台中间的生肖吉祥物。照例，2002年上半年，中央电视台就开始委托文化公司设计制作羊年的吉祥物了。文化公司面向社会发出"招贤令"，许多模具和礼品公司都想一试身手，陈志忠也不例外。他想看看自己能不能在艺术品雕刻的路上得到各方的认可。陈志忠发现，社会上做吉祥物的时候经常"卡通化"，导致吉祥物看上去虽然可爱，但有时会"走形"，做个马看起来像驴，做个熊看起来像猪。陈志忠希望自己首先做啥要像啥，然后具有美感，还要寄托良好的文化寓意。按照这个思路，他精心雕刻了"三羊开泰"的羊年吉祥物模具。他第一次用整整一个月时间没日没夜地做一个模具。功夫不负有心人，他雕刻制作出来的羊细致到羊毛的走向、羊角的纹路、眼睛的双眼皮都栩栩如生，作品评审会上，这座"三羊开泰"毫无争议地成了当年中央电视台春节联欢晚会的舞台吉祥物和嘉宾礼品。10多年后回想往事，陈志忠清楚地记得这次礼品的订单并没有为公司带来任何盈利，但他坦言，春晚舞台被亿万观众瞩目，"三羊开泰"给他和公司带来的名气和影响力确实非常大。

　　也是因为这次成功，他遇到了为他打开事业发展大门的"贵人"——后来繁荣文化公司的副总裁罗梓文先生。

　　在陈志忠看来，罗梓文先生是一个充满传奇色彩的人物。他是广东潮州人，做文化公司很多年，打扮很夸张，一看就是大款的模样，实际上很能吃苦，又才华横溢。

　　陈志忠的"三羊开泰"一举成名后，有一回在全国的一次工艺美术展览会上，他的展台吸引了罗梓文。罗先生看了他摆在展台上的錾刻作品"马"非常感兴趣，和他聊了几句以后，就让助理递了张名片给陈志忠，并且口头预订了2000件马。那时候，罗先生的公司还是"香港博奥通园"，陈志忠拿起名片，心里暗暗笑道："这老人家还想去奥运会搏一搏啊！"也是奇怪，当时，他们没有签订任何协议合同，也没有预付一分钱定金，陈志忠连价格都没有和他谈过，就直接回到公司，做好2000件马发了过去。罗总收到货以后，打电话问陈志忠，需要付多少钱。陈志忠因为之前没有签合同，也不好意思开价，加上彼此都有好感，就说了句："您看着给吧，觉

陈志忠金属雕刻代表作《2003年央视春晚吉祥物三羊开泰》

得它值多少就付多少吧。"几天以后，陈志忠公司收到货款，比想象中要高。他还收到了罗总用传真机发过来的一封手写的感谢信，字迹十分俊朗飘逸，简直可以做书法作品，陈志忠非常喜欢，一直保留到现在。

后来陈志忠才知道，罗总在1999年昆明举行世界园艺博览会的时候就成为专用礼品的供应商，他和他的公司在行业内是非常有实力并且有名望的。罗总后来加入了马镇根的繁荣文化团队，强强联手，创造了工艺礼品界一次又一次的传奇。在罗梓文的引荐下，陈志忠也认识了马镇根，从此得这两位"贵人"相助，把陈志忠的錾刻技艺和行业地位推向了一个新的高度，实现了他艺术作品和商业产品双丰收的理想局面。

2001年，北京申办奥运会成功，全国一片欢欣鼓舞。罗总参加了奥组委会的相关会议，开始着手准备北京奥运会的纪念品和礼品。他交给陈志忠一个任务：设计制作奥运会的金属雕刻盘。

此时的陈志忠对于錾刻工艺的技法掌握已经达到炉火纯青的地步，他已经在进行创作的路上不断尝试不断突破自我了。他设计制作了由3个钟楼组成的申奥成功的纪念金属盘，一次做了5000个，被一抢而空。接着，罗总又让他制作了镶嵌在小镜框中的金箔奥运福娃画，成为2008年奥运会上人气指数最高的礼品，陈志忠公司收到的订单如雪片一般地飞来，最后制作了超过20万个"福娃"。

2008年北京奥运会后，中央电视台春节联欢晚会的吉祥物和礼品供应商再次联系上了陈志忠，请他设计制作2009年牛年春晚的吉祥物。有过之前羊年的合作，再加上这几年陈志忠名气的上升，对方对陈志忠的作品几乎都没有进行竞争比较就直接确定了。接下来的5年里，虎年、兔年、龙年、蛇年、马年的春晚吉祥物都由陈志忠来设计制作。每年春节联欢晚会的时候，看到自己的作品摆放在舞台中间，陈志忠内心油然而生骄傲之情。潜心技术、静心创作的理想并没有辜负他，他实现了"人过留名雁过留声"。

2014年，得知徐悲鸿的遗孀廖静文女士想要为徐悲鸿纪念馆制作徐悲鸿诞辰120周年纪念品，罗梓文马上向廖静文推荐了早已在精雕细琢《八十七神仙卷》的陈志忠。陈志忠跟随罗梓文几次到廖静文家中拜访，和廖女士沟通，按照她的愿望和想法和徐悲鸿纪念馆合作，对《八十七神仙卷》进行了进一步的修改完善，并委托南京造币厂复刻纪念银条衍生品，作为徐悲鸿诞辰120周年纪念限量发售。

从1993年开始创业到2014年获得事业的各种成功，陈志忠跨越了许多艰难坎坷，也创造了绚丽多姿的辉煌。这20来年人生重

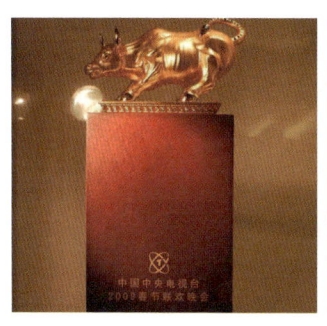

陈志忠金属雕刻代表作2009、2012、2013年央视春晚吉祥物

要的黄金时期，他以工匠精神传承传统手工技艺，以追求美的精神创作艺术作品，为他后来冲向人生的巅峰积蓄了巨大的能量，打下坚实的基础。

铮铮铁骨　万千柔情

在和马镇根与罗梓文多年的合作之中，陈志忠对两位"贵人"的许多做法非常钦佩。例如，他很早就发现，他们公司所有办公设备和软件一律使用正版，这方面的支出比很多小公司就大许多，但是他们坚持，一是对知识产权的尊重和认可，二是对规矩的尊重和认可。陈志忠还发现，他们选定和自己合作，很大的原因是对礼品或者纪念品品质的执着，他们不做其他人能做得出并且容易模仿的东西。陈志忠錾刻技艺高超，刻出的是作品，不是一般人做得到的，另外，他熟悉模具的制作，能娴熟地把自己的手工艺品通过模具和机械，再批量地进行生产。本质上来说，马总和罗总始终把"独有"的知识产权视为竞争力的核心。通过和他们的接触，陈志忠学习到更多，不仅是对自己手工艺品质有更高的追求，对"独一无二"的创新创作更有了内心坚定的选择。

2010年上海世博会之前，繁荣文化公司又找到陈志忠开始准备世博会的纪念品设计制作。罗梓文和陈志忠一起逛展会，看到有个金属浮雕非常漂亮，就跟陈志忠说："你做个世博会的金属浮雕吧，手工要细。"陈志忠当即应承下来。回去后，他以看到上海世博会的宣传海报为基础，以世博会的主场馆等元素来构图，悉心錾刻进行浮雕的二次创作，把几个主场馆建筑刻画得雄伟壮观又不失精致。做好之后，陈志忠拿给罗梓文看，罗梓文很满意，在设计画框的时候，陈志忠原本想做一个金色的框，与里面的画对应，但罗梓文否定了，他让他用黑色的玻璃框，中间镶一道红边。陈志忠由衷地佩服，金色的浮雕作品用黑红边框一框上，一种类似汉代漆器与金器搭在一起的高级感和厚重感马上就出来了，典雅、庄重！这款浮雕画一出，订单又如雪片飞来，将近10万的销量让陈志忠公司收获满满。趁热打铁，繁荣文化又让陈志忠做了中国馆的金属雕件等系列纪念品，也同样大受欢迎。

　　后来的天津大学生运动会、杭州亚运会等重大活动中，都有繁荣文化的身影，也都有陈志忠背后的精雕细刻。陈志忠安心居于人后，踏实地做一个手艺人，他对马镇根和罗梓文充满了感恩之情："他们不仅是给了我订单，更让我感谢的是给了我发挥的空间，他们尊重我的创作想法和手工技艺，只在必要的时候给予最明确的指点，其他都完全由我来做主，这样能出作品。他们非常成功，又不断地提供展示的舞台给我，让我的作品被千家万户所收藏。"

　　在马总和罗总的指引下，陈志忠创造性地将传统錾刻技艺和现代模具技术结合，使得传统的錾刻作品能够批量化、产业化的复制，这种方式与传统铸造的区别在于批量化的速度更快，造型尺寸统一，细节更加清晰。这种特殊的生产方式应用在工艺礼品行业和珠宝行业，陈志忠手工錾刻肌理的技术也在行业内作为范本而广泛传播。

每当看到自己錾刻的作品被人摆放在家里或者办公室,或者看到别人通过"百度"来搜索自己的作品时,陈志忠心里充满了成就感:"嘿嘿,那感觉,就是舒服!"天天和这硬金属打交道的汉子,想到自己的作品,泛起的是心底里的柔情。

春种秋收,天道酬勤。陈志忠潜心钻研、踏实创作的作品一件件被世人关注,被行业认可。

2008年,陈志忠作品《八十七 神仙图紫铜浮雕》获得"天工艺苑·百花杯"中国工艺美术精品奖金奖;2010年,作品《孙悟空(3)浮雕》获得"中国工艺美术百花奖"金奖;作品《铜雕古代武将》和《铜雕观音菩萨》2010年获得中国工艺美术创新艺术金奖;2013年,作品《铜雕大闹天宫》获得"中国工艺美术百花奖"金奖;2014年,作品《紫铜天兵神将》获得"中国工艺美术百花奖"金奖;2015年,作品《紫铜浮雕风调雨顺》获得"中国工艺美术文化创意奖"金奖;作品《琉璃观音菩萨像浮雕》被广东省工艺美术珍品馆收藏;2016年,作品《紫铜浮雕水月观音》在"深圳·金凤凰"工艺品创新设计奖获得金奖,并获得"中国工艺美术文化创意奖"金奖;2017年,作品《老子青牛函谷关》获得"中国工艺美术文化创意奖"金奖;2019年,作品《铜雕金猴闹天宫》获得"中国工艺美术文化创意奖"金奖;2021年,作品《金属工艺春牛戏水》在粤港澳大湾区工艺美术博览会"国匠杯"上获得金奖……一个个奖项的获得,都是技艺高超的被认可,都是潜心创作的被礼赞。"中国工艺美术百花奖"是工艺美术界最高级别的认可,一个人一辈子有一个金奖就足以傲视群雄了,但陈志忠,居然拿到了3次!

陈志忠注重手上功夫的同时,也注意及时总结经验,提炼理论,撰写《一眼千年——金属工艺》《浮雕錾刻技巧及专用异型锉刀的制作》

《越王勾践剑的门道》等论文,先后公开发表。他注重知识产权保护,对自己的代表性作品《十二生肖艺术字》《春牛戏水》《红船》《金猴闹天宫》《老子青牛函谷关》等及时做好版权登记,拥有版权证书。

用作品说话的陈志忠得到了政府和社会各界的重视和支持。2009年,他被广东省人民政府授予"广东省工艺美术大师"称号;2010年,被认定为"深圳市地方级人才"并享受相应的深圳市高层次人才优惠政策;2011年,为表彰陈志忠在发展工艺美术事业中的突出贡献,广东省经济和信息化委员会特发工艺美术大师政府专项津贴;2016年他获得"中国工美行业艺术大师"称号,获得深圳市"鹏城工匠"荣誉称号,并获得深圳市政府50万元奖励;2019年,陈志忠取得正高级工艺美术师职称;2021年获得首届深圳工程师优秀科技人才"优秀工程师"称号,被深圳市龙岗区认定为非物质文化遗产项目"陈氏金属錾刻技艺"代表性传承人。陈志忠的工作室在2015年获得广东省"工艺美术大师示范工作室"认定证书;2019年,被广东省工艺美术协会评为"优秀大师工作室"……

荣誉纷至沓来,陈志忠却还是自嘲是个"土匪",只知道和铲刀、刻刀还有铜铁金属这些硬邦邦的东西打交道。可说起他的作品,说起徒弟、儿子,说起他满屋子的书,说起他工作室门口的植物时,他小小的眼睛马上笑得眯缝起来,闪耀起柔和的亮光。

这"土匪"对自己是挺"狠"的,为了把作品刻好,要执着地弄清楚背后的细节与文化,为此,他买了大量的书刊报资料。在他的工作室,有一整面墙的工具架被他当作了书架,如果像别人一样立着摆放,那些书根本放不下,他将书全部"卧倒",把每一个缝隙都塞满。他钻研錾刻技法背后的文化蕴意,比如那种在金属上錾

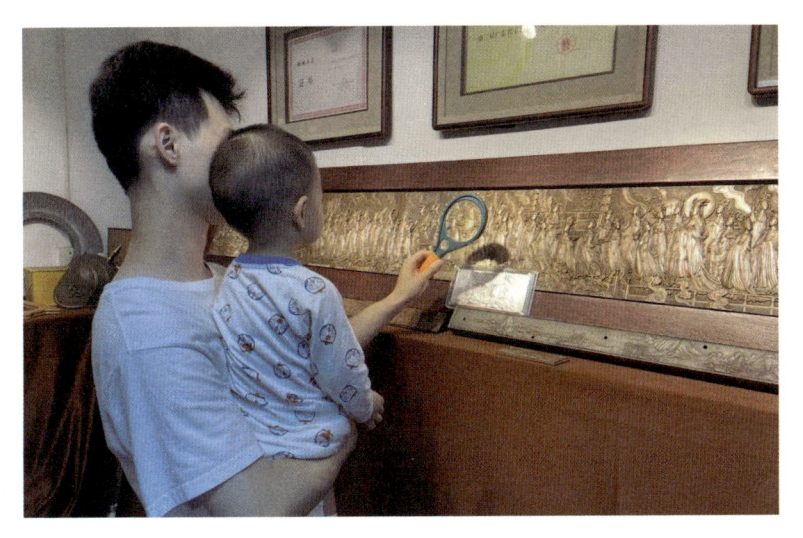

陈志忠之子陈绪鹏抱着儿子看《八十七神仙卷紫铜雕》

出细小的圆粒的技艺称为"鱼子纹",鱼子纹是古代生殖崇拜的体现,寓意"多子多福",这种錾刻技法用在祝福新婚和美的作品中就非常恰当,而用在其他严肃的场合则会闹出大笑话。为了雕刻马,表现出骏马奔驰时的肌肉纹理和毛发,他曾经买过许多香港的马报,一度让朋友担心他沉迷于赌马而忧心忡忡,后来才知道他是为了仔细观察图片中马的各种姿态。前几年,他突然发现自己有了老花眼的迹象,生怕自己再也不能清楚地盯着錾刻,于是遍寻良方,每天喝大杯大杯的蓝莓汁,像兔子一样地生啃胡萝卜,饮食里严格控油控盐……半年后,眼睛不老花了,陈志忠如释重负。

但他又确实有着非常柔和的一面。他一直记得恩师骆宝璇教他的时候温和的态度,说自己从师父那里最获益的就是学会了温和待人,尤其是对徒弟、对晚辈。他工作室里放着醒目的碑帖拓片,说是儿子弄的,问起他儿子有没有跟着他学錾刻,陈志忠笑着说:"他喜欢，但我从不主动要他学，都是他想学什么我就教什么，不过他还是有些兴趣和功底的。"他还非常幸福地说起儿子的家庭："我有孙子了！哎呀，简直就和我小时候一模一样，别人都说儿子好不容易基因随了妈妈，比我帅多了，结果在孙子身上，又找回来了，孙子又跟我一样丑，哈哈哈哈哈……"他爽朗地大笑起来。

《八十七神仙卷》对陈志忠而言，是永远也完不成的作品，每一个人物、每一件衣服、每一个器物、每一件饰品都是要反复琢磨的内容，越研究就越钻研不透，越做就越做不完。陈志忠指着满架的书说："还有好多的书要仔细读，有时间就要继续完善这件作品，有生之年总要做出点模样来。"看到紫铜浮雕里那些圆润的面孔、翩跹的衣袂、高耸的云鬓，一切都是那么柔美，谁能想到，这是在坚硬的铜上千锤百炼的结果呢？

陈志忠已过知天命之年，经历过无数的坎坷，也获得了少有的成功。对于自己钟情了一辈子的手艺，他还有理想。他想挑战一件高难度的作品——壶口瀑布。他忘不了自己站在壶口瀑布前的震撼，这是中华民族母亲河上的奇观，水如万马奔腾，飞起巨浪，激起水珠，腾起水雾，在阳光的照耀下，分外夺目。金属是至刚之物，水为至柔之物，以至刚来表现至柔，这是陈志忠内心的梦想。

走出陈志忠工作室的时候，回身看到门口挂着一幅字"静净小院"，小院门口，有高高低低的菩提树。陈志忠喜欢做菩提纱，但与其他人不同，他不用煮的方法，而是把菩提叶放在缸里沤。从前他只要完美无瑕的菩提纱，后来，他把有瑕疵的也留下来，他说："和人一样，每一片叶子有她的沧桑和不完美，年龄大了，我越来越接受不完美。"

菩提树上，大大小小的菩提叶深深浅浅的绿里透光，心形的树叶，树干上的眼睛，都仿佛是冥冥中自然与人类的沟通。门口那缸浮萍也冒出绿油油的小叶，展示出无限的生机。

深川正魂

曹加勇

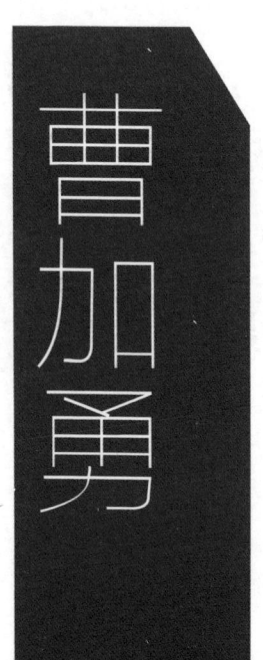

深圳匠魂

1973年出生于四川省攀枝花市。
现为：中国工艺美术大师；
深圳市国家级领军人才；
正高级工艺美术师；
省级非物质文化苴却砚雕刻技艺传承人；
四川省政府聘用专家评审委员会委员；
深圳市工艺美术行业协会高级艺术顾问；
四川省工艺美术行业协会副理事长；
南昌工学院客座教授。

艺行砚道溢情怀
——探访中国工艺美术大师曹加勇

海 舒

引 子

文房四宝中,唯砚出神,可以道论之。世代的制砚者,皆有鬼斧神工之能,将沉寂亿万年的石头雕凿出心韵,律动着汩汩文脉,几千年不衰,伴随着中华文明传承至今。新中国成立之后,特别是改革开放 40 年来,文化事业呈现出百花齐放的大好局面,文化强国的号角唤醒了更多能工巧匠,为弘扬中华传统文化奋力耕耘。苴却砚作为一朵鲜葩,异军突起,与端砚、歙砚、澄泥砚、洮河石砚这中国四大名砚并举。除了金沙江岸攀西裂谷孕育了天成之美的砚石,自然离不开一代又一代砚雕人慧眼识珠,将一块块沉睡峡谷断崖或江滩的璞石,依美而美,精雕细琢,便有了一方方惊艳绝伦的工艺品。在众多苴却砚的砚雕工匠中,有一位人称"砚痴"的彝族人曹加勇,他 30 年与砚为伴,作品被多家机构馆藏。他也是众多苴却砚砚雕工匠中,迄今为止唯一冠以中国工艺美术大师殊荣的人。2021 年,深圳市福田区为实施深圳特殊人才引进计划,助力文化振兴,依据相关政策,将曹加勇以特殊人才引进的方式,落户于深圳福田文化创意园,并给予优厚待遇,使之在促进深圳建设中国特殊社会主义先行示范区发挥文化强市的作用。在采访曹加勇时,谈起他的成功之路,他那略显紧蹙的眉宇间,顿然松弛了许多,双眸里映现出深沉而委婉的境象。

砚　缘

曹加勇,1973年出生于苴却砚之乡的四川省攀枝花市仁和区大龙潭彝族乡混撒拉村。采访他之前,笔者对苴却砚这个砚种并不了解,甚至不知道它的存在。早些年由于工作的缘故,去过肇庆,也去过徽州,对端砚和歙砚有过接触,也算知之一二。长期从事文化方面的工作,对于赋有文化符号的物什,都会有一种不由自主的关注。与其他砚种一样,苴却砚也是因盛产砚石的苴却而得名。苴却之地在川滇交界处,国家兴建攀钢时,便将原属于云南的大龙潭乡划归给了四川省攀枝花市。位于金沙江攀西大裂谷不远处的大龙潭乡,不少都是彝族村落,曹加勇也是彝族人。小时候的他身体孱弱多病,小学没有读完就辍学当起了放牛娃。在那个年代,大山里的农村孩子都要帮家里做事,所不同的是,曹加勇从小对画画很着迷。放牛到了山上,望着山川河流满目苍翠的景色,不由找来树枝,在地上画起来。回到家里,没有纸笔,就用刮下锅灰在墙上画。家人对他很是不解,以为他魔怔了,父亲经常呵斥他,而他还是不停地画。家里的生活条件逐渐有了好转,他开始买纸张,在纸上临摹起人物肖像,画好了就一张一张贴墙上。到了十六七岁,他白天和家人一起干农活,晚上打着油灯还是要画,气得父亲嫌他浪费家里的油,不知多少次把油灯强行吹灭拿走。倔强的曹加勇给父亲理论,说自己没有耽误做家里的农活，怎么就不能画了。父亲却说，你画那些东西，不能当吃不能当喝，有啥子用嘛。直到有一天，一位远房亲戚来家里串门，看到一面墙上贴满了各式各样的白描画，便问曹加勇的父亲是谁画的，得知是曹加勇画的，亲戚当着曹父把曹加勇夸赞了一番，并问他有什么打算。曹

1994年在龙潭苴却砚厂学习砚雕技艺

加勇只回了一句"我不想在农村待一辈子"。这句话被那位亲戚记住了，没过多久，亲戚再次来到曹家，征求了曹加勇父亲的意见后，便问曹加勇，想不想去苴却砚厂去当学徒。曹加勇听后直点头，还心怀忐忑望了父亲一眼，生怕家里不让去。那位亲戚忙说，放心吧，你阿爸同意你去。原来那位亲戚在乡里工作，是个有文化的人，曹父觉得人家是见过世面的人，这么做肯定有他的道理，也是为孩子的前程着想，心里再有不舍，不能不领这份人情。

带着简单的铺盖，曹加勇来到大龙潭乡苴却砚厂，顺利通过了考核，当上了一名砚雕学徒工。砚雕厂是乡办企业，规模不大，产品大部分都是县里下的订单，由于生产的砚台偏重于实用，工艺性不强，外销的很少。砚雕师傅大都是从广东和安徽等地聘请过来的，流动性比较大。曹加勇每天细心观察师傅们雕砚，从刀法、选材、到造型等每一个环节都看在眼里，记在心上，中午休息时间，他就找些下脚料苦练砚雕技法。到了晚上，回到简陋的宿舍，他在昏黄的灯下画画，一画就到下半夜。因为同室住着几个人，虽说他画画

没多大动静，但总亮着灯，还是影响别人休息，人家嘴里不说，行为上还是会露出些不友好。曹加勇便找到厂长，问厂里还有没有空闲的房子，厂长得知缘由后，答应给他想办法。几天后，厂长问曹加勇，离砚雕厂不远的山坡下，废弃的塑料厂有两间空房，愿不愿意去住。曹加勇一听便喜出望外，什么也没多想就答应了。可到了那里，眼前的景象还是让他心里一怔，大片坍塌的建筑废墟一旁，两间看上去还算完好的瓦房，周围长满了荒草。他转念一想，有总比没有要好，起码在这里想画多久就画多久，雕砚的敲敲打打声也不会影响到其他人了。经过一番收拾，他搬到了这里，好在水电都是通的，他便如鱼得水般地住了下来。可是到了夜里，大山里的风刮来阵阵阴森的低吼，对于一个涉世不深的年轻人来说，还是有点心里发毛，何况房子后面不远的地方还有一片坟地。但他心里只有一个信念，砚雕是他一辈子的事业，不管遇到什么困难，也阻止不了他。

在大龙潭苴却砚厂的 4 年里，曹加勇凭着一股锲而不舍的执着劲，虚心向师傅求教，勤学苦练，放弃所有休息时间，不是画就是雕，技艺有了很大进步。他对砚雕的设计总是有与众不同的独特想法，在几十个一同进厂的学徒工中脱颖而出，很快得到了厂里的重视。厂长倪方泽是一位惜才的人，一双慧眼识出了曹加勇身上所具备的艺术潜质，专门指定了一位安徽来的歙砚雕刻师傅教授他技艺，重点对他进行培养。转眼到了 20 世纪 90 年代末，正当曹加勇信心百倍准备大干一场时，由于厂子经营不善，乡政府决定把工厂转让给一个台湾商人经营，曹加勇谢绝了厂里的挽留，离开了大龙潭苴却砚厂。但在这 4 年里，他练就了一身扎实的砚雕基本功，已经具备了砚雕工匠的技能，加之自身的艺术天赋，也为他日后成为工艺美术大师奠定了基础。

回到家里的曹加勇，又恢复了之前和家人一起的农耕生活。他所在的村子当时还没有用上电，但他没有放弃自己钟爱的砚雕，白天干了一天农活，晚上借着油灯微弱的光，一刻就是大半夜。攀枝花地区是出了名的炎热，中午农家都在休息，要到下午 4 点才到田里干活，而曹加勇利用这个时间，冒着酷暑坚持雕砚，顾不上汗水湿透衣裳，专注于他精巧的构思，生怕稍纵即逝的灵感因自己的怠慢而消失。经过几个月的精雕细凿，他选了四方较为满意的苴却砚，准备拿到城里去卖。如果卖掉了，一来可以换些钱贴补家用，二来是想证实自己的砚雕作品能不能被市场接受。那时候，从曹加勇所在的村子到攀枝花市区，先是要步行几公里的山里土路到镇上，坐小巴车到区里，再转车才能到市里，一个单程就要几个小时。要是遇上阴雨天，村子到镇上这段 5 公里泥泞路就要走差不多 2 个小时。去城里的那天，曹加勇起了个大早，背着装有四方砚台的编织袋出了家门，满怀信心地走在蜿蜒崎岖的山路上，几十斤的负重，不得不让他走一段就放下来歇歇脚。来到市区，令他没有想到的是，他的砚雕作品无人问津，连多看一眼的人都没有。为了赶末班车回家，只好又背起几十斤重的编织袋原路返回。就这样一连 3 次，装砚台的袋子都磨破了，还是一方砚台都没有卖出去，回到家还被父亲数落。生性倔强的曹加勇就是不信邪，第四次背上几十斤的砚台来到了市里，结果和前 3 次一样，一方砚也没有卖掉。他坐在路边，眼睛流露出近乎有些绝望的神情，内心里也是五味杂陈，想来想去，觉得自己的作品不比市面上的差，怎么就没有人买呢？最后他做了一个决定，与其把几方砚台再背回去，放在家里还是一堆石头，不如送给懂行的人，说不定还能有些价值。于是，他打听到益民颐和砚雕厂的门店地址，本想将自己的作品放在门前的花坛上就离开，又怕被人当垃圾给扔了，便在旁边站了一会。就在这时，砚雕厂厂长张峻山朝门店走来，发现了放在花坛上的编织袋，打开一看顿感惊奇，抬头寻去，看见曹加勇正盯着自己的砚台，断定他就是这些砚台的主人。上前问曹加勇是不是想把砚台卖掉，听了厂长的问话，曹加勇点点头应了一声。张峻山带着欣赏的目光仔细看过每一方砚雕，又转身打量了曹加勇，对他说："你的这几方砚我买了，给你1800元可以吗？"曹加勇当时都不敢相信这是真的，激动得说不出话来，频频用力点头。张厂长接着又说："以后你雕好砚，就拿来卖给我，你看行吗？"自己的作品第一次被肯定，曹加勇久久不能平静，想到4年学徒工所经历的种种磨难，他更加坚信，砚雕是他一辈子要做的事。回家的路上他无比兴奋，当他卖砚雕挣来交到父亲手里时，父亲带着疑惑的目光看着他，似乎觉得这不是真的，那个年头，1800元钱是个不小的数目。曹加勇把卖砚的经过一五一十地讲给父亲听后，父亲才颤颤悠悠地把钱装进衣兜，然后带几分威严对曹加勇说："以后你可以在家雕砚石，怎样都行，但有一条，莫误了田里的农活。"之后的一段时间里，曹加勇一门心思做砚雕，家里的农活只要不是赶季节，父亲能不叫尽量不叫曹加勇下田。曹加勇这一时期的砚雕作品，虽说不断有长进，还是总透出因市场需求而导致的各种要素，匠气偏重，艺术深度不够，审美上突破不大，但到了张峻山厂长那里，还都被照单全收。一来二往，张厂长和他之间熟悉了，彼此有了些默契，看曹加勇老是背着几十斤的砚台往复于城乡的路程，便试探着问曹加勇愿不愿来他们厂里工作。曹加勇不加思索就答应了，这可是他梦寐以求的啊。

2000年秋天，曹加勇正式被聘为攀枝花市益民颐和苴却砚厂砚雕设计师，从此开始了他真正意义上的砚雕生涯。有了助力自己事业发展的平台，曹加勇的视野也随之开阔，作品的艺术品位有了质的飞跃。如果说前几年是在苦练基本功，刀法、技能、构图等具备了一个砚雕工艺师的一般水准，那么，来到益民厂后，他更注重发掘每一方砚台依照天然石材的不可复制性，以石立意，赋予它们灵魂，使之真正达到独一无二的艺术效果。人的天赋和苴却石蕴含的灵性通过工艺创作，彰显出有形的天人合一，才可谓精美绝伦。曹加勇理想中的境界正是要展现这种高处不胜寒的韵味。除了正常的工作之外，他开始特别注重选材，一有闲暇，他就会对着一块块苴却砚石反复审视，不厌其烦地一遍又一遍地看，经常看得出神，仿佛在与石头无声对话。每选中一块石材，他都带回宿舍，像一本没有读完的书，不把它读懂读透，绝不轻易下手去雕凿。没多久，他雕出的几方苴却砚作品如异军突起，在厂里达到了惊艳四座的轰动效应。张峻山厂长暗忖自己没有看错人，因为厂长本人就是一个苴却砚行家，每次看到曹加勇的新作品，颇是欣慰，可以说张峻山是曹加勇日后走向成功的第一个伯乐。2002年，29岁的曹加勇凭借一方《济公新传》苴却砚雕荣获了中国首届名砚名师大赛金奖，也是获得这一殊荣最年轻的砚雕工艺师。这方融入了他创新理念的作品，构图上顺石立意，精妙取舍，不见刻意雕凿痕迹，人物景致栩栩如生，俨如天成地造之神来。

曹加勇不仅在攀枝花苴却砚砚雕界有了名气，在全国砚雕行业中也崭露头角，屡屡在各类工艺品大赛和砚雕作品大赛中获奖。此时，张峻山厂长经过筹备，成立了攀枝花市大雅苴却砚研究所，再次聘请曹加勇为研究所高级砚雕工艺师，并担任研究所的副所长。随后，又被四川省轻工业厅和人力资源和社会保障厅命名为"四川省工艺美术大师"。2005年，曹加勇以一方《江山多娇》获得第六届中国工艺美术大师精品博览会"百花杯"精品奖唯一"金奖"。这一奖项的获得，使得曹加勇在制砚行业中，成了炙手可热的人物，各种邀约定制接踵而至应接不暇，其作品也纷纷被博物馆和多个机构收藏。翻阅过一些介绍曹加勇的文字资料，只求一解，他的作品究竟好在哪里？结合观看过的那些砚雕作品，恍然开悟。表现方式新奇，不同于以往见到的传统砚雕，在砚雕雕刻上，巧妙运用写意手法，将石材的天然造化作为构图的创作基调，去其赘余，留足充分的想象空间，也就是中国画技法上所说的"留白"，以虚显实、以无知有。他的作品大多以古典诗词或典故的出处来立意，既有对传统文化的传承之意，又有古为今用的审美张力。他的有些砚雕作品，甚至看不出雕凿过的痕迹，依附石材原有纹路的特质进行创作命题构思，展现出巧夺天工的艺术效果。曹加勇曾创作过一方《俯视金沙江》的砚雕，看上去几乎没有动刀，就是用石材上的天然纹路表现了金沙江的磅礴气势，砚雕旁边则摆放着他亲手拍摄的俯视金沙江的实景照片，砚雕和照片所呈现出来的景象并无二致。在曹加勇看来，艺术创作，尤其是砚雕这门工艺，一定要敬畏天然，那些来自冥冥之中的召唤和指引，是取之不尽的创作源泉，顺势而为则成，主观臆造则败。那些沉寂在山崖和江滩的苴却砚石，经历上亿年的造化，自有它法力无边的灵性，与其相遇，乃天人奇缘，不可任随一己好恶，去冒犯神灵。所以他的每一方砚雕作品，都渗透着中华传统文化的魂韵。

　　曹加勇之所以能成为"中国工艺美术大师"，就因为他深信，技艺只是产出器物的功力，而达到天人合一的高度，还有看自己与钟爱的事业有没有神来之缘。很多人站在成功的门外就缘尽了，说

2005年，设计成名作《江山多娇》

明没有用好造物主给的那颗心，所谓境由心生，就是验证一个人对自己所向往事物的执着和虔诚度。与砚雕，曹加勇追求的是以毕生付之，自然是缘起而无尽。

砚痴

随着曹加勇的砚雕作品日臻呈现出独特的创作风格和艺术感染力，他的眼界自然不会停留在已有的格局里。在砚雕厂里，绝大部分的石材都是厂里批量购买来的，几乎所有苴却砚雕都被当作商品流入市场。这些工艺品匠气太重，与曹加勇追求的艺术境界在客观上有一种意欲不达的隔膜。2005年，他在成堆的石材里，发现了一块高约1米，宽60厘米左右的苴却砚石料，他请人帮着把这块石料移到进出作坊必经的门厅一旁，每天上下班经过此处，他都会停下来，反复端详着它。有时午休或晚上下班后，更是长时间站到跟前，从各个角度细细地看，仿佛这块石头有话要对自己说，而他也是几度欲言又止，好像与石头谈起了恋爱一样，大有一日不见如隔三秋的亲密感，创作冲动的欲望开始在他心里潮涌。依据石料的色泽、纹路、形状等特征，他画了许多构思的草图，感觉都没能达到他想展现的境界。一晃两三个月过去了，还是没有找到理想的表达方式，那种和热恋的人面面相觑，却无从吐露深情的煎熬，着实把曹加勇折磨得够呛。一个风高月明的晚上，还在苦思冥想中的他，脑海里突然闪现出毛泽东主席那首著名的《沁园春·雪》的意境，猛地起身来到那块石料前，创作灵感一下被激发出来。曹加勇抑制不住兴奋的心情，他如沐春风，如饮醇醪，回到住处就开始构图，此刻的他对石料早已谙熟于心，色泽的错落，石料天然的凹凸，纹路引申的张力，如何取舍，这些似乎就在瞬间如同水到渠成。一方《江山多娇》苴却砚雕作品，以其大气磅礴、行云流水的画面感展现在世人眼前，技法更给人一种炉火纯青和无法复制的独特风采。这样一方砚雕作品，登顶中国工艺美术的最高奖项，真的是实至名归。

经过长期的相处，曹加勇和张峻山建立了深厚的情义，从益民颐和砚雕厂到大雅苴却砚研究所，曹加勇一干就是6年。从雕砚工到砚雕设计师，再到四川省工艺美术优秀专业人才、四川省工艺美术大师，一路走来，每一方个性鲜明、创意独到的砚雕作品，都见证着他成长、成功的足迹，也伴随他拓宽了视野，提升了创作高度，打开了原有的格局。他觉得该有一个完全属于自己的平台，让自己的创作有一个发挥极致的空间。但张峻山对他有知遇之恩，如果不是当年收购砚雕到聘他进厂，也许曹加勇走向成功的路要漫长许多。几次话到嘴边又咽了回去，对曹加勇来说，向张峻山提出辞职，即便有再充足的理由，一旦开了口，不管张峻山同不同意，曹加勇自己会先觉得不好意思。在内心纠结了很长一段时间，他最终还是把这个想法委婉地提了出来。张峻山自然是尽力挽留，但他知道曹加勇的秉性，认准的路就一定要走下去。再则，张峻山也是这样一路过来的，做手艺的人谁都想有属于自己的创作空间，只有那样才可能自由支配创作所需要的相对自由和资源。虽然曹加勇并没有将去意已决表现得那么强烈，但张峻山毕竟是有过这种经历的人，能够理解曹加勇急于提升自己的想法，没等曹加勇再多说什么，张峻山欣然同意了曹加勇辞职的要求。

离开大雅苴却砚研究所，曹加勇开始为筹办公司奔走，一边四处寻找合适的场地，一边准备申报注册公司的各种资料。没过多久，"加勇石刻有限公司"在攀枝花市仁和区一条不算繁华的街道上挂出了招牌。公司开张虽没有门庭若市的热闹景象，但慕名而来的客户也是络绎不绝。有了市场需求，就要扩大生产规模，公司一度发展到数十人的制砚庞大团队，这在当时攀枝花苴却砚行业中，也是不多见的。可说到底，曹加勇不是一个生意人，他的心思都用在了砚雕创意上。之前是别人进石料，自己没有机会去苴却砚石矿选材，依石而雕的工作使他想象的创作空间受到了局限。公司的运营走上正轨之后，除了正常从石农那里按市场价购买石料，以满足生产需要，曹加勇也开始了他的"淘石"之旅。所谓"淘石"，在当地会被认作"偷偷摸摸"的嫌疑，因为有苴却砚石的山崖和江滩都被当地的石农和矿主承包经营，外人不得随便进入。曹加勇每到金沙江的枯水期，就会时不时开着皮卡车，下了公路，绕进通往江边的沙石滩，一路颠簸停在苴却砚石矿不远的断崖下面。天黑之前他在择景写生，天黑之后坐进车里，陶醉在江天皓月微澜吟的意境中。到了夜深人静时，他才头戴矿灯，在乱石丛里开始"淘石"。并不是因为买不起石料才有的这种举动，曹加勇需要的是与天然机缘对话的自我认知感，在他看来，这些从崖壁上自然坠落江水中的苴却砚石，历经亿万年江水的冲刷荡涤，显露出的质地纯净悠远，比那些矿山开采出来再经过打磨切割的毛石更赋有神韵，甚至能在它们的纹络中，倾听到亿万年的风起云涌沧桑巨变，从而获得旷世无双的艺术感受。

　　追求极致的人，往往会做些别于常人的举止。曹加勇"淘石"不是为了省买石料的钱，而是痴于一种冥冥之中的境界，一种将魂脉嵌入砚石纹络里，可以发出潺潺心音的融合感。就像从小痴迷于画画时，他说不清楚为了什么，但感受得到所做的事可以带给他存在以外的心灵愉悦。在大雅苴却砚研究所的几年里，他接触和相处的攀枝花当地从事艺术的人，有同行，也有从事其他艺术门类的，张正濂就是其中之一。就年龄而言，张正濂当属曹加勇的长辈，是当地一位有所造诣的画家，与曹加勇的写意砚雕理念颇有几分相通之感。两人一见如故，很快成了忘年交。在苴却砚之乡的攀枝花仁和区，只要有艺术感觉的人，对苴却砚石都会有源于主观的亲近和兴趣，张正濂也不例外。大家凑到一起，不免会聊起谁谁又淘了一块如何如何的砚石。熟悉之后，张正濂经常和曹加勇一起去金沙江边去"淘石"，共同在大自然中汲取创作灵感。曹加勇的部分作品就是来自这样的经历中，就像前面提到的《俯视金沙江》等砚雕作品。记得有一次，两人下午来到江滩，写生到了黄昏便回到车里，简单吃了点自带的食物后，就坐在车里休息，不知不觉都睡着了。等曹加勇一觉醒来，已是午夜时分，而旁边的张正濂还在梦中，曹加勇揉了揉睡意惺忪的眼睛，只见一轮圆月在远处悬崖伸出的石臂上，像被一双手托举着，夜空幽蓝如洗，伴随着江面哗哗的流水声，一幅天地际会图景美轮美奂。他急忙叫醒熟睡中的张正濂，二人一起欣赏着天地的赐予，生怕这如梦如幻的一幕在眨眼间消失。曹加勇不但把此时刻进脑海里，还忙取出相机，啪啪啪就是一通快照。此后，他一直想淘一块与此相近的砚石，用砚雕的表现形式再现出来，直到今日也没能如愿。

曹加勇的砚雕作品，大到几吨重的巨石，小到可在掌上把玩的玲珑之物，都饱含着他对苴却砚雕的痴迷情怀。一尊4吨重的《青铜时代》苴却砚雕作品，融汇了后母戊鼎、竹简、指南针、古钱币等多种古典元素，呈现出古朴厚重、典雅端庄的审美张力和艺术感染力。作品的背后和底部，保留了原石的自然形态，沟壑纵横突起的天然石纹似激浪汹涌的江水在诉说历史岁月汤汤向前，给人以"大江东去浪淘沙"的豪迈与沧桑，喻意中国传统文化源远流长，永不枯竭。人予石以真情，而石凭自身的天然造化之灵气成就了曹加勇获得"中国工艺美术大师"的称号，"痴"而不渎，靠的是对每一块石料都怀有一颗敬畏与谦卑之心。曹加勇谙知自然与艺术依存关系，把握石料雕刻的特质，秉持"少一刀不行，多一刀也不行"的取舍走势，做到心中有天地，以虚怀若谷的胸襟面对手中的砚石，达到无我之境胜有我之境。

2007年，曹加勇在当地一个石农家里相中一块石料，可石农开价太高，对于当时的曹加勇来说只能是望而兴叹败兴而归。回到家中他仍辗转难眠无法释怀，几个月后，再次来到石农家中想和石农再商谈价格。不料那块让他魂牵梦绕的石料早已被云南的收藏家低价买走了。曹加勇的心一下凉了半截，与这么好的石料擦肩而过，对于一个视砚石如命的曹加勇来说，的确成了一大憾事。或许上天是他的诚心和执着打动了，3年后，当他听说云南楚雄有位收藏家要转让手上的一批石料时，他马上预感到了什么，马不停蹄赶往云南，果真见到了那块3年来朝思暮想的石料，一种失而得复的庆幸与惊喜涌上心头。这位收藏家也被曹加勇的虔诚所感动，以当年收购石料的成本价转让给了曹加勇。或许万物都是有灵性的，冥冥之中，一种缘分、一份冀予、一丝人与石之间的心灵感应，让这块灵石百转千回，最终归于真正懂它的人。

走进一座白墙碧瓦、屏风照壁、亭台楼榭、萧萧翠竹的江南私家庭院，恍若置身于唐诗宋词的意境之中，如不是门楣匾额上"曹加勇雕刻工艺工作室"的引示，还真以为是哪位富贾的宅邸。这座取名"遒风堂"的石刻工艺工作室，里面陈列着各种大小不一、形态各异的砚雕作品。琳琅满目的砚石令人惊叹不已。一块块看似普通的石头竟然内藏玄黄，经妙手雕琢后则大显乾坤。身为"中国工艺美术大师"的曹加勇，他的心血都用在了砚雕工艺上，如同他早年暗暗立下的誓言，砚雕是也一辈子的事业。因苴却砚的石料石质温润细腻、色彩绚丽，故有"中国彩砚"的美誉，也是它有别于其他砚种的独特之处。苴却石有名贵的灿若田黄的金黄膘、绿若碧玉的翠绿膘、绿黄相间的复合膘、多种色彩交汇融合的墨趣膘、水藻纹、蕉叶白、冰纹、封血红、胭脂冻、青花、火奈等百余种石品。作为苴却砚雕刻工艺师，首先要娴熟把握这些苴却石的特质，能够把砚石的天然造化与艺术创作要素浑然融为一体，避去匠气，达到似雕非雕的境象，才能不负天地赐予和审美期待。因此，曹加勇在砚雕实践中，特别注重"因材施艺"，其前提是砚雕工艺师有着丰厚的知识储备和对传统文化的认同感，还要有与砚石的融入感。

一方《采莲图》使得曹加勇继《江山多娇》后，时隔9年再次获得中国工艺美术博览会"百花杯"金奖。回想起《采莲图》的创作过程，曹加勇颇有感慨。刚拿到这块砚石料时，其坯形已成，就是一方普通的椭圆形规格坯。磨平石面后发现膘色色彩丰富，而且纹理变化多端，整体基调呈淡黄色，一股陈宣般的古雅之气扑面而来，很适合雕一方古典题材的作品，可石面上有两处形状各异的黑色，在黄膘的映衬下显得格外醒目，而且这两块黑色和黄膘完全融合在一起，无法将其铲掉。那该怎么办呢？曹加勇思来想去，多次对着砚石进行观察、思考、推敲之后还是不得其法。又过了几天，当他再次琢磨这块砚石时，忽然眼前一亮：砚石上的两块黑色不正像是一正一侧形态的两个古代仕女发髻的意象吗？接着再往下看，一片不规则形状的浅绿色膘犹如一张张写意的荷叶，或半铺水面，或摇曳风中。一瞬间，李白的越女采莲曲浮现眼前："若耶溪傍采莲女，笑隔荷花共人语。日照新妆水底明，风飘香袂空中举……"于是，曹加勇开始了这方《采莲图》砚雕的创作，从构图上考虑，如将两个仕女一左一右，布局显得过于平均，显得呆板，便在左边仕女旁又刻了一位少女，少女上方一块异形绿膘雕成她手中轻举的一张荷叶，荷叶当伞，情趣悠然，既丰富了画面感又合乎情理，仿佛透过画面，依稀听到采莲女在荷塘中自由嬉戏，笑声吟吟。因为此砚采用全景式构图，所有石品均被巧妙利用，故没有考虑砚堂、砚池的位置，而是将其当作砚盖形式进行创作。在配砚底时，特意选取了一块有多个石眼的材质做底，一个个石眼如夏日水中的片片新荷，散发出清凉之意，故铭"清暑图"，与砚盖的采莲图上下呼应，珠联璧合。对于苴却砚的创作来说，这方《采莲图》苴却砚雕，雕刻技法和立意的确达到了炉火纯青的水平，对苴却砚在制砚行业来说，都产生了极其深远的影响。

曹加勇的每一方苴却砚雕作品，都显露出他"砚痴"的程度，从淘石到品石，无一不体现他对中国传统文化的综合素养。他善于在古典文化中获取创作灵感，作品的名字和内涵脱胎于古典诗词，不流于砚雕市场化的审美倾向，独辟蹊径，古为今用，在弘扬中华传统文化的创作实践中，耐得住寂寞，经得起磨砺。从艺 30 年来，曹加勇以雕修悟，以悟参雕，自行其道，开辟出苴却砚跻身中国名砚之列的先河。走进曹加勇的"迤风堂"，似有古今穿越之感，既可沉浸于秦汉雄浑、唐宋婉约，又有遨游梦幻的奇妙和置身现实附着的神往飘逸。于此，我们看到一位工艺美术大师对自己钟爱的工艺事业的传承坚守与使命担当。

砚 道

与曹加勇的攀谈中，自然是万变不离其宗，品砚论砚，言之凿凿。虽砚居文房四宝之末位，不知古人因何故这样排序，但就物性而言，砚是文房四宝中，唯可透出灵气感应。据已有的考证，砚的历史长达 7500 年之久，而毛笔和墨则只有 3000 多年，纸的出现则不过 2100 年。砚乃天地所赐之物，起初是没有雕凿的器具，绵延至今不但保留其实用性，还逐渐演变成具有极高欣赏价值的工艺品。而苴却砚虽不在传统意义上的四大名砚之列，也早已成为中国砚雕一枝独秀的砚种。据史料记载，苴却制砚的历史可追溯至唐朝，明清时名扬海外。到了 20 世纪 80 年代，其时代背景是攀枝花钢铁能源基地建设的大发展。（20 世纪 80 年代初，在攀枝花市委市政府和各界有识之士的共同努力下，成立了攀枝花市苴却砚厂，研发出了一批独具特色的苴却砚作品。这批作品一经亮相，立即在全国文

2020年,在工作室为众徒弟分享讲解创作心得

房四宝界引起轰动,启功、董寿平、溥杰等名家纷纷题词赞誉,至此,苴却砚由型砚石产地砚农小众型制砚模式逐渐转变为规模型制砚。)

苴却砚史的传奇性给苴却砚罩上了一层扑朔迷离的面纱。作为最古老的"新砚种",除了前面说到的石料特质独一无二,再就是苴却砚的观赏价值远超传统的四大名砚。曹加勇是土生土长的苴却石产地人,十六七岁"触砚"起,视砚如命,他的脉搏和血液都随砚雕律动。对中国传统文化的热爱贯穿了曹加勇砚雕的全部心里历程,他善于从书本中汲取创作灵感,作品明显散发着古典文化气息。

曹加勇用文化概念陈述他的砚雕展现,这自然有他的理解,因为广义理论上,所有人文活动的结果都被称之为文化。砚石乃天然造化之物,而笔、墨、纸则是通过人工合成所得,唯有砚是天成,故而可以道论之。每一块砚石都经过了亿万年的沉寂与演化,其蕴含的近乎神秘的存在不是文化可以阐解的。即便是经工匠雕凿成器，或用或赏，其内在的介质依旧是不可知无须知陪伴，随之而来的是一种对神秘的释怀。可谓砚道，就是避开泛文化的人云亦云，意会砚的内涵，建树有别于文化属性的心理知会。研读过曹加勇的苴却砚雕作品，回到茶桌前，把这些感悟如实道来，曹加勇亦如己意，表示赞同。接着又回到他的砚雕理念上，刻砚，讲感觉。有时下刀无感，有时刻似神功。一方好的砚雕，不在能否见工见细，琢古见素，更非制砚能够按图施工，有图有画，面图画而刻画。想要的意境，原本就有，是有之后的刻，而在原本的有之上，能匠心独来，才别开生面。所谓砚道，说到此已不言自明，冥冥之中的审美认同，非玄学臆度。

  苴却石与砚，本是两种风马牛不相及类属，后来有了难分难解的缘分，是一份机缘的成全。砚台制作珍贵之处在于把石材天然的形状、特质和石品纹理与人工的精心雕琢有机融合，赋予了砚台更深的文化元素和艺术价值，展现的是制砚师的思想素养和综合水平。至于机缘成全的历史渊源，就不在此赘言。苴却砚的传神艺术功效，诠以老子的"道可道，非常道"是再贴切不过了。当然，这并不是拿客观存在的东西去故弄玄虚，而是一种艺术实践中的自我觉悟。人石奇缘，其实就是人与石之间的真情感应，但凡动了真情的事情，不论对人对物，执着到了忠贞不渝的程度，知行开悟，方成道行。品赏曹加勇的苴却砚雕作品，总会在安谧幽远中驻足，感受那种言无不尽的欲而不能，又仿佛知道了什么的若隐若现。一方《时光·芳华》苴却砚，细腻的表达让人屏住呼吸，潜心于梦里千回的缱绻。有人这样形容："隐秘的好去处，是静／时光之于芳华，一场雪／盖住了另一场雪，少许的岁月／融化为水，一湾清澈／在心里相见，仿佛／那些线条身怀柔然。"而另一方《桃园仙境图》，不禁让人想起陶渊明的《桃花源记》，精细雕琢间，砚面中展现的云、树、花、竹、鸡犬、房舍以及闾巷、田园等，好似一幅幅生动形象的图景，洋溢着人间田园生活的气息。雕刻刀力舒健，从容雅致。这方高达1.05米的苴却石雕与《时光·芳华》苴却砚雕在立意上风格迥异，但各有所长。创作基调因石构图，"工"至心到，可以想象曹加勇在雕刻时，每一刀着石，心里都有一份释然。

曹加勇的苴却砚雕作品，规矩雅致，讲究对石材的菁芜取舍，从不以主观武断的"匠气"想当然地开琢。他把想做什么和能做什么分得很清楚，心随石动，因石而施，审视石材原有肌理、纹路、色泽和形态等综合因素，意会境象，再由腹稿到绘制画面草图，反复对应，直到大脑中有了完全清晰的思路，才去精雕细琢。看上去像砚雕的惯常路数，其实不然，确切地说是一种觉悟，一种高于文化属性的天道。现实中人们都将一切工艺制作活动纳于文化范畴，可能是基于某种精神自恋，或者感觉冠以文化之名，就高人一等，其实并不尽然。真正的文化形态，都不是对事物的浅薄认知。在曹加勇看来，每一块石头和人一样，都是有宿命的。它是一只轻灵的鸟，还是一串绛红的果，或是一曲波纹，一片树叶，它早就在那里。雕刻师所做的就是把它呈现出来。由于苴却石天生丽质，温婉如玉，饱含亿万年梦幻，若是没有一颗对它的虔诚之心，随便一刀下去，坏了灵性不说，也是对职业操守的极大贬损。

以道论砚，感觉要比泛文化背景下的盲从更具有现实意义。道的本意与当代广义文化的表达是有区别的，当然，也有把道纳入传统文化范畴的共识，且被学界认同。因本文是介绍曹加勇作为中国工艺美术大师的专访，就不把话题扯远了。转回苴却砚上来，现如今从事砚雕的人很多，而苴却砚作为攀枝花市的一张名片，被打造成一种产业。每年还有诸如"攀枝花苴却砚文化艺术节"和各类论坛，上百家的苴却砚雕厂、作坊门店、营销公司、研究所星罗棋布，而最具规模和品位的当数"曹加勇雕刻艺术工作室"。被誉为"中国苴却砚之乡"的攀枝花市仁和区，是曹加勇的家乡，他投巨资把自己的工作室建在家乡，不得不说是一种情怀。能称得上"国大师"的人，自然是有他的过人之处。就像画家，不同于画画的人，称之为家，是因为有自己成熟独到的创作风格；砚雕也一样，曹加勇善于古典题材的发掘和创作，不落俗套，创作风格贯穿如一，思域旷达，穿越感极强，借古喻今。这与他对古典文学的喜爱密不可分。早在大龙潭乡苴却砚厂时，唐诗宋词和几本古典书籍的书，都被他反复阅读，书页都翻卷了边。研习书画时常到深夜，也许那时只是喜欢，只是出于强烈的求知欲，并没有主观刻意，正是因为这种坚持不懈，达到了不知不觉中的潜移默化，全部盈贯成一种思维走向，对他之后的创作起到了至关重要的作用。"工"易学、"艺"难从，曹加勇在多年砚雕生涯中感悟颇深的就是这6个字。

　　既是文化传承，必有发扬光大之责。曹加勇的苴却砚雕刻技艺，有洒脱的写意，有细密的工笔，刚柔并举，脱俗大气，没有扭捏造作之感。把苴却石藏于大地之心，与山川河流共存亿万年的自然造化提炼成文化的存在，集各大名砚之长，将苴却石的独特之美展现得惟妙惟肖，淋漓尽致。《国粹·花旦》《暗香疏影图》《儒释道》套砚等作品，都有一股超然气息扑面而来。若是单纯以文化来表述这些作品的工艺、意境，恐难准确达意。审美意义的心理暗示所释放的极致诉求，是文化所不能触及到位的。冥冥之中的意念一定是不能言说的另一种存在，所以，归结为砚道。它不能与其他艺术表现使用相同的审美途径，不然就会流露出一知半解的浅薄，或语不达意的或缺。曹加勇的苴却砚作品，刀锋过处无痕，仰俯之间看行走的日月天地，辗转千载，顿感只是一瞬；听得见金沙江飞沙潆石，皓月下风绕牧笛；嗅得到寒梅自香，百花吐芬芳。纵时光千百年，横沧海桑田间；静若心音，动似翩跹。

苴却砚成为砚品"新宠"，实为历史原因，而苴却砚发源很早，却不知何故在时光的长河中先后消失过两次。一次是在宋代，一次是在清代，兴衰无考。这就使苴却砚有了极富传奇性的"断代身世"。它真正兴起是在20世纪80年代，特别是党的十八大之后，在党中央文化强国决策的引领下，苴却砚进入了高速发展期。曹加勇适逢这么一个大好时代，经济发展促进文化繁荣，他的苴却砚雕技艺有了施展的舞台。从2002年到2012年的10年间是曹加勇的砚雕创作的高峰期，精品上品佳作不断面世，令人目不暇接。2015年3月，中央电视台中文国际频道（央视四套）《流行无限》栏目组深入攀枝花市"曹加勇大师工作室"，进行了为期8天的专题采访拍摄，全方位展现曹加勇的砚雕生涯和艺术成就。摄制组跟随曹加勇从选石料开始，他们一行来到金沙江畔的苴却石矿，又下到曹加勇当年淘石的江边石滩，听他讲述苴却石的由来与特质，还原他当年深夜头顶矿灯在江岸的石滩上，弯着腰一脚砂一脚水，在乱石滩上像寻宝一样跋涉几里地，到了东方既白时，才返回车里，经常会无功而返，但他还会时常去。来到大龙潭乡苴却砚厂，虽已物是人非，曹加勇还是有一种心潮起伏的感慨，毕竟他的砚雕事业从这里开始，在这里他遇见了当时的厂长倪方泽。倪厂长给予的关照和帮助，曹加勇从不曾忘怀，他一直给别人说倪厂长对他砚雕事业上有知遇之恩。从厂子里出来，还特意去了他住过4年的破房子，还没有到跟前，他停下脚步，远远望着已成废墟的残垣断壁，不禁动容，与跟随拍摄的记者讲述了那时候的艰辛和快乐。返回位于仁和区的"曹加勇雕刻艺术工作室"，走进江南建筑风格的"迤风堂"展厅，看到大大小小错落有致展示的苴却砚雕刻作品，摄制组的人一下被震撼了。厅堂里4吨重的《青铜时代》绝对称得上砚雕作品中的巨无霸，瞬间把人迎面撞呆了，摄像师先是远拍，然后又上下左右拍下每一个局部，加了很多特写画面。《万山红遍》《楼阁烟翠》《梅林雅集》《庭院深深》《源远流长》《明月听箫》等，这些有"体量"的砚雕摆件作品，将苴却石的纹理、石眼、石膘以及石材的原生态形状都运用到了极致，仿佛天成地造，让人看不到雕凿痕迹。当大家交口称赞他的艺术功力时，曹加勇却说："有些艺术创作上的道理，其实古人说得已经很明白了，我们后人是很难超越的。"对待传统工艺，他就像对待砚石一样，有一颗谦卑之心。展厅里还有很多苴却石的籽料雕出的砚，也都是意境幽达，给人以话到了嘴边，不觉又咽了回去，生怕词不达意，说出来令观感带来的超然刹那间变得乌有，面对这些鬼斧神工之作，唯有意会而不能言说。艺术的绝妙之处，就是创作者用美的形式，将自己的修养和艺术认知高度融会贯通，通过独特的表达手法彰显出来，换句话说，所有艺术归根结底都是"心"的艺术。心中有丘壑，手底转乾坤。曹加勇之所以成为中国工艺美术大师，是因为他眼之所见心之所念的已不仅仅是砚石之"器"，而是如何以"器"载"道"，传达出一种天地人心之美。

曹加勇成为第一个获得"中国工艺美术大师"称号的苴却砚雕刻的人，苴却砚也因此成为我国第五个拥有中国工艺美术大师的砚种。其作品被钓鱼台国宾馆、南昌工学院中国工艺美术大师博物馆以及国内外收藏机关馆藏。不仅受到四川省和攀枝花市、区工艺美术界的高度关注，各种邀请、聘书从四面八方涌来：四川省工艺美术行业协会副理事长、南昌工学院艺术设计专业客座教授、成都砚湖文化有限公司顾问、中华烟文化联合会评审委员会顾问、北京砚文化研究会名誉顾问、2013"国信·百花杯"中国工艺美术精品奖评委、中华砚文化联合会（2014及2015年度）精品砚台评选评委等，特别是深圳工美文化创意研究院，不仅聘请曹加勇为该院的高级研究员，还在2021年启动高端人才引进的方式，用优惠政策、良好待遇将他引进，安置在位于深圳福田区的深圳市文化创意园。他的高超技艺有了更大的施展平台，也冀望于苴却砚这一中国砚种中的鲜葩，从深圳这个对外开放的窗口推广到世界，让中国传统文化在国际上大放异彩。

砚 品

都说文如其人，这句话对于从事任何艺术创作的人皆如此，讲的是从作品便知其创作者的人品。同理，曹加勇的苴却砚雕作品也即人品。人品即砚品，人品也透着砚品。曹加勇说："所有的艺术传达出来的一定要是真善美。真即带着敬畏之心有感而发地去创作，敬畏是核心；善是与自己的为人处世的态度相联系的，一个善良的人传递的也是善；美是综合修养的体现，美有很多种，如奇美、华美，最终用哪一种美的形式传递，又反映了创作者的修养。一个人的人文修养达到了一定的高度，那么他的作品传递的信息也是好的。"他的这段话道出了很多人的心声，因为我们的社会就需要这样唱响主旋律，弘扬正能量。真正的艺术作品，不管是哪一种艺术表达形式，一定是"真善美"的化身，不但给人以美的享受，还能启迪人们的心灵，激励人们奋发向上，这就是良知，这就是功德。

　　以品论砚，不单单是次第而分。一个"品"字，可能不足以将一件艺术作品想表达的意愿囊括其中，起码可见一斑。《说文解字》释品字为"众庶也"，意思是所含内容丰富，延伸意为高度概括性的抽象概念，表达抽象概念又返回到具体事象中来。《礼·檀弓》注："品，阶格也。"欣赏曹加勇的苴却砚，其作品所展现的意境如梦如幻，既有"任事者身居其中，当绝利害之虑"，又有"议事者身在世外，宜悉利害之情"。一件作品出现，并获得社会认同，这种艺术实践和审美需求所产生能量，会让感到愉悦。随着传统文化的热度升温，被物欲横流裹挟飞奔的脚步逐渐向精神需求回归，艺术百花园必将重新呈现一派姹紫嫣红的喜人景象。砚台这一古老的器物，历经7500年的演变，它是唯一有据可考没有断代而延续至今且中国独有的文具，被列为文房四宝。一方砚台，让我们从它的静默无声中，聆听7500年沧桑巨变，除了对我们先人智慧的顶礼与敬畏，再就是为中华经久不衰的文明引以为豪。虽说而今包括砚在内的文房四宝的文化需求和市场需求面临很大危机，也正因为这种危机的存在，砚有突破原有市场定位的机遇。就这种演变来看，五四新文化运动之后，中国用"钢笔文化"替代了"毛笔文化"，随着科技时代的到来，中国正在经历"电脑文化"替代"钢笔文化"的过程。"毛笔文化"与我们隔了两个时代，汉字都已简化变形，而笔墨不同于汉字，于当下的社会来说，或许是用来养生养性的一种途径，却已非必须存在的社会工具了。为了拓宽市场，延续经典，各砚种开始了以砚雕为主调的延伸产品种类，包括摆件、挂件、文填、笔架、印章、烟缸、茶盘、配饰等，涵盖文化、旅游、生活用品等多个方面。素有彩玉石之称的苴却石，在质地上远胜于其他砚石，更易于适应当下人的心理需求。较之实用性，砚多了更加广阔展示空间，"品"意也形成多元化的格局。

　　作为苴却砚工艺美术行业的领军人物，曹加勇一直为苴却砚的传播与推广做着不懈的努力。他的作品力求视觉冲击力，但又不过分夸张，表现力度拿捏到让人流连忘返，总觉得某种不知来自何处的舒适感，面对每一方苴却砚，可观、可赏、可听、可悟，又有强烈的触摸冲动，却在触手可及时停下来，仿佛净尘边缘，只能是心领神会一般地感悟，不给人留下一语道破的玄机。一方《八大墨迹砚》，巧妙利用石材本身鲜明的色差对比和阴阳际会造型，左上部分是半月形黄金膘底顺势衬托浮在上面形状相似的绿膘，又下方深褐色半月形与左上方边缘相对，神似一幅太极图，绿膘上飘着一小片黛黑，酷似八大山人朱耷的写意风格。绿膘为纸，黛墨为画，右下方的深褐色半月形为砚池，这个作品看不出雕刻痕迹，俨然一方天造地合之物。这样精妙的构思，依势而为，在敬畏自然恩典的同时，又融汇了砚墨衍生的八大山人登峰造极的中国画意境，令人叹为观止。《梅林雅集》是一方恰如写意中国画长卷，尺寸相当于四尺整张的宣纸，虽不像纸张形状那么规整，而石材本身凹凸起伏的不等边，却增添了几分审美张力。作者以石面上的黄膘创作为主色调，将古代文人雅士于梅林中弹琴作乐、饮酒叙怀、吟诗作赋、悠然自得为题材，充分利用苴却石的特质，施于高浮雕、镂空雕、潜浮雕、线雕等技法准确刻画了梅花、人物、仙鹤、楼榭等物象，并注重虚实、疏密、韵律的把握。作品呈现了丰富却不失雅洁，复杂却无匠气，虚实相生、气韵生动的艺术效果。作品的构图、立意，加上石材自带的色泽，显透着宋代绘画的风骨，给人以若在其中临仙境、我自逍遥不念尘的超脱之感。品赏这样一方苴却砚雕作品，久久凝视，为之吸引,乃至双足难移,忽远忽近的岁月往复,不禁扼腕兴叹时间都去哪儿了?作品以当代人渴念灵魂归宿的审美指引为隐喻,产生出消弭生存状态中的浮躁之气,追求忘我求同的社会融入心理。

带入感是艺术作品必备的表现手段,不论是绘画、音乐,还是影视、文学,苴却砚也不例外。虽说制砚归类于工艺美术,亦从艺属。品砚,不仅不是众生所需,就是当下所谓的文人,恐也念及不至了。之前见过的砚,大都视作使用的器物,文人的标配,一方砚放在案头,感觉它是气场的源头,总会在一眼瞟去时,它仿佛有话要说。而那时受思维惯性的支配,无意想那么多,只觉得它就是一方砚台,端砚也好、歙砚也罢,以致不管它是什么砚,研出浓释适宜的墨来就好。现如今成了稀罕物件的砚台,已少见于文人的书案,则常现身艺术殿堂以及博物馆等场所,被作为艺术品展示和收藏。似砚非砚的身份,不知是现在倡导弘扬传统文化情态下的一份尴尬,还是社会发展的必然,流于形式上的文化传承,使得砚台从实用蜕变到摆设的工艺品,由"用"到"赏",无形中升了几个层格。在曹加勇位于深圳福田文化创意园的展室里,简而不凡的氛围,让我刹那间调整了呼吸频率,那一方方古朴与瑰丽错落陈列的苴却砚,或平放,或直立在展台上。待我驻足于《人比黄花瘦》的苴却砚雕作品前,耳畔不觉李清照的《薄雾浓云愁永昼》那首词的低吟声凭空而来:"莫道不消魂,帘卷西风……"想来这言有尽而意无穷的情境怎就与一块苴却石有了暗合之契?后来方知,曹加勇偶得到此石,"读"了不下几十遍,"相"了数日后,历经数稿,终以《人比黄花瘦》入砚。凝住此砚,顿然不觉中,与画中人有了共鸣。由此,一下将之前对砚台"用"与"赏"的纠结释化无存,原来砚还可以这样一种形态存在。展厅里的苴却砚,多数是小摆件,与曹加勇在攀枝花仁和区的"迨风堂"展厅比起来，更像是一个苴却砚工艺品的推介平台，有一排各种方形的砚雕作品。砚底砚盖成对，砚池刻于砚底，砚该都是因材而施的苴却砚雕，又给人可"用"的考量，引申之意是传统文化的回归，不能仅是流于口号，而是有具象化可操作的器物供于文化弘扬的实践。简单地说，传统文化的继承，要身体力行，不能让砚成为文化记忆，而是中国文脉上仍在汩汩跃动的存在。

  曹加勇虽没有说，但他对展品陈列的布局，已经发出了这种延续传统文化要落到实处的暗示：不能让传统文化在我们这一代人手上成为断层。选择落户深圳，曹加勇初步的计划是借助粤港澳大湾区的区位优势，以展示和推广苴却砚精品为先导，创新传统工艺美术品的市场格局，推动文创产业化进程，扩大以苴却砚为主导的业态多样性，促使深圳文化产业链的形成，力争将苴却砚打造成深圳的特殊文化品牌。曹加勇是一个有情怀的人，生活中他不善言谈，但只要说起苴却砚刻，便有说不完的话。从他的作品中，一眼便知他的古典文学修养功底深厚，用情于砚几乎是他生命的全部。从十六七岁入行到而今的知天命之年，30余载职业生涯中，他以坚韧不拔的意志力，克服了文化底子薄、画画无人教，全凭上天赐予的天赋，硬是一路蹉跎拼一路，终而获得"中国工艺美术大师"称号。每次回忆起在他最艰难无助时，遇到的那些给予他帮助的人，提起他们的名字，曹加勇都会为之动容。这一路，他走得真不容易，当学徒工所在大龙潭乡苴却砚厂的倪厂长、益民颐和苴却砚厂的张峻山厂长、忘年交张正濂老先生，有的为他指点过迷津，有的对他有知遇之恩，还有一些让他没齿不忘的人，他都铭记于心。2005年，他的一方《江山多娇》苴却砚作品作为备选，准备代表四川省参加第六届中国工艺美术精品博览会"百花杯"精品奖评选，当时很多人并不看好他，认为一些资历高、技艺好的工艺美术师，连续几届参评都无望而归，像曹加勇这样既没有名气又那么年轻的人怎么可能被评上。只有时任四川美术学院院长、四川省美术家协会副主席的叶毓山教授，力排众议，坚持让曹加勇的作品参评，并鼓励曹加勇树立信心，对他的作品给予了中肯的评价。在等待评选结果的那段日子里，曹加勇的心里七上八下，有忐忑也有煎熬，有期待也有兴奋，真可谓五味杂陈。当《江山多娇》苴却砚作品荣获金奖的消息从北京传来的那一瞬间，曹加勇简直不相信是真的，然而，幸运之神从不会随意降临，她只眷顾那些为成功付出艰辛努力的人。曹加勇不仅在这次评选中获得了最高奖项，也成为苴却砚历史上首个中国工艺美术大师。之后的岁月里，叶毓山不仅成为曹加勇的忘年交，也是他的良师益友，更是他迈向成功的伯乐。在叶毓山教授面前，曹加勇谦逊有度，虚心请教，甘当学生。叶教授也是满腔热忱在工艺美术方面悉心指导，曹加勇几次想拜入叶毓山门下，终因阴差阳错未果，成了曹加勇此生一大憾事。虽两人没有师徒名分，却有实实在在的师徒情谊。

曹加勇获奖后，雕刻技艺更是有了长足发展。他的作品注重内外兼修、因材施艺、巧借天工，追求真情流露、有感而发，并赋予作品深远的文化内涵，以自然纯真之心境施艺于石，以豁达博爱之胸怀处立于世。虽然曹加勇把主场转到深圳，但没有忘记自己的家乡。作为攀枝花苴却砚发源地土生土长的工艺美术大师，他没有忘记对家乡苴却砚雕刻行业的职责，对于攀枝花目前苴却砚雕刻界的现状也有自己的一些看法和建议。他说，砚雕界现在走入了很大的误区。第一个误区就是目前市场上的很多砚雕作品都不太尊重"砚"文化，不注重砚的实用性和"砚味"。一方砚，其本质的要素"砚

2021年，曹加勇工作室落户深圳文化创意园

堂""砚池"一定要有。即使现在很少有人用毛笔写字几乎不用砚台，但砚雕作品还是得体现出"砚味"和"文心"，体现出文人对文房墨宝的高雅审美情趣，而不是附庸市场大众化审美把砚石雕琢得太花哨，那样反而显得太庸俗失去了"砚"的本真。再就是过于注重大的砚石材料的雕刻，从而忽略了小块石料，造成砚石资源的极大浪费。其实小块石料也可以雕刻成一些小的挂件装饰品，让更多老百姓也能拥有苴却砚砚雕艺术品。被誉为"中国彩玉"的攀枝花苴却石，色彩丰富，石材亮丽，观赏价值很高，同时又具备砚石的天然成分，也就形成了"以画入砚"的独特艺术风格。参观曹加勇作品陈列展厅时，被他的两方有底有盖的苴却砚套件作品所吸引。一方是《宋人花鸟笔意》砚，砚盖雕着形态各异的几只鸟栖落在新枝上，翠竹摇曳，特别是石面深褐色的反衬效果，令人看见它，心有一种

骤然归于宁静的感觉。另一方《观象图》砚，巧妙断取了苴却石的天然纹理，将天空的神秘感和古人探索宇宙的执着表现得一览无余，给人以进取奋进的启发。

砚品有二元，一则砚品，再则品砚。砚品直观地说就是砚雕作品的外在样貌，诸如器型、石质、包浆等外在因素，以及可给选择者提供与同类器物的类比空间，而品砚是根据关注者的审美意愿对砚雕作品欣赏、偏好和关注所产生的精神期待。任何艺术作品、工艺美术品在接受美学的意义上都是一样的。品曹加勇的苴却砚雕刻作品，要读懂他的砚品，对他的成长成功经历已经介绍了很多，也说过砚品即人品的套话，但再次沉下心来去思考砚品的内涵时，却又觉得不尽然。曹加勇是国师级的苴却砚雕刻工匠，又是深圳引进的特殊人才，就足以背书其砚品的层格和境界。在他身上不禁令人想到工匠所具备的专注、标准、精准、创新、完美、人本。尤其是专注、创新、完美和人本的特质，透过他的苴却砚雕刻作品所展现的艺术功力和思想追求，都折射出充满正能量的崇尚情怀。文化是一种担当，在曹加勇心里，要弘扬优秀的传统文化，延续中国文脉，传承和光大中华民族独有的砚雕技艺，做文化强国的带头人和践行者，不辱使命，不负时光，守住初心，为建设文化深圳贡献智慧和力量。

深圳匠魂

胡冠军

深圳匠魂

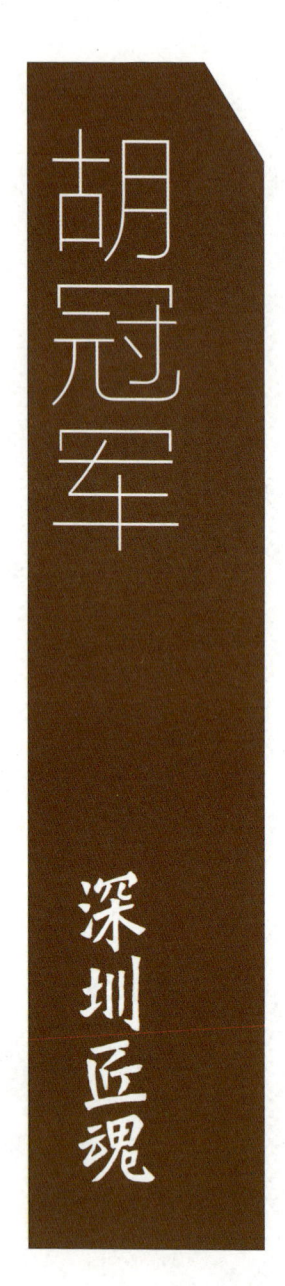

1972年出生于浙江东阳防军，号"东阳人"。高级工艺美术师，中国传统工艺美术大师，中国青年木雕艺术家，广东省工艺美术大师。

"全国五一劳动奖章""深圳五一劳动奖章"获得者。曾获国务院"全国优秀农民工""鹏城工匠""深圳市地方行业领军人才Ａ类人才""深圳市龙华区龙舞华章Ａ类人才"等荣誉称号。

现任中国美联家私公司、香港美联家私公司、深圳市艺美联家私实业有限公司总设计师，中国工艺美术协会木雕专业委员会副主任，中国非物质文化遗产保护协会木雕专业委员会常务委员，中国书画研究会副会长，深圳市龙华区高层次人才发展促进会副会长等职。被多所高校聘为客座教授。

从艺30多年来专注于古典红木艺术家具设计创作，兼修书法、绘画、篆刻和陶艺等。拥有国家专利百余项。系列大型红木家具艺术作品连续8届荣获中国（深圳）国际文化产业博览交易会"中国工艺美术文化创意奖"特别金奖。特大型红木艺术家具作品《江山多娇》创大世界吉尼斯纪录。参与澳门回归大型艺术品"盛世之钟"等重要作品设计创作；多次受邀在全国各地举办个人红木雕刻艺术展、书画展；作品被收录入多部专著；书法作品《物华天宝》（行书）被中国文字博物馆收藏。

凿下镌文化 木里刻江山
——记木雕艺术家胡冠军

郭洁琼

五千年时光更迭，五千年绵延沉淀，泱泱华夏文明如星河般浩瀚璀璨。在那些博大精深、有形或无形的民族文化里，有一种源于实用进而上升到审美的艺术——中国古典家具艺术。作为传承中国文化的重要载体，古典家具艺术以雕刻技艺为灵魂，以眼为尺、以手为度、以刀代笔，刻绘出神思飞动的人物、建筑、花鸟鱼虫和神传仙界，其凝练底蕴的形式和内容、蕴藉光华的艺术感和灵动性，实践"天人合一""中庸"的哲学理念，"大壮"与"适形"的艺术讲究，让诗意的美渗透光阴、洇染古今。而这所有美好的创造者，就是一代代辛勤耕耘的木雕匠人。

巧手琢华木，方寸见匠心。从古至今，无数红木雕刻匠人在艺术王国里执着守望，在万象更迭中传承力量，在精益求精中追求极致，以单纯专注的艺术情愫雕琢打磨一件件木雕艺术作品，那红木雕刻匠人名录里闪耀的名字辉映华夏。而在新时代的木雕匠人名录里，就有一个不可忽略的名字——胡冠军，这位祖籍浙江东阳的艺术家曾供职于江门新会等地的古典红木家具行业，于新世纪时来到深圳，现任深圳市美联家私实业有限公司总设计师。

30余年来，胡冠军安于孤独的艺术创作旅程，专注于古典红木家具的设计、雕刻与制作。他以温柔坚强的艺术精神着力求索木雕艺术本源，致力赋予作品独特的生命韵味和智慧内涵，累计设计制作各类红木雕刻艺术作品万余件，拥有国家家具设计专利百余项，荣获国家、省部级大奖60余项，多次在深圳、北京、上海等大城市举办个人红木家具艺术展，连续8届荣获中国（深圳）文化产业博览交易会文化创意奖特别金奖，作品被30多个国家和地区的艺术追随者收藏。胡冠军在古典红木家具设计、雕刻领域取得非凡成就，更以双手、匠心、巧思书写下当代红木雕刻艺术的匠人传奇。

遇良师顽童专心向学

全国五一劳动奖章获得者、中国文化产业英才、中国传统工艺美术大师、鹏城工匠、广东省工艺美术大师、深圳市五一劳动奖章获得者、首届"深圳市龙华区十大工匠"、深圳市高层次专业"地方级领军人才"、深圳市龙华区高层次人才"龙舞华章计划A类人才"、深圳市龙华区"领军技能人才（A类）"……今日胡冠军的身上，被岁月加持了多道光环。除了担任深圳市美联家私实业有限公司总设计师，他还身兼中国工艺美术协会木雕专业委员会副主任、中国非物质文化遗产保护协会木雕专业委员会常务委员、中国书画研究会副会长、深圳市龙华区工艺人才协会会长、深圳市龙华区高层次人才发展促进会副会长等职务。这些光环和职务，皆来自胡冠军几十年来在红木雕刻艺术领域的辛勤探索耕耘。只是谁也不知道，今日作品闻名海内外的"大师"胡冠军，当年却是一枚不折不扣的"顽童"。

在浙江省中部，有一个叫东阳的县城，会稽山、大盘山、仙霞岭在这里延伸入境，造就"三山夹两盆、两盆涵两江"的奇山秀水。东阳古民居建筑以东阳木雕为主，融竹编、石雕、砖雕、堆雕等装饰艺术为一体，是独具儒家文化特色的民居建筑体系。这里自古艺才辈出，从这里走出的匠人遍布全国甚至世界。

1972年7月17日，夏阳腾腾，火云如烧，在东阳市南湖村一个胡姓小家庭里诞生了一名男婴。上已有长女，二胎喜得男丁，阖家欢喜，父母盼子成龙，希望这孩子以后能深学佩冠，因取名"冠军"。

东阳一带，自古就有"兴学重教、勤耕苦读"的优良传统，哪怕是很普通的家庭也十分注重孩子教育，胡冠军家也不例外。胡冠军的父亲是位缝纫匠，靠为邻里乡亲缝制修补衣物为生，母亲则操持中馈，忙于耕种烹煮，相夫教子。到了学龄，父母恩勤，胡冠军步入学堂，启蒙开笔。

似乎在某些方面有一定天赋的孩子都有着独特的性格或怪癖。从小，胡冠军就是远近闻名的"皮孩子"，古灵精怪，聪慧过人。就读小学后，胡冠军有了更多玩伴，在校园里耍得是如鱼得水。

是顽皮的孩子，也是敏感的孩子。一次下课后，胡冠军正与小伙伴们满操场追着奔跑游戏，一不留神撞到正在散步的班主任夫妇身上。抬头见势不妙，立刻撒腿跑开的胡冠军，听见了班主任夫妇的议论。"这孩子是谁？""这是我们班的胡冠军，这个孩子可调皮，玩得花样百出，就是不好好学习……"那议论随风传入胡冠军的耳中，在孩子的心里刮起飓风。胡冠军自此不爱上班主任的语文课，上课的时候还故意讲小话，不好好朗读和完成作业，期末考试他的语文成绩只有十几分。

班主任无法，只好每每放学后将胡冠军留下来，抄写生字，背诵课文。被折腾了几回的胡冠军干脆在留校时故意请假上厕所，然后从厕所窗户跳到麦田,直接跑回了家。

留校,家访,罚抄罚背,胡冠军却还是不喜欢语文,在小学前3年一直维持着数学满分、语文十几分的"平稳"成绩,这让他在就读四年级之前收到了留级通知。

那时候,学校的指标是两科成绩总分140分以上才可就读上一年级,140分以下则需要留级。留级,这可是件非常难堪的事情,是胡冠军没预料到的事情。自这个消息传开,胡冠军就成了乡村"明星",左邻右舍、叔伯婶子见到他就笑着揶揄,冠军,你是什么冠军啊?是读书冠军?还是逃课冠军、调皮冠军、留级冠军?这些质疑和嘲笑让孩子的世界被阴影笼罩,胡冠军变得自卑、不爱出门,还和父母说自己不想读书了。

父母、长姐没有办法,只有轮番细心劝慰,小小的胡冠军却都不为所动。父母无法,只好用拖延之计,说那你就读到小学毕业吧,小学毕业后就不读书了好不好。胡冠军还是不同意。

那个暑假,正在胡冠军颓废厌学、父母一筹莫展之际,有一位老师出现了,这位老师不但让胡冠军乐意入学,并从某种意义上来说改变了他的一生,让小学三年级成为胡冠军人生的一大重要转折点。直到现在,胡冠军还与这位老师保持着亲人般的交往,并将从老师身上学到的"勤奋、执着、激情、努力、感恩"10个字分享给每一个人。

那个夏天,19岁的胡顺清老师被分配到胡冠军所就读的小学,这是他工作的第一所学校,胡冠军留级所在班级是他带的第一个班级、第一批学生。把全班学生名册看过了解以后,胡老师特别关注了留级生胡冠军,并在开学前两天来到胡冠军的村子。

当时,胡冠军正在外面玩耍,被来家访的胡老师逮住,问他胡冠军家在哪儿。胡冠军闻言很是吃惊,仔细打量了那个年轻大哥哥一番,给他指了自己家的方向后,就立马抄别的路跑回自家楼上猫着,看这人究竟是什么来路,为什么会来找自己。

谁知道,那天胡老师对父母说的第一句话就震惊了胡冠军。胡老师说:"我看过冠军的成绩,我觉得这孩子的脑子非常好,很聪明。"

这句话同样让胡冠军的父母惊讶无比,孩子一直这么顽皮,怎么训也没用,现在还留级,哪里聪明了呢?父母将信将疑地看着老师,胡冠军也在楼上竖起耳朵听。胡老师却再度肯定了,冠军一年级到三年级数学一直满分,还多次参加公社的数学竞赛,语文成绩不好可能是因为贪玩,没有好好朗读背诵和做作业的缘故。

胡老师说到这里,楼上的胡冠军差点没激动出声,这老师怎么这么了解我呢?简直像我肚子里的蛔虫。只听胡老师又对父母说,只要他以后认真上课,补好基础知识,语文成绩一定能追上去。听到老师这么说,胡冠军受到莫大鼓励,心里已决定要继续读书,好好读书。

9月1号开学第一天,胡冠军开开心心去了学校,报了名,领了书。没有正式的课,他就认认真真抄了十几页生字。第二天,他早早去到学校,开始新学期的第一次早操,并做得前所未有的认真。但是没想到,早操后胡冠军却被胡老师单独留下质问:冠军,你广播体操怎么做的?做戏不像做戏,跳舞不像跳舞!

胡冠军那个委屈啊,气鼓鼓地对老师说,这次广播体操是我做得最认真最好的一次!胡老师见他顶嘴,便用两个指关节在他头顶敲了一下,你这还叫做得好?!

胡冠军又疼又伤心,家访时对胡老师产生的喜欢都消失了,甚至觉得他和以前的班主任也没区别,甚至更不好,于是又顶了回去:

你打我我也不承认，这就是我做得最好的一次。

　　胡老师见状很是生气，就在操场上将胡冠军教训了好几分钟。结束后，胡冠军伤心极了，他觉得读书实在没意思，上完这一天课，明天打死也不来了，却没想到打击往往是连串的。

　　这一天第一节课是语文课，胡老师拿着一摞作业本走了进来，上课之前先选出一本来，意味深长地对同学们说，这位同学的字写得"很好"，你们传阅学习一下。胡冠军正好奇那会是谁的作业时，已看过本子的同学却频频回头，看着他笑着窃窃私语。胡冠军心里打起了鼓，等传到自己手里时一看，还正是自己的作业本，他差点立刻将头藏到课桌下面去。

　　作业本终于传完了，回到老师的手里。胡老师拿着作业本满脸无奈地说，你们看看啊，冠军同学这个字写穿了3页纸，却就是看不出来是什么字。这句话让胡冠军更难堪了，好不容易熬到下课的他心里暗暗决定，明天一定不来上学了，这个老师比原来的还要坏。

　　当天最后一节课是自习课，离心似箭的胡冠军急匆匆地做完数学老师留的作业，虽然答案全部正确，但值班的胡老师还是不让他放学，直到最后一位同学完成作业离开，天已擦黑，胡老师还没让他回家。此时，胡冠军心里对这位老师的印象坏到了极点，胡老师却慢慢地收拾了东西，带着他回到自己的宿舍，开始烧开水，并拿出白糖，仔细地舀了一勺放在杯子里，将开水倒进去，拌了拌。

　　那个年代，白糖还是一种奢侈品，不是人人都能买到，不是随时随地可以享用，白糖开水算是逢年过节招待亲人朋友的最高礼节了。胡冠军见老师慢悠悠地泡白糖开水，心里不由得闷着生气，真是太过分了！难道还要边喝白糖开水边教训我吗？

　　谁知道，胡老师将白糖开水拌匀后，将杯子推到了胡冠军面前。

胡冠军难以置信地看着老师，更难以置信地听见胡老师对他说："老师要跟你道个歉，今天对你太过分了。"

听到这句话，倔强的孩子瞬间"破防"，一下子大哭起来。胡老师见状，将胡冠军揽入怀中安抚他：老师不该动手打你，希望你能原谅老师。

胡冠军哭得更大声了，哭了很久很久才平息，胡老师给他擦了脸，笑着催他喝糖水。那糖水真甜啊！直到今天，胡冠军还觉得那是自己喝过的最甜的水。

喝了糖水后，胡老师让胡冠军把铅笔盒拿出来，仔细检查了一番后，才发现他用的铅笔居然是5H的。胡老师便把铅笔拿给胡冠军观察，说你用的铅笔是用来描最浅的颜色的，你做作业应该要用2B的铅笔，最低也应该用HB的。接着胡老师又循循善诱，你看，学习很重要吧？知识很重要吧？如果你有足够的知识，你就会知道这种铅笔不能用来写作业，也不会浪费钱去小卖部买了。

说完铅笔，胡老师又问胡冠军有什么爱好。

胡冠军冥思苦想了很久，觉得自己什么都不优秀，更没有什么爱好。

胡老师便对他说，那从今天开始写日记吧，把这当做第一个爱好，这对写作文也有帮助。紧接着，胡老师拿出了自己的日记，足足有几十本之多，他随意打开一本递给胡冠军，并开始教他如何写日记。

接过老师的日记本，胡冠军惊呆了，胡老师的日记居然如此漂亮，首先是字写得很好，整整齐齐，飘逸流畅，还有手绘的配套插图，图文并茂的日记让每一页纸都没有浪费，排版更是错落有致，像精美的黑板报。

胡冠军一页页地翻着,爱不释手。胡老师见状,便说你这么喜欢,那我就送你一本吧,你拿回去学习,好好练写日记。当时的胡老师并不知道,胡冠军就是在打开他日记本的那一刹那爱上了写字和画画,小小的孩子立志自己写字画画要像老师一样出色优秀。

被骂、挨打,又哭又笑,又喝糖水又看日记,这一天胡冠军的心情起伏如过山车,却早把不上学的想法丢到了九霄云外。看完日记后,胡老师又拿了2支2B铅笔和2本笔记本送给他,胡冠军接了过来,仔细地装进书包,高高兴兴地回家了。一路上,繁星满天,孩子的眼里心里,世界是如此美好,充满希望。

回到家,知道孩子又留校的父亲拎着他就要教训,胡冠军却开心地看着父亲说:"给我两块钱。"父亲不明就里,那个时候的2块钱,可是父母好几天才能赚到的工钱,儿子居然这么不懂事要这么大一笔"巨款"。胡冠军又说:"我的书包旧了,铅笔盒也是坏的,橡皮也只有半块了,我要全部买新的,从明天开始,我要好好地读书了!"

听到儿子郑重其事地说要好好读书,这简直像看到太阳从西边出来,父亲又惊又喜,豪爽地说:"我给你3块。"

胡冠军星夜拿着钱去了小卖部置办,除了书包还特别买了字帖、文件夹和书封等,想把作业本和书都弄得漂漂亮亮的,把字练得像老师那样好,回家后还在每本书和作业本上认真地写上"三一班胡冠军"。

整理到很晚,一切终于就绪,胡冠军又检查了一遍,觉得大大的文件夹上是不是也应该写点什么?于是他用铅笔写下"三一班胡冠军",却觉得不够气派漂亮,从来没写过毛笔字的胡冠军在那一刻觉得要在那夹的封面写上毛笔字才够隆重漂亮。

可是,家里没有毛笔啊。胡冠军想起家乡打席子有用毛笔,便打着灯去找了那支年岁悠久的秃头毛笔来,他用那支"毛笔"蘸了墨臭四溢的墨汁,却不知道写什么,抓耳挠腮了很久,才郑重其事地写下"刻苦学习"4个大字,然后在旁边竖写一行小字"三一班胡冠军"。

第一次写毛笔字,胡冠军看着自己的"作品"自豪极了,兴冲冲地跑到隔壁的叔叔家,把干了一天农活已昏昏欲睡的叔叔摇醒,问他:"叔叔,我的字写得怎么样?"叔叔睁开惺忪的眼睛,仔细看了一番说,这几个字写得真漂亮!

闻言,胡冠军兴高采烈地跑回家,整理好书包,又整理服装,忽然他发现自己的红领巾坏了,上面被烫了一个洞。裁缝父亲知道了,说你去睡吧,我给你做。随即点灯找布料,连夜为胡冠军缝制了一条崭新的红领巾。

第二天,胡冠军早早地起了床,穿上白衬衣、海军蓝裤子,打好红领巾,还在镜子面前认认真真地照了一番,小小少年才背着书包意气风发地上学去了。当天的第三节课是语文课,讲解的课文是《一定要争气》,是关于我国科学家童第周立志为自己、为祖国争气而勤奋学习、刻苦钻研的故事。

读了课文后,胡冠军心想,原来科学家也留过级,留级生也可以成为科学家,我虽然留级了,但我也是可以有出息的。受到故事的触动,胡冠军在自己所有的作业本上都写下"一定要争气"5个字。当天,胡老师批改作业,看了那几个字很是感动,第二天便在班上表扬了胡冠军。又过了一个星期,胡老师又在全校大会上表扬了胡冠军。这一下,胡冠军成了学校的明星。顽童心里暗想,一定要争气啊,因为再不争气可真的不行了,这么多眼睛看着自己呢。于是,胡冠军每天早晨5点半就偷偷起床背书,放学后也很晚才走,在教室里抄写生字,默读课文。待到下一次考试,胡冠军的语文成绩突飞猛进，连胡老师都难以置信，这孩子的成绩怎么升得这么快？

当个学期，胡冠军就获评了"三好学生"，并在后来的每个学期保持这一记录。他与胡老师也不仅仅是师生，后来更成了亲人，每个春节胡冠军都要走上20多里路去胡老师家拜年，有时候一住就是好几天，直到如今。对胡冠军来说，胡顺清是他人生旅程中重要的一位恩师；对胡老师来说，胡冠军是他现在时常讲起的"过去的顽童、现在的大师"故事里的主人公。

高二那年的一场洪水

可以说，小学三年级是胡冠军求学过程中的重要转折点，叛逆孩童自此一心向学，致力考上大学，回报胡老师的用心付出和父母的殷切期待。但是，人一辈子不可能一帆风顺，总会遇到些苦难，有时候这种苦难甚至会改变人的命运走向和一生的际遇。也有可能，这种苦难是以另一种方式回报，是成就另一番事业的转机。

是的，如果没有高二那年那场著名的"7·23"洪水，胡冠军也许持续保持着优异的成绩，考上大学光宗耀祖，找份工作娶妻生子，过着平凡安宁的生活，而可能不会成为今天的红木雕刻大师。但是，那场洪水改变了这一切。

胡冠军的父亲有兄弟4人，其中2位叔伯早年已经外迁。父亲勤勉于生意，靠缝纫手工辛苦攒了四五年，盘下了外迁叔叔的房子，又努力攒了三四年，盘下外迁伯伯的屋子，这样加自己家的屋子就总共有了7间房子。父母又继续努力，装修，打家具，终于在1989年让家里的房屋焕然一新。

房子完工的那一天，父母看着自己的劳动成果满脸自豪欣慰，

少年胡冠军

因为房子对他们来说是一家人的安家立命之所，是一份踏实安然，更是幸福的希望。但让他们没想到的是，自己辛苦打拼10余年打造的家还没住上几个月就在一瞬间被夷为了平地。

1989年7月23日，东阳市持续大雨滂沱。近中午时，百年不遇的大洪水从村庄上方的水库溢洪道奔泻而出，出笼猛兽般直扑附近的村庄和农田。在大自然毁灭性的力量面前，个体是如此渺小无力，人们携老扶幼，慌乱逃往高处避险，眼睁睁地看着自己的家园和庄稼被浑浊的水流吞没，伤心绝望又无能为力。

这场至今留在东阳人记忆里的大洪水退去后，大地满目疮痍，昔日房舍良田变成了砂砾滩涂，连家的方位都难以确定，村民们只好在还留有屋顶的公社大会堂搭棚子安身，开始挑泥挖沙重建家园。家没了，父亲想办法联络上胡冠军所在学校的老师，说家里屋子被洪水冲毁，没有地方居住，拜托老师照顾一下，学校老师便安排胡冠军持续住在学校宿舍。

胡冠军再次回家的时候,已是1989年12月份的寒假。走到村口,昔日农舍炊烟早已不见,会堂附近皆是草棚。胡冠军走过去询问乡亲自己家住哪,乡亲指着一个棚说那就是你家。胡冠军强忍满心酸楚寻了过去,只见棚里杂乱不堪,父母姐妹俱不在,又寻,终于在一条溪边找到父母和姐姐妹妹,他们正在寒冷的溪水里淘澄砂石。胡冠军站在那里看着,鼻头发酸,只见父母的头发在短短半年时间里就花白了大半,身影佝偻,老茧密布的双手冻得通红。

因为洪水,姐姐妹妹都辍学了,全家全力供胡冠军一人读书。因为房子没了,父母寻遍亲友,总共借了上百笔几十块几百块不等的债,凑了几万块重建家园,自己怎么还好意思安安稳稳地缩在学校里念书呢?

晚上,一家人回到棚子,胡冠军便和父母说自己打算不读书了,去学一门手艺。东阳自古就是"百工之乡",木雕更是有着1800余年历史,是中国四大名雕艺术流派之一。胡冠军觉得,只要自己刻苦努力,木匠、雕花匠、泥瓦匠,总能学到一门技艺养家糊口,家里的房子总有一天可以建起,债务总有一天可以还清。

听了胡冠军的话,父母用熬红的眼睛看着他,坚决反对他的想法。对于那时的农村孩子来说,出路就是读书和学艺两条,望子成龙的他们哪里忍心看着成绩优异的儿子就此失学,重复自己辛苦的手艺匠人人生呢。

舞象少年孤身赴湛江

或许,一个能在某个领域有一番成就的人,都是有着一定的禀赋特质或个性的。

胡冠军从小执着,要做什么事情就一定要做成,如三年级立志读书，又如高二的弃学从艺，一旦想法萌生，就开始想尽办法着手去实现。

胡冠军先是去找了一位在东阳木雕厂工作的伯父，寻求进入木雕厂工作的途径。找到伯父后，胡冠军才知道，当时的国营单位东阳木雕厂如日中天，是人人羡慕的单位，在里面工作的都是正式工人，年少又没技艺的胡冠军根本没有机会进去工作。

这条途径不通，胡冠军又想起有一位姨父在湛江海康的家具厂做雕花工作，他便找到了姨妈，索要姨父的地址。姨妈很是警惕，问他要地址做什么。胡冠军就说姨父很久没回来了，想写写信和姨父聊聊天，就这样成功弄到了地址。

1990年大年初六，胡冠军给父母留下一封信，就揣着点路费和地址孤身奔赴湛江寻姨父学艺去了。

陌路遥遥、山高水长。那时候的交通极为不便，从东阳抵达湛江海康县（今雷州市）陈家桥村，胡冠军转车搭船，用了差不多一个星期的时间。等他到时，姨父早收到父亲发来的电报"冠军到，速回读书"。接到胡冠军，姨父也苦口婆心地劝他回去读书，但是胡冠军心意已决，他态度坚定地对姨父说："我既然放弃学业出来了，哪怕是要饭，我也得要出个名堂才回去。"

姨父见胡冠军态度坚决，无奈回了信给胡冠军的父亲，胡冠军自己也写了信给父亲，表明了自己的想法和决心。但让他没想到的是，接下来他收到了许多的信，它们来自小学班主任、初中班主任和高中班主任，这些老师无一不言辞恳切语重心长地劝胡冠军回去继续学业。看着胡顺清等老师们的鸿雁传书，胡冠军无比感动，他一封封地回信给这些可爱的园丁们，讲述自己看到父母辛劳的不忍，说读书并不是唯一的出路，三十六行行行可以出状元的，只要自己勤奋努力，也不一定非要走考大学那条路。

多方劝慰无效，姨父没有办法地看着这个倔强的孩子说，你来得可真不是时候啊，这家工厂快要倒闭了，我都准备另谋出路去了。

异地他乡，别说求艺了，现在看起来要混口饭吃都不容易，但胡冠军还是笃定自己从艺的想法。姨父无奈，只好带他入厂做些零工，不过2个月，工厂就真的连工资都发不出来，姨父只好拿抵工资的家具折价卖了，携着微薄路费，带着胡冠军来到江门新会。2人打尖落脚后，姨父便先出去找工作，谁知辗转数天却没着落，眼看路费即将消耗殆尽。这时，姨父从同行处打听到肇庆有家私厂招工，姨父就将胡冠军暂时交托到老家在新会开办家具小工坊的一对夫妻手里，说你们不要考虑工资，让他学艺，给他口饭吃就行，我找到工作稳定了就带他去肇庆，然后就独自去肇庆谋活计去了。

姨父远去，举目无亲，胡冠军开始跟着老乡夫妻，从裁料等基础工作开始，勤勤恳恳认认真真地干活。"出来打工，并不等于放弃学习。"去湛江的时候，胡冠军带上了自己的高中课本，来江门的时候又带到了江门，他在自学高中剩余课程的同时，更是从没放弃过画画和练字，下班后总在那里写写画画，没钱买纸就在边角料上涂抹。

半年后，姨父果然来信，说已在肇庆的南岸家私厂供职，要他去那里工作。当年9月，胡冠军便辞了江门的那对老乡夫妻去了肇庆，在那家位于河流南岸的家私厂做工，直到与姨父返老家过年。过年之后，又与姨父重新回到了新会，进了"新会家具厂"。

扎根新会筑"匠基"

古典家具堪称中国人民审美智慧的结晶。自古以来，广东与东南亚地区接触相对较多，古典家具所用木材又大部分来自东南亚地区，广东的地理优势使得木材运送成本低廉，匠人们从不用担心木材供应不足，地利人和的岭南大地因此孕育出古典家具三大流派之一的广作家具。

在曾经的古典家具复兴之路上，"中国第一侨乡"江门新会曾扮演着举足轻重的角色。改革开放之初，新会与港澳地区联系频繁，部分新会人发现古典家具商机便纷纷投身其间。从走南闯北到台山、中山大涌等地收购旧家具，到采买木材原创设计制作，新会的红木人有如古典家具界播撒种子者。因古典家具材质、工艺、艺术价值高收益颇丰，古典家具也成为当地的富民产业和支柱产业，而这一切又与群英荟萃的木雕工匠密不可分。

但是，要成为一名名副其实的"工匠"，要走的学艺之路却漫长而艰辛。因一件好的古典家具须选材精良、精于组榫、油漆圆熟、装饰实用，其诞生按工艺流程更分为选料、搭配、干燥、木工、雕刻、烫蜡、上漆、组装等多道工序。其中的雕刻工序，又占古典红木家具工艺的一半以上。

红木雕刻是历史久远的传统雕刻艺术，常见的雕刻形式就有阴雕、浮雕、透雕、圆雕等诸多种，每一种又细分多类，或虚实相生，或多面立体，其中的技巧不是一时一刻就可尽掌握，要入其门需3年学徒，5年"半学徒"，八九年才能成为师傅，要成为大师，更需几十载的积淀。

在新会红木行当中，雕刻师傅被称呼为"花匠"。一个好的"花匠"必须心静，耐得住寂寞，雕刻时图样要结合木材的纹路，刀工要苍劲有力，刀法要灵活多变，做出来的东西才灵动传神、生动饱满。

要拥有好的技艺，需要时间、精力的付出，而且是长时间的付

工作中的胡冠军

出。最初跟着姨父师傅的时候，胡冠军从一个锤子、一把凿、一块木头开启着自己红木雕刻的学徒生涯，常常在案台前一做就是十几个小时，停下来时手上便多出许多水泡，但抱定从艺决心的他没有半句怨言。辗转回到新会后，胡冠军更立志要成为一名优秀"花匠"，他在飞扬的木屑里一步步地摸索，一刀刀一凿凿地试验，水泡破了又冒出新的，直到积成满掌老茧。

"三分料，七分工。"一件传世的优质古典家具应型、神、材、韵、艺兼备，多选用质地致密坚实、色泽雅静、花纹生动华丽的优质木材来打造。木者，树也，生之于土壤，焕发于天然。中国人恋木、崇尚木，木中亦蕴中华大美。在初入行当的一年多里，胡冠军除了苦练雕刻技艺，还潜心钻研木材知识。在他的眼里，红木虽分为5属（紫檀属、黄檀属、崖豆属、铁刀木属、柿树属）8类（紫檀类、花梨木类、香枝木类、黑酸枝类、红酸枝类、鸡翅木类、乌木类、条纹乌木类），却并不仅限于5属8类33种那么简单，它们是天地之精华，是大自然赐予人类的瑰宝。

沉水凝绸面，寸檀寸光阴。小叶紫檀质地坚硬，棕眼小，油质感强，不易开裂、色泽变化多样，有着鬼斧神工般的花纹。

神笔难描绘，贵骨生贵气。大红酸枝坚硬细腻，古色古香可沉于水，须生长500年以上才能使用，木纹在深红色中常常夹有深褐或黑色条纹，每棵原木里都封印着一幅与众不同的神奇画卷。

灼蜜知木轻，久酿入微香。成材缓慢的黄花梨色美、质坚、耐腐，秀外慧中内圣外王，入药可安神理气，木纹多变如山脉河川般跌宕起伏，雕刻出的器具似微缩的江山地理。

无须深造像，一如佛化身。乌木比重大油性高，精细抛光后有透明感，硬度极高不易磨损，远观粗粝黝黑，近看却纹理细密，赋予其主题就能给人以精神滋养……

佳木由来堪作器，良工自古不遗材。这些需几百年甚至千年才能长大成材的木，在胡冠军的眼里都是物华天宝，值得代代匠人去精心揣摩，去镌刻人文荟萃、传递时光印记。这些木材不可浪费一丝一毫，要让它们的每一寸都在自己手里绽放出该有的光彩。

学选材，习雕刻，胡冠军在劈凿削刮中钻研技艺。他在实际工作中得出，要制作出一件形神兼备的红木雕刻作品，必须具备扎实的写字绘画功底，写字绘画功底也有助于雕刻工艺的提升；此外还需深入学习传统文化，对雕刻的飞禽走兽、花鸟鱼虫、人物风景等元素的出处、寓意了如指掌。于是，胡冠军晚上下工后便潜心读书、习字、绘画，工资多用于购买书籍、纸笔，宿舍房间里全是书本和字画。

坚持不懈地学习和苦练，使胡冠军的绘画技艺在新会业内渐有小名，工作的工厂老板经常放手让他去画图设计，其他小工厂老板也纷纷找来，让胡冠军为其绘制家具图样。他的雕刻技艺更是实现了质的飞跃，很快成了新会工匠名录里一颗闪亮的新星。

1992年，是胡冠军来到新会的第三个年头。这一年，才20岁的胡冠军在古典红木家具雕刻和设计绘图方面已能独当一面，他被正式委任为新会市红木家具厂厂长，当初带他入门的姨父师傅也终于放下心，为他高兴和自豪。

那时候，高端红木家具出口市场十分火爆，一套古典家具价格每每高达十几万美金。胡冠军既遵循传统又擅于创新，带领工厂设计制作的家具销售良好，勤奋又有天分的他还带了五六个徒弟，在工厂干得是热火朝天。老板见生意蒸蒸日上，很是惜才，每2个月就给他加一次工资，过年后不知不觉工资已高达万元。在那个平均月薪几百不上千的年代，胡冠军就已拿到令人难以置信的万元级工资。他将赚来的钱寄回老家，助父母家人还清债务，在2年多时间里将因为洪水被毁的家园重建完工，然后无后顾之忧全身心投入自己向往的"艺海"中去。

"江门雕刻艺术作品厂"突围

刀下有学问，凿间有乾坤。在新会市红木家具厂担任厂长1年多后，虽然工资待遇已让同行侧目，但胡冠军觉得自己还要继续学习更精深的雕刻技艺，才能在不断被时代洪流推动前行的古典家具行业立足，拥有自己的一席之地。

当时，在江门古典红木家具界有着一定业内影响力的"江门雕刻艺术作品厂"向胡冠军伸出了橄榄枝，尽管原工厂老板一再挽留，他还是毅然辞职去了这间工厂，重新开始拿3000元的月薪。只因这间工厂产品定位为国内甚至世界的高端古典红木家具，工艺美术水平在国内居前列，工厂不仅有多位业内著名的雕刻大师，老板蔡建明更是当时国内红木家具界响当当的人物。

　　后来，胡冠军总说去到江门雕刻艺术作品厂工作，是自己从事红木雕刻艺术生涯的一次重大转折。当时，这家工厂共有5家分厂，进入其中，见行业前辈如云，胡冠军顿觉自己所知所解只是皮毛，他谦卑虚心地向前辈们请教雕刻技巧，在漫天飞舞的木屑里认真观摩细节、苦练技艺，一张设计图纸交到他手里，最终出来的作品必然是栩栩如生。胡冠军的勤奋、天分和敬业的态度被所在分厂的老厂长看在眼里，这位老家离胡冠军家只有七八里路程的东阳同乡老厂长很是欣赏这个务实肯干的年轻人，一旦出了新的设计图样就交给他去做，因为他知道这个年轻人不会偷工，做出来的东西肯定漂亮。后来，老厂长惊喜地发现胡冠军不止会雕刻，画图设计也很出色，便试着让他绘制家具设计图样。

　　古典红木家具简洁端庄典雅，神佛仙界、戏曲人物、纳吉花草鱼虫等雕刻纹饰深深烙印着中国传统文化元素。这些源远流长的纹饰将图案和吉祥语完美结合，凝结着华夏儿女的美好愿望。十八罗汉、四大美女、八仙过海、岁寒三友、龙凤呈祥……热爱绘画写字又喜爱阅读的胡冠军早将这些图案及其历史文化背景知识了解得滚瓜烂熟，更在空闲时练习了无数次。

　　胡适曾说："这个世界聪明人太多，肯下笨功夫的人太少，所以成功者只是少数人。"因为多年的勤学苦练，胡冠军练就了扎实的美术功底，绘制出的设计图样让老厂长眼前一亮，从此便着重培养他，一有新的设计任务就交给他。而胡冠军也从来没让老厂长失望。他认为真正的工匠应该有超乎寻常甚至近于神经质般的艺术追求，对自己的每一件作品，不管再小都要力求尽善尽美，否则就是一个工匠的耻辱。为此，胡冠军从不偷一分工，比如说雕刻一个家具组件，人家可能一天就能完工，但胡冠军认真讲究每个细节，完成雕刻后还要刮磨数次，直到表面光滑平整、内角清晰，往往工期可能比别人多上好些天。

对于此，胡冠军开始很是忐忑，觉得自己耽误了工厂生产的进度，工资也没别人拿得多。老厂长了解到他的想法后，语重心长地对他说，没关系，你就坚持你自己现在的做法，总是需要人做好东西的，我去找老板说，在你现在的工资基础上另外给你补贴2800元。

有话说"是金子总会发光"，也有语云"作品即人品"，你做的每一件事都是你的名片。胡冠军很快得到大老板蔡建明的关注。当年中秋，工厂5个分厂一年一度的"雕花大比赛"又拉开序幕，鼓励雕刻匠人们开展创新创作，精进技艺。在这场比赛中，胡冠军的作品一下子吸引住蔡建明的眼光，并从此在背后默默地关注着他。到了快过年的时候，蔡建明忽然找到胡冠军，说有事和他谈。两人一起走到办公楼上安静处时，他才对胡冠军说："我关注你很久了，你有天分有头脑也很勤奋，如果我拿个工厂给你管，你敢不敢接、敢不敢带？"

胡冠军听了大老板的话很是惊讶，突如其来的机会让他无比激动、跃跃欲试，但他忽然想到同乡老厂长，他曾在广州、江门多地辗转，才有了今天的位置，他对自己如此信任如此关照，一路栽培扶持，放手让自己做样板、做设计，找老板给自己加工资，把自己当孩子一样，自己怎么能抢人家的饭碗呢？

蔡老板看出了胡冠军的犹豫,对他说:"并不是让你当现在分厂的厂长,我是想另外再开一家分厂,以年轻人为主,因为年轻人有年轻人的思想,有年轻人的设计理念,你或许可以在这个工厂里创造属于你的世界、你的时代。"

见大老板如此诚恳地委以重任,胡冠军感动无比,也萌生了把握机会大干一番事业的激情。但是想到老厂长,他还是很犹豫,觉得应该给他个交代,接下来的几天里胡冠军都在冥思苦想应该怎么处理,才能让老厂长接受并支持自己去做分厂厂长。

春节很快来了,胡冠军和老厂长都回了老家过年。思索了许多天不知如何开口的胡冠军拿起了笔,给老厂长写下一封长信,一是真诚感谢老厂长一直以来的扶持帮助;二是诚恳交代了大老板找自己谈话的事情。他在笔下与老厂长促膝谈心,说您对我这么好,我离开您去单干厂长真的有点觉得对不住您,但是我也很想把握这次机会,好好干一番事业,因为我还年轻,我想多锻炼自己,我不害怕失败也经得起失败,但是在这个过程中我可能有很多事情需要向您请教,希望能继续得到您的支持和帮助。

因为心里对老厂长的感激和尊重,让与老厂长近在咫尺的胡冠军选择了鸿雁传书倾心境。让胡冠军没想到的是,老厂长收到他这封坦诚交心的信后,立马给他打来了电话,说你的信我已经收到了,晚上过来家里吃饭。胡冠军放下电话后立马赶去老厂长家,举杯之时,老厂长高兴地对他说,冲着你这份坦诚诚实,我就该支持你,你这样的孩子不支持我还要去支持谁呢?

得到老厂长的祝福和支持,胡冠军过年后浑身轻松地走马上任了。但是刚开始干的时候,在高手如云的工厂里胡冠军并不怎么得到认可,花匠师傅们都以怀疑的眼光看着这个乳臭才干不久的毛头小伙,不信他能干好厂长,更不信他能干出啥名堂来。虽然压力重重,但是不服输的胡冠军觉得老板就是自己的伯乐,自己绝对不能辜负他的信任。他认真调研市场,设计的作品充分考虑消费者需求,又区别于市场同质产品。很快,胡冠军创新创意的设计得到市场认可,比别的工厂卖的价格高还供不应求,老师傅们纷纷过来要跟着他干,胡冠军在以销售数据回馈老板信任的同时,更一发不可收地让工厂再一次走向了发展高峰。

可是,天有不测风云。1997年,亚洲金融危机的"风暴"席卷,香港经过浴血奋战才稳住局面,古典家具主要出口地中国台湾地区、甚至新加坡等地的经济一地鸡毛,工厂出口业务断崖式下滑,老板无奈,转去北京做大展销,寻求新的市场突破。但是因为金融风暴,北京市场也深受震荡,销量十分凄惨,而场地租金、人员开支等每天都需消耗。几月后,老板只有以家具抵租金和人工,经过一两年的消耗,工厂终于支撑不住倒闭,员工遣散,一代红木家具传奇竟然就这样遗憾地黯然落幕了。

转战深圳,与美联"同频共振"二十余载

时代的一粒灰,落在普通人身上就成了一座山。为自己提供手艺精进、事业飞跃平台的江门雕刻艺术作品厂似大厦一日倾倒,胡冠军心里很是难过,他只好重新开始寻觅别的出路。

当时,迈入新世纪的中国开启"大国大城"新时代,深圳、上海等大城市进入黄金发展期,人口加速集聚,产业飞速发展,科技持续创新,经济增长速度惊人。

在江门耕耘期间,胡冠军与来自全国各地的同行保持着密切交

设计中的胡冠军

流。他了解到,20世纪70年代左右,东南亚木材从香港进入内地,大批木材商在香港一河之隔的深圳寻求可以存放木材的场地。市场使然,龙华区观澜的一家老木器厂迎来了春天,大批港资厂商云集,促使深圳的古典红木家具事业快速发展,80年代改革开放之初已初成规模。新世纪时深圳观澜会聚的红木贸易商、红木家具生产企业已达数百家,成为中国六大红木市场之一,并逐渐成为全国红木家具标准制定的原创地和红木家具用品创新中心。胡冠军认为,在深圳这座毗邻香港的新兴城市里,红木古典家具产业必然有着巨大的市场。

当时,一些深圳红木家具厂商也了解到胡冠军所在的企业关张,纷纷朝他伸出了橄榄枝。胡冠军经过比较之后,选择了一家企业,从江门来到深圳。只是,当时单纯地想做一名优秀匠人的胡冠军没有想到,深圳将成为他的事业腾飞之地、理想实现之地和第二故乡。

第一次来到深圳,胡冠军觉得这是一座充满朝气活力的城市,新鲜事物随处可见，古典红木家具市场更是欣欣向荣，到了工厂后他便满怀热情地开始工作。彼时，胡冠军不光手艺精湛，设计早已在圈内颇有名气。只是，以前了解不深的公司老板却对他的设计思路不太认同，或者当胡冠军设计制作出销售良好的产品时，便冠以他人之名，丝毫不尊重工匠的劳动成果。自己的孩子却要跟着他人姓，任谁心里都会不舒服。因为观念的各种偏差，胡冠军在工作了1年多后选择离开，另寻良枝。

　　既是凤凰，总有属于他的一棵梧桐。2000年，中国·美联家私有限公司董事长张洪林久闻胡冠军之名并找到了他。张洪林在求学时代就开始潜心研究中国古典家具文化，1976年，22岁的他在香港创立了香港美联家私公司，致力弘扬中华传统文化，推动中国古典家具创新发展。随着时代的变迁、中国经济的崛起，张洪林于1982年以跨界的眼光在深圳观澜投资设厂，以一己之力参与到中华红木文化划时代的升华中来。

　　与历史对话，与文化同行。几十年来，美联励精图治，共发展了香港美联家私、深圳市艺美联家私实业有限公司、中国·美联家私有限公司3家规模庞大的红木生产基地，工厂总占地面积达40万平方米，拥有"美联经典""美联·君品"及"美联·君道"3大系列品牌，产品选用黄花梨、紫檀、大红酸枝木、条纹乌木等各类优质木材，融入现代人的审美概念，打造清新、古朴、文化气氛浓郁又不失清雅的古典家具产品，远销30多个国家和地区。

　　这都是后话。

　　当日两人初会时，张洪林颇具家国情怀，诚恳实在，心无旁骛做实业。胡冠军身兼多才却务实坦诚、豪爽明快。两人一见如故。聊到投契处，张洪林对胡冠军说，"冠军啊，来我这干吧。我这里天高任鸟飞，就看你飞不飞得起。"两人就此握手合作，直到今天。

当时加入美联后，胡冠军真的找到了"天高任鸟飞，海阔凭鱼跃"的感觉，刚开始他的职务是雕刻车间主任兼设计师。他脚踏实地，一步一个脚印，干到今天的总设计师。

在外人眼里，很多人认为工匠是一种机械重复的工作者，但胡冠军认为"工匠"意味深远，工匠必须不断提炼自己的技艺、饱满自己的学识、富饶自己的精神，把在做的作品看成是有灵气的生命体，才能在精雕细刻中升华，将技艺化身为铠甲，赋予自己在艺术领域跨山越海的勇气。

有话说随方制象、各有所宜，又说宁古无时、宁朴无巧、宁俭无俗。一路走来，中华优秀传统文化氤氲胡冠军的思想，并在具体的作品设计中时时得以体现。他坚持"非良木不择，非良工不用，非美漆不涂，非佳境不设"。一几一屏，一桌一机，都必须良心打造，都必须精致华美，都必须牢固坚实，都必须能体现沉淀千年的东方生活美学，表达中国人对美的感知、对生活的理解。

胡冠军一直认为，做红木雕刻，文化底蕴十分重要，因为雕刻技艺历经千年走到今天，其中蕴含的文化元素丰富多元，绝不能把老祖宗的好东西丢掉。加入美联后，面对更广阔的市场空间，胡冠军认为古典红木家具不仅要"守正"，还应该要创新，加入新时代的思想和审美需求，做到传统和现代和谐兼容。

胡冠军对木雕艺术的热爱和痴迷，让他保持着持续的学习热情，在他心里，要做出好红木雕刻，就必须对各类传统雕刻艺术题材了如指掌。比如雕刻大观园，就必须在心里马上浮现出一幅准确的图，清楚图里面有多少建筑，建筑是什么风格，有多少人物，人物都是什么造型等。又如雕刻三皇五帝，心里就应该清楚每位帝王的相貌特征、服装造型等。为了掌握与雕刻相关的历史文化、工艺美术等相关知识，胡冠军博览群书，每年购书都是一笔大开销，近年更是每每花费 10 万元以上，最后书多得家里放不下，乃至于在美联博物馆及全国各地的工作室处处都摆满了他读过的书。

在精进艺术修为的过程中，胡冠军一直保持着谦逊态度。"比我好的都是我的老师。"他认为每个人都有各自的长处，绘画、书画、陶瓷等各类艺术家所具备的技艺都值得自己学习，其中蕴含的文化元素或都可引用到雕刻艺术中来。因此，除了雕刻相关知识，胡冠军还广泛研究学习中国传统书画、青铜器、陶艺、古建筑雕刻艺术等相关知识，精于红木雕刻却不限于红木雕刻，而是逐渐将自己修成了多面的"艺术鬼才"。

某段时间，初识广东佛山"石湾陶艺"的胡冠军很是着迷。"石湾陶艺"原是石湾的匠人们根据人们生活的需要和喜爱，用本地陶土釉料制作的实用美观的小器物。这些器物创作方式不受拘束自成一格，巧妙地对鸟兽、虫鱼、植物等的形体加以变化，还选用渔、樵、耕、读、仙佛、历史英雄人物等形象为题材，"金蟾""福狮""瘦骨仙"等形象贴近民众生活，形神兼备、栩栩如生又具浓厚乡土气息，被人们亲切唤为"石湾公仔"。在胡冠军眼里，石湾公仔塑造的形象创意独特、独具灵性，且具一定的写实性，他便购买了几乎所有石湾陶瓷名匠的书籍，认真学习研磨，创新创意地将其人物及动物形象融入自己的木雕创作中去。

胡冠军认为，在人们的居家生活中，家具扮演着重要的角色，供人使用，带给人种种方便和舒适，还构成某种具情调的生活方式。无论东西方，家具的设计制造都显示出其所处时代的文化风尚。一个时代一个地区的建筑形制可能会随公共文化发展而发生较大改变，但家具以人的身体举止为尺度，不离日常生活，更显示出时人的情趣与审美。

作为一位自由洒脱的浪漫主义者，胡冠军认为一件好的家具要巧妙融合当代人的审美需求和使用需求。推崇"随心、随性、随缘"的他一直淡泊名利，一心追求更高的技艺，不断修炼对造型的把握、潜心去了解材料的性格、不走捷径地传承工艺结构，更主张淋漓尽致地将多元丰富的现代思想融入到古典作品的创作中去，从外观造型、使用功能、选材配料到制作追求完善到位，赋予作品审美个性及传神之处，从而构筑千万家庭的复古诗意生活梦想。

新思维、新理念，让胡冠军在美联工作期间实现了不断的自我突破。在日常主持设计工作中，他始终坚持守正创新。因为时代在变，消费者需求在变，古典家具艺术也应该与时俱进、服务于人，既保持传统技艺，又充分考虑当下市场需求。比如说很多消费者认为传统古典家具雕花太过繁密，胡冠军就设计适合现代人审美的简约花型；比如说消费者反馈传统家具舒适度不够，胡冠军就探索改变造型；比如说现代人都钟爱软装，胡冠军就主导设计与红木家具气质相称的软装配套……因为他始终认为，企业只有做到七分"产业"，才能活下去，才能有条件去追求另外三分的"艺术"。

胡冠军与美联，与美联董事长张洪林、总经理刘崇芳，如伯牙遇子期。就这样，他们一做文化，二做生意，既养活员工，又履行社会责任，身体力行地为古典红木家具行业发展贡献力量。

艺无止境。在江门的时候，胡冠军就深刻体悟到中国传统文化在各种艺术形式中的共通性，曾萌发创作大型红木艺术家具的想法，但因受到材料成本和环境的限制，这个想法一直没能付诸行动。加入美联后，胡冠军将自己的创作想法与张洪林进行沟通，居然得到了他的首肯赞同，并很快得到公司的鼎力支持。

在两人的推动下，美联誓走原创路线，自深圳举办首届文博会以来，以艺术创作的态度，投入巨大资本、组织大量人力创作设计大型红木雕刻艺术家具，期望通过垂范后世的典藏力作表现时代精神，弘扬中国传统家具文化。

以木为纸，以凿为墨，在家具上擘画文化江山

由器而道，载道于器。2000年至今，在美联的胡冠军表达出一名创作者对古典红木家具意与韵、朴与雅的极致审美追求，他以独特的艺术语言消除艺术与生活的界限，先后设计制作推出代表不同时代阶段的系列大型红木家具"鸿篇巨制"。如今，这些作品多数被放在于2013年5月成立、以"坚持古典建筑风格与红木陈列的统一"为设计理念的深圳美联红木艺术博物馆里，每一件都刷新着观众对古典红木家具的认知，让人为一代宗师的高超技艺深深折服。

当年初入美联，在红木雕刻艺术领域沉淀多年的胡冠军认为，宁愿少做，也应该要做一些对得起木材、对得起木雕这门艺术、对得起匠心、值得后世收藏的大型作品。在与张洪林进行沟通并得到支持后，胡冠军心里便有了第一件大型作品的初步构思图，在他心目中，这件作品应该是一幅浓缩的历史长卷，打开后能让观众体悟到其中记载的五千年华夏文明史。于是，他想到了新中国美术史上的经典之作《江山如此多娇》。

1936年，红一方面军准备东渡黄河入晋抗日，时值陕西大雪，毛泽东面对银装素裹的壮丽山河，一挥而就气吞千古的豪迈辞章《沁园春·雪》。1959年，为迎接新中国成立10周年，傅抱石、关山

胡冠军作品《江山多娇》（局部）

月两位艺术家受命为人民大会堂创作巨幅中国画。两位艺术家突破传统卷轴画的审美规范，以长6.5米、宽9米的巨幅中国画诠释毛主席《沁园春·雪》中"江山如此多娇"之词意。画作完成后，毛主席特为这件作品题词《江山如此多娇》。胡冠军决定，要将这幅伟大作品以木雕艺术再度呈现。

虽然董事长张洪林支持了胡冠军的创作想法，公司也投入3000多万元采购制作作品预算所需的大红酸枝木料，但美联此举却引来业内物议如沸，这么大的投资来制作一套家具有必要吗？能销售出去吗？能回本吗？

两耳不闻窗外事，一心只凿手里木。胡冠军带着修行的心去工作。备料、绘图、雕刻、打磨、上漆、组装……4年后的2004年4月，胡冠军带着他的特大红木艺术雕刻沙发《江山多娇》亮相中国杭州西湖博览会，顿时吸引众多观众和评委的目光。

这件作品以国画《江山如此多娇》为创作灵感，以传统文化为基础，大胆引古创新，让美学、力学、工艺学得以综合体现。作品呈现的祖国山水灵动宏阔、意境高远，木纹线条里的江山草木乃至阳光空气都让人产生爱恋自豪之感。难得的是，这件作品采用组合构图形式，将双龙捧寿、凤穿牡丹、喜鹊登梅、六鹤同春、麒麟少师以及福、禄、寿等富有吉祥意义的不同题材形象和文字组合在一起，雕饰图案大气吉祥，飞禽走兽劲健奔放，让观众忍不住频频加以注视、赞赏，油然生发出一种爱国、爱美、爱自然的崇高情感。

卓越的设计制作理念，惊艳的艺术效果，让《江山多娇》创下了大世界吉尼斯纪录，推出时市场估价即达4800万元，作品更先后荣获2004年第十五届深圳国际家具展览会"世纪艺术成就金奖"，2006年第二届中国(深圳)国际文化产业博览交易会"中国工艺美术精品奖特等奖"等，以事实生动证明了材料有价、艺术无价。

如果说《江山多娇》是一幅气壮山河的画卷，《名著千秋》就是中华文化在木上之集大成。

早在1998年条件还未成熟时，胡冠军就在心里酝酿，从中国四大名著中撷取素材，构图设计大型家具作品《名著千秋》。加入美联后，这一心中蓝图有望变成现实，胡冠军干劲十足，夙夜匪懈费时8个月完成设计初稿，随后更在耗时8年的制作全程中不断完善改进。

为制作《名著千秋》，胡冠军从公司采购的300多吨上好大红酸枝木中精选出所需材料。为让作品更立体生动，胡冠军绘制了很多人物造型，其中很多设计题材元素为原创，不是依靠简单的雕花经验就可以完成，而是要求参与雕刻工作的匠师须对人体力学、人体工程学等都要有全面的了解，为此，胡冠军精心组织100多位雕花师傅参与创作，这些雕刻师傅有很多都是高级、中级工艺美术师。此外，胡冠军追求极致的制作工艺，作品除采用原汁原味的榫卯结构和精妙的木雕工艺，还在雕刻纹饰上进行创新，在造型和功能设计上充分考虑现代生活习惯和需要，真正实现了艺术当随时代。

独有千秋、别出心裁。凝聚着胡冠军、张洪林及150多名雕刻师、技术员心血智慧的《名著千秋》组装完成后惊艳了业界，总长22.68米的整套家具灵活采用圆雕、根雕、镂空雕等手法，将《红楼梦》中的人物故事、亭台楼阁，《西游记》中的九天仙境、神灵志怪，《三国演义》的五虎战将、旌旗猎猎，《水浒传》的一百零八将等一一精彩呈现，线条细腻柔和、工艺繁复的作品中人物衣裾飘飘、花鸟栩栩如生、树木经脉可触、场景生动逼真，体现出精深的红木雕刻工艺。作品一经推出市场估价更高达9000万元以上，艺术价值、收藏价值难以估量。

或许，美联就是胡冠军的应许之地，他在这里如鱼得水，创作渐入佳境。

一直以来，胡冠军认为真正的艺术家应该集敏锐的洞察力、广博的知识面、深刻的分析理解能力、超人的艺术天赋以及炉火纯青的技艺于一身，才能得心应手、融会贯通。以此为追求，胡冠军对以木雕演绎中华元素有着自己独到的思维方式和创新理念，如他设计制作的《盛世华夏》。

《盛世华夏》又名《华夏一桌》，这套作品共包括子作品20件，由1张百龙精雕大桌，12张锦绣山河大宝座，2个九龙大灯柱，1张牡丹富贵大条案，4个精雕大花几精制组合而成。其中，百龙大桌由百条精雕的中华龙组合而成，每条龙的形态都各不相同、动感十足，百龙聚首的震撼华夏图腾寓意国富民强、龙腾虎跃。12张锦绣山河大宝座则代表一年的12个月，令人叹为观止的是，其上刻有万里长城、故宫、布达拉宫、桂林山水、长江三峡等祖国山川名胜。

《盛世华夏》其材质之优，全部以精心挑选的老挝千年红酸枝为材料；其雕饰图案典雅秀丽、空灵实在，具动人的韵律美；其雕刻题材，大凡山水人物、飞禽走兽、花卉虫鱼、博古器物、喜庆吉祥等无所不包，还融合了仿古纹饰、西洋纹饰等；其工艺之精，由100余名技艺精湛的木工和雕刻大师历时4年多完成，所刻诸形象置列有序、纲纪分明，榫卯严密一丝不差……整套作品就是一幅气势雄伟的万里江山锦绣图，具相当的时代价值、艺术价值，堪称近年来中国工艺美术界和文化产业中极为罕见的扛鼎之作。《盛世华夏》推出后，在中国国家博物馆首届"盛世天工——中国木雕艺术展"上，以卓绝工艺及独特造型设计成为展会中一大亮点，获得盛世天工金奖；在2007年中国(深圳)第三届国际文化产业博览交易会上荣获"中国工艺美术文化创意奖"特别金奖。

作品构思立意新颖独特，布局造型恢宏壮观，雕刻制作精美绝伦。加入美联的胡冠军一发不可收，以令人吃惊的创造力与源源不竭的艺术灵感创造了新古典艺术雕刻家具界的一次次奇迹。

正如胡冠军所说，传统需要被尊重、深研究，但是最终应该借古开今，吸取传统的营养来表达自己的想法和理解，创作属于这个时代的红木家具艺术精品。很快，胡冠军再次推出了扛鼎大作，由拥有印尼神木之称的乌木制作而成的《和谐盛世》。

在《和谐盛世》的题材内容上，胡冠军大手笔展开了一幅出天地人和的盛世画卷。他以中国五千年的源远文明为源泉，吸取民间元素、结合时代特色进行丰富和创新。作品中既有巨龙腾飞、龙凤呈祥、百鸟争鸣、牡丹献瑞等具民族传统文化符号性质的图腾雕饰，也有仙女拜寿、文武财神、福禄寿星赐福人间的经典故事,更有太平盛世、指点江山、锦绣江山、敦煌飞天、五谷丰登、喜乐人间的真实写照……材料臻选自80多棵顶级印尼条纹乌木(黑檀木),从设计初稿到完成组装亮相历经5年多时间的《和谐盛世》整体造型气势磅礴,构思新颖奇巧,工艺精微细致,板壁厚度高达18厘米的细腻层雕栩栩如生、惟妙惟肖,呈现出一幅富贵和谐、人天共庆的繁荣盛世图景。在2010年5月第六届中国(深圳)国际文化产业博览交易会上,《和谐盛世》斩获"中国工艺美术文化创意奖"特别金奖,胡冠军的作品再次成为文博会中令人叹为观止的艺术盛景。

在张洪林、刘崇芳、胡冠军的推动下,美联以创作的态度进行家具的艺术化革新,将中国新古典艺术雕刻家具推向前沿,开创了中国红木家具新时代,在国际化的共荣时代创造了经典的民族文化品牌。胡冠军也成为当代新古典红木家具设计领军人物,卓著成绩让同行侧目。

在第八届中国(深圳)国际文化产业博览交易会上,胡冠军再次推出大红酸枝12幅大型屏风沙发《万紫千红》,这件作品行制超乎想象外,由线条表示的旋律里准确再现工匠"规矩在手"的精湛技能;木纹里见虎起龙伏,跌宕从容、藏露有度、美妙绝伦。作品再次荣获"中国工艺美术文化创意奖"特别金奖,美联凭借创意新颖、取材名贵、气势恢宏、工艺精美的作品也实现了文博会最高奖"八连冠"。

《万紫千红》问鼎"八连冠",《富春山居图》则开启了胡冠军红木雕刻艺术的个人时代。

"诗成泼墨意萧闲,吞吐烟云尺幅间。"元代黄公望创作的纸本墨笔画《富春山居图》以清润的笔墨赋予江南山水山川浑厚、草木华滋的简远意境,在中国传统山水画中取得的艺术成就可谓空前绝后、历代莫及。可惜,这卷名画在诞生后的数百年间历尽沧桑,于清代顺治年间还遭火焚,断为两段,前段《剩山图》藏于浙江省博物馆,后端《无用师卷》藏于台北故宫博物院,皆为镇馆之宝。

当胡冠军萌生将这一传奇画作转化为红木雕刻作品的时候,再度得到公司的支持。胡冠军想,这幅国宝分居海峡两岸,国务院原总理温家宝曾深情寄望,希望《富春山居图》永远合璧,那自己就雕一个完整版的《富春山居图》吧。

说干就干,胡冠军很快投入这部旷世奇作的创作中去。为了最大限度地复原画作,胡冠军远赴富春江当地走访考察,数次奔赴北京、浙江博物馆、台北故宫博物院拍摄图样,多番与专家学者研讨认证,最终将《剩山图》《无用师卷》合为一体。

为了以木雕艺术完美地呈现这幅中国古代水墨山水画的巅峰之笔,美联公司采购了木纹清晰、色泽温润、结构细而均匀的9米上等整木独板缅甸花梨木,还特邀20多位美术大师、雕刻家、高级木匠、特级漆匠,在2年多的时间里开展集体创作,最终于2013年5月圆满完成作品。

以黄花梨本身的纹理来呈现山川跌宕,《富春山居图》刀锋流落处,江两岸的峰峦叠翠、松石挺秀、云山烟树、沙汀村舍布局疏密有致、变幻无穷,整部作品悠远淳厚、浩瀚连绵,是兼具实用、欣赏、收藏为一体的大型木雕艺术作品。

自《富春山居图》完成后,张洪林、胡冠军意欲为其寻找一个广阔且富有影响力的平台,因"红色风暴"而蜚声中国红木界的"中国红博会"很快与美联达成合作。当时,即将在苏州国际博览中心举办的中国面积最大的专业红木家具博览会"中国红博会"宣传方

胡冠军作品《富春山居图》

式开业界先例，展会具浓重文化烙印，极具文化收藏价值的《富春山居图》正需要这样的展会平台。在"中国红博会"展出后，《富春山居图》立即引得业界瞩目，各路媒体纷至沓来，一度在国内掀起"富春潮"。在2014的第十届中国（深圳）国际文化产业博览交易会上，《富春山居图》在数千件作品中脱颖而出，再夺"中国工艺美术文化创意奖"特别金奖。

凿下有文化，木里刻江山。胡冠军始终认为，文化是活的生命，只有发展才能获得持久的生命力，只有对外传播才有影响力，只有具备强大影响力，华夏文化才能推向世界。艺术家们应该要为国家文化的振兴、创新持续奋斗，争取在广袤的历史舞台上留下自己的足迹。为此，胡冠军再接再厉，一刻不停下创作的脚步，继《江山多娇》《名著千秋》《万紫千红》《富春山居图》等大型作品后，他又创作推出了红木艺术大宝座《盛世中华》。

《盛世中华》由在180多吨红酸枝木中精选出的上等大料精制而成，总长20.8米、高5.68米、深3.28米，由如意脚踏底座、牡丹富贵宝座、麒麟瑞兽扶手、精雕后靠背大地屏四大部分组成，整件作品雕刻了形态各异的龙56条，寓意紧密团结的56个民族。因尺度之大、用料之多、工艺之精、制作之繁、创意之新，《盛世中华》荣膺"2014世界工艺文化节"、第十五届中国工艺美术大师作品暨国际艺术精品博览会金奖。

2016年4月，木雕达摩造像《空》在中国轻工业联合会举办的第六届中国（浙江）工艺美术精品博览会上荣获金牌；2018年9月，木雕作品《丰果》参加广东省工艺美术协会举办的粤港澳大湾区工艺美术博览会并荣获金奖；2018年12月，红木艺术作品《精雕百合大圆桌》在中国（深圳）国际文化产业博览交易会荣获"工艺美术飞花杯"金奖；2019年5月，红木艺术雕刻作品《香枝木如意八宝画案》在第十五届中国（深圳）国际文化产业博览交易会上荣获中国工艺美术文化创意奖金奖……在美联的岁月里，胡冠军一直致力将人文历史、家国情怀渗透入作品中，使古典家具的艺术内涵更为丰富，表达更为多元，而他的艺术理念也在一项项荣誉中得到了认可和肯定。

超前的艺术思维与设计理念，让胡冠军多次受邀参与国际国内重大作品的设计与制作，如1999年受邀参加喜迎澳门回归大型艺术品"盛世之钟"的创作与设计；2016年受邀参加G20杭州峰会接待厅及总统套房的创作设计与制作；2018年为莫言北京工作室创作设计配套红木艺术家具等。胡冠军的雕刻作品、家具艺术品及论文被录编于《中国红木家具》《中国古典红木家具网》等系列丛书及《大世界吉尼斯纪录大全》《中国收藏》《艺术家收藏》《广东工艺》《深圳工艺美术》等专著。

"这不是家具,这是中国的文化!"意大利国际米兰会展中心董事长米西尔·派雷尼评价胡冠军的作品时表示。一路走来,胡冠军斩获的荣誉数不胜数。面对荣誉和奖项,胡冠军却始终淡然,因为在他心里,红木雕刻艺术是一场探索之旅、开拓创新之旅,更是一场不断超越自我的"艺术境界"之旅。"人一辈子,干好一件事就够了。"胡冠军认为未来还是要坚持做最好的东西,因为青春有限,木雕需要体力、眼力,自己已是知非之年,应该要致力创作更多与时代同步、具时代烙印的红木作品。

除了斩获荣誉,胡冠军的作品还收获多项专利成果,如《短沙发万紫千红》《短梳化百合》《长沙发马到成功》《短沙发马到成功》4款红木艺术精品家具,于2016年2月获批10项外观设计专利;如《超大型木雕艺术壁画各项技术难题攻关之成果》于2018年10月获批为"绝技绝活加简介加效益证明"类别技术成果等。

除了家具设计出专利外,胡冠军还技以致用,无心栽柳造就几项保健器材专利。因长期俯首案头从事绘图或雕刻导致腰腿酸疼,中医建议胡冠军多进行拉伸锻炼。为了有效拉伸腰腿部经络,胡冠军特别设计制作了红木材质的疏通腿部经络保健器材,这个器材可以帮助腿部坡度斜立,站在上面即自然开展拉伸运动,由此催生的《站立健良器(康立福)》设计专利于2017申请获批,产品很受腰腿疼人士欢迎,也成为当下健康养生行业中十分流行的健身器材。此外,胡冠军的《疏通腿部经络保健器材》等实用新型专利也获得授权。但是,随着作品的设计推出,各种材质的仿制产品也开始漫天飞,面对猖獗盗版,朋友们建议胡冠军去起诉维权。对此,胡冠军笑笑说没这个必要,只要这个设计能造福社会,对人们的健康有所助益,就完成了它最大的使命,就很有意义了。

作品如人,内蕴博大君子风范。胡冠军一直认为,艺术、技术都应该为人服务,自己设计的系列大型红木雕刻艺术作品或专利产品,最后也只会属于国家、属于人民,而不是他自己。

守艺传艺,力促红木雕刻技艺后继有人

从学徒到工匠,从设计到管理,从设计师到国家工艺美术大师,从红木雕刻到更广阔的艺术领域,胡冠军在艺术探索旅程留下深深的足迹。在他心里,中国木雕有着上千年悠久历史,文化积淀深厚,当代红木人应该师心恒寄、守艺传艺,引导青少年儿童走入行业,激励他们在传承中创新,在创新中仰视传统,从而推动中国古典红木家具产业蓬勃发展。

而一块木料要变成一件雕刻作品,需要闪耀智慧光彩的设计和精湛的雕刻手艺,这些都需要文化的积淀和时光的锤炼。让胡冠军无比忧心的是,因为木雕工作脏且累,木雕技艺更需时间磨炼,愿意入行学艺的年轻人越来越少,难得进入其间的年轻人也往往干不了几个月就觉得无聊,因耐不住寂寞、沉不下心转而弃学走人,这导致红木雕刻行业人才需求异常紧迫,甚至可能出现断层。

让胡冠军倍觉无奈的是,常常有老家的亲友托他给孩子找工作,说孩子读了大学,念了那么多书,怎么就找不到合适的工作。他们时常表示自己辛辛苦苦培养的孩子还不如胡冠军这样一个没有什么学历的匠人,羡慕的同时却不愿意让自己的孩子踏入木雕这艰苦的门槛。

每每碰到这种情况，胡冠军就问他们：什么叫书？什么叫读书？什么叫学问？为此，胡冠军还特意做了一首小诗《学问》。"何为学问学，何为学问问，想会就得问，学会就学问。"小诗寥寥的20个字，却正是他多年学习的体悟心得。

行万里路，读万卷书。胡冠军爱读书，爱提问，爱刨根探奇，他不仅在木雕艺术方面成绩斐然，书法、绘画作品也闻名业界，多次受邀在全国各大城市举办个人书画展。此外，他还醉心于陶艺、篆刻、文学、音乐等艺术领域，并皆有建树。因为经年的阅读积累和艺术实践，胡冠军受邀担任50多所大学的客座教授，每每走上讲台，他不需备课就能条理清晰滔滔不绝地引经据典，让听课的学生获益良多。

为吸引更多年轻人加入红木雕刻行业中来，胡冠军往往在接受邀请走进校园讲课时谆谆引导学生们，希望发挥自己的力量影响当代年轻人去关注、了解、接触、热爱木雕艺术。胡冠军还多次抽出宝贵时间，受邀参加多所小学举办的红木雕刻实操班，甚至让学校将课外课堂放到美联的车间、博物馆、工作室来举办，另在北京、深圳、成都、武汉等地的"胡冠军艺术工作室"开展木雕相关主题活动，让学生们真切直观地接触到木雕艺术，从而对其产生兴趣，甚至决定参与到这一行业中来。

针对入行年轻人越来越少的困境，胡冠军独辟蹊径，他长期与云南、贵州等省市保持沟通，多次去往其所辖贫困地区演讲、参加活动，讲解木雕历史，弘扬木雕艺术，吸引当地待业青年来学习木雕技艺，在帮助当地就业的同时，也挖掘培养了大批木雕接班人才。

2019年5月，胡冠军当任中国非物质文化遗产保护协会木雕专业委员会常务委员。在其位，谋其事，胡冠军觉得，新成立的木雕专委会应最大程度地凝聚行业专家、从业者等各界力量，在技艺培训、文创设计、学术研究、文旅融合、木雕数据库建立、非遗品牌建设等多个方面，赋能新时代木雕非遗保护和传承事业，发挥木雕专委会领头羊效应。胡冠军积极组织木雕行业人士参与国际、国内的文化艺术交流活动，开展木雕非遗传承人培训工作，组织举办木雕精英写生创作展等，力求为传统文化振兴贡献一份力量。

此外，有着多年行业经验和创意策划能力的胡冠军还多次受邀担任国内多场红木家具展的导演。2016年起，胡冠军连续6届担任由中国木制品产业协会、浙江省红木产业协会、东阳市花园红木家具城共同主办的"万人工匠大型艺术会演"及花园红木家具展销会开幕式总导演。该活动每届参加演出的木雕工匠近万名，来自全国各地的红木家具生产商、经销商及消费者、观众达四五万人。作为总策划总导演的胡冠军，以工匠精神为轴、以传统文化为核精心组织安排，并亲自创作《唱响大工匠》《福缘万家》等主题歌曲，其中《唱响大工匠》由中国男高音金奖得主、中国人民解放军二炮文工团著名歌唱家陈永峰演唱，现已成为全国红木业界广为传唱的一首经典歌曲。届届成功的活动更得到国家、省部级领导人的一致好评。

进学校、进山区，身体力行影响下一代；做策划、任导演，誓为非遗尽力量。不仅如此，胡冠军积极参与各项红木雕刻赛事，以赛促木雕艺术发展。

为传承红木雕刻文化，弘扬"工匠精神"，选拔行业技能型人才，为深圳、龙华红木产业的健康持续发展提供源源不竭的技术支持，2013年起，中国木材与木制品流通协会、广东省家具协会、深圳市文化广电旅游体育局、深圳市龙华区人民政府联合主办，深圳市龙华区委宣传部(文化广电旅游体育局)、龙华区民政局(人力资源局)、龙华区总工会、龙华区观澜街道办事处承办，每年举办一届"观澜杯"全国红木设计雕刻大赛。

2015—2019年，胡冠军连续5年受邀担任"观澜杯"全国红木设计雕刻大赛组委会艺术总顾问，并为大赛专门创作了"龙舞华章""关公造像图""牡丹富贵图""江山如画"等专题画作，在跨界艺术幕后默默付出。

因龙华在红木业界的龙头效应，深圳"观澜杯"雕刻大赛每年都会吸引成千上万的从业者参与其中，成为木雕界乃至工艺美术界一年一度的盛事。作为这场大型赛事的策划与运筹者之一，胡冠军每次比参赛选手更激动，每当看到赛事舞台上的匠人们挥洒汗水展现技艺，看到站在领奖台上的优秀选手们眼里饱含对行业的热爱，他也为之欣慰高兴。

以赛弘艺，以赛促创。胡冠军还充分利用宝贵的大师资源，构建"产教融合"新模式，与东阳职教中心等15所高等院校开展合作，成立雕刻艺术设计专业产学研合作基地，通过代际培养、以需定训等系列举措，为木雕行业培育专业人才队伍。

不仅如此，胡冠军还致力推动中国工艺美术发展。他积极参加国家工艺美术的系列学术交流、文化论坛，探讨中国古典红木家具的传承与发展。2007年2月1日，中国工艺美术协会把年度"北京工艺美术大师精品馆"的牌匾挂到了胡冠军所在的美联家私有限公司北京花乡旗舰店的主场馆，这一年，胡冠军还与具有"书画家之家"美誉的荣宝斋牵手举办个人艺术展，成为当时整个工艺美术圈热议的焦点。

2020年11月，胡冠军撰写的《中国工艺美术大师宣言》文稿被"中华大师汇"组委会选用，这成为工艺美术界一时的美谈和佳话，收到选用证书的胡冠军也很是欣慰，自己能为中国工艺美术事业发展做一点事情。

"上善若水，水善利万物而不争。"胡冠军很喜欢老子《道德经》上的这句话。为了让红木雕刻非遗技艺后继有人、发扬光大，他默默做了许多工作和努力，而这些都是很费时间且没有回报的。但胡冠军认为，能够被行业需要也是一种人生价值，虽然无法达到圣人所说的"大道"，但是"以无为之心做有为之事"也是另一种形式的"修行"。

富匠心，亦担匠责。让胡冠军高兴的是，他现在弘扬传承红木雕刻技艺又有了新的平台。2018年10月，在深圳市、龙华区的支持下，"胡冠军红木雕刻设计技能大师工作室"获批授牌，他正依托工作室这个平台撬动手工雕刻的培训计划，为红木雕刻技艺传承、发展不遗余力。

致敬深圳，特区红木文化产业发展之路任重道远

工者始于技，匠者源于心。

三十多年的从艺生涯，让我懂得了匠心的感悟和真谛。

匠心以哲学孕育千思、滋养百态；

匠心以历史记载文明、篆刻史册；

匠心以文学幻化故事、书写传奇；

匠心以个性描绘万千、雕琢精彩；

匠心以艺术造就唯美、成就非凡；

匠心以民族精神本真、彰显精神；

匠心以生活多姿多彩、拥抱世界。

我们在传承技艺、弘扬文化、表达情怀、成就未来的道路上，有责任、有义务、更有使命不忘初心、精益求精、守正创新。

深圳是国际设计创新之都，是经济、文化、科技蓬勃发展的摇篮，更是创业开拓者的天堂。

深圳这片土地认同了我、养育了我，我对它充满无比的敬畏、感念、感恩和感谢。

今天，我为在深圳取得的成就深感骄傲和自豪。我为深圳的包容、进取和博大代言。

深爱人才，圳等您来。

胡冠军

2021.5.27

这是胡冠军于2021年5月27日写下的《致敬深圳》。他坦言，这篇小文是由他多年来在深圳的经历、感想酝酿而成。

什么是工匠精神？胡冠军认为，工匠精神就是专注守心、物我两忘、执着技艺，是匠人们在长期的工作中形成的职业素养和品质。当下社会人心浮躁，工匠精神显得尤为可贵。如果所有的大国工匠执着艰坚、不断创新、追求极致，就能为中国制造强筋健骨，为中国文化立根固本。

"深圳是我的第二故乡，这里的发展环境赋予我新的艺术生命。"胡冠军说，作为一名工匠，生在当代、来到深圳，何其有幸。在深圳扎根发展，胡冠军坦言是因为这座城市的开放和包容，因为深圳市、龙华区十分重视工匠与创新，持续关怀、扶持、鼓励工匠的成长与发展。

最初加入美联的时候，胡冠军的户口仍在浙江，每年深圳市、区开展红木雕刻相关技艺竞赛或作品评比活动，将优秀工匠推向市、省、国家级荣誉的时候，户口不在深圳的胡冠军总是很忐忑，担心自己是否能评上。很快，结果向他说明，深圳对待匠人是如此公平公正，胡冠军精心的设计、精湛的作品得到了相应的荣誉和肯定。这让他决心在得到人才引进机会时将户口迁至深圳，也准备余生继续扎根深圳这片热土，和深圳一起成长，为艺术奉献毕生精力，甚至计划将自己创作的艺术作品献给龙华、献给深圳。

心系故土和第二故乡深圳。为两全自己的东阳情结和深圳情结，胡冠军接受东阳市委、市政府邀请，在东阳的花园村吉祥湖畔建设打造"胡冠军书画红木艺术馆"。在他的艺术馆里，书法作品似逍遥的云、奔腾的水；绘画作品兼具传统写意的灵动与现代艺术的神韵；陶艺作品浸染着东方美学的造型语言；雕刻作品结合现代超前设计理念；篆刻作品在方寸之间展气象万千……现在，"胡冠军书画红木艺术馆"已成为东阳教育局的教学、实验基地，当地学校经常组织青少年儿童前去参观，现场开展各类文化艺术活动和课程。

因为热爱深圳，胡冠军积极促进深圳、东阳两地文化艺术交流，充分利用各项资源，组织两地红木家具行业协会、雕刻技能协会、艺术馆等单位，前往东阳"胡冠军书画红木艺术馆"开展参观、调研、交流活动，促进深圳、东阳两地在红木雕刻艺术、红木文化产业等方面的交流与合作。

因为热爱深圳，胡冠军甚至尝试在深圳栽种自己喜爱的黄花梨木，当他看着自己种下的20几棵黄花梨在深圳茁壮成长，虽然这辈子可能无法看到这些黄花梨木成材，但是每每行走其间之时，胡冠军总能收获一份踏实悠然。

是红木人，也是深圳人。胡冠军十分关注深圳红木市场、红木文化产业的未来发展。目前，肇始于龙华观澜的深圳红木产业经过

胡冠军荣获 2022 全国五一劳动奖章，为木雕艺术界首位

多年发展，已形成了观澜红木文化产业集聚区和红木家居艺术街，驻扎有红木贸易商 500 多家，红木家具生产企业 300 多家，拥有各种专利近千项，获国家级奖项数百项。深圳市红木文化艺术协会更有会员企业 190 余家。

"深圳红木看龙华，龙华红木看观澜。"红木产业已成为龙华区、深圳市文化产业的璀璨名片。但让胡冠军忧心的是，深圳红木产业最早龙华很有优势，因为东南亚木材以前都是从深圳入境，而随着内地经济的发展，港口的增多，深圳的优势正慢慢被内地所取代。此外，红木产业作为资源型产业，优质原材料日渐稀缺、十分难求，老挝、缅甸、柬埔寨等红木出口大国纷纷加强了红木原材料的出口禁令，目前的红木行业已面临巨大挑战。

可以说，红木家具的市场需求是无限的，自然的红木资源却是不可再生的，因为好的材料需几百年乃至千年才成材，要制作出好的家具作品更需领先的设计、精湛的雕刻、制作工艺。尽管目前电脑雕刻已在红木行业里广泛运用，且市场效益明显，但手工雕刻作品赋予红木家具更深文化内涵，使其更具收藏价值，虽然价格高出电脑雕刻作品好几倍，却深受红木艺术爱好者的追捧。而在当前的市场上，优质的红木家具少之又少，消费者日益增长的消费需求，面对的却是日渐失去信任的红木行业；消费者的个性化需求，面对的却是市场的同质化严重、创新乏力；消费者希冀红木家具承载优秀传统文化，面对的却是新一代匠人对古典家具的认知和阐述不匹配；红木爱好者期待精湛的雕刻工艺，面对的却是优质木匠、雕刻匠的难寻。

新中式方兴未艾，红木文化产业亟需传承发扬。"所以，深圳红木文化产业未来要持续良好发展，应用品牌打造消费市场、文化产业市场。"胡冠军认为。深圳红木行业应仰视传统中式家具，形成集创意、研发、制造、培训于一体的艺术木雕红木文化产业链，实现自主创新与时代同步；深圳红木交易要开拓红木资源新思维，在现代红木制品的生产过程中积极寻求替代品，引导人们降低对红木材质的依赖度，更多关注红木背后的文化、品牌、品质等精神属性；深圳红木市场应整合红木全产业链资源，打造一站式电子化交易平台，从红木的原材料、加工、流通、仓储到金融、文化等各方面着手，通过线下的资源整合达到线上的资源共享，满足每个用户的真正需求；深圳红木市场应思考如何通过中国传统文化元素在当代设计中的运用，增添深圳"设计之都"的魅力，推动中国红木文化艺术产业蓬勃发展……

"深"情寄望，"圳"等美好。在谈到红木雕刻艺术和深圳红木文化产业未来发展的时候，胡冠军的眼睛总是闪闪发光。那光彩蕴含着一位艺术家崇德尚艺的理想信念，那光彩在向世人宣示，他将继续致力让毕生钟爱的木雕艺术在不断涌动的时代大潮中赓续中华文化，呈现多娇江山。

深圳匠魂

裴永中

深圳匠魂

毕业于景德镇陶瓷学院获学士学位，现为中国工艺美术大师，中国工美行业艺术大师，中国工艺美术协会常务理事，广东省工艺美术研究所研究员，深圳市工艺美术协会艺术顾问，深圳永中创艺有限责任公司董事长，深圳市高层次专业人才，"国家级领军人才"，"深圳市龙岗区佳得宝文化艺术馆"艺术顾问，"深圳市裴茄西原生态艺术有限公司"艺术总监，深圳市工美文化创意研究院高级研究员。其擅长传统工笔与西洋油画相结合的技法，在陶瓷上精绘肖像、古典人物、山水、花鸟、颜色釉等创作，荣获奖项30余项，被中央电视台等诸多主流媒体广泛报道。代表作245幅作品《瓷绘全本红楼梦》2009年成功申请英国世界吉尼斯纪录，并由《正大综艺》节目播出，是当代实力派大师。

上下求索追梦瓷里风华

——中国工艺美术大师裴永中纪事

舒 蔓

2021年9月,党中央批准了中央宣传部梳理的第一批纳入中国共产党人精神谱系的伟大精神,工匠精神被纳入。工艺美术大师是匠心精神、匠人品格的重要代表,中国工艺美术大师更是代表了工匠工艺的顶级水平。改革开放的前沿城市深圳,为了弘扬工匠精神,2021年出台专项政策,引进了3位中国工艺美术大师落户福田。裴永中就是其中的一位,他是陶瓷绘画国字头级别的大师。

中国是瓷器的故乡,瓷器的发明是中华民族对世界文明的伟大贡献,在英文中"瓷器(china)"与中国(China)同为一词。在中国传统工艺中,与瓷相关的,都是历史悠久且传承千百代的。要在瓷的故乡,把陶瓷绘画做到顶级,这难度更是非比寻常。怀着景仰之心,笔者联系了裴永中,周末约在他位于福田区的文化创意园内的工作室见面。

寻到工作室门口时,见到当面是一幅巨大的照片,一对文质彬彬夫妇模样的人手挽着手站在竹丛边,边上写着大字:裴永中、赵耕伉俪艺术。照片前,立着白瓷的关公,手持青龙偃月刀,格外威武。一眼望去,文气武功,都齐全了。

听到我进门的声音，裴大师迎出来，一身棉麻质地的白衣黑裤，颇有些仙风道骨的感觉。没料到，紧跟着还有一阵爽朗的笑声，一个高挑韵致的身影出来一手接过了我手上的伞，一手让我坐下喝茶。里面还站着一位小女孩，静静地看着我，头发很黑，一排齐刘海下面一双大眼睛又圆又亮。裴永中向我介绍，印证了猜测，这两位分别是他的太太赵耕老师和女儿裴子琳。工作室分为两个部分，外面大开间的部分陈设着裴大师的作品和荣誉证书，里面小开间则主要是1个茶台和2个大的工作台。工作台上放了许多作画的工具，笔、颜料、纸摆放有序，还有个架子，上面摆放着许多制瓷的用具。

裴永中夫妇都比我想象中更年轻，也更亲近随和。小子琳礼貌地打过招呼后，赶紧又坐回工作台那边静静地调色画画了。我问子琳多大了，子琳答今年10岁，平日里最喜欢画画。我感叹基因遗传的神奇，便问起裴永中是多大开始学画画的。裴永中回忆起自己从事陶瓷绘画的由来，也是从差不多子琳这么大的时候开始的……

热爱绘画　初入瓷都

烟波浩渺的鄱阳湖畔，有一座历史悠久、物产富饶的县城——鄱阳县。1969年，裴永中出生在鄱阳县一个风景如画的乡村里。父母都是勤劳朴实的农村人，生下8个孩子，4男4女，裴永中排行第7。幼时家境贫寒，但父母都是辛勤劳作，尽力供几个孩子读书上学。幼年裴永中虽然物质条件比较差，但在美丽的山水田园里，倒也自由自在。他喜欢看青山绿水，喜欢看花红柳绿，喜欢水牛卧在池塘里与荷花荷叶相伴，喜欢缓缓的溪流里鱼虾游来游去……大一点了，他就拿起哥哥姐姐的纸和笔，顺手画出这些心爱的美景，蜡笔一涂，

裴永中在深圳福田工作室内接受采访,背后是赵耕的巨幅画作

引得大人们都连连称赞。

裴永中上学以后,学校边上有一家画店,画师在店里常常画中堂卖。在江西县城或农村,迎客的大屋称"堂屋",正对大门的堂屋墙上往往都挂有字画,画称"中堂",字为对联。裴永中下课放学常常被画师吸引,站在边上看他画画一看就是半天。有回,他手上有了妈妈塞的一点零花钱,赶紧跑到画店把心仪已久的一幅中堂买了回家。回家后,他照着中堂画,哥哥姐姐邻居大人小孩都慢慢地被吸引过来看,看这十几岁小娃画中堂。没想到,等他画完,周围的人都啧啧称奇:"画得好像啊!"当场就有老乡,出钱买下了他的中堂处女作!这一发不可收,得到了大家认可的裴永中深受鼓舞,一幅一幅地画起来,他在乡村的名气也慢慢传开了,乡里乡亲都跑来买他的画,20世纪80年代初,他的一幅画能卖到40元。

裴永中课余时间总在画画，他没想到自己如此热爱的画画还能帮家里挣钱。他"偷偷"地向画师学，自己摸索，读书期间，靠着自己的这份热爱，他实现了自己赚学费，还能补贴家用，减轻父母的劳作。

三哥裴文中是当时村子里唯一考出去的大学生，在山西读书毕业以后回了江西宜春，在丰城矿务局技工学校里当老师。他疼爱家中的这个小弟，也深知潜心求学的重要性，于是常常买一些好书，送给裴永中学画。《芥子园画谱》等传统经典绘画课本他都成套成套地买下，有回一次性就买了200多元的书寄给弟弟。裴永中拿到书格外珍惜，也格外感动。他知道哥哥平日里非常节俭，有时候为了省路费，从丰城骑几百里路单车回鄱阳，可是为了他学画画，买书却毫不犹豫。看着哥哥买的书，裴永中初窥了国画、油画等多种画法的门道。他自己从书中的字里行间和示范画作中反复琢磨，不断练习，也逐渐领悟，慢慢地，他的画越来越像，越来越好，十里八里外的乡村里都有人寻来买他的画。

十多岁时，有回邻居家姑姑到景德镇走亲戚，带上了裴永中。裴永中第一次走出鄱阳，被景德镇大街小巷的画店、瓷器店里琳琅满目的瓷板画惊呆了。那些长方、圆形、椭圆、多方、多角、扇面各种形状的瓷板平整光洁，人物肖像、粉彩山水、工笔写意等各种图画以青花、新彩、五彩等各种不同的形式定格在瓷板上，构图、线条、色彩、意境都美不胜收、妙不可言。裴永中不知道自己深爱的画画还可以以这种非同寻常的方式表达，沉迷在这瓷画的世界里不能自拔。在姑姑家做客的几天，他几乎都泡在周边的瓷板画店里，轻轻地摩挲，仔细地观察，琢磨着画里的巧思妙想，不停地想象着自己画瓷板画的样子。他发现，街上最多的画是肖像，那些风采各异的人物惟妙惟肖地呈现在瓷板、瓷盘里，仿佛是将岁月锁定了，在柔和的瓷器光芒中留下人生风华的永恒瞬间。

回家后，裴永中还沉醉在瓷板画的魅力中，他想起满大街的肖像画，也想学着画。裴永中思索着就动起手来，他从自己最熟悉的人画起，第一幅肖像就画自己的妈妈。他边画边琢磨，两三天就完成了，拿给家里人一看，大家都说画得好，和妈妈一个样！裴妈妈也非常喜欢。那时候在农村，普通人拍照的机会还是比较少，裴永中画人画得好的消息传开后，时常有人找来，请他画个肖像留作纪念。后来县城里和景德镇有联系的画店也找到他，让他帮忙在瓷板上画肖像，按件付给他报酬。裴永中渐渐画得又快又好，挣的钱也越来越多起来，不过心里还是有些遗憾，因为，他还是只能画画，不懂烧瓷，所以，不能看到自己的画作变成美丽的瓷板画的效果。

1989年，发生了两件对裴永中影响巨大的事情：一是母亲的猝然离世，二是自己高中毕业。裴永中的母亲平日里善良勤劳，在村子里，常常为大伙育苗育种，善待他人；在家里，总是一个人默默地最后吃饭，把孩子们剩下的饭菜混在一起吃下就算一餐。她血压高，劳作时也没能注意休息，突然心肌梗塞，发病2个小时就永远地离开了人世。从小被母亲呵护长大的裴永中一时无法接受，忍着巨大的悲痛送走母亲。到安葬母亲的日子里，全村人都过来送行，然而，母亲下葬后，就如陶渊明的诗中所写："向来相送人，各自还其家。亲戚或余悲，他人亦已歌。死去何所道，托体同山阿。"裴永中的世界里最重要的人，离开这个世界后，居然没有几个人能记住！这一年高中毕业，裴永中走出鄱阳，去景德镇找姑姑，他要在瓷板画的世界里发奋学习，在自己擅长的绘画领域中做出一番成就，他要在这个世界上留下自己的痕迹，绝不寂寂无名在这山野乡村中！

景德镇是"瓷器之国"的代表和象征，制瓷历史悠久，瓷器精美绝伦，闻名全球，有"瓷都"之称。这里商业繁华，早在明清时期就与广东佛山、湖北汉口、河南朱仙镇并称为中国四大名镇。诗人陈志岁《景德镇》云："莫笑挖山双手粗，工成土器动王都。历朝海外有人到，高岭崎岖为坦途。""瓷都"景德镇所产瓷器的国际市场地位跃然纸上。景德镇生产瓷器的历史源远流长，唐代烧造出洁白如玉的白瓷，便有"假玉器"之称。在宋代御赐殊荣，即皇帝宋真宗将年号景德赐给景德镇，于是景瓷驰名天下。之后，历元明清三代，成为"天下窑器所聚"的全国制瓷中心。至清康、雍、乾三朝，瓷器发展到历史巅峰。景德镇瓷器"白如玉，薄如纸，明如镜，声如磬"，尤其是熔工艺、书法、绘画、雕塑、诗词于一炉，是传统文化艺术的瑰宝。在乾隆时期，景德镇瓷窑多，且分布广，除官窑外，还有民窑两三百处，工匠数以万计。该时期在瓷坯上用西洋油画激发作画，再入窑烧制成的珐琅彩瓷器，融汇中西，异常精美，是皇官的专用品。这些绚丽多彩的名贵瓷器，通过各种渠道，沿着陆上"丝绸之路"，海上"陶瓷之路"，"行于九域，施及外洋"，为传播中华文化艺术、经贸交往，发挥了积极的推动作用，对世界文化的丰富和发展作出了重大贡献。

裴永中的姑姑在景德镇生活多年，街坊四邻有许多都从事陶瓷工作，见从小酷爱画画且非常有天赋的侄儿寻来，心里满是对这孩子的怜惜和疼爱。她找到在景德镇艺术瓷厂工作的邻居，介绍裴永中进了瓷厂，拜瓷像组的组长俞华生先生为师，正式学艺。

俞华生老先生是瓷板画界的民间老艺人，精通瓷板像绘制的各种工艺，尤其擅长人物肖像的瓷画制作。人物肖像绘画基础较好的裴永中跟随俞先生学师不久，就得到了老师的刮目相看。他勤奋好学，一天恨不得掰成几天用，别人3天画1幅肖像，他1天画1幅，有时候还能画2幅，手脚非常麻利，水平又很高。对于绘瓷的技艺，裴永中觉得老先生就如同一座大宝库，即便是他这样好学高效的学生，也觉得目不暇接，学无止境。裴永中起早贪黑，从使用化工颜料手工绘制，再送窑高温烧制，一个步骤一个步骤地仔细观察、琢磨，再模仿、比较、调整，渐渐他掌握了从单色到多色，从釉上彩到釉下彩，还有釉上釉下合绘的五彩、斗彩等种种不同的工艺技巧。当自己手绘的肖像第一次从自己的手中烧制成瓷板画的时候，裴永中非常兴奋。他找到了一种让自己的画定格的方式，瓷板画可以保存上千年，这画里人物的美好年华也能随瓷板永世留存。他非常享受人们拿到肖像画时的喜悦和感激，越发坚定地要做好瓷板画。俞老先生看在眼里，爱在心里，对这个一心要做好手艺的徒弟格外偏爱，也恨不得一天掰作两天用地把一身功夫都传给他。

在俞先生的贴身指点下，裴永中初步掌握了釉上彩肖像画绘制技法。跟着俞先生学艺2年，他的技术已能顶得上一位从业10多年的熟练瓷画师了，在景德镇的瓷画市场上有了一定的名气，许多人都冲着他来订制瓷板画。1991年，许多国营或集体的企业在当时的经济环境和竞争压力下，面临改制或者重组的命运，俞先生和裴永中所在的艺术瓷厂也未能幸免，厂子倒了，员工解散了。俞先生年纪大了，退休回家。裴永中则在景德镇火车站边上开了个小店，承接瓷板画业务。

从前的客户带着新客户找来，熙熙攘攘的火车站也带来了不少的新客源，裴永中店子一开，业务就不断，一段时间后，更是生意兴隆，他日夜不停都忙不过来。这时候来找他的，大部分都是订肖像瓷板画，摆在店里的样品让人一眼就能看出裴永中的水平，惟妙惟肖的面容和表情很容易打动想订货的人。裴永中一方面不停地接单画画，一方面还想继续把烧瓷的技艺学得更加深入和全面。他又去找俞华生老师,让老师即便不在一个瓷厂工作了,还依然能单独给他授课。俞老先生自然是满口答应下来,在家里,利用裴永中的晚上休息时间,每天给他"开小灶"授课,把烧瓷板画的种种经验性的技巧一一传授。

又经过2年跟随俞先生学习,裴永中可以说已经有了非常丰富的陶瓷绘画的经验,尤其是对人物肖像,他已经超越了"依样画样"的阶段,到了根据人物生平、简历、性格及所处的时代背景来把握所绘人物的气质的层面。他还会根据人物的形象合理设计动作姿态再现人物的个性,所以,他的人物肖像画不仅相貌、体型像,而且还能活灵活现地表现出人物的情绪和思想情感,甚至是独特的性格和内在气质。结合到烧制技艺,他依照人物的不同形象不同个性采用不同的表现方式,他能迅速地根据所要的效果,把握是用粉彩、墨彩还是新彩,确定烧窑温度的高低或者急缓,中间需要几次上色,或者用怎样的方式进行调整,他都逐渐积累经验,逐渐熟练起来。陶瓷绘画的老师傅都是在千万次经验的积累中得到无法书写下来的准确时间和手法技巧的,这2年,裴永中一方面得俞师傅口传身授,另一方面,他的小店不断的大量订单让他有无数次练习的机会。在千百次的绘画烧瓷过程中,他把握了"老师傅"才能把握的无法表述的细微技巧,一种类似于"直觉"的经验。正是这样的细微经验,把他与同龄瓷板画师划分开了巨大的差距,他的瓷板画,一看就是"老师傅"的手笔,经得起细致的推敲。

裴永中和他的小店名气越来越大,许多人从外地来到景德镇找他做肖像画。这些人中间,有许多福建人。福建靠海,自古以来常有人"下南洋",因此侨乡遍布福建各个地方。华侨在海外挣钱了,心里挂牵家乡,也往往把钱寄回来,为故乡的建设捐款捐物。像世人熟

裴永中和瓷绘作品《白石老人》

知的陈嘉庚先生，就是其中杰出的代表，他先后创办了集美小学、集美中学、集美大学和厦门大学，大力发展教育，为福建的父老乡亲作出了巨大贡献。许多成功华侨都像陈嘉庚先生一样，踊跃捐钱用于家乡建设。福建人民为了回报这些华侨的爱心，往往在其捐建的建筑上嵌上他们的瓷板肖像画，让众人周知并敬仰，这种特别的感谢方式在20世纪90年代的福建非常盛行；因此到景德镇来订制瓷板画的福建人络绎不绝。裴永中陶瓷绘画技艺的突出使得他在福建人圈子里名气也越来越大，很多人初次到火车站边上见面订了一次画以后，都不用再来景德镇，就直接发单过来成批量地找裴永中做瓷板画了。

裴永中日夜不停地接单、绘画、烧瓷、发货，手上功夫越来越强，挣的钱也越来越多了。他心里一直有个"读书梦"，就是非常渴望能有机会进大学系统地学习绘画和陶瓷技艺。毕竟这么多年，他要么自己摸索，要么民间的师徒相传，练的都是手上功夫，要实现让世人知晓的梦想，还要能让自己突破停留在手的层面而上升到思想的层面，达到更高的高度才有可能。母亲的离世和家庭条件的限制，让他没能有机会到大学深造，但他一刻也不曾忘记自己的梦想，他要努力创造条件，让自己走进大学的校门。

找裴永中订肖像瓷板画的福建人越来越多，他们觉得裴永中最好是能到福建去，直接在那边作画烧瓷，这样免去瓷板画的舟车劳顿，也更容易满足当地的大量需求。恰好，位于福建闽清的黄乃裳纪念馆需要招制作瓷板画的能工巧匠。在众多福建客户的推荐下，裴永中经过了实操考试，以毫无争议的第一名获得了这份工作，专职在黄乃裳纪念馆绘制瓷板画。

1994年，裴永中离开故乡江西，前往福建，开启自己新的人生旅程。

肖像瓷画　技艺精进

25岁的裴永中到福建闽清的时候，已经是一儿一女的父亲了。为了追求事业的发展，也为了给家人创造更好的生活，他选择了去黄乃裳纪念馆潜心瓷板画的绘制。

黄乃裳纪念馆位于闽清县城关台山，占地面积近5000平方米，是为了纪念福建著名的华侨领袖、民主革命家黄乃裳而由当地华侨捐建的。院内树木花草繁茂，馆舍建筑颇有古风，环境幽雅清净。裴永中到了新的地方后，很喜欢这里安静的环境和当地民间浓厚的文化氛围。裴永中被选来闽清做瓷板画与当地地理和人文环境有着密切的关系：一是闽清盛产高岭土（瓷土），陶瓷生产历史悠久，可追溯到南宋年间。国内现存最大的古窑东桥义由古窑址就坐落在闽清。现代闽清依然是中国陶瓷生产基地县，享有"东南瓷都"美誉，做瓷板画的基础非常好；二是闽清还是福建省著名的侨乡，有20多万乡亲旅居海外50多个国家和地区，华侨对家乡建设贡献巨大，按福建风俗为爱心捐献者烧制瓷板肖像画的需求也非常大。

如果说在景德镇跟随俞华生先生学习绘制瓷板画是"师傅领进门"的话，那裴永中来到黄乃裳纪念馆后大量地绘制人物肖像瓷板画，就是在巨大重复基础上的"个人修行"了。裴永中差不多天天都是睁开眼就准备作画，一直忙到深夜，仿佛"不知天上宫阙，今夕是何年"，手脚不停地画了烧，烧了画，再画再烧，再烧再画……好在他是真的喜欢画画和烧瓷，埋头于其中浑然不觉。在人物肖像的绘画上，他主要专注于油画技法，更加向创作油画作品的方向靠近了。和当地人面对面地交谈甚至和画像中的本人打交道，让他更真切地了解画中人，更近地观察人物的动作习惯，也能更精准地把握人物的神态和气质。他甚至会根据人物的照片，绘画时设计符合人物身份和气质的背景和道具来衬托人物形象，使肖像画作不仅是人像，还有背后的作品主题。在烧制瓷板方面，他大量运用新彩的技法，把定工具、选瓷胎、勾图、搓料、绘制、整修、题款、一次烧炉、着色、二次烧炉等的每一个步骤都用得熟练无比，更加专注地观察每一次技术处理的细微差别后出来的细微不同，再把这些细微之结果应用于下一次所需。裴永中天天沉迷于瓷画中，大量的重复给了他大量的实践练习机会，也就是给了他得到属于自己独有的丰富经验的机会。这是每一位工匠成长的必经之路。

工匠之路绝非坦途，裴永中沉迷于绘制瓷板肖像画的时候，眼睛开始模糊看不清，这对画家而言，是致命之伤啊！医生看过之后，告诉他视力下降是用眼过度的结果，警告他要适可而止，多休息眼睛，并且要多锻炼身体。裴永中深知自己是靠手和眼吃饭的人，如果眼睛坏了，所有的梦想都将成空。于是，他听从医生建议，略微减少了每天作画的时间，而把那点省出来的宝贵时间全部用来锻炼。就是在这样的情况下，他开始练习武术，强身健体，为事业的发展奠定良好的身体基础。

在黄乃裳纪念馆作画的3年多时间里，裴永中的集中精力主攻的方向是"油画"和"新彩"。他用油画技法画人物肖像惟妙惟肖，非常细致和真实，他用新彩绘制艺术瓷的技法，也达到了炉火纯青的地步。新彩瓷，系清末民初逐步发展起来的一个新品种，可在瓷器上直接绘画，可以在炉里反复烧好几遍，以描绘精细和色彩丰富见长。新彩特别适合裴永中这样习惯于一个人独立完成作品的画匠，它能多次复炉，很适合表现人物肖像油画写实和细腻的特点。

裴永中在黄乃裳纪念馆做到1997年，1000个日夜里，他独立绘制完成了上千幅瓷板画。这意味着，他在福建的3年，工作量和练习的机会达到了常人几十年的程度，他绘画和烧瓷的技艺技巧有了长足的进步与飞跃，在新彩肖像瓷画方面已然成为专家；另一方面，他也收获了财富，作为一名技艺高超的"工匠"，他的辛劳和智慧为他带来的收入，也是常人几十年才能达到的。在福建闽清潜心作画3年之后，一直埋在心底要去大学学习的梦想更加强烈地反复回响在裴永中心中。他感到前所未有的知识不够用，虽然在别人看来，他已是一个领域中的能工巧匠了，但是，他知道继续在黄乃裳纪念馆绘制人物肖像下去，他很难再有大的进步了，也无法突破自己现有水平的限制，他需要有高人指点，需要系统地整理思绪，需要大量的知识储备更新，从而为达到新的高度做准备。另外，高中毕业那年母亲去世，家里拿不出钱来供他继续读书也一直是他心里的痛，他是成年的男子汉，担负着养活自己照顾家人的责任，他无法"自私"地只考虑自己读书，所以他那时直接去瓷厂当学徒了。如今，他攒了足够的钱，足够他即便脱产学习几年不接活，家人也能够衣食无忧。

在求学梦的激励下，裴永中舍弃了黄乃裳纪念馆美好的工作氛围和丰厚的收入，重新回到江西景德镇。

回到景德镇以后，裴永中拿着手上积攒的钱办了两件重要的大事，一是买房，二是读书。为了让家人生活得更好，让孩子们能够接受更好的教育，他买下了宽敞的新房，成为景德镇第一批买商品房的人，把妻儿安居在景德镇，他还充分考虑了今后发展的需要，买下了店面和画室，打算好好扎根景德镇发展自己的事业。为了自己的梦想，他报名参加了景德镇陶瓷学院的全日制学习。这名28岁的"大学生"终于在自己接近而立之年的时候重新回到校园进修，追寻青春时代便一直坚守的梦想。

也是在这一年，裴永中放弃了许多赚钱致富的机会的时候，他在专业技术领域内的骄人成绩也被行业专家认识并充分认可，他评上了景德镇市第一批高级工艺美术师，成为行业的佼佼者，更是年轻人眼中仰慕的"领头羊"。他带着高级职称到景德镇陶瓷学院艺术设计专业进修时，抱着"归零"的心态以当好学生的低姿态给老师和同学们都留下了非常好的印象。他认为自己以前没有经过理论系统的学习，离心目中一流大师的目标还很远，他甚至非常羡慕那些仰慕他的同学，他们那么年轻就有这么好的机会，起点比他高了许多。但也正因为裴永中有了多年的工作经验，他非常清楚理论指导下的实践操作对应的要点在哪里，他也十分了解老师强调的重点是未来发展中明确指向。经历过"社会熔炉"里反复烧制的工匠，重新回到理论学习时，有种拨开云雾见日出的惊喜。

在景德镇陶瓷学院，裴永中这样突出的学生深受老师的喜爱，老师们乐意教他。勤学又悟性高的学生，还有丰富的实践经验，哪个老师不爱呢？进修期间，他受教于中国工艺美术大师李菊生教授，又拜了中国工艺美术大师冯杰、王怀俊，南昌教育学院孙宪教授为师，这4位老师更是在他前行的路上尽心尽力地帮助他，引领他走向更高的高度。校园内，教材与书本系统地对裴永中进行了美术和陶瓷绘画设计的理论指导，他早已熟练操作的油画、中国画绘画在学校里接受了从发展源头到未来方向的梳理，让他从"知其然"到"知其所以然"。冯杰和王怀俊2位大师，站在陶瓷艺术画的顶峰为裴永中指点方向，李菊生老师教授他油画色彩，孙宪教授指点他水墨山水，全方位学习到油画、国画在陶瓷上创作的要点，让他对于未来绘画有了豁然开朗的清醒认识。

冯杰大师在人物肖像瓷板画上的造诣，代表着当时中国的顶级水准。他曾经在政治和艺术要求格外严格的20世纪六七十年代，画了10年的巨幅油画领袖肖像。改革开放初期，他又应邀绘制了九大元帅和十大将军的肖像画，后来为国家重要领导人和许多名人绘制瓷上肖像画。他撰写的专著《瓷上肖像画技巧》填补了中国绘瓷史上的空白，成为包括景德镇陶瓷学院在内的许多高校学生的教材。冯杰大师把裴永中原本就已经有了深厚基础的人物肖像瓷绘再提升了一个层次。裴永中之前的名气加上冯大师的指点，他也很快进入了给名人作画的行列。1999年澳门回归祖国前夕，他负责了澳门特别行政区第一任行政长官何厚铧肖像瓷板画的绘制，名噪一时。

如果说冯杰大师是西方油画肖像瓷画的领头人的话，那王怀俊教授则代表了中国人物瓷画的最高水平。王怀俊是景德镇著名的陶瓷艺术家、"珠山八友"发起人之一王大凡老先生的孙子，家学渊源深厚，早年师从周昌毅等教授，专习中国人物画，兼学山水、花鸟画，为中国艺术陶瓷研究员、享受国务院特殊津贴专家，名列英国剑桥国际知识分子传记中国《世界名人大辞典》，并获银质勋章。王怀俊长期以来受家庭的艺术熏陶，学院派的专业训练，形成了其作品古朴、高雅、飘逸的艺术风格。综合学院派和西方艺术之优长，尤其擅长陶瓷粉彩人物画。在王怀俊老教授的指导下，裴永中深入地领会了中国画的笔精墨妙，王教授吴带当风的线条运用，大胆夸张的点面构造，清秀雅洁的色彩效果，去塑造艺术形象，融合诗学意境于构图布局之中，巧布画意艺趣于器型变化之上，让裴永中眼界大开。他深深地体会到陶瓷艺术作品俗中见雅，雅而不俗，自成一格的高雅品位。王老师善将中国画的笔势章法有机地应用于瓷画创作，用笔简练而传神，造型准确而优美，构图疏朗而新颖，这都为裴永中的人物画创作打开了一扇新的大门。日后很长一段时间，裴永中专注于陶瓷粉彩人物画，都与王老师的影响密不可分。

裴永中重新学习油画和中国画，都有了非常大的突破。他自小崇拜齐白石，在景德镇陶瓷学院系统学习后，尤其是经李菊生教授的亲自授课后，他对齐白石有了更深的理解，对于白石老人以木匠出身，于20多岁始学绘画，年逾半百才定居北京，历经坎坷而大器晚成的人生经历充满了钦佩，对于他百折不挠求艺不止的精神格外崇敬。他是裴永中心中的偶像，也是激励他上下求索勇敢追梦的动力。

裴永中在景德镇陶瓷学院2年的求学进修，达成了他追求系统学习美术和瓷绘艺术的目标。在大师们的指导下，他获得了从前工艺技术实践中相对缺乏的理论基础和知识架构的有益补充，创作思想上了一个大台阶。他没有对此感到满意，相反，他越发觉得自己知识的局限性，越发认为自己要实现梦想还需要更深入地学习，还需要付出得更多。

在学识与事业发展取得大的进步的同时，裴永中的个人生活却遭遇到了一次大的坎坷：他的婚姻面临破裂。与妻子生活近10年后，矛盾不断显现，尤其是在赚钱和求学的选择上，两人的矛盾发展到了不可调和的程度。裴永中有着旁人眼中非常好的赚钱能力，只要他愿意，随时接单绘制瓷板画，随时可以凭本事吃饭，足以让一家人过着优渥的生活。可是他要舍弃这眼前赚钱的机会去读书，不但不赚钱，还要买书买画交学费。妻子无法理解他的选择，而他也说服不了她暂时安于平常生活把眼光看得更长远。两人的争争吵吵逐渐频繁，互相伤害到无法在一起生活，就更不要提裴永中潜心创作了。1999年，裴永中从景德镇陶瓷学院毕业，完成学业，赚钱的能力再上台阶，但他对未来的计划还有继续学习深造的想法，于是，和妻子之间的矛盾就激化到了顶点。在他心爱的瓷板画被摔碎后，他的心也随之而裂了。

1999年，他追随齐白石老人艺术成长的脚步，舍弃一切，也算是某种逃避，离开景德镇去往北京。

红楼梦成　绝代风华

刚过而立之年的裴永中怀揣着一颗求学之心，孑然一身来到北京。北京，作为中国的首都，数百年来都是我们国家政治、经济、文化的中心，这里有厚重的历史底蕴和浓厚的文化氛围，是全国各地艺术家们向往的圣地。在景德镇甚至是在江西省和福建省都小有名气的裴永中到了北京后，有着年少时跟随姑姑第一次从鄱阳走出到景德镇的相同感受，他仿佛突然置身于高手云集、热闹非凡的全新世界中，自己只不过是芸芸众生里毫不起眼的一个。在别人的推荐下，他到了位于王府井附近的东风好友景德镇陶瓷城，他离不开陶瓷，还是选择做陶瓷绘画工作。

裴永中曾经给初到北京的自己创作过一个瓷板自画像，他坐在胡同口的小板凳上，一手扶膝，一手托腮，仰望高空，他的身后，有光束照过来，映衬着像是他长了一对翅膀一般。他说，那时的自己在光的照耀下，就好像一只"井底之蛙"，深深地向往着能长出一对翅膀，飞跃出深井，看到外面广阔的天空……

他在北京景德镇陶瓷城里，把在景德镇陶瓷学院系统学习的知识与之前的经验相结合大量地运用起来。他反复琢磨着冯杰大师和王怀俊教授的指点，在油画新彩和中国画粉彩之间不断探索领悟，他还会时常想起心中最崇敬的齐白石和毕加索2位东西方画家，思考着如果是他们，会有怎样让人意外的奇思妙想。

北京毕竟是全国的文化中心，人们对瓷板画的需求不仅量大而且品质要求高。位于王府井的陶瓷城里熙熙攘攘的人群，把来自全国各地甚至是世界各地的需求都带来了。这里从事陶瓷绘画的工匠平均水平也高出景德镇和闽清许多，但即便是这样，裴永中也很快从工匠群里脱颖而出。别人看到他摆出来的作品，就能分辨出其中构思和技艺的精巧。那时候各国大使馆常有人找来，因为使馆官员不时会有工作流动，每当外国友人离开中国之际，中国的外交人员为了表示尊敬和友好，常常订制他们的肖像瓷板画送作纪念。中国的瓷器精美誉满全球，国际友人拿着属于自己独有的那份瓷画像的时候，常常非常喜爱和珍惜。还有当红的名人明星，也很流行订制肖像瓷板画，把自己的青春风采定格在千年瓷板上。一时间，裴永中为许多名人明星作画，一线的歌星影星都成了他的客户。

其中，关牧村老师给他留下了很深刻的印象，她亲自挑选了照片拿给裴永中画，画好以后非常满意，马上又再拿了几幅请裴永中再画。画得多了，裴永中和关牧村熟悉了，有一回，关牧村还特地请裴永中到家里做客，感谢他把自己画得那么美，那么好。裴永中到关牧村家里时看到，她在家里最醒目的地方，客厅的柜子正中间摆放的就是自己绘制的肖像画。他很高兴，由衷地为像中主人的真心认可感到高兴。

他在名人圈和外交圈里都有了自己的名气，北京的行业圈里，也争得了小小的一席之地。2001年，中国发生了一件让全国上下为之兴奋为之鼓舞的大喜事——北京申奥成功。身处北京的裴永中更是深切地感受到了全民俱欢欣的喜悦，他同时敏锐地想到，这也是他实现梦想的一个机会！到北京的2年，他从陌生的"井底之蛙"到跃出深井、站稳脚跟，一天都不曾忘却过自己年少时的梦想，他要成大事，绝不寂寂无名在芸芸众生里！他想要做一个大的作品，一件足以引起世人瞩目的大作品，以此为北京奥运献礼。

他算了，离奥运会开幕还有7年，2000多个日夜，他要仔细筹划，精心绘制，久久为功。

他为选题思虑了很长时间，既然是大作品，必须是传世之作。这个题材，要经典，要宏大，要打动人心，要在难度和高度上都难以跨越，还要与自己所擅长的相匹配。

有时候，世间一切都仿佛是冥冥之中注定的。就在他日思夜想不得其解的时候，他恰好去国家博物馆看展览，第一次见到了孙温绢本手绘《红楼梦》图的首次完整展出。这一见，便如宝哥哥第一次见到林妹妹一般，那般的美丽，那般的动人，那般的熟悉和亲切！裴永中说自己看了孙温的绘图，根本挪不动脚了，就想一直看，一直看下去……他爱《红楼梦》，和许多热爱《红楼梦》的人一样，从中感受到无穷的魅力。书里的文字在孙温的笔下，成了五彩的图

《瓷绘全本红楼梦》十七回《贾宝玉神游太虚境》

画，印着每个红楼爱好者的无穷想象。裴永中深深地震撼了，也深深地感动了，他有种热泪盈眶的感觉。孙温耗36载绘此图，对"批阅十载，增删五次"呕心沥血而写《红楼梦》的曹雪芹是回响，是礼赞，更是知己的报答。裴永中心中激荡起阵阵热浪，他也要做孙温的知己，就像孙温对曹雪芹一样！

他不记得那天国家博物馆闭馆的时候他是怎样出门，怎样回家的，他只记得，之前日思夜想的问题瞬间找到了答案，不对，是答案找到了他！孙温的手绘《红楼梦》展启迪着他，呼唤着他，指引着他。裴永中有种刹那千年百年的沧桑感，这种又悲又喜的心，恐怕是那块补天遗漏在青埂峰的大石头才会有吧。

这个时期，家事的凌乱更添了裴永中的沧桑。一双儿女暑假来北京看爸爸，裴永中一见这对懂事的孩子就忍不住又疼又愧。他们都在上学，正是成长的重要年龄，自己却无法陪伴左右，实在是对不住他们。裴永中希望孩子能接受更好的教育，前妻也反复强调孩子应该随他，于是，他把一双儿女留在了北京，自己独自照顾。

不难想象，带着一对儿女生活，对一名单身"北漂"男人意味着什么，更何况，这单身男人还一门心思想干出一番大事业。

要潜心做一件"巨作"，还要照顾一对儿女读书生活，独自在陶瓷城里没日没夜地接单挣钱是不可能的了。他需要几年时间"远离尘嚣"，找到实力雄厚的艺术品商人或者收藏家来给予物质保障，保障他只要埋头创作即可。

裴永中刚有这个想法，就被一位熟悉他的房地产商知道了，他找上门来，和裴永中仔细聊，聊完就决定他来投资支持裴永中创作，把孙温的《红楼梦》全本图变成瓷板画。那位老板为裴永中在北京城里租下四合院里的2间房，把创作所需的原料和工具都为他备齐，把裴永中和孩子的生活都安顿好，让他安心做好作品。

裴永中全身心地投入《红楼梦》瓷绘全本的创作中。他一边作画，一边反复地研究《红楼梦》，反复研究孙温的绢本《红楼梦》。《红楼梦》是我国古典文化中的伟大名著，自问世起就引起无数人的痴迷追捧，后来更以其丰富深刻的思想底蕴和异常出色的艺术成就使学术界产生了以之为研究对象的专门学问——红学。无数人把这部奇书视为"最爱"，而每个人在不同的年龄段和不同的际遇环境下，读《红楼梦》的感受又不同，她留给人们无限多的讨论话题和想象空间。随着《红楼梦》的传播，以《红楼梦》为题材的各种文学艺术创作亦不断涌现，尤其是在绘画方面，不仅形式多样，而且在艺术风格上也各具神韵。孙温绘全本红楼梦图以石头记大观园全景为开篇，画面鸟瞰构图，将大观园诸多景致悉数入画，一览无遗。从第二开画面开始，依次描绘出全本《红楼梦》的故事情节。每个章回情节所用画幅数量不尽相同。全图笔法精细，设色浓丽，情节连贯且生动感人。孙温以独特的视角，将各种人物活动情节置于特定的环境之中，以生动直观的艺术形式，勾画出一幅幅情景交融、富有诗意的画面，将一部洋洋大观、令人荡气回肠的古典名著《红楼梦》表现得耐人寻味、雅俗共赏。其情节之详尽、笔法之精细、篇幅之宏大，为清代同题材绘画作品所仅见，被红学专家周汝昌称为"红楼瑰宝"。

要把这样一份"瑰宝"用瓷板画的形式表现出来，裴永中面临许许多多的困难，主要的困难有3个方面：一是如何精准地绘画；二是采用怎样的烧瓷技艺来呈现画作；三是原作中前后画法不统一，传说是孙温和孙小州分别绘制，以展示曹雪芹与高鹗之间的不同，另外原作还有10回内容的缺失，对这样的情况，如何通过创作实现统一，并完整呈现。

裴永中理清头绪，对于绘画，他首先以前80回中孙温的原作为蓝本临摹，以之前积累的所有中国画的基础表现好孙温绘画中细致入微、楚楚动人的人物活动，并将其中复杂的山水人物、花卉树木、楼台亭阁、珍禽走兽、舟车轿舆、鬼怪神仙及博古杂项尽数以原貌呈现，对于多达3000余的各种人物，主要人物采用"写真"技法，注重面部肤色肌纹之渲染、形神兼备。对于用陶瓷绘画的表达方式，以前他最擅长的新彩肖像不是首选了，适合中国传统绘画的粉彩应该放在第一位，并要兼用古彩、墨彩甚至描金等多种技法的结合才能完整地呈现出原作色彩的丰富厚重。对于前后统一的问题，裴永中想好了，他要做孙温的知己，要把与之不统一的那部分进行再创作，并补上缺失的部分，形成一部完整的《瓷绘全本红楼梦》。这三大难题每一步的解决，可以说都需要穷尽一个一流艺人或者匠人一生的本事，3个合在一起，就像是一座难以逾越的高山，尤其是第三个问题，几百年来红学研究者，在文字上都进行过无数次的探索和尝试，在绘画上，无异于是在孙温的基础上还要更大胆的勇气和更深入研究的智慧。裴永中想清楚后,更加明白了完成这件"大作"的难度,也更坚定了自己要成这件"大事"的决心。他要克服不可能,然后成就不可能。

他一门心思埋头创作,一幅接一幅的瓷板画出来了,许多朋友赶来了,都忍不住竖起大拇指称赞不已。一些《红楼梦》的"铁粉"也闻讯而来,消息在一些圈子里迅速地传开了。

瓷绘《红楼梦》的创作开头很好,但是进展不久,裴永中遭遇了突如其来的变故。准确地说,这个变故是别人的,但是对裴永中埋头《红楼梦》瓷板画的创作产生了很大影响。那位投资支持裴永中创作的房地产商突然遭遇了生意的变故,无法继续再支持了。裴永中的创作不断地要有投入,这下面临"断粮",焦急而无奈。为了减少支出,他把创作室和住房搬到了南郊的大兴,那里租一个同样大小的房子,一年租金才相当于市中心地方一个多月的租金。由于特别远,又不得不让孩子寄宿在学校。但为了能把《红楼梦》瓷画继续作下去,他拿出了从前自己的所有积蓄,舍弃个人的一切非必要开支,把钱都用在瓷板画上。

他带着自己的3个学生住在大兴,一门心思地创作。学生甚至开垦了菜地,自己种菜节省生活费用。出生在南方的裴永中对北方的生活环境有很多不适应,到了冬天,屋里烧炭火取暖,有一回不知不觉中,裴永中煤气中毒了,倒在门口。后来被学生发现,送医院抢救才救回了一条命。这次煤气中毒,给裴永中身体留下了比较严重的后遗症,后来对雾霾等空气污染非常敏感,一旦空气不好,就咳嗽不停。但这次鬼门关前走一遭,也让裴永中更加珍惜时间,他要争分夺秒地抓紧创作,一定要在有生之年完成心中的梦想!

裴永中作瓷绘《红楼梦》的事早已在行业和文化圈里为人瞩目和

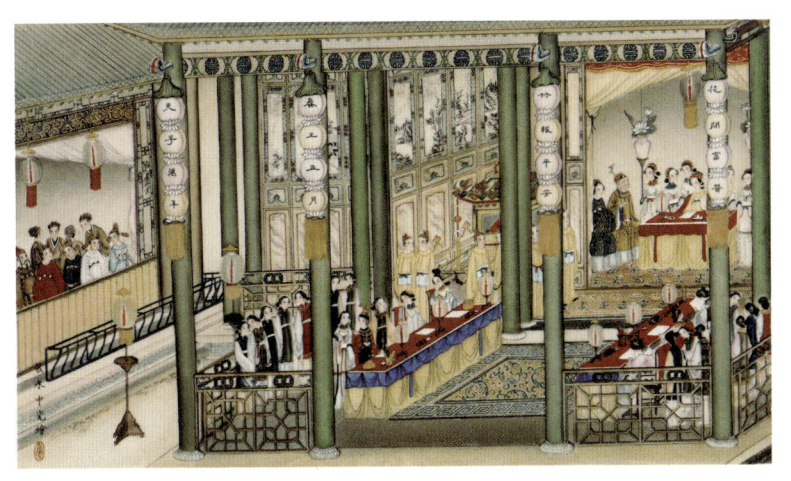

《瓷绘全本红楼梦》六十四回"贵妃赐名题大观园 享天伦宝玉逞才藻"

关注。听说他的艰难情境后,一位欣赏他的"贵人"主动为他提供了有力的支持,他就是程法光先生。程法光先生是《红楼梦》的热爱者,平日里很喜欢书法、美术等艺术创作,尤其喜爱陶瓷绘画,他对孙温所绘《红楼梦全本图》也是一见倾心,醉心不已。认识裴永中不久,彼此交谈都觉得非常投缘。在看到裴永中所绘的瓷板画以后,他想尽自己的能力帮这位年轻人一把,推他实现自己的人生梦想,也为我们国家的瓷绘艺术事业尽一份心力。他找来了自己一个村的侄儿——北京天雅古玩城的董事长程文水先生,叮嘱他:扶持我们民族传统文化的继承与创作是做大好事,大善事,一定要帮助裴永中这样有理想有才华有技艺的年轻人实现梦想。程文水长年深耕在文化领域,一看到裴永中的创作,心里就有了底,更何况还有自己的叔叔这样"助力施压"。于是,他毫不犹豫地斥资扶持裴永中,把之前创作欠下的各种"债"都替他还清,把未来的全部创作经费也给予了充分保障。他让裴永中回到热闹的潘家园,在天雅古玩城内给他足够大的空间和条件安心创作。

裴永中在《瓷绘全本红楼梦》这部作品上一投入，就是整整5年。这5年里，程文水替他安排好所有的后勤，他心无旁骛地摒弃了一切杂念，一门心思作画。这5年，外人看来非常辛苦，只看到他没日没夜地读书、琢磨、绘画、烧瓷，可裴永中自己却浑然不觉。他钻进了《红楼梦》的各种梦境里，他跟随着宝哥哥和姐姐妹妹们同悲共喜，他一遍又一遍地把书里文字和画里场景对照，他观照着潇湘馆外的竹丛和怡红院里的芭蕉海棠，他细品着刘姥姥布衣间束的腰带和凤姐头上戴的金簪，他不断地对比孙温与孙小州所绘画里的区别……他一直孤单地作画，可是他心里从不孤独，他在热闹地和《红楼梦》里的每个人对话，他试图让孙温的灵魂进入到自己的体内，听他的指引去下笔创作那些失落的部分……

在北京奥运会前，裴永中完成了《瓷绘全本红楼梦》的巨作。

所谓"功夫不负有心人"，是对他的真实写照；所谓"不飞则已一飞冲天，不鸣则已一鸣惊人"，也是对他沉寂5年后面对世人时的准确描述。毫不夸张地说，裴永中带着这部巨作，震惊了世界。

全套作品245幅，所涉及人物3800多人。他依据孙温绢本绘画进行了瓷绘，使原作更加清晰分明，色彩更加丰富厚重；他以自己深厚的艺术功底和严谨的创作精神，对原作后40回中的65幅进行了大胆地临改，使之与前80回里的人物造型、服饰、发饰以及场景等方面统一，形成一致的风格；他补齐了原作中缺失的部分，全新创作了12幅作品，使之终成全璧。他综合运用了多种瓷绘工艺技法：要表现纤细的线条、柔和的色彩、富有立体感的画面时采用粉彩；要表现对比强烈的色彩、夸张的形象、刚劲有力的线条的画面时采用古彩；要表现细工流利的线条、空灵的构图、古朴的色彩画面时采用墨彩。裴永中还在这245幅画里使用描金的技巧，光是纯金粉就用掉了200

多克。作品场面宏大，数以千计不同身份、容貌、性格的人物在瓷板上惟妙惟肖，荣宁二府的亭阁楼榭、山水桥廊、奇花异草生动逼真，完整地再现了孙温绘《红楼梦》的主要故事情节，使《红楼梦》这部不朽的中国古典名著以瓷板画这种全新的艺术形式传世，将这部巨著里里外外人物的绝代风华永恒定格在这千年瓷板上，永久流传。

　　《瓷绘全本红楼梦》的完成，让裴永中内心归于宁静。追梦已成，他历尽千辛万苦攀登到了山顶，享受着满心的充实与喜悦。此刻，险峰之上的无限风光也随之映入眼帘。

相遇知己　更上层楼

　　裴永中创作完成的《瓷绘全本红楼梦》在社会上尤其是在陶瓷绘画艺术的专业领域引起了极大的轰动。裴永中的"贵人"程法光先生5年以来一直关注支持裴永中创作，担任了全套作品的整体策划，并亲自为每幅瓷板画撰写说明词。为了让这套精美的艺术品能够以最中国、最传统、最美的形式展现在众人面前，他让侄儿程文水斥资请著名明清家具设计大师伍炳亮先生专为这套作品设计大叶紫檀屏风，将245块宽76厘米、高56厘米的瓷板画逐幅镶嵌在上方，形成了245面宽1米，高1.5米的屏风。屏风紫檀木双面雕花，优雅深沉，与瓷板画珠联璧合，程法光先生以隶书书法撰写的说明词阳雕于瓷板画下方，与屏风整体相得益彰地展示了中国传统文化里瓷、书、画、雕等独特艺术的极致精美。人们闻讯后争相观摩，许多《红楼梦》的痴迷读者更是一传十十传百地蜂拥而至。

　　中国陶瓷艺术界都被震动了，裴永中多年积累的功底完美地呈现在世人面前，他为陶瓷艺术界争了大光，行业对他和他的作品高度认可，荣誉纷至沓来。《瓷绘全本红楼梦》获得第八届"百花杯"中国工艺美术精品金奖；在第五届2008奥林匹克之旅中华民族艺术珍品文化节上被评为"中华民族艺术珍品"并获得金奖。

　　裴永中和他的作品也得到了社会各界的高度认可，他实现了几年前要为北京奥运献礼的诺言，为这场万众瞩目的赛事献上了一份独特的厚礼。《瓷绘全本红楼梦》在北京天雅古玩城展出，向世界展示了中华民族传统文化的深厚底蕴，展现了我们民族工艺的高超水准。作品还得到华国锋、李铁映、李岚清等前国家领导人的高度赞扬并为之题字，充分鼓励展现中华民族文化自信的精品力作。2008年，裴永中参加了道德楷模新年座谈会，在人民大会堂被授予"职业道德楷模"奖章。

　　2009年，裴永中历时5年绘制的《瓷绘全本红楼梦》系列瓷板画成功通过英国吉尼斯认证，创造了世界上最长屏风的纪录。《正大综艺》节目组对该作品获得认证的盛况进行现场录制，对裴永中的创作成就进行了报道。节目一经在中央电视台播出，再次掀起了人们争相观赏《瓷绘全本红楼梦》展览的热潮。裴永中也深切地体会到自己仿佛是初到北京的那只"井底之蛙"真的插上了翅膀，飞跃了高山大海，站在聚光灯下，得到了世人的瞩目。

　　得到世人瞩目的裴永中并没有因为聚光灯的耀眼而自满，他创作《瓷绘全本红楼梦》的几年中，对《红楼梦》原著反复研读，对人生对世界有了新的认知和变化。"世人都晓神仙好，惟有功名忘不了，古今将相在何方，荒冢一堆草没了……"他不再那么追求外表的光鲜和亮丽，更愿沉下心来为热爱而作画；他不想执着于得到名利，更愿淡泊自在地善良付出；他不会将眼下的成功视作人生顶点，在追求艺术的漫漫长路上，他将上下而求索。他依然会时时想起齐白石老人追

裴永中获得吉尼斯纪录认证

求艺术发展的人生路，白石老人50岁以前精于工笔，把小虾小虫都画得细到触须，而70岁以后，他会在从前自己的画作上再补上大写意，大开大合之间，让整个画面更加气度不凡，充满了人生回望的哲理。已到不惑之年的裴永中清楚地知道自己仍然要继续学习和努力，继续在陶瓷绘画的艺术和技术上不断创新，日臻完善。他决定投身大自然，受聘于吉林向海自然保护区，担任艺术总监。

裴永中事业发展蒸蒸日上的时候，一双儿女也在他的呵护下长大，先后考上大学。不需要贴身照顾孩子后，他便一边继续作画，一边又重新考入景德镇陶瓷学院，继续艺术设计专业的系统学习，经过4年的来回奔波，他以优秀的成绩拿到了学士学位。许多人不理解：都已经那么高的造诣了，还要辛苦上学干什么？裴永中心里却明白，18岁起就做工艺的自己，如果永远只在技艺上重复，总有一块"缺失"，难以突破自我。10年前在陶瓷学院的进修帮他打开的视野和弥补的"缺失"让他受益多年，而今，他迫切地需要再一次"回炉"，最美的瓷板画往往都是多次绘画、反复烧制的结果。

在景德镇陶瓷学院再次学习的几年里，裴永中经过系统学习和恩师指点后，他的创作更加偏重于中国画方向，不仅有工笔，也注重写意；不仅有国画，也注重书法。裴永中以自己永远的偶像、著名绘画大师齐白石为原型创作了瓷板画《白石老人》，这幅写实主义作品采用了粉彩新彩相结合的工艺，并运用了中国画中的线描手法，老人目光深邃，黑色的背景衬托着白石老人沧桑的面容和花白的胡须，展示了一代绘画大师的风采，也实现了裴永中心底由来已久的一个愿望。这个阶段，他的代表作《白石老人》《新年》《心房》《儒·佛·道》陆续入展全国和国际的各种陶瓷艺术展览，获得了多个奖项。2011年经评审，他被授予"吉林省工艺美术大师"荣誉称号。

在东北期间，他与张玉东老师结识，张玉东老师不仅关心裴永中的事业发展，也非常关心他的个人生活。2010年，张玉东为裴永中和已故鲁迅美术学院赵殿邦教授的女儿赵耕牵线搭桥，想促成一段良缘。赵耕从小在鲁迅美术学院里长大，无论是在家庭环境还是教育环境中都深受艺术的熏陶。父亲生前主要讲授中国美术，精通中西方绘画研究，曾经建立了东北三省第一个解剖教研室，也是中国第一位开展美术录像教学的教授。赵耕习惯了在父亲严格的要求下画画，也习惯了鲁美来来往往的名师画家指点，大学、研究生都在鲁迅美术学院念书，毕业以后在鲁迅美术学院当老师，美术功底深厚而不自知，艺术品位要求高也不自知，一切都顺顺利利得理所当然。姑娘大了对于婚事从不着急，一定要找到一位美术造诣高且情投意合的人才能考虑恋爱之事，这可急坏了一旁的母亲。张玉东老师牵线介绍，说裴永中如何热爱美术，如何创作了《瓷绘全本红楼梦》，如何获得了吉尼斯纪录……赵耕笑："吉尼斯纪录有啥了不起，什么怪纪录都有！"也不打算见裴永中。赵妈妈说："你不是说一定要找个学美术的吗？你看看人家的作品，如果觉得还合适，就先留个电话联系联系吧。"赵耕拗不过妈妈，就存了电话。裴永中在老师的"教导"下，主动联系赵耕，每天短信讨论艺术创作，畅想人生。一来二往后终于打动了"芳心"，赵耕同意了对他开放QQ聊天，有了声音和视频的联系，这样又沟通了几个月，彼此都觉得志同道合、情投意合。"文友"和"网友"都快半年了，吉林省推举裴永中为省工艺美术大师，裴永中借评选之便，辗转到沈阳向赵耕提出见面，赵耕终于同意了。

裴永中第一次见赵耕，就去拜见了赵妈妈，一切都超乎寻常的顺利。也真是天赐良缘，在别人眼中"高傲"的赵耕，对裴永中一见倾心，她毫不介意他曾经的婚姻和孩子，愿意下嫁于裴永中。裴永中一生追求学问，向往美术殿堂里学院派的优越环境与条件，这次他以艺术"野战军"的身份赢得了学院派"正规军"的认可，无比的骄傲和幸福！

赵耕是个爽朗大气的东北女孩，用裴永中的话说："她很像《红楼梦》里的史湘云，是我最喜欢的女孩类型，天真无邪、善良可爱，在任何环境下都大大咧咧的乐观开朗。"赵耕在裴永中的邀请下，到他北京和景德镇工作生活的地方都去看了，更加坚定了和他一起携手人生路的决心。裴永中的儿女也很喜欢赵耕。赵耕回到沈阳，就默默地办好了辞职手续，嫁给裴永中，并随他到景德镇共同生活，共同艺术创作。对于赵耕的辞职，裴永中万分惊讶，鲁迅美术学院的老师，是多少人梦寐以求的职业啊！但是他又特别特别的感动，这个大大咧咧的女孩，就这样不管不顾地奔他而来了。

从此，有了赵耕的全力支持和扶助，裴永中生活甜美幸福，追求艺术发展的路上更加心无旁骛。他潜心绘画，对中国画在工笔和写意上都深入钻研，尤其是在擅长结构与构图的赵耕的帮助下，他对人物结构的理解有了飞跃的进步，在结合东西方绘画特点进行创作方面又有了大的提升。在瓷绘的技艺方面，他从第一个10年以新彩肖像为主，到第二个10年以粉彩人物为主，到这个时期进入第三个10年，则以颜色釉为主了。

颜色釉瓷，是指在瓷器的釉料中掺入不同的金属氧化物，从而使釉料在不同的温度及焰性中呈现出不同的色泽。颜色釉瓷在中国古陶瓷中占有相当重要的地位，它不仅被广泛使用于民间日用器和陈设器，有的还被严格地使用于封建朝廷的日常生活和祭祀活动。在我国历史上，差不多每一个时代都有颜色釉的代表作品，如宋代的青瓷釉和均红釉，明代宣德年间的男红，清康熙年间的郎窑红和桃花片，乾隆年间的窑变花颗、乌金釉、茶叶末等，都是驰名中外的颜色釉品。唐代诗人陆龟蒙的《秘色越器》诗写道："九秋风露越窑开，夺得千峰翠色来。""千峰翠色"4个字十分形象地概括了越窑青瓷釉的艺术特点。晚唐五代间诗人徐寅有《贡余秘色茶盏》诗："巧剂明月染春水，轻旋薄冰盛绿云。古镜破苔当席上，嫩荷涵露别江渍。" 诗人用"明月""薄冰""古镜""嫩荷"等富有诗意的意象，形象地歌颂了秘色青瓷釉的美丽。当代颜色釉的制釉技术更加多元化，颜色釉与陶瓷的结合，在不脱离传统的基础上，又具备了时尚的元素，很符合现代瓷板画收藏者的审美。

裴永中巧妙地将自己的作品以单色釉、复色釉、窑变釉，还有开片及结晶釉等多种方式进行呈现表达，创作上变化无穷，作品也丰富有趣。他熟练运用这些颜色釉设计出美轮美奂的陶瓷画，经常出现意想不到的艺术效果，让人惊叹。他也反复探索在釉上颜色釉瓷器上再创作和在釉下泥坯上用颜色釉作为颜料来创作两种创作技法，烧制出来的瓷器各有特色，魅力各有千秋。裴永中创作出一批高质量的颜色釉瓷板画代表作：《颜色釉佛光普照》《颜色釉石猴观海》《釉上新彩加粉彩大闹天宫》《釉上新彩加粉彩金陵十二钗》《颜色釉千手观音》《颜色釉大美无言》……为人们带来耳目一新的美。他把敦煌的壁画做成颜色釉瓷板画，期望能留住这千年的美："这样的瓷板画可以与地球同存，即便是沉在海底长年被海水侵蚀，也不改色彩的艳丽。"他非常希望能以自己的努力，将中华民族优秀的文化遗产继承、保存并发扬光大。

裴永中的努力被更多人看到了，他获得了政府、社会、专业、行业等多方面的肯定和支持，现在已经是中国工艺美术大师，中国工美行业艺术大师，中国工艺美术协会常务理事，广东省工艺美术研究所研究员，深圳市工艺美术协会艺术顾问，深圳永中创艺有限责任公司董事长，深圳市高层次专业人才，国家级领军人才，"深圳市龙岗区佳得宝文化艺术馆"艺术顾问，"深圳市裴笳西原生态艺术有限公司"艺术总监；深圳市工美文化创意研究院高级研究员、景德镇裴永中艺术馆副馆长……许多地方向裴永中伸出了橄榄枝。

2020年，习近平总书记在深圳经济特区建立40周年庆祝大会上强调，"要加强公共文化设施建设，推动文化产业高质量发展，更好满足人民精神文化生活新期待"。深圳市福田区对文化加大投入，修订完善文化产业资金支持政策体系，形成了《深圳市福田区支持文化旅游体育产业发展若干政策》等支持政策，加大对文化产业的扶持和对工艺美术行业的重视，率先引进了裴永中等3位中国

裴永中在深圳福田中国工艺美术大师微展厅里

工艺美术大师,将工作室落户文化创意产业园,并提供各种补贴和行业发展指导。裴永中感受到深圳敞开怀抱欢迎他的温暖,经过了深思熟虑后,和赵耕携幼女裴子琳来到深圳,把家安放于此,把艺术发展的未来放在了深圳。

　　裴永中一家人都喜欢深圳。他小小年纪起就喜爱画画,年少时就将自己托付给了陶瓷绘画艺术,转眼已30余年。在瓷板上,他将无数人物的绝代风华永恒地定格。那里有他追求了一生的梦想,有他坚持的上下求索。他坦言,依然还有要追的梦,他希望能有机会建一座陶瓷博物馆,向世界展示中国陶瓷永恒的美。

　　就在裴永中眼里闪烁着光芒说起自己梦想的时候,窗边的工作台前,小子琳已经画好了一幅画,那五彩斑斓的图画里,分明是又一个少年追梦的起点。

深圳匠魂

伍辉

深圳匠魂

高级工艺美术师。曾荣获广东省工艺美术大师、广东省人民政府优秀创新一等奖、深圳市非物质文化遗产保护专家、深圳市高层次人才、广东省工艺美术大师政府专项津贴等荣誉。从业34年来不断提高自身玉石雕刻手艺及专业知识，刻苦钻研，对产品精雕细琢，精益求精，在创新方面积极汲取新鲜创意及血液，融入产品创作中。多年来创作产品300多件，荣获国家级荣誉奖项的产品有近30项，并有10件作品获得国家专利，为公司创造了良好的经济效益和社会效益。在人才培养方面，共带徒弟12人，有5人获初、中级工艺美术师职称。

手造天工出神形
——玉雕工艺美术师伍辉掠影

海 舒

说到坊,自然联想到工匠。这个古老的称谓,会带给人们敬佩、称道还有一丝隐隐神秘的好奇感。走进伍辉的"美玉工坊",心的律动由急渐缓,不过多时,便落进了平常想而不得的沉静。说不清楚是因为玉器引发了内心幽古的回眸,还是对纯美顶礼的虔诚,之前对玉的种种认知,在此刻都陷于愚稚肤浅的自臆,只剩下强掩木讷的失常表情。直到被引入茶室,落座后才稍稍平静下来。与伍辉相对而坐,这才正视到眼前的这位玉雕名家和常人不一样的神情,一双睿智的眼睛极富穿透力,言语表达也是平和中不乏思维缜密的气态,谦和而致雅的举止是伍辉给我的第一印象。面对这位被誉为"鹏城工匠"的高级工艺美术师、广东省工艺美术大师,自然从他的专长聊起。

玉 见

伍辉,1962年出生于湖北武汉,1980年进入武汉二轻技校学习玉石雕刻,随后就读于武汉市二轻职工大学学习工艺美术专业,主攻人物、动物及摆件雕刻。毕业后进入武汉玉器厂工作，1986年，抽调回武汉二轻技校任雕塑教师，1988年回玉器厂从事玉雕设计及制作并带徒传艺。不论是那个年代特有的人生轨迹，还是命中当有这样的境地，伍辉的成长成功，都深深留下了顺应国家改革开放蓬勃发展的时代烙印。起初是为了生存而参加工作，经历过20世纪七八十年代的人，那时有份固定工作意味着衣食无忧。由于历史原因，一代人都错过了上大学的机会，这只是其一。具体到每一个人身上则各自不同，虽说过着差不多均等的日子，却也不乏有追求的人为梦想孜孜以求，打破惯常，以一技之长博得"人中龙凤"。刚上技校时的伍辉，和他的同学们一样，只是为了学成之后能捧上"铁饭碗"，不承想拿起雕刻刀，就再也放不下了。与别人不同的是，连他自己都说不清楚的"天分"，让他不愿去循规蹈矩，把一些奇思妙想付诸行动，雕刻出来的东西摆脱了僵硬的呆滞之感，显露出"情理之中却意料之外"的艺术效果。雕于匠工，而意于灵动，这大概就是一般匠人与大师的区别。

　　伍辉的工艺美术大师之路大致分为4个阶段：1980—1993年，开始玉雕学习，由西方美术入手学习素描雕塑，同时学习中国传统的白描和玉石雕刻技巧，这期间作品主要以手工雕刻为主，题材基本是中国传统神话与民间故事为主，后期开始突破创新；1993—2000年，在北京珠宝首饰公司做仿制古玉，以玉石翡翠雕件为主，对玉雕有了进一步了解，学习了一些传统的玉雕手法；2000—2013年，和朋友创立玉松源玉石礼品有限公司，开创新玉石工艺，打破传统玉雕的模式，从设计理念到生产管理模式全部突破，将玉石雕刻延伸至新兴行业，做到玉石礼品类全国第一的品牌；2013年至今，成立个人工作室，产品更倾向小型实用精品化小批量的珠宝等礼品，创作理念是让玉雕产品能更贴近生活，服务生活，让更多人能感受到和品味中国传统玉石文化的独到魅力。40余载的玉雕工艺生涯，刻刀下的人仙神往，纵横于传统与时代的文化继承与创新，矢志不渝，力求突破，以至人已花甲，依旧痴心无悔，与时俱进，沉醉于开拓玉雕发展的新路径。

回望过去，伍辉颇有一番感慨。刚开始接触玉雕时，他对玉的认知和大多数人一样，流于"黄金有价玉无价"的说道中，不得真谛其解，只觉得从古到今，拥有玉器者非官即贵，就算零散民间的玉器，也都被赋予来路离奇的故事传说。当他第一次手握刻刀去雕琢时，感觉手中就是一块石头，比之前见到过的任何石头要昂贵，因为稀有，所以成了专门雕琢它的行当。古代官方玉雕的地方叫"造办处"，民间称为制玉作坊，1949年以后叫玉雕厂或者工艺美术厂。伍辉技校毕业后，按当时国家统筹的就业方向，被分配到武汉玉雕厂工作。由于上技校时学习扎实用功，特别在技能基础专业课下足了功夫，技术要点谙熟于心，美术绘画方面也略有见长，所以进厂后，他比一起来的其他人上手快。虽说比不了那些工作经验丰富的师傅们，但做起来有模有样。因为湖北盛产绿松石，当时武汉玉雕厂的主打产品是绿松石生产的工艺美术品。伍辉的雕刻技艺自然是从雕刻绿松石开始。绿松石虽

1985年，伍辉到北京玉器厂参观学习

称为玉石，但与新疆和田玉和云南碧玉等常见的不同，没有其他玉石的透感。从事绿松石雕刻，首先要会"相石"，看瓷度、看净度，根据石料的质地高低，再去考虑适于雕刻的器物种类。一般的雕刻工匠是遇石便雕，只要做成器物即可，大师遇到一块石料从不轻易下手，"相石"的过程或长或短，有时会"相"上几年。厂里的雕刻前辈每次"相石"，伍辉都跟在一旁听和看，师傅发现他和别的年轻人不一样，自然也明白他的意图，对他是有问必答，也会主动给他讲解一些门道。几年下来，伍辉的雕工已经能和早于他出师的师兄们一较高下，有些方面还技高一筹。1989年，玉雕《黄鹤楼的传说》获得湖北省政府颁发的"优秀创新一等奖"，使他一跃成为同时进厂青工中的佼佼者。紧接着又在1990年，以绿松石雕《泉》获国家轻工业部中国工艺美术品百花奖"优秀新产品设计制作一等奖"。鉴于他技艺超群，厂里安排他从事玉雕设计，并在玉雕制作上带徒传艺。

1993年离开武汉玉雕厂之后，伍辉先后在国内的北京、广州以及海外的缅甸等地工作和学习。在北京珠宝首饰公司，他开始做仿制古玉，以玉石翡翠雕件为主。这与之前在武汉玉雕厂的工作虽有异曲同工之处，也不尽然一致，翡翠玉石与绿松石在因材施艺上有所不同，况且雕刻的物件是仿古玉器。换句话说，每一件玉雕都有特定参照物，只求仿制逼真，工艺精湛，几乎没有自我创意发挥的空间。而且每一块玉料也是依照所仿原件的质地、色泽、大致形体提供给雕刻师，要求雕刻使用传统技法，以古仿古，充分体现出玉雕乃手造之物，显稀有之尊。虽然那时的伍辉已是有相当水平的玉器雕刻技师，在传统玉雕技法上，还是有些生疏感，下刀的力度劲道都要随玉石的硬度调整原有的雕刻惯性，对每一块石料应该表达出来的温润、华丽、雍容皆有近乎极致的体现。刚接手这项工作时，伍辉并没有想太多，就觉得人家请他来，自然对他的技能是了解的，知道他有驾驭这份工作的能力。通过几天对正在仿制古玉技师们工作的观摩，一是熟悉环境，二来为进入角色调整心绪。这俗话说得好，外行看热闹，内行看门道，见识了这些技师们的雕工，伍辉心里大致有了底，也闪过一丝忐忑。古代玉石雕刻的传统技法分别有钻孔、刻线、镂空、减底、隐起、掏膛等，且都是使用手造之能，凸显浅浮雕、薄浮雕、高浮雕的视觉效果。和现在半机器半人工雕刻的器物相比，所展现的厚重感、神秘感、不可复制感产生的心理冲击力，均已达到足以令人震撼的程度。面对这些精美绝伦的玉雕器件，没有人敢妄言超越，伍辉的那一丝忐忑随之应验了。他开始俯下身沉下心，向有经验的雕刻师学习，毕竟当时刚过而立之年，风华正茂，精力旺盛，还有与生俱来的天赋灵性，很快掌握了雕刻的传统技法。

他尝到了在学习中成长的甜头，接下来跟着经验丰富的前辈学习识玉、鉴玉、品玉，对玉雕石料有了进一步的了解，特别是翡翠玉石。虽说翡翠也属玉石品种，但与其他玉石品种有3个不同，即范畴不同、硬度不同、光泽不同。翡翠是玉石中最具代表性的硬玉，其呈现出明亮的玻璃光泽，而别的玉石呈现的则是油脂光泽或蜡状光泽。在北京的几年中，伍辉的大部分工作是刻翡翠雕件，也正是这几年，让他练出了"硬功夫"。他的全部获奖雕刻作品中，百分之六十以上都是翡翠雕件。仿制古玉的工作之外，伍辉的自创作品立意独特，雕工灵动，题材广泛，既有对古典的传承，又不乏富有时代气息的创新，神话传说、诗词意境、实用器物、配饰挂件等等都有涉猎，艺术表达形式或写实、或夸张、或暗喻、或魔幻，有妙趣横生、也有庄严凝重，充满着民族自豪感，将传统玉雕工艺发挥到了一个新高度。

和所有造诣深厚的工匠一样,伍辉不但具备执着、敬业、勤勉、谦虚和务实的品格,还有打破陈规勇于创新的冲劲。忍人所不能忍的寂苦寡淡,是每一个走向成功的人所必经的奋斗历程。20纪90年代,这是改革开放第一阶段的转折时期,经济强劲复苏的市场环境掀起的"下海"潮,一度改变了中国人长期依赖"铁饭碗"的生存格局。观念转变猛地触动了更多人向往美好的兴奋点,于是纷纷各显其能无所不及。而这个时候的伍辉,依旧不为所动,在北京珠宝首饰公司仿制古玉的工作间,潜心于手造玉雕技法的传承,大有"眼耳不闻窗外事,一心只读圣贤书"的定力。他在心里有一种自我评定尺度,艺不精难行天下,市场经济的快速发展,必将迎来一个前所未有的盛世,若不练就一手过硬的技能,就不可能适应人们富起来的精神需求。在满足了物质生活的同时,势必形成一个精神需求的庞大市场。那到时不怕因价格高而有行无市,就怕拿不出像样的东西满足日益高涨的购买热情。而玉雕制品的市场呈现,也就随之由小众向大众推演。伍辉看准了这个难得的机遇,在局面没有形成之前,完善自身的工匠之能,找准目标,厚积薄发,才有可能满足众生所需的精神文化需求。不论是干冷的严冬,还是燥热的酷夏,伍辉那颗沉静下来的心,不为浮尘所动,刻刀在他手中行云流水,刀尖飞雪,刀刃听瀿,一件件复如光阴荏苒的仿制古玉器件似仿非仿,幽然之感给人以身在此山外心在此山中的审美期待。

在中国传统的社会认知里,玉乃权贵专属之物,其象征意义不言而喻。几乎所有的重大考古中,都有玉器作为随葬品被发掘出来,给玉烙上了一种特有的符号,无意中划定了玉的归属阶层。社会学意义上物质存在论述,不等同于文化范畴的心理衍生,玉的本真里,

伍辉个人作品

有体现中华民族刻入骨髓的审美意愿，比如含蓄、吉兆、纯洁等。玉不雕不成器，自然刻制玉雕的人便是懂玉的人。从古到今，坊间有玉随缘一说，至于人和玉的机缘有天意之说、命里之说，言下之意玉乃天造地设之物，内涵神谕才得人玉奇缘。雕玉成器的人和佩玉玩玉的人，玉见为始，见即遇、即释、即念，且有机缘暗合之意，没有想得随得、说弃便弃的可能。若与玉无缘，哪怕勉强收入囊中，大多是得而复失，再不就是碎为残砾，抑或招致厄运。这听起来莫名其妙的俚述，出处无考，却信者遍在。刻玉的人和玩玉的人都能领会到玉的这种"魔性"，且只能意会，从不言表，仿佛玉贯通了人的内敛之气，疏开运道，佑护顺安。玉见者，尤其雕玉成器者，身上都隐喻出向美之意，渗透着中国传统文化的儒雅风范。在我见过的工艺美术大师中，伍辉不是那种显露太重"匠气"而沉迷去往的人，他偏爱使用跳跃性思维进行玉雕设计，淡化玉器作为奢侈品的主观表达，着重人文展现，突出传统文化中的多元合一，创新一器多用。近年来，他的玉雕设计获得多项国家专利，一直是深圳玉雕行业的领军人物。

玉雕作品的传神之处来自诸多成因，雕刻家面对一块玉料，观其形色和质地，度其体量之后，在自身的知识储备和创作灵感驱使下，去寻找最为恰如其分的表达。这时候对玉料的客观关照和主观审视会产生一系列幻思，从而进行构图和遴选，最终找到作品所要展现的物象。伍辉的玉雕作品给人以从容的审美愉悦，"刻痕"不那么"匠"，仿佛手造之工与玉料的天然形态在无意中重叠。他的一件冰黄玉料的雕刻作品《推敲》，选题唐代诗人贾岛《题李凝幽居》中的意境，静中有动，简中取精，外形依璞石随形，仅简勾几划，利用玉表的黄彩迅速勾勒出夜幕垂云之感，小径、山石等诸多前景依玉料本身水种纹理顺势而为，淡化雕琢痕迹，以国画写意的风格，进一步渲染出"鸟宿池边树"的宁静之感；渐入佳境后，突然施以圆雕、镂雕、透雕等多种技法，详尽刻画"僧敲月下门"的动感形态。刀随意动，破立有序，如静水兴波凸显出万籁俱静中的一声清脆之音，画境、诗境悄然一体，雕琢技法娴熟、绘画语言应用恰当，堪称玉雕典范，是一件不可多得的玉雕工艺臻品。这件作品体现了伍辉对古典诗词早已谙熟于心，以致敬古典的欣然之感，泼墨写意的空灵之态，把不同表达形式的艺术通感演绎到美妙绝伦。

伍辉的玉雕作品创作，贯穿着"静中有动、动中显静"相平行的审美趣味，诱人其中流连忘返。此番玉见，可以从一位工艺美术大师身上，汲取玉文化在中华泱泱五千年文明进程生生不息的精神所在；同时，也发自内心叹喟，身处我们这个伟大的时代，以励志图新姿态，传承和弘扬文脉绵长的传统文化，用玉的静雅涵养，展东方之仪美，颂国运之昌盛。两千多年前的爱国诗人屈原在他的《九歌》里这样描述："吉日兮辰良，穆将愉兮上皇；抚长剑兮玉珥，璆将鸣兮琳琅；瑶席兮玉瑱，盍将把兮琼芳……"我们的先人一直把玉视为高于物质的超然存在，赋予其神性，释怀与天人兼备此物的至高无上，敬畏之心可见一斑。虽然我们没有前人那些玄臆之恻，却也不乏秘而不宣的崇尚心理挂怀，只是不把它说破了，生怕冒犯了某种神秘的禁忌，失了爱玉之初衷。玉见，即缘、即祥、即显天下太平。

玉 相

识玉之人，无机缘而不遇。天然造化与造物主给人的一颗心的际遇，不生可期的念头，也不是神谕所指，按通常人的说法，就是命里该当。在我接触的为数不多的工艺美术大师中，直觉上他们都"挂相"，起初还自嘲被玄化了。而真正了解了他们之后，顿悟到这个问题不可知无须知，有点像禅。在伍辉的"美玉工坊"最里面的茶室，茗香缭绕中，品茶聊玉，相人相玉。从他的言谈中，我速学了一些和玉相关的常识，虽限于皮毛，却不影响引申话题。2000年伍辉结束了在北京雕刻仿制古玉的工作，南下深圳，与朋友一起创立了玉松源玉石礼品有限公司。从2000—2013年的13年间，借助深圳毗邻港澳的区位优势，使出自身雕刻技能，瞄准市场需求全面发力。他大胆开创新玉石工艺，打破传统玉雕的模式，从设计理念到生产管理模式全部突破，将玉石雕刻延伸至新兴行业，做到玉石礼品类全国第一的品牌。与此同时，伍辉的玉雕作品也是厚积薄发，先后有几十件玉雕作品在国家、省、市级各类工艺美术作品评选和比赛中获奖。他在2006年获得广东省高级工艺美术师职称；2009年被评为广东省工艺美术大师；2010年获得深圳市高层次专业人才证书，被评为地方级领军人物；2011年获广东省工艺美术大师政府专项津贴；2011年被聘请为深圳市工艺美术行业协会监事会监事；2013年特聘为深圳市非物质文化遗产保护专家。可以说，这是伍辉入行玉雕工作以来达到的第一个创作高峰。与他的攀谈中，不时回味何为识玉之人探究，从伍辉说玉时的神态、语调和不易捕捉的潜意识流露出的表情里，感知到一股强势文化发出的隐形波长，瞬间明白了什么叫"道行"。

《渔夫的故事》是一件老坑三彩玉料雕刻的摆件，其构思的鲜活，选题绝巧，恰好利用了这块玉料中种色俱佳的点翠，材质甚为不可多得的上乘。无论是人物表情、须发还是衣袂的肌理与色泽都得到了完美的体现，最大限度地保留了玉料原有的天工造化之神韵。更为重要的是，大量保留的精美红玉，被伍辉以精妙的雕刻手法，恰到好处的皮色借用，发挥出画龙点睛的奇效，构成了玉雕技法中典型的人工与天工的完美结合。而寻得这块宝玉时，伍辉把它放在案头，时不时瞄上一眼，像初恋的年轻人不好意思直愣愣盯着对方看，又满心的放不下，其实是在暗中揣摩，该如何猎取对方的芳心，那番滋味堪比煎熬，却乐于其中而不舍。直到计上心来眼前一亮，一幅中国版的《渔夫的故事》画面浮现在玉料上，难以掩饰那种抱得美人归的喜悦之情。随后的精雕细琢，让伍辉沉浸在刻刀的纵横里，顾不得什么时间吃饭，什么时候睡觉。艺术的呈现往往就是这样，读不懂的人只看结果，不究其然，不问出处；而读懂它的人，倾注毕生亦不悔。匠人匠心游离了匠气才誉为师，作为工艺美术大

2011年，翡翠雕件《渔夫的故事》获中国玉石器百花奖金奖

师的伍辉，业从玉，艺从念，技从心，其作品在创作中剥离了匠气，如同酿出了一杯淡而又淡的酒，洋溢着纯至魂魄的文化本源。

  玉作为一种物象符号，早已被中国传统文化所浸透，随着岁月更替，不可逆转的时代变迁，特别是改革开放后的几十年间，被传统文化浸透的玉也出落成独到的文化妆容，不再是历史钩沉里权贵深宫的专属。赋予新意的玉成为社会主体消费群的可择之物，承载了众生所需的某种精神依归，延伸出文化回归传统意识反刍。这个时候的玉器，在市场经济背景下，像走红的"角儿"，披上的只是文化的表层，深层意义上的玉文化被金钱挪揄，变成了另一种象征的虚奢。在和伍辉谈及这个话题时，他紧蹙了一下眉头，没有正面作答。片刻缄默过后，他说这个话题太沉重。于是，我们转回他擅长的玉相上。玉相，就是相玉。识玉且将其侍为器不难，而将一件玉雕去"工"存"艺"却能者不多。伍辉是工艺兼得，而且比那些纯"工"纯"艺"的人多了一个层格，那就是他与时俱进的文化格局，将紧跟时代步伐的进取精神付诸行动。为了给传统文化赋予具有现实意义的时代价值，在夹缝里求生存，以"艺"入"工"，以"工"显"艺"，既不失去玉器的艺术本色，又达到满足市场需求的目的。伍辉颇有感触地说，传世的大型玉器都价值高昂，因为玉器制作多因石而异，创作时并无大的构思和设想，多由经验丰富的大师观玉，也就是相玉，根据玉石的质地与纹理，即兴创意，只将构思了然于胸。但是，在具体雕琢时，必须根据玉料的石纹走向，随即改变器型，因为创意再好，雕琢过程中，如遇石质有瑕而不能另辟蹊径的话，只能使玉器品相大打折扣。所以，没有雄厚的财力和卓绝的相玉功底，想在玉雕行业立足，几乎不可能成势，更不要说在市场上有竞争力。由于玉石原料属稀缺资源，伍辉几乎跑遍了国内玉石产地，同时频繁往来于广州和缅甸之间，还远赴巴基斯坦、俄罗斯、阿富汗等国采购玉石。伍辉告诉我，玉料的交易多为璞石，也就是未经开料的玉矿石，以整块石论价。运气好的，有时以平均价购入，打开玉料后，发现原料之地精纯，价值连城。运气不佳的，以重金购入品相很好的玉料，开料后却发现，内部玉质量很差，有的甚至是顽石一方，十余吨大料所能取用的寥寥无几，血本无归。这就形成了一种相玉技法和机缘运气缺一不可的交易形式。千百年来，全世界的玉料买卖，都一直采用着这样极具刺激与传奇色彩的交易方法：相玉，民间又称赌玉。因此，"相玉"一时间占用了他很多时间和精力，但并没有影响他的创作。

玉既是通灵之物，且为天然造化，那么，雕琢玉器的人，则应该具备身于世而心不凡。孔子曰玉有"十德"：君子比德于玉焉，温润而泽，仁也；廉而不刿，义也；垂而不坠，礼也；叩之其声清越，以长其终；诎然乐也；瑕不掩瑜，瑜不掩瑕，忠也；孚君旁达，信也；气如白虹，天也；精神贯于山川，地也；圭璋特达，德也；

天下不贵者，道也。由此而见，识玉的人不但有人玉之缘，没有一定的格局和情怀，是无法将玉的内涵通过雕刻技艺传递出来，并形成一种基于高尚人格的文化认同。作为从事玉雕行业的工艺美术大师，伍辉的人玉之缘从他的作品上即显其涵。尤其他对中国传统文化精髓的深度汲取，用他丰厚的文化知识储备和精湛的雕刻技艺，把玉器的文化历史和玉器的历史价值、艺术价值、实用价值表露得淋漓尽致，令人惊叹虚极静笃间，天人合一、形神合一、人玉合一的极高境界，真乃巧夺天工却不掩天成之妙。在伍辉身上，能感觉到极富人文积淀的哲思流露，一种天人凑合的仪态，都不是靠后天想得而可具的，应该是"命"里与生俱来的。也许有人会说，技艺和学识只靠先天所赐，但没有天赋，再多努力也入不了神启之门。普通匠人和工匠大师的区别就在于此。何况玉文化所承载的独特蕴含，非泛泛之识所能开悟的。在言无不尽的玉文化范畴里，有儒释道、有玄学、哲学、社会学和艺术，以及高层次的审美意识，而在伍辉的言谈和其玉雕作品中，无疑都有了具象的体现。也让我在迷迷糊糊中，心随玉动，眼睛幻来从"赌玉"到雕成玉器的种种场景，暗叹从玉者何其不易，能成为大师更是难上加难。

即便是要具象一件玉雕作品上，伍辉娓娓道来，虽得端倪，却也还在云里雾里。一块老坑冰种玉料雕刻的《刘海戏金蟾》摆件，是一件荣获2011年中国玉石器百花奖铜奖的作品。此玉雕晶莹剔透，刻景琢物，雕形写意，意使刀至，得心应手，雕鸟虫花木琢人物走兽而不为力拙困扰，念山得山，想水水来，就是拥有这一特质的典型性作品。近乎毫米级的长发飞舞与生动的人物表情以及动作形体呼应，将一个"戏"字刻画得淋漓尽致，非"刀随意动"而不可为。刘海憨态可掬，双手环抱，一串金钱在手，一揽金蟾在侧，剔透的冰白与几缕红彩让人物从环境中脱颖而出；蛙首的渐变，配合金蟾惟妙惟肖的神态，将那种斗气与顺从交织似又夹杂几分从道求果的复杂表现得极为传神。流云飞蝠，寿山硕果皆随形俏色，精良的材质上巧妙施艺又不着痕迹，给人以自然天成的感觉。问及开璞石得此玉的瞬间感受时，伍辉只说是运气，至于经验之类的话只字未提。但我隐隐觉得，他忽略机缘之说，取其彼此意会，凭的是一股内敛之气，以谦逊拟作与天地共鸣的留白。或许，达此境界者，方能入玉雕艺术家之列。

用现代文化意识付诸传统玉雕作品的阐释，是基于玉雕工艺美术品由以往深宫权贵的专属变为人人都可拥有的众生所需之物。充满美好寓意的玉雕工艺，积淀着中华民族千百年的精神共鸣，置身新的时代，以发展经济为中心的社会形态创造了多姿多彩的生活，同时，也唤醒了人们寻找心灵归属感的冀待。玉器的文化属性恰好承载了这种社会心理眷顾，随之而来的是市场需求，玉器迎来了华丽转身的发展机遇。伍辉是一个善于挑战自我的人，他抓住了这个大好时机，调整了玉器以次第而分行业认知，遵从人们对玉器的传统思维依赖，以"古为今用"的务实方法，设计制作市场喜闻乐见、又能启迪传统文化带来心灵教化的玉雕工艺品。虽然玉器市场有了很大规模，社会消费热情日益高涨，但玉器受其原料来源的限制，不能像普通消费品那样量产，即便有一定数量的璞石存量，也不可能雕刻出两个一模一样的玉器。这就要求玉雕工艺美术设计先相玉，再进行玉器形体、寓意等诸多成因的构思。在玉雕设计上，伍辉独具风格，尤其在走向市场的玉雕工艺品设计，出新出奇，不落俗套，小至随身饰物，大到仿古宝剑等，至今已有20多款设计获得国家专利。伍辉不仅是一位工艺美术大师，还是一位玉雕工艺品市场运

2014年，翡翠雕件《九鲤献宝》获中国工艺美术文化创意奖金奖

作的策划师，在忙碌于产品开发、组织生产、市场运营的同时，也是精品频出，除了以上介绍的《渔夫的故事》《刘海戏金蟾》《推敲》之外，《归》《杏花村》《雨过荷塘》《佛手》《人生如意》《源》等作品，都堪称博物馆级别的臻品。

　　博学是伍辉作为工艺美术大师的又一标签。特别是传统文化方面，在他的玉雕作品中得到了充分的显现。据经引典，面对一块玉料的形状、色泽、质地等客观因素，从浩瀚的历史精神遗存中搜寻适宜于创作的对应，这非一般匠人所能达到的高度。如果说相玉靠的是运气，那么，给玉雕作品赋予精准形象的文化内涵，恐怕就不是那么简单的事情了。要掌握从有玉器开始的几千年文字记载，且能谙熟于心，用时祭出，可想而知需要多么强大的记忆力。更为可贵的是，伍辉对传统文化"沉"而不"迷"、"用"而不"僵"，体现在雕刻中即有了作品的鲜活性。他每一件玉雕作品在蕴意的出处，都留有所援引典故的积极元素，再拓展至现代社会审美必需的参照空间。比如以"诚信之宝""喜上眉梢""步步高升""盛世吉祥""我心永恒"等玉器，都表达了赞美时代、向往幸福、寄寓希望的心愿，显示了他作为工艺美术大师的社会责任与担当。一尊《如意天行》和田碧玉雕刻，以天马行空、气宇轩昂、引颈长嘶、四蹄翻飞的腾跃之态活灵活现；口唇上方下圆，两耳竖立，双目炯炯，颇有桀骜不羁之状。自古天马即是神龙，喻作贤才。以玉为天马，即是马中之龙、人中之雄。所以，这匹玉奔马又象征君子之强，顺天应时，可当抟扶摇羊角而上者九万里，绝云气，负青天，其志凌云，呈现一派"天高海阔，任我独行"的豪迈气象。而天马肩胛处镌刻缠枝牡丹，则取牡丹不遵武则天冬日绽放之令特立独行乃百花之王的典故，喻"富贵不能淫，威武不能屈"，乃发胸中块垒，展纵横之精神。选和田碧玉为雕刻材料，是因为和田玉质地温润，致密坚硬，孕育于山川，为天地之精华，是中国五大名玉之一。其色泽古朴，有穿越之观感，《说文解字》称之为玉者王也。伍辉在这件作品里，融入了大量传统文化元素，玉的色泽和器型、飞马的神态，仿佛把人带进了远古的青铜时代；牡丹缠枝又引出百花之王的典故，同时表达了中华民族崇仰的龙马精神，达到了时空叠加、人心所向的艺术效果。

都说有修为的人极富佛性，其实不然。起码在伍辉身上，佛性只是他性格辅助的一种表达，更多的是他为我而不我，不我也有我的哲思。与他相对而坐的几个小时中，我试图尽可能从多角度去透视他的成功秘诀，解读他居于何等层格上的文化密码。这绝非好奇，也不是职业习惯的下意识行为，而是欣赏过他的玉雕作品，发现与以往见到过，不管是工艺品展会上，博物馆的馆藏玉器上，或是时下珠宝店里类似的器物，都有不同之处。只是具体说来，一时找不到与之可比较的依据。抑或是伍辉已达到了人玉合一，不能用人玉二元的思维方式将其分置而论。可以说，伍辉是我采访过的工匠当中，最难从性格上去归纳的人。既不能以城府框言，也不能以另类而视之，因为在他身上那种角色叠加的存在，很难用语言复述。但他谦和、专注、有思想、勇创新的精神风貌深深打动了我。他的玉雕作品传达出来的文化蕴涵，有着我们这个时代值得弘扬的民族自豪感和催人奋进的精神力量。

玉 美

　　玉器作为工艺美术品，与纯粹的艺术品的区别在于它有一部分实用价值，不像音乐、绘画和文学等艺术种类只带来精神和心灵的愉悦。而玉器从产生以来，就有了它特殊的属性，从它存在的历史脉络来看，它从礼（用作馈赠的礼品），从实（作为器皿使用），从权贵（作为地位权势专属的象征），从艺（文人墨客的品赏之物），从玩（充作掌上物或陈设品）等。进入新时代以来，玉器改变了不同于旧时的附庸关系，充分体现了玉器之美与美好的现实生活相对应的社会价值。伍辉审时度势，很好地抓住了这个机遇，挥其智，施其才，完美将玉器的工艺特质发掘了出来。除了以上介绍过的那些"博物馆级""艺术家级"的玉雕臻品，他铆足了劲儿进行适宜市场的新玉器工艺品开发。2000年之后的20余年中，他设计的新玉器工艺品在行业内外名声大噪，做到了玉石礼品的全国第一品牌。他公司打造的"玉松源"品牌，以精湛的技艺，成就行业领先者。所出品的新玉器产品被国家领导人用作国礼赠送给国际友人，被许多机构和大型知名企业采购收藏，或做高级装饰的陈列品，或作为单位精神象征的镇宅之宝。由此可见，玉美带给人们的社会崇尚心理，体现了我们这个伟大时代，展现出国运亨通、人民幸福的空前盛世。

聊起他的新玉石工艺品，伍辉如数家珍，娓娓道来。说到国礼，会令人叹为仰止，送给外国元首的礼品，首先要体现本国特色，而且是在世界上绝无仅有的无双之物。玉器既能体现中国几千年传统文化所在，也最能表达尊贵之意，不失国体，同时还要表达出与受礼国有交往之谊的内涵等各种要素，方成国礼。伍辉的松源工艺礼品有限公司出品的玉质《围棋》《国际象棋》就被选为国礼，由习近平主席用作国礼，分别赠送给韩国总统和蒙古总统。送给韩国总统玉制围棋，喻义鲜明，择文化同宗，对弈手谈，敲棋品茗，古今多少事，尽付笑谈中。赠与蒙古国总统的玉制国际象棋，暗合中华民族统筹全局，指点江山，胸藏天下，挥师百万的豪迈与智慧。虽说国际象棋起源于4世纪末期的印度，而后随丝绸之路在中世纪传入欧洲并得到很大发展，最终成为世界性体育项目。再看玉制工艺产生的唯美棋身，光滑的体表，流淌着变化万千的视觉感受，灵性的棋子在黑与白的世界里自如穿梭，彰显了尊贵与友谊。2003年，伍辉公司出品的《龙凤壶》《花好月圆》2件玉雕作品，也作为国礼，被时任美国总统的布什先生收藏。2004年，一尊《财富宝鼎》被欧元之父、诺贝尔奖得主、欧洲联盟主席罗伯特·蒙代尔收藏。玉雕工艺品之所以作为传递友谊的国礼，因为玉文化代表着中华文明，汇人文之精髓、纳艺术之精美，高贵典雅，博大精深。

伍辉创作的新工艺玉石礼品一经推出，就在国内引起不同凡响。世界棋圣聂卫平收藏了他们公司出品的《四方围棋》，看到这件作品时便爱不释手，称其为绝世极品。《中华碧玉剑》《玉尊》刚一面世，即刻受到奥运冠军、亚洲飞人刘翔的青睐，当即将2件作品作为收藏品纳入囊中。名人效应产生的引领作用很快蔓延至整个工艺玉器礼品市场，一时间他们公司的产品成了工艺玉石礼品热销的代名词。河南省博物馆首先收藏了伍辉设计的《中华盛鼎》1号作品。该作品以商都方鼎为原型，以尊贵碧玉掏膛精雕而成，四足鼎立，雄踏八方，安若磐石，稳如泰山。盛鼎凝练厚重，线条刚毅，图文并茂，昭示国家强盛，社会稳定，经济繁荣，表商誉如鼎，诚信立业，基业长青。这尊《中华盛鼎》雕刻技法娴熟规整，艺术感染力极强，引来所有入馆参观者的驻足流连。《冰心玉壶》取自唐代诗人王昌龄"一片冰心在玉壶"之意，选上等阿富汗白玉料，采用金镶玉的工艺精制而成。白玉圣洁、性灵、飘逸，以此为壶，恰到好处地表现出玉壶温润的品质。壶身似冰心一片，晶莹剔透，光润满盈，衔如意提把，以示称心如意，心满意足之意。其造型别致，优雅温馨，表达了对亲友的诚诚情意与拳拳之心。真乃丹心一片为挚友，玉壶两处入真情。一缕醇香，一份真诚，尽似一片冰心玉壶。此作品与《中华盛鼎》相比，风格迥异，寓意由气势恢宏转而低吟浅唱，一把玉壶，道出了心灵所向、人间温情、宁祥安逸的图景。此类作品中的《和谐共赢》《连年吉祥》《含香聚瑞》《玉尊》等都体现出伍辉所打造是"松源"新玉石工艺礼品对美学、人文、传统、自然的独到见解，给人以汲天地之精华，咏世间美好无限的万千感慨。

富有时代象征的玉瓶系列，是伍辉在新玉石工艺礼品的又一个出彩板块。从构思立意到设计制作，选材考究，雕刻精到，金玉同辉，蕴意富贵生智，财富普世的良好愿景。其中《中华四季瓶》《金玉宝瓶》两件作品，虽寓意取向不同，但异曲同工，前期个表，都不失圣洁性灵、温润和美之秉承。《中华四季瓶》以观音净瓶为造型，取材于珍贵稀有的阿富汗白玉，并以名贵松石、合金精妙装饰。瓶体如蜡玉凝脂，雪白圣洁，传达着消灾禳难、一生平安的美好祝愿，陈于堂舍，可以镇宅辟邪，纳祥兴业。24颗吉祥福瑞的绿松石镶嵌于瓶身，象征二十四节气周而复始，岁岁平安，富贵长寿。绘春兰、夏荷、秋菊、冬梅四季名花于瓶身，蕴涵四季平安花开富贵。瓶颈刻太极双鱼图，五仪八卦，太极阴阳，凝聚着中华传统文化的精华。双龙瓶耳，威严尊崇，尽显玉瓶高贵风范。《金玉宝瓶》则以女性优美的身姿为瓶型，金玉结合，唯美飘逸，冰清玉润。瓶口铜饰花纹，碧波涟涟，诱人遐想；瓶颈两侧铜镀24k金凤凰，辟邪禳灾，平安吉祥。瓶身线条流畅，垂挂绿松石饰珠，光彩照人。此物置于大厅，喜庆满堂，纳福瑞祥。玉瓶系列新玉石工艺礼品形体各异，得体诱人，寓意高远，推向市场后深得消费者喜爱。尤其是《龙凤呈祥》《凤舞九天》《平安财旺》《金龙得宝》《双赢》大为畅销，充分显示了新玉石工艺礼品可复制、可量产的优势，比起传统玉雕不可复制的一器一形、因材施艺的生产方式，更能适应当下的消费市场，推动玉文化成为践行社会主义核心价值观进程中的具体体现，使中国传统文化的传承和弘扬落到实处。

  2016年，伍辉获深圳首届"鹏城工匠"称号，是入选10人中唯一从事玉雕行业的人。2017年，又被深圳人力资源和社会保障局授予"伍辉玉石雕刻技能大师工作室"。这个时期，伍辉的新玉石工艺礼品产销两旺，在业内引领着潮流。从2008年开始，值天时地利之功，一批大型优质玉料进入了伍辉的视野。同年他创作的碧玉《将军剑》在中国（深圳）第四届国际文化产业博览会上获得"中国工艺美术文化创意奖"金奖，《昆仑剑》在中国十一届工艺美术大师精品博览会获中国工艺美术金奖。不久，《将军剑》被中国人民革命军事博物馆、中央军委办公厅八一大楼收藏。此后伍辉美玉工坊的前身玉松源正式开展了玉剑的研发，冠名"玉剑堂"。经过数年的研发与沉淀，首先解决了一批玉剑用料的储备，为玉剑堂的横空出世打下坚实的基础。在中国传统中，玉剑者，皇家重器。黄帝本纪云："帝采首山之铜铸剑，以天文古字铭之"；又据《管子·地数篇》云："昔葛卢之山而出金，蚩尤受而制之，以为剑铠。"黄帝和蚩尤，均已制铜剑为兵。此时，石器时代的刀兵之玉，诸如斧钺，已上升为权力的象征，随后逐渐为玉剑取代。玉剑开始成为至尊至贵、人神咸崇的古之圣品。历朝王公帝侯、商贾贵胄，莫不以持之为荣。剑与艺，历经不衰。为传承几千年中华传统玉剑之瑰宝，伍辉的美玉工坊励志图新，研发的玉剑系列新玉石工艺礼品，在工艺美术市场独领风骚，工艺精湛绝伦达到了空前的高度。每一把剑的构思设计，都有其历史出处和极富神奇色彩的故事，将玉剑演绎到至高无上的象征。《昆仑剑》依秦风汉韵创作而成，剑格以饕餮装饰。饕餮是一种守护于天地之间的神兽，已知最早的纹样见于良渚文化的玉琮上，剑脊由宽至窄依透视原理呈无疆之状连绵不绝向前伸展，似有直刺苍穹、气贯长虹之感。剑架汲取了传统拐子龙纹饰的卷草龙特点，呈现生发自如之感，夸张而不失飘逸的战国纹样与笔直规整的剑身刚柔相济，青玉的坚挺与铜件和松石的古朴沧桑形成机理上的强烈对比。玉似长歌，铜若典籍，圆润自然的剑柄举重若轻，又似低语相和，娓娓讲述着一段上古的传奇。

除《昆仑剑》《将军剑》之外，伍辉工作室玉剑堂出品的《文武剑》《碧玉剑》《青龙剑》《太空亮剑》《圣玉剑》等新玉石工艺品，剑剑有故事，剑剑赋新意，给人以所向披靡的魂魄和斗志。《文武剑》受杜甫名篇《观公孙大娘弟子舞剑器》启发创作而成。作品在唐人名篇基础上，还借鉴了道家两仪剑的艺术特征，饰之以五行：山海纹之"水"生底座之（红）木；剑首红宝与"九日"俱为"火"，以木相生；宝玉为山之精魄主"土"因火而生气勃发；飞龙则以赤"金"（铜）铸成，以土生金，呼风唤雨，正是"金生丽水、玉出昆仑"之大旺格局。整个设计集阴阳五行于一身，吞吐自如，飘逸雅致中不失矫健之阳刚，张弛有序彰显文武之道。从这些玉剑的设计立意上，我不禁惊叹于伍辉对中国传统文化认知度，绝不逊于一般文史哲学士们。谙晓文化在历史进程中作用是学界的常识，而能由面据点则是要深究的功底。伍辉做到了这一点，真正的大师之所以称之大师，是因为他的博学、务实、锲而不舍。

  玉美即人美。对于从事玉雕制作的人，更是如此。伍辉之所以可以做到人玉合一，是因为他不但有精湛的技艺，更重要的是他有一份传承传统文化的社会担当，对融合自然与艺术有一颗虔诚的心。走进他的美玉工坊，不由被一种气场纳入其中，不得不掸去来时的一路鲜尘，慢慢沉浸于这玉美的世界。正如伍辉对玉的归纳：玉是感觉，灵动、飘逸；玉是精神，坚韧、质朴；玉是风景，亮丽、华彩；玉是格调，高贵、典雅；玉是时尚，唯美、真我；玉是文化，厚重、源远……我恍然于玉的博大精深，也顿然明白了中华民族对玉的特殊文化心理。在欣赏了伍辉传统韵味的玉雕臻品，又品味过他的新玉石工艺礼品之后，令人目不暇接的奇妙绝伦中，所受到的文化启迪，也迥异于以往。这不单是来自传统文化的一次自我教化，而是被赋予新意的传统文化透露出来的工匠精神，以及我们这个时代所倡导的社会价值观。记得伍辉有一件《爱我中华》是金镶玉新玉石工艺作品，以中华人民共和国60年华诞为主题，歌颂祖国和谐共进、政通人和的盛世美卷。其整体如飞速旋转的车轮，与时俱进，迈向未来。作品与奥运奖牌金镶玉工艺同出一技，借鉴古代皇室"玉璧"之型，皇帝登泰山以玉璧通天达地，昭告天下太平，祈苍生万福。几乎在伍辉所有新玉石工艺礼品中，无一不让人感受到一股激情澎湃的正能量。再譬如《同庆同乐》，以缶为型，不由让人联想到 2008 年北京奥运会一首气势恢宏的"击缶而歌"，带着华夏礼乐的传承，展现出炎黄子孙百年的梦想和期盼。《祈福中华》以玉琮为载体，寓意团结一心，众志成城。琮作为古代的一种礼器，距今已有 5000 多年的历史，择琮为型，也体现出中华文明源远流长、经久不息的强大生命力。《厚德载物》是一件构思新颖的新玉石工艺品，造型夸张却不失逼真。周易载"坤，牛也，为万物生养神"，是正德载物、臻治于勤的写照。意蕴上善若水，福泽永长，厚德载物，呈运吉祥。还有《丰衣足食》《威震四海》《月来月好》等新玉石工艺品，无论是作品本身的美好寄予，还是从装饰陈列的实用属性，都使人赏心悦目，启迪心智，从而倍增对中华文明和传统文化的敬仰和融入感，油然而生一股民族自豪感。

  伍辉之所以成为被政府和社会认可的工艺美术大师，其高超的专业技艺自不必赘言，而他心系时代所需、弘扬中国传统文化的精神品格才是最难能可贵的。内秀外实不张扬，满腹经纶附于行，和蔼谦逊无虚妄，举止得体真男人，这是伍辉留给我的深刻印象。与他交流，是丰富自己的过程，尤其在现代工艺美术与传统文化之间的互为关系上，他的许多见地新颖而独特，令人充满对美的向往，并深陷其中。通过他的玉雕工艺美术，更能感悟到中国传统文化生生不息，继往开来的内生动力所在。这正是践行文化强国，提高全民族的文化自信，推动社会文明发展的具体体现。精美绝伦的工艺品，以艺术表达的形式走进大众生活，直接显现出文化的无所不在，引发人们的精神共鸣，从而达到用文化思考涵养自我教化、提升全社会文明素质的目的。在伍辉的美玉工坊，从小天地大作为的感慨，到玉雕工艺品带来的精神震撼，无一不让我扼腕赞叹。人玉合一所承载的自然造化的玉美境界，足以净化心灵，提高自我认知的深度，振奋精神，以更饱满的激情去创造新生活。

玉香

美玉是自然造化与人类能工交融的文化始源。伴随中华文明史的演进，玉文化亦见证了几千年的沧桑巨变，犹如遍及四方的传统文化化石，向人们讲述着美玉的昔世今生。在伍辉的美玉工坊，我仿佛像一个穿越者，在横跨古今的玉美文脉里徜徉，与吸入心髓世代相传的玉美隔空对话。因为一直在与伍辉边品茶边聊玉，茗香缭绕，茶室一隅像滤净都市喧嚣的静舍。恰好博古架上陈列着一壶三杯套件的《博义壶》新玉石工艺品，此作品取材阿富汗白玉，绿松石点缀加金属配饰，既有盛唐遗韵，又有现代情趣，隐约中还透着几分未来主义的翘盼之感。而一壶三杯则不从于常规的四六八的配置，更显独到之妙处，让人想起诗仙李太白对影三人的寓意。壶杯晶莹剔透，给人不饮而已润的想象空间，特别是那枚绿松石盖顶和壶把根部两枚松石饰钮，增加了几分富丽高贵的层阶，给人带来伸手想去而不触的审美延续，以及赏而不据的美德展现。一件玉石工艺品能产生这样的艺术感染力，可见伍辉的设计创意功底之深厚，真乃心到手到的工艺美术大师级工匠，绝非那些自诩的"艺术家"，拿那些俗不可耐的东西到处唬人。真正的艺术是感憾人类心灵、经得起推敲和历史检验的。在伍辉的玉石雕刻作品中，可以深切感受到与传统一脉相承的文化气度，以及在不断创新中激发出来的艺术创造热情、社会责任与文化担当、工匠大师应有的品德风尚等。2017年，伍辉被深圳龙岗区人力资源局授予"深龙文化创意英才"；2018年，"伍辉玉石雕刻技能大师工作室"被命名为中国非遗传承人产业基地，并颁发了荣誉证书，他本人获得中国传统工艺美术大师称号；同年，在中国非遗传承人产业基地设立了中国传统工艺美术大师伍辉工作室。2018年，伍辉荣获深圳首届"龙岗工匠"称号。

与伍辉交流是一种文化提升和精神享受的过程，更觉得是当下很奢侈的一件事。因为在深圳这样高效快节奏的大都市，到处都是疲于奔波的忙碌身影，时间就是金钱的理念已经是不需谁来提醒的行动自觉，累并快乐着是这座城市的常态。当然，社会的文化觉悟，也随着经济发展紧跟其后地成为生活的必需。深圳对发展文化的巨大投入，是全国任何一个地方都无法做到的，她以独特的文化表达方式，向世人传递着包容、创新、共赢的城市理念，促使这里逐渐成为独具特色的中国文化新高地。伍辉正是抓住了这个大好的发展机遇，在深圳施展出自己的才华，同时也收获了辛勤付出后的荣光，得到了各级政府给予的政策扶持和多项奖励。他的新玉石工礼品，紧贴时代脉搏，在发掘继承传统技艺、弘扬历史文化的同时，大胆创新突破，并赋予传统玉石文化以全新的时代风采。我驻足在一件由酒泉白玉雕刻而成的《富贵瓶》工艺品前，被这件形体福润、沉静、给人以欲言又止感觉的作品所吸引，仿佛一阕婉约清丽的宋词，"才下眉头，却上心头"之感不禁袭来。从器型来看，小口短颈，丰肩圈足，属明清时代所流行，"容大口小"兼作堪舆聚气之用。颈下瓶肩处饰以盛放的牡丹，寓意花开富贵。又有，佛学中所言宝瓶，象征吉祥、清净和财运,是获得财富的瑞器。而中原文化中,宝瓶谐音"保平(安)",平安是福,拥有平安方能国兴民富。基于这种传统文化的美好冀望,伍辉在创意设计这件作品时,附着了传统文化的向美之心,又引发出广大人民群众追求幸福生活和创造美好未来的迫切感。真可谓"玉不琢,不成器"。而玉雕师就是赋予玉石工艺灵魂的人。

伍辉拿出他新近研发的"扩香玉函"新玉石工艺品,我审视良久,不得其为何物。字面上可以理解,函,意即含物之器,最早见于甲骨文,指装箭的袋子,之后有了多种延伸之意。联系起来,也是懵懵懂懂,只知是一只玉制的匣子。伍辉又取出几个款式的玉函,有碧玉、墨玉和其他我叫不上名字的玉料,雕刻精美,拿在手上顿感温润沁脾。见我一脸懵相,伍辉告诉我,此物为燃香之器。再次拿在手上仔细端详,微小的镂空雕刻,浮雕纹饰,在这么小的玉料上,如此细密而生动地展现出各种图文,真是精妙无比。虽说在书籍里看过香与玉的一些资料,多为插香在固定的玉器上,放在台案做燃香之用。而伍辉设计的玉函不仅可将香条置于函内,却不影响香的燃烧,还可以起到"养"玉的奇效。更让人叫绝的是,这种玉函可以作为随身的挂件,不管是睡觉、旅行途中都可以贴身佩戴,既不失一般玉雕挂件的美观,又时刻被香气缭绕。还可以用来当摆件,配以各种材质的底座,伸缩式金属支架,将玉函悬空挂于支架,一股古朴之气扑面而来,静雅之境从心而升。置身这种氛围里,耳畔仿佛飘来古琴幽远的琴弦潺于溪流之上,朗朗的吟诵随和风萦绕庭院;抑或橘黄的灯晕下,胸怀大志的书生夜伴疾书;抑或少女倚窗而思的万般惆怅,都在这玉函内若隐若即的香气里进入了佳境。有人形容玉与香是世界上最美的相遇,大诗人陆游有诗云:"官身常

2018年，松石雕件《琴高乘鲤》获中国工艺美术文化创意奖金奖

欠读书债，禄米不供沽酒资。剩喜今朝寂无事，焚香闲看玉溪诗。"香，作为古代的一种物质和精神传承，不仅在敬神礼佛等场合，用以表达肃穆之情，虔诚之心，更于琴、棋、书、画等文人雅事密不可分。相传扩香玉函的形式源自唐代的杨玉环，不过那时的函不是玉制品，而是铜器，且器型比伍辉设计的玉函要大许多，是放在枕边的致幻器具。香文化和玉文化都是中国传统文化的组成部分，而当香文化遇见玉文化，温润与柔绵相呼应，气质悠然，赏心悦目，自成一道独特风景，也充分体现出传统文化相互融通的博大与厚重。

"扩香玉函"设计的创新突破，再次显露了伍辉对传统文化知之甚广、了然于心的渊博与敬畏。从构思、器型、选材、设计到雕刻，他用了近一年的时间，成品出来后，又经过反复改进，直到满意为止。目前，"扩香玉函"已申请外观和实用两项国家专利，虽还没有量产大批投放市场，但作为新玉石工艺品已参加了几次展会，产生了不小反响，也根据客商需要，做了小批量的制作。伍辉对自己的作品总是有极高的要求，在他看来，好的工艺品，应该是有内涵的，每一件玉雕作品都要达到有故事可讲，要让作品的艺术表达有温度、有思想、可启智、可入心的审美效果和社会作用。玉本身在中国人心目中圣洁无瑕的自然属性根深蒂固，其象征意义不言而喻，再加上工艺大师神工雕琢出美轮美奂的意象表达，美的双重叠加不由地令人仰止。"扩香玉函"的实用价值亦如以上描述的那样，虽今非古时，但人类追求完美生存方式是不变的。国力强盛带来的人民对幸福的追求日益高涨，当今之中国，是世界奢侈品最大消费国，玉器市场呈现了供需两旺的新态势。作为一款新颖独特的玉石工艺品，扩香玉函的市场前景十分广阔，极有可能成为工艺品新宠。

　　伍辉始终将传承和弘扬这一传统技艺为己任，辛勤耕耘 40 余年，已形成了自己独有的艺术风格，并当作一种信仰和使命，勇做文化强国的开拓者和先行兵。在他的美玉工坊，不论是无双的仅此一件的"孤本"，还是可以批量制作的新玉石工艺品，都给人一种惊艳脱俗的意外感觉，有不觉于似曾相识的心理认同，仿佛灵魂深处的某些恍惚在这个瞬间有了相应之物，意念具象的快感被顶格化，分不清是前世的碰触，还是今生的冀望。翡翠三彩玉雕《杏花村》摆件，是经典的留皮俏色巧雕作品。璞玉外表的红皮半开，随形而琢，依势成景，山石、酒幌、农夫、老牛，似掩映于夕阳彩云之下，平添几分灿烂。林中酒楼仅用高浮雕初现一隅，近观可见两人对饮，神形兼备，方知大巧若拙。前景冰翠，依山傍楼，如青藤萝蔓，又似烟雨楼台在背光处本色呈现，几点红树斑斓恰到好处，像一抹余晖穿透山林不期而至，展现出云霞缥渺的绮丽诗境。精巧而不夺天工造化，实属难得的大师之作。这等意境对每个人来说，既熟悉又

扩香玉函

神往之,既梦幻却身在其中,似梦非梦之间,安谧与喧闹的往返穿梭,雅俗兼有的人性双重冀待。在一件小小的玉雕摆件上,留下了如此深邃的人生思考,艺术的社会价值和现实意义尽在其中。就像晚唐司空图在《二十四诗品》所言:"神存富贵,始轻黄金,浓尽必枯,淡者屡深。雾馀水畔,红杏在林,月明华屋,画桥碧阴,金尊酒满,伴客弹琴。取之自足,良殚美襟。"虽没有几分浪漫,却也道出了至理名言。这是伍辉构思《杏花村》的最初出处,他在整合传统与现代人文精神价值取向的相通意愿,以玉雕特有的表达方式,昭示人心所向的和谐、自得,暗喻欢而不纵,饮不失智的理性处世哲学。与我们当下倡导的三观一脉相承,作品讴歌了中华文明之睿达和传统文化的强大生命力。

应该说伍辉在弘扬传统文化上是个有心人,因为他当其为值得奋斗的毕生事业。文化是熔进一个民族血脉里的行为指南,绝非挂在嘴上的夸夸其谈。说他是个有心人,只要欣赏过他的全部作品中随便哪一件,迎面而来的都是植根传统文化而绽放一朵朵鲜葩,芬芳四溢,沁人肺腑。从他对每一件作品的诠注里,起码知道他读过很多书籍,比如《二十四史》、先秦诸子的大部分学说、唐诗宋词、中国神话传说,以及考古、《周易》、中国美术史和玉雕石刻方面的专业著作。涉猎之广,纵深之渊长,甭说一般工匠,就是工艺美术大学出来的学院派也未必读过这么多的学典。刚接触伍辉时,只觉得他身上确有一股工匠大师的修为,也只是从技艺层面去对应心理上的认知经验,做了些初步的判断。而落座寒暄过后大约一刻钟的时间,我发现自己草率了,在他没有发觉我的草率之前,当即调整访谈思路,尽可能做到不露怯,全作一次朋友之间的闲聊,以此消弭初识的陌生和拘束感。伍辉简单介绍了他从业以来,在玉雕设计制作中的大致几个阶段,参加面临过的挑战,如何从工匠登顶雕刻大师所经历的风风雨雨。结束了常规的程式化访谈,转而聊起作品时,我只剩下聆听,并飞快运转思维频率,紧跟他的节奏。除了以上介绍过的那些获奖作品之外,新玉石工艺礼品板块一下子触动了他的兴奋点,开始我并不解,聊着聊着便知其端。因为对于一般的工艺大师而言,都会沉迷于自己最得意的作品中,百说不厌,唯恐遗漏掉什么而不为人知。伍辉则不然,在他看来,艺术不是孤芳自赏的掌上物,它的意义在于让更多人去分享,并产生积极的社会效应,才能体现艺术创造的价值。产生不了社会教化作用的作品,再好也是空中楼阁。不管是艺术家还是工艺美术大师,乃至大国工匠,其使命是一样的,那就是服务于广大的人民群众,净化精神环境,促进文明进程，营造和谐社会氛围。背离了这样的国家意志，就会变成被人唾弃的异类。听完这席话，我肃然起敬。

伍辉是一个有情怀的人，在我的认知里，他始终很沉静，若有所思的样貌丝毫没有摆出工艺美术大师的架势，反倒是一举一动都很得体，由内而外显得极有修养。或许是多年来在事业上的精耕细作，专注于玉文化传承与发掘，创新工艺美术发展模式，使得他从传统文化中悟到了人生真谛，内外兼修，才有骄人的业绩。他不像别人那样，把获得的奖杯、荣誉证书摆放得到处都是。在他的"中国传统工艺美术大师伍辉工作室"，除了工作间，再就是面积不大的茶室，室内陈设极为普通，两个装满各类书籍的书架、一张很简朴的茶台、几把座椅，窗下墙角一盆绿植给整个空间添了些许的生动。这大概就是求真务实的一种境界，没有半点虚奢之气。人玉合一，在伍辉身上得到了体现。玉有飘逸之感，他有灵动之心；玉有坚韧精神，他有质朴品德；玉有高贵典雅，他有真我匠心；玉乃文化源远，他亦博学厚重。

身为深圳最早获得"鹏城工匠"荣誉称号的人，并成为玉雕行业地方级的领军人物，伍辉一直是深圳新玉石工艺的开拓人和践行者，他的新玉石工艺理念被选入《新编深圳工艺美术全集》。近两年，受新冠疫情影响，工艺美术品市场下滑，产品出现滞销，整个行业陷入萎靡不振的局面，伍辉的公司状况自然也在其列。但他依旧克服困难，扬长避短，坚持新玉石工艺礼品的研发，从产品的观赏性转向偏重观赏与实用并重的研发思路，力求适应和满足日渐转变的社会消费走向，以稳健的步伐迎接市场重振的先机。"扩香玉函"新玉石工艺品，是他即将主推的产品之一，这个既可作为随身佩饰，又可作为摆件置于起居各处，还可用于燃香养心之物，让人在静与动之间兼得美与幻的双重享受，正符合当代人的生活节律和价值取向。由此可见，伍辉在新玉石工艺的创新，一改旧玉雕难以散去的庸气，赋予古老的玉文化全新的时代内涵，又不失对传统技艺的继承与弘扬，匠人匠心皆在其中，亦如《道德经》所言："致虚极守静笃，万物并作，吾以观复。"

深川疎開

黄伟雄

深圳匠魂

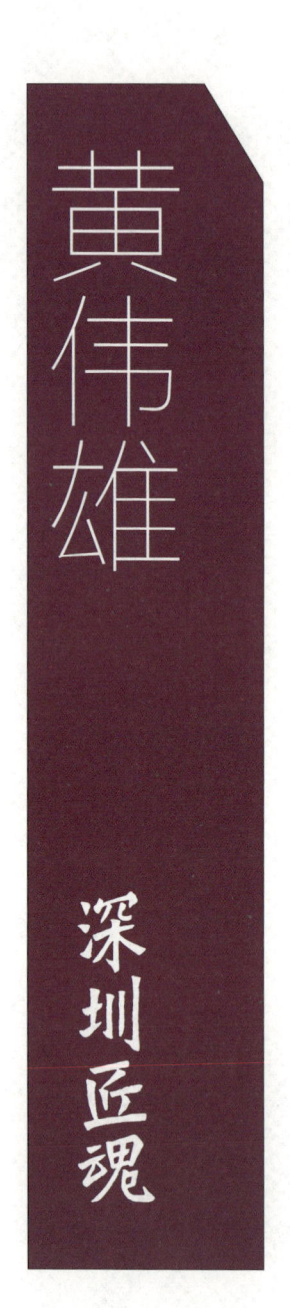

中国工艺美术大师，中国刺绣艺术大师，中国工美行业艺术大师，正高级工艺美术师，国家级非遗项目粤绣（珠绣）省级代表性传承人，享受国务院政府特殊津贴专家。多年来将珠绣工艺从实用装饰用途发展成纯艺术观赏的"珠绣画"，并获国家专利。使粤绣（珠绣）成为中国刺绣的一项独立绣种，由国务院批准入选为第五批国家级非物质文化遗产代表性传承项目名录。

广东省人民政府授予"第四届南粤技术能手奖"，广东省五部委联合授予"第五届广东省优秀中国特色社会主义事业建设者"光荣称号，深圳市"鹏城工匠"称号获得者。在国家及省市社会团体中担任重要的社会职务，担任了两届市政协委员。受聘于广东多家高校任兼职教授，多次担任深圳文博会以及国家级、省级技能大赛评委和裁判员。作品共获国家级金奖32项，省级金奖13项。有6件作品被国家级及省级博物馆收藏，作品《百鹤图》陈列于中法两国元首非正式会晤现场。

针尖上的流光溢彩
——中国刺绣艺术大师黄伟雄纪事

舒 蔓

最初在"鹏城工匠"里看到黄伟雄的介绍时,有一点讶异:中国刺绣艺术大师、国家级非遗项目粤绣(珠绣)省级代表性传承人……印象里,不管是"临行密密缝,意恐迟迟归"的慈母,还是"添线绣床人倦,翻香罗幕烟斜"的绣娘,穿针引线似乎都是女人的事,如何"伟雄"也擅绣,并且能绣到大师的级别?不禁又想起从前朋友们闲聊时的争论,说平日里做饭、裁衣的都是女人吧,但往往做到顶级厨师和服装设计师的还是男人居多。难道刺绣界也如此?

带着这样的疑问和好奇,和黄伟雄约好在他位于龙岗的"深圳百师园"见面。开车过去,远远就能看到巨大的"百师园"的牌子,仿佛是在告诉路人:来看看这个园子!进了大门,占地10000多平方米的大园子里只见几栋楼错落有致、点缀着山水石的小园林景致,亭台楼阁有模有样,大门两旁以及主楼的墙上都写满了对"非物质文化遗产"工艺和传承人的介绍。这些花草树木与文字里透出的文化氛围,立马把"百师园"和周边一些工业园区分开来。墙上工艺大师与非遗传承人的照片也让人对"百师园"的名字有了直观的认识,这是一个聚集了多位工艺美术大师和非遗传承人的"文化园",

也是集中展示他们精美作品和精湛工艺的"博物馆"。

听说我们到了,黄伟雄迎了出来。他中等个子、穿着粉红色的T恤和深色的休闲裤。如果不是事先知道他是正高级工艺美术师和百师园集团的董事长,我可能更容易觉得他是一位热爱运动的"邻家大叔",平和、自在。我们先去了一个手工艺品的小展厅,黄伟雄的太太正在泡茶,温婉秀气的样子,简单的黑色T恤衫配着黑色长裤,微微地笑着请我们落座喝茶。举手投足间,看得出她低调里的精致,贤惠中的能干。黄伟雄介绍,太太叫林红,也是深圳市高层次人才、广东省工艺美术大师,和自己一样,从事刺绣工作。他们夫妇都是潮州人,相识于汕头经济特区。

粤绣和苏绣、湘绣、蜀绣并称为中国刺绣的四大名绣,粤绣主要分为广绣、潮绣和珠绣。其中广绣以广州为生产中心,而潮绣则以潮州为生产中心,珠绣在广州及潮汕地区均有生产。生于潮州长于潮州的黄伟雄与刺绣结缘的由来,要从幼年时期说起。

穿针引线 钻研刺绣

早在明代,刺绣在潮州就发展到了一定的规模,古时民谣唱:"东门晒渔网,西门摆花规,南门削竹箸,北门挲脚腿。"充分说明,"摆花规"的刺绣已在"西门"形成专业性的生产区域。到了清代,刺绣在潮州民间更为盛行。康熙《澄海县志》记载:百金之家,妇女不尽出;千金之家,妇女不步行。勤于女工,帛虽盈箱,不弃其治麻。乾隆年间,潮州西门外天地坛、布梳街以及开元寺附近,已有绣庄20多家,绣品输向新加坡、泰国、马来西亚一带,供不应求。至咸丰年间,潮绣品每年销往东南亚的出口总值在1000万两银以上。

黄伟雄从记事起，周边都是与刺绣相关的记忆。上溯到他的曾祖父，就在潮州古城繁华热闹的牌坊街开了一间绣品店，售卖以潮绣为主的各种绣品，多为用于厅堂、佛庙摆设的具有浓厚潮州地方民间特色的实用型绣品，生意很好，常常供不应求。黄伟雄的祖母16岁嫁入黄家，就开始帮着打理绣品店，自己也常常做起刺绣来，有着店子的"近水楼台"，绣工自然也比常人更胜一筹。到了后来绣品店"公私合营"后，潮州民间便遍布了各种绣花社，除了有份正式职业上班的人外，几乎家家户户都有人从事刺绣。可以说，黄伟雄从懂事起，每天睁开眼就能看到家里各种与刺绣相关的东西，稍微大一点，便跟随祖母和母亲每天到位于祠堂的绣花社去玩。耳濡目染，绣针、丝线、绣绷等各种与刺绣相关的物件，他都熟悉得如同儿时的玩具。黄伟雄说："我的幼年时代就是在母亲的绣花规旁边'摸爬滚打'玩耍长大的。"

　　幼年的黄伟雄安静乖巧，作为家里的长子长孙，他5岁起就开始帮奶奶和妈妈穿针。20世纪70年代初，物质生活比较贫穷，父亲在木材加工厂工作，祖母和母亲在绣花社里不停地飞针走线，赚钱养家。

　　《潮州府志》有载："潮州妇女多勤纺织，凡女子十一二龄，其母即为预治嫁衣，故织纫刺绣之功，虽富贵不废也。"由此可见，无论贫富，潮州女子普遍擅长绣工。而潮绣绣品自元代起便在海内外广受欢迎，到清代之后更是受到世界各地工艺品商的青睐。20世纪70年代初，潮绣绣品依然是大受海外欢迎的工艺品。黄伟雄的祖母和母亲都是精于刺绣的潮州女，与绣花社里的其他绣工一样，她们常按照当时居委会分配的绣品任务接活，绣好后统一上交并按件计费获得报酬。从很小时候开始，黄伟雄就跟随祖母和母亲一起在由祠堂改成的绣花社看她们与几十位绣工一起飞针走线，精心刺绣。祖母和母亲很擅长潮绣的各种技法，平日里接活最多的是绣枕头上的花，用丝光线绣平绣为主，图案常常是鸳鸯、牡丹之类的喜庆题材。当时，母亲绣一对枕头花费时大约半个月，可以得到2块钱的手工钱。半个月绣一对枕头得2块钱，这在当时还算是不错的收入，不过黄伟雄兄妹3人，一家子吃穿用度下来，日子也只勉强度过。懂事的黄伟雄从帮奶奶、妈妈穿针开始，逐渐也想帮着家里做更多的事了。看刺绣看多了，就想着和妈妈一样绣花，五六岁的时候，有回妈妈离开绣架出去一会儿，他就拿起针在枕头面上刺，扎来扎去，图案弄乱了有些收不了场了，恰好妈妈回来了。妈妈看到黄伟雄笨拙的样子，又好气又好笑，看他好学又想帮忙，以后一边自己绣花就一边教他帮着劈线、穿针、绣花，慢慢地将刺绣的每道工艺都教给了黄伟雄。

在潮州，刺绣并不是女人的专利。与其他几大名绣不同的是，古时从事粤绣的绣工不论是在潮州，还是在广州，大多是男子。《岭南丛述》中记载："清代粤绣工人多是广州人和潮州人，特别是潮州绣工为上，皆男子为之，精于女工，为其他省市所罕见。"黄伟雄上学以后，出于家族长孙、家庭长子所赋予他的责任，每每放学和放假，他都会在家帮母亲绣花，多挣钱以贴补家用。他最初不好意思跟其他同学说，都是躲在家里完成，后来大家交流了才知道，班上男孩、女孩都一样，大多都在家帮忙刺绣。在潮州，这不是传统意义上的"女红"，刺绣是一门技艺，是挣钱谋生活的一种方式。

黄伟雄上学前就已经能帮上妈妈很多忙了，妈妈把一些简单的刺绣图案都交给黄伟雄去绣，这样配合起来绣花的速度就加快了很多。最初，黄伟雄帮着绣水滴等图案，因为水滴简单，一个圆圈，

黄伟雄刺绣工作照

绣满就好；渐渐地，就可以绣叶子了；再后来，就绣树枝，再绣花朵，从简单颜色的花到复杂色彩变化的花朵。随着各种针法的练习和熟悉，黄伟雄和妈妈的配合也从他绣简单部分、妈妈绣难的部分，慢慢发展到他自己能够完成整个绣品的全套流程，无论难度多大，他都能独自完成了。那时候潮州的各家各户刺绣手工都是由居委会统一派发的，基本按有刺绣工艺的人头来发放，绣工多的人家就可以多接活。他上小学后，妈妈就找到居委会主任，请求给他们家多派一份活。由于黄伟雄性格安静，能坐得住，10岁左右他的刺绣手艺就已经很好了，而且因为年少，手脚特别麻利，在接活方面，他完全可以顶得上一名普通的成年绣工了。放学后，有时候小伙伴们在外面玩，他也会忍不住跑出去，但大部分时候，他还是能盯在绣架边静静地绣着。作为长子为家里赚钱出力的强烈责任感,能帮他抵挡一部分少年爱玩的天性。黄伟雄回忆说:"我当年上小学的年代,一个学期的学费是2块钱。我从读小学到初中,都是靠自己做手工赚的钱来交学费的。"黄伟雄回忆起小时候,总忘不了一个特别的镜头,他说:"小时候,每当睡到半夜醒来的时候,我总是看到母亲点着煤油灯在飞针走线,挑灯夜战,老是想着母亲为何不用睡觉。长大以后,才知道母亲晚上要待到我和两个妹妹睡了之后,她才能静下心来绣花,目的就是想多赚点钱来养家糊口。在当时,有多少个家庭有多少位母亲都是这样的。"黄伟雄动情地说:"一个伟大的母亲,靠一支绣花针撑起了一个家。"

课余刺绣的日子一直持续到黄伟雄初中毕业。除了赚钱养家的责任感之外,让他最欣喜的就是刺绣唤醒了他对美术的天赋和热爱,让他在勤苦中收获了艺术和美的启蒙熏陶。居委会主任派活的时候,与原材料一起发放到绣工手上的,还有彩色的花稿,绣工们就是以当时的刺绣设计大师所画的样稿为模板来勾画枕头上的花样,并完全按照花稿的色彩来完成刺绣的。黄伟雄每次拿到花稿,都会观察欣赏许久,因为喜爱,又会找来薄薄的白纸贴在花稿上面描画,勾出线并找来彩色蜡笔按花稿涂色。跟许多天生喜爱画画的孩子们一样,黄伟雄非常喜欢临摹花稿。日子长了,他画得越来越顺手,对色彩的搭配也逐渐敏感,无意中积累了一大摞自己描绘的画稿。这些画稿对黄伟雄日后从事设计工作起到了极大的启迪作用,培养了他对工艺美术的热爱。如果说,为生活而刺绣是某种所迫的话,那通过描摹花稿而费的心力,则是黄伟雄兴趣之所在了。

黄伟雄考上高中以后,刚好母亲去工厂上班,不再绣花,他在课余的刺绣也就告一段落了。当时,知识青年上山下乡,他是在校的高中生，每个学期中有半个学期要到农场劳动，接受再教育。他高中只读两年，课程刚上完，来不及复习，就马上参加高考。1981年7月，高考的分数公布出来，他非常遗憾地仅以2分之差与心目中向往的大学失之交臂。他很渴望能有机会复读再考，但家里经济条件不允许，下面还有两个妹妹在读书，高中毕业在当时也算是不错的文化水平了。父母为难的样子让懂事的黄伟雄不再开口，于是他当月就进了父亲所在的工厂上班，开始了自己的第一份学徒工工作，每月工资24元。

黄伟雄高中毕业的这个时期，恰好是伴随着我国的改革开放而迎来潮绣发展的又一个鼎盛时期。潮州市开创全国之先河，成立潮州市刺绣工业总公司、潮州市刺绣研究所、潮州市刺绣学会。总公司下辖国有潮绣厂和60个绣衣厂、4个机绣厂和珠绣厂，再由这十几个大厂，分管街道、农村的刺绣厂社超过500家，年产值超亿元。1979—1981年潮州刺绣艺术品为国家提供出国展礼品达到250件（套），其中仅潮绣厂就提供了198件，受到了国内外各界的极高赞誉。为了满足潮绣品出口的迅猛发展，培养更多从事潮绣设计和制作的高级人才，1981年，潮州市筹建了潮州市技工学校（现为"潮州技师学院"），为中等专科学校，按中专的待遇招收学生。因为是开办之初，学校到12月才开学，录取学生的标准和依据是当年的高考成绩。高考落榜后在工厂里工作了几个月的黄伟雄突然在这个时候接到录取通知，高中的班主任老师找到他见面第一句话就说："伟雄，你终于如愿以偿了，能够继续读书了。"对于想读书而未能上大学的黄伟雄而言，这仿佛是上天关上门之后突然对他打开了一扇窗，他不假思索地说："太好了！太好了！"他想着，不用家里付学费，每个月还有18元的助学金和上班的工资差不了多少，

黄伟雄恩师胡广旭在作画

没有给父母增加任何负担，还能实现自己读书的愿望，哪里有这么好的事呢？

学校首届开办了2个专业，全校招收学生共51人，服装设计和无线电专业各1个班，黄伟雄进了服装设计班。服装设计专业班一共27人，课程也包括了刺绣设计。在工厂做了几个月学徒工的黄伟雄对于这仿佛从天上掉下来的上学读书机会倍感珍惜，再加上儿时跟随祖母和母亲刺绣经历所奠定的良好基础，他在班上读书非常用功，也取得了非常优秀的成绩。

这个时期，黄伟雄遇到了影响他一生的良师——胡广旭和林智成。

胡广旭是潮州市二轻工业研究所的一名设计师。因为有良好的美术功底，胡老师在教刺绣设计方面展现出了非常全面的特点：绣衣、抽纱、潮绣、珠绣等都很擅长。他重点教授学生各种刺绣图案的设计，注重训练同学们扎实的基本功，然后从绘画的视角去做民间工艺的设计，使得设计更加独特，与实用性相比更强调美感。胡老师设计的绣衣获得过"百花奖"，在业内非常有名。如果说黄伟雄少年时代描绘花稿开启了他对美术热爱的心智，高中毕业之后，跟随胡广旭老师进行较系统、专业的绘画艺术的学习，则为他的美术学习打开了更加广阔的视角，使他从实用的刺绣向具备美感的艺术靠拢，会比民间手艺人更多一份美术理论和艺术思维的考量。经

黄伟雄与恩师林智成合影

过胡老师的精心教授，黄伟雄在刺绣设计上有了飞跃式的进步，他不再拘泥于从前祖母和母亲的针法和绣工，而是更多思考画面的布局、色彩的搭配、线条的灵动等整体美感。

林智成在潮绣界是国宝级大师的人物，是第一批国家级非物质文化遗产项目粤绣（潮绣）代表性传承人，第一届中国工艺美术大师。按潮绣师徒相传的传统，林老师是黄伟雄的恩师，值得终生学习敬重。林老师少年时期就进绣庄做童工，1949年后曾到中央工艺美院学习，公私合营后，他在潮州潮绣厂做了技术厂长。20世纪70年代中期，他连续创作设计了潮绣挂屏绣稿50多幅，送往英国、埃及、日本和叙利亚等国展出。1979年召开的全国工艺美术艺人、创作设计人员代表大会上，林智成被授予中国工艺美术家称号。当年，黄伟雄所在的学校定期请林老师来校授课，指导学生潮绣的设计与工艺，将传统的龙凤图案画得栩栩如生。在师生相处中，他对勤奋好学的黄伟雄青睐有加，黄伟雄对他也是非常崇敬。就在他给黄伟雄授课期间，1982年，林老师设计的潮绣"九龙屏风"荣获全国工艺美术品百花奖赛的金杯奖。

在2位重量级的良师指导下，黄伟雄如饥似渴地抓住机会勤学苦练。连续2年，他在班上担任学习委员，成绩始终名列前茅，毕业时成了为数不多的"优秀学生干部"。在毕业包分配的年代，在校的优秀表现足以让他在各个热门单位里挑选自己的就业目标。很多同学都想方设法要进外贸进出口公司，因为工作比较轻松，并且待遇很好。黄伟雄在填写分配志愿时毫不犹豫地写下了"潮绣厂"。因为当时学校初办，师资非常缺乏，校长为此专门找他这位优秀毕业生来谈话，希望他能留在学校当老师。但是他还是跟校长说坚持去潮绣厂，一来自己学的是服装与刺绣的设计，以后想在这方面发展；二来林智成老师也在潮绣厂，对自己的吸引力很大，他还想继续跟着他好好学，把真本事学深学透。

校长听了，欣赏地看着他，改变主意，支持他去潮绣厂。

就这样，黄伟雄成了潮州潮绣厂的一员，开启了自己崭新的职业征程。"毕业分配是人生的一次选择，如果当时选择留校任教，可能现在还会是学校里的一名老师。"黄伟雄笑着说。

潜心潮绣　积蓄力量

1983年12月，潮州技师学院第一届毕业生走向社会，受到了很多单位的青睐。改革开放不久，我国特别是广东省外贸业蒸蒸日上。分配去了外贸公司的同学，手里拿着很多出口的订单，发给工厂加工，他们毕业不久就分了房子、装了电话，生活得非常风光，让人羡慕。但即便是多年以后，黄伟雄再回首往事的时候，他依然非常坚定地认为当年自己选择去潮绣厂当工人是正确的。

19岁的黄伟雄被安排到潮绣厂的珠绣分厂上班。初进工厂，和其他新进的工人一样，被安排到车间实习锻炼，从前在学校学习的裁剪、缝纫、刺绣等具体的技艺在车间实习期间开始得到应用。如果说学校学习是要求精细地打基础的话，那车间工作则是质量基础之上经验与效率的突飞猛进了。工厂每天都有大量的订单需要完成，其中很多还是出口的，质量和数量的要求都在合同上写着，来不得半点虚。学校学到的技艺在车间里得到了长时间高强度的反复训练，黄伟雄手上的功夫进步显著，眼、脑、心、手并用，很快就能非常协调自成一体了，他也迅速地从新手成长为一名熟练工。

裁剪、车缝、刺绣……各门手艺都熟练后，黄伟雄被工厂安排到设计室做设计工作。有了车间实践工作打底，他更懂得了设计中如何对接一线工人的实操需求，让成品做出来更加美观、时尚，也让制作过程更加简明高效。对于聪明且勤奋的黄伟雄而言，在潮绣厂近2年的时间足以把他打磨成一名"全能选手"，经他设计的画稿，很快就可以把一块布经过打板、裁剪、缝纫、刺绣，精制成为一件高档的珠绣晚礼服。

黄伟雄在读书期间学习的服装设计与制作，他会做的衣服种类多、样式新，西装、中山装、衬衫、连衣裙甚至老人家穿的汉装，他都能信手裁出，又快又好。他工作不久，正好是要过年了，那时候的市场上没有卖成衣的，每家每户在春节前都有自备布料做新衣裳，很多街坊邻居闻讯而来，纷纷让他帮忙做新衣。黄伟雄收费也便宜，裁剪1件衣服1块钱，如果包车缝做成品的话，就2块钱。后来找的人多了，他忙不过来，就只帮人家裁剪不做成品，做得越多，练得越熟，手脚也就更快。于是，春节前休息的时间，他一天就能裁上20来件衣服，赚到20多块钱。那时候在工厂，一个月的工资是59块，因为自己的好手艺，他用三天的时间挣外快都能挣出一个月的工资来。

除了给街坊邻居做衣服加工外，黄伟雄还在自己的祖屋办起了服装培训班，教学生衣服的裁剪和车缝。他自己刻钢板、印刷、编教材，每个培训班招收15至20名学生。从他毕业后在潮绣厂工作，至调去汕头特区工作之前的一年半时间里，共举办了12期培训班，参加培训班学习的学生共有200多人。黄伟雄很得意地说："我白天在工厂上班，晚上办培训班当老师，每个学生一个月收15元的学费，我一个月就能收到两三百块钱，比白天赚的工资还要高出好几倍。"

1984年初，全国掀起了一场全民自学考试的热潮，很多人因各种原因考不上大学，可以通过高等教育自学考试的路径获得大学文凭，国家承认并给予相应的待遇。中山大学率先作为试点，第一批开放了中文系的"汉语言文学专业"，整个课程有10门课，其中2门公共课，8门专业基础课，按修学分的方式，每半年考2门功课。

黄伟雄刚好在技师学院毕业，安排在潮绣厂工作不久，得知有这个难得的机会特别兴奋，赶紧跑去市教育局注册报名，领回了一大沓书，开始了自学考试的准备。

在这两年半的时间里，黄伟雄如饥似渴地自学，大量阅读了中外经典名著，系统地学习汉语言文学的各个课程，顺利完成了10门课程的考试，成为中山大学中文系汉语言文学专业高等教育自学考试的第一批毕业生。他还以优异的成绩，被市共青团评为"优秀学员"。因为报读自学考试是不用入门考试的，谁都可以去参加考试，但要每一课都考合格才能毕业。

能够毕业并不容易，可以说是"易进难出"，当时潮州市报名参加自学考试的有1万多人，经过两年半的考试之后，第一批毕业生只有62人，可说是百里挑一。

回顾起这段往事，黄伟雄显得特别开心，"那是我人生中一段最难忘的记忆。当时，白天在工厂工作很辛苦，下班后赶去培训班，从7点半至9点半2个小时给学生上课，10点到家后至12点是我看书学习的时间，第二天早上5点准时起床背诵古文，7点多赶去工厂上班，每天只睡5个小时，但我感到精力充沛。这几年的时间，是我人生中度过的一段最充实、最开心的时光。"

1985年，潮绣厂在汕头办了分厂，黄伟雄主动申请去汕头分厂工作。

1860年正式开埠的汕头，是中国沿海最早对外开放的港口城市之一，人称"百载商埠"，1981年成为我国改革开放后最早设立经济特区的4个城市之一。1984年11月，经国务院批准，汕头经济特区的区域面积扩大为52.6平方公里。成为经济特区后，汕头特区率先提出"四放"（放开视野，放宽政策，放胆试验，放手大干）方针，实行"三个一齐上"（一、二、三产业一齐上，大中小企业一齐上，集体经济、横向联合经济、个体和私营经济一齐上），放手发展经济。汕头经济特区建兴潮绣厂就是响应"横向联合经济"等政策而成立的。当年，"中外合资"、"三来一补"等引进境外资本、设备和技术等多种催生经济迅速发展的新式做法，像风一般吹遍了经济特区的角角落落，报关员作为一种新的职业也在这块土地上应运而生。黄伟雄调到潮绣厂汕头分厂，负责业务订单方面的工作，并通过报关员的专业培训和考试后，成了汕头经济特区的第一批报关员。

潮绣厂有着大量的外贸订单业务，按规定必须有专门报关员代表企业向海关办理业务。报关员必须具备一定的学识水平和实际业务能力，必须熟悉与货物进出口有关的法律、对外贸易、商品知识，必须精通海关法律、法规、规章并具备办理业务的技能。通过做报关员，黄伟雄把对外贸易的许多业务细节弄得清清楚楚；也是通过报关工作，他从一名工厂的高级技术工人向着管理人员转变，对潮绣品和服装对外贸易的方方面面有了全面的了解，也大大提高了他和外界沟通协调的能力。

就是在汕头经济特区建兴公司，黄伟雄认识了后来成为他太太的林红。两位精于刺绣的年轻人，一见钟情，从此携手并肩，共同在刺绣界闯出一片天地。也是在汕头做报关员的时候，黄伟雄第一次到了深圳的蛇口。当时有个客户是香港人，在蛇口住，要黄伟雄到他家洽谈业务。黄伟雄到了文锦渡，坐中巴经过现在深南大道那边去蛇口。1985年的福田，大片黄土尘土飞扬，出了上海宾馆后就像是到了农村。中巴一路颠簸到蛇口，突然，黄伟雄眼前一亮，他看到蓝天碧海，看到连片的小别墅，看到崭新的网球场，看到很多彬彬有礼的外国人……他立马就喜欢上了这个地方，暗暗下了决心：以后一定要住在蛇口。

这个梦想终于在多年以后实现了。

在汕头经济特区工作了近4年之后，1989年初，黄伟雄调回了潮州市二轻工业局属下的二轻工业研究所工作。当时，胡广旭老师正好接到局领导的指示，以研究所的技术力量创办实业，成立了以抽纱绣衣为主打产品的刺绣服装实验工厂。工厂成立初期，缺少市场销售人员，黄伟雄跃跃欲试，他从一名设计人员到管理人员再到销售人员，每一个角色的转化，对他来说都是一种挑战。黄伟雄不惧困难，拿起又大又重的行李箱，里面装满了工厂的样品，独自一人，踏上远途。

在此之前，他的活动范围还只在广东省内，而从 1989 年春天开始，这一年，他已走遍了北京、天津、上海、杭州、南京、昆明、西安、大连、青岛等国内各大旅游城市。他说："我每到一个城市，下了火车第一件事就是买地图，然后就住在离火车站最近每晚不到 10 元的招待所。"

每次出差都要从潮州坐一个晚上的长途车到广州，在广州火车站坐两天两夜的火车才能到达北京等地，经常是买不到卧铺票，坐了两天两夜的火车腿都坐麻了。坐火车、挤公交车、吃饭盒，每次一个人出差都是 1 个月以上，一口气跑了半个中国。虽然所到之处都是旅游城市，有很多著名的景点，但在当时他都无暇顾及，没有这个心思去游玩，只想着多做点业务。他当销售员的几年时间里，大部分时间都在各个城市奔波，推销样品接订单，保证了工厂的生产量。"我跑经销这几年确实很辛苦，但我最大的收获是，从前每到一个城市人生地不熟，没有一个人认识，现在是朋友满天下。时隔三十几年了，大家还像兄弟姐妹一样经常来往。"黄伟雄停了一下说，"还有一个收获是，我从小性格很内向，不喜欢与人打交道，自从当了经销员之后，我就要主动介绍产品的特性，主动跟客户交朋友，这样一来，性格也就慢慢开朗活泼起来了。"

1990 年，黄伟雄在个人问题上也迎来了人生的大喜，他和林红喜结连理。这一对事业上彼此欣赏、共同追求进步的伴侣，终于拉紧了祈愿终生相伴的双手，一同开创新的人生旅程。在广东，潮汕人特别重视"成家立业"，对于一心要"立业"的黄伟雄而言，"成家"是喜庆的锣鼓，也是发起冲锋的号角。1991年，林红生下了女儿，黄伟雄有了自己的小家庭，特别是当了父亲之后，生活的责任感更加重了，但有了全力支持扶助他的太太，他创业的底气和动力更足了。

钟情珠绣　创业创新

"十年磨一剑"，1994年初，在国有企业从事刺绣设计及相关工作10年后，黄伟雄迈出了人生中重要的一步：创业。应该说这是多年工作积累的水到渠成，也是他实现自己梦想迈出的第一步，但促使他下定决心的还有另外一件"意外之喜"，那就是林红又怀孕了。在计划生育抓得很严格的当年，身在国营单位的他们夫妇俩，二胎就意味着抉择：要么要工作，要么要孩子。潮汕人看重孩子的传统由来已久，黄伟雄和林红也不例外。为了不给单位添麻烦，黄伟雄和林红毫不犹豫地双双选择了辞职。

黄伟雄将辞职下海创业的事情告诉父母亲，得到了他们的支持，要知道在当时一个好的岗位是多不容易的。父亲还拿出了3000元积蓄给黄伟雄，帮助他租场地买设备，全力支持儿子创业。在当时，个体还不能办企业，要挂靠在街道办事处或居委会上，黄伟雄决定把工厂挂靠在居住地所在的义兴居委会，以独立承包并向居委会交纳管理费的形式办厂，迅速地走完了创办企业的全流程。当人生第一张营业执照拿到手的时候，黄伟雄非常激动，心里暗暗下决心，一定要把工厂办好！就这样，第一家自己创办的工厂，"潮州市义兴伟业工艺厂"终于在租来的 100 多平方米的厂房挂牌成立了。

"想起办厂初期,只有十几个人,七八条枪(七八台机器),这十几个人,一直不离不弃,跟随着工厂的发展,至今在公司工作了将近 30 年,后来都成为公司的领导核心和骨干力量。"黄伟雄充满感激地说。

办厂初期,黄伟雄把企业生产的重点放在了自己熟悉并擅长的晚礼服,确保产品在市场竞争中有足够的订单。他把企业产品的特色放在了刺绣尤其是珠绣上,确保产品的独特性而带来的收益。

伟业绣庄旧址

当初,他请的工人并不多,两夫妇因为懂行,也为了减少成本,很多事都亲力亲为。就连每天晚上出货,都是自己用肩膀扛着 100 多斤重的货物,从租来的三楼厂房很小的楼梯往下慢慢扛,舍不得去请个搬运工。创业之初最大的技术难点恰好是黄伟雄的优势,那就是设计。他设计好服装造型,打好板,准备各式的板样提供客户选择,这样节省了大量的人力成本,并且由于整体设计水平高,也很好地节约了客户选择的时间。伟业工艺厂一开张就收到不少的订货单。黄伟雄的创业走稳了第一步,得益于多年在服装和刺绣行业中经验的积累,得益于他对于企业生产与经营全流程的熟悉。万事开头难,创业这个头一开好,黄伟雄感觉一切都很顺当了。

1995年，随着国家政策的放宽，开始允许个体办有限公司，黄伟雄着手注册了"潮州市伟业工艺实业有限公司"，成为第一批非公有制的有限公司，并在创业1年多的时间，买下了1000多平方米厂房，为后面的发展打下了扎实的基础。

伟业公司的产品，始终以刺绣为主要特色和盈利重点。一件晚礼服或者婚纱，如果没有刺绣，价格都很透明，利润空间有限，一旦配上独具特色的珠绣，有了五彩斑斓的珠料和匠心独具的设计，服装立刻从普通的衣裙堆里跳脱出来，看上去要高好几个档次。人们愿意为了美丽尤其是独具特色的美丽买单。黄伟雄坚持做女人世界美丽风景的使者的愿望，帮助他牢牢地把握了订货商和消费者的心理，也为自己赢得了信任和声誉。

黄伟雄创业自己当老板以后，依然始终保持着爱学习和爱钻研的劲头，在刺绣技艺上也从不松懈。每一次刺绣设计的样稿他都会认真画好，定稿之后，他会指导技术工人完美呈现设计初衷。更重要的，他还会在产品发出之后跟踪了解销售情况，以准确把握市场需求，及时调整产品设计与生产。创业不久，他发现来自东北地区的晚礼服订单纷至沓来，他既高兴又有些惊讶：为什么穿着时间段和场合都非常有限的晚礼服会在东北有这么大销量呢？带着疑问，他特地出差到东北做了一次实地调研。真是不看不知道，一看吓一跳，原来，在哈尔滨、沈阳、长春等大城市中，女人们特别追求时髦，但又保持着从前满族人爱穿旗袍的传统，所以，对于绣上珠片、偏向旗袍式样的晚礼服情有独钟。她们买来不仅晚上穿，白天也穿；不仅出席正式场合穿，平日里也穿。黄伟雄注意到，这些个子高挑的时尚女人穿上伟业的珠绣晚礼服后，确实亭亭玉立、风姿绰约，成为人群中一道亮丽的风景。他回到潮州，加紧设计和赶制更加适合她们的改良刺绣旗袍，产品效果非常好，一时供不应求，客户们争相前来寻找"格露丽丝"品牌的晚礼服，为伟业公司赚到一大笔收入，也赢得了良好的口碑。

伟业公司从创办起就比较顺利，在东北赢得企业的第一桶金后，黄伟雄考虑要趁热打铁，把赢来的口碑转化成品牌，在大城市进行推广。1995年，他创立以珠绣旗袍、礼服、珠绣手袋、披肩等为主打产品的服装服饰品牌"格露丽丝（英文：Glorious）"，产品出口欧美和东南亚等国，并在上海新华路开设了第一家"格露丽丝"专卖店，生意非常兴隆。随着专卖店的发展与壮大，伟业公司实力越来越雄厚，黄伟雄也在上海买了房子、租了门面和仓库，在服装和刺绣行业的名气越来越响。日本商人找来了，希望能把"格露丽丝"的珠绣旗袍引到日本，后来在日本售出后果然大受欢迎。有一次黄伟雄在成都参加完一个展览会后，有个成都客户后来专门来到潮州找他。这客户是一位精致的女性，她不敢相信那么精美的珠绣旗袍设计出自男性之手，所以实地过来看了之后才放心下订单，并提出要加盟"格露丽丝"专卖店。

黄伟雄在上海的事业发展得风生水起，但到了1996年，他又更多地思考未来自己身上的责任了：父母年龄逐渐大了，他作为长子，必须离父母近，而他们又不习惯离开潮州；一对儿女也分别到了要上小学和上幼儿园的年龄，事业打拼可以四处奔波，但孩子的教育环境则必须相对稳定。综合考量了许久，黄伟雄和林红下定决心，把事业发展的重心转移到深圳。认识黄伟雄的人提起他，往往都会称赞他特别有孝心，对父母百依百顺，如果到著名风景区出差，人家往往带的是太太，而他常常带的是妈妈。孝顺是潮汕人的传统，同时他还是一位非常重视孩子教育的慈父。孝子与慈父双重角色的责任下，作为公司创始人的黄伟雄把家搬到了深圳，发展事业的同时最大程度兼顾照顾父母与培养儿女的重任。

1997年初，黄伟雄举家迁移深圳，到深圳开设了分公司。安排好小孩读书之后，他开始考察市场。他发现，香港人过来深圳，必经之路是罗湖口岸，当时深圳也只有这一个开放口岸。刚刚改革开放的深圳，物质丰富且价格便宜，很多香港人都会跑过来购物、消费，位于罗湖口岸旁边的罗湖商业城，是连接香港和深圳之间往来的必经之路，商业城有很多业态，吃喝玩乐一条龙服务，吸引着众多香港人和东南亚游客在此逗留。黄伟雄瞄准这个机会，在罗湖商业城开设了"伟业手袋店"，开始做起了珠绣包的生意。

他观察到整个深圳，包括罗湖商业城，没有一间销售珠绣包的店铺。对于黄伟雄来说，珠绣包是他的老本行，于是，第一间珠绣包的专卖店在罗湖商业城开业了。他白天在店里接订单，做批发，晚上回到家里，根据客户的要求，设计珠绣包造型及刺绣图案，传真去潮州工厂打样生产。就这样，"前店后厂"的模式干了起来。

黄伟雄深信创新的力量，处处学习寻找着创新的源泉。他在工作之余大量阅读国外经典名著，观看国外经典影片，在文字和镜头里观察时尚流行的走向。这些都为他带来了很多可供借鉴的素材与设计灵感。黄伟雄创作的奇思妙想如泉涌，经他设计的款式独特、做工精良的晚装珠绣包受到海外许多客商的青睐，一时间订单不断，颇有来不及生产之虞和"潮州包贵"之势，公司因此获利不菲。黄伟雄在深圳观察都市女性的着装特点后，又对公司生产的晚装珠绣包进行改良，在尺寸、面料、材质、技法上去繁就简，设计出适合都市时尚女性的休闲包，适用场合更加广泛。成品投入市场即遭到火爆追捧，成为引领时尚的代表。信心百倍的黄伟雄趁着"格露丽丝"

珠绣包大受欢迎的东风，抓紧设计制造出一批款式玲珑、典雅有趣的珠绣小礼品：珠绣钱包、珠绣手机袋、珠绣钥匙扣、珠绣口红盒……同时抓住时机迅速在北京、上海、大连、南京等大城市新开十几家专卖店。这些小礼品，不仅为黄伟雄赢得了全国销售业绩的节节攀升，还赢得了日本迪士尼公司的常年合作合同，每月固定为迪士尼主题公园提供精美礼品，这又为伟业公司打开了全球旅游品市场的大门。

2001年，黄伟雄来深圳已有4年时间，业务拓展顺利。他刚好得知上海财经大学要在深圳办高级工商管理研究生班，学制3年，每周六周日及晚上授课。一直没有放弃学习进取的黄伟雄，马上去报名，成为"上海财经大学MBA"深圳研究生班的一名学生。就这样，他坚持了3年时间，白天工作，休息日上课，终于将16门功课全部考核合格。

黄伟雄从学习艺术设计，到汉语言文学专业，再到高级工商管理，这3个学习经历，对于他个人的成长以及他的事业发展轨道，都起到了相当重要的作用。正所谓学无止境，活到老学到老。

伟业实业有限公司稳打稳扎地发展壮大，原来的一个刺绣服装厂逐渐发展到3个厂：礼服厂、婚纱厂和珠绣包厂，分工更加明确精细；公司的员工也从最初的10多名发展到300多名。企业发展到2004年，随着生产规模的逐渐扩大，黄伟雄又开始计划新一轮在生产上的扩大投入。2004年，他投入资金着手建造"伟业大厦"，在开发区买地建了3栋楼，面积达到1.5万平方米。2006年，"伟业大厦"落成，有了属于自己的生产大楼，他将礼服厂、婚纱厂、珠绣包厂同时搬进了新厂房。到这个时候，伟业公司从始至终作为主打和特色产品的珠绣品发展到了几乎覆盖生活用品的各个门类，各种衍生品开发不断推陈出新，珠绣事业真正地做大做强了。

创业发展的前10年，伟业公司不断壮大，在创新的路上从不肯停留脚步的黄伟雄，看到事业发展蒸蒸日上的局面，高兴的同时，又陷入了深深的思考：美的使者的愿望是否已经达成？刺绣技艺的发展是否已经达到顶点？这两个问题不断地在他的脑海里回响。回首走过的路，黄伟雄觉得自己的辛勤付出得到了丰厚的回报，上天还是非常眷顾他的。如果他的追求目标停留在金钱，那似乎也算是成功了。可是已近不惑之年的黄伟雄心底依然记得小时候描画花稿时的兴奋，记得读书时跟着老师学美术的愉悦，记得创作设计样稿时的充实。他总觉得自己还有什么没有做到的，但他百思不得其解，下一步究竟要怎样突破自我。

2001年初春的一个下午，黄伟雄坐在案台前准备设计珠绣图案，按常规，都会有工作人员替他准备好装着各色珠片材料的长方形大托盘送来。那天，送珠绣材料的女工靠近工作台时不小心被绊了一个趔趄，差点摔倒，手里的托盘落在台上，里面几十个小盘子中的珠片混落在大托盘里。女工吓得脸都白了，赶紧站好，准备收拾"残局"，却被黄伟雄叫住："不要动，不要动！"原来那些无序散落无意堆砌的珠片在黄伟雄的眼里，俨然成了一幅美丽的风景画：色彩斑斓的珠片分布得疏密有致、高低错落，有的像小山丘，有的像树林，有的像河流，有的像湖泊……而那木质的大托盘，恰像是搭配好的画框！黄伟雄盯着这幅"天作"之画看得入了神：这分明就是一幅精美绝伦的艺术画啊！

如果说300多年前牛顿被树上掉落的苹果砸到，幸运地砸出了"万有引力定律"的话，那黄伟雄被这个女工的一个趔趄撞到，是撞出了思考了许久关于突破自我的答案。黄伟雄终于意识到他对自己不满意在哪里,他可以从哪个方向找到创新点,突破自己。这么多年,他一直围绕着刺绣的实用品在发力,却始终没有想起珠绣成为纯艺术品的可能。

黄伟雄仿佛恍然开窍了一般,在利用珠绣作画的全新道路上飞奔起来。他要把平日里熟悉的五光十色的珠片用叠加、交叉、抽空等技法,经过匠心独具的巧妙排布,做出立体的珠绣画来,产生光华四射的奇妙效果。想清楚目标以后,他就马上动手了,先从中国传统题材"梅兰菊竹"开始尝试。他采用中国画的工笔手法,在塑造景物和形体上,从大处着眼,虚实有度;在色彩变化上,不仅丰富多彩,而且自然厚实,画面构成完整。对每一幅画,他要先在脑子里想得清清楚楚了才动手;要反复选料,对珠片的规格大小、色彩搭配要进行多次对比;要进行不同的叠缀试验,反复制作不同效果的局部小样;还要对针法技巧的运用进行反复斟酌推敲,才能最后定稿。

梅、兰、菊、竹 4 幅珠绣画经过黄伟雄反复琢磨尝试终于绣好了,他内心又兴奋又忐忑:兴奋的是,自己的尝试是有效的,这算是探索出了一条崭新的路;而忐忑的就是,这条路能否得到老师和同行的认可?他忐忑不安地把自己创作的珠绣画送到刺绣界的老师和前辈那里去请他们审评指点,没想到得到了他们的一致首肯和赞许。黄伟雄一颗悬着的心终于落下来了,不胜欣喜,信心倍增。

黄伟雄记得发生在很多年前的一件小事。1986 年,他还在汕头经济特区建兴潮绣厂工作的时候,有个好朋友结婚,他精心绣了一幅绣品送给朋友做新婚礼物。黄伟雄用金丝线和珠片绣了一对龙凤,中间大的"囍"字,非常喜气应景。收到这份礼物后,因为绣工精致美丽,朋友就用镜框把绣品装好,挂在家里墙上,10 多年后依然如新，他们全家都格外珍爱。他和黄伟雄说起，黄伟雄感受到一份意外的惊喜。他更明确了自己内心的追求：一直追求美还不够，还需要把美延续持久。珠绣仅用于实用品，欣赏的时间太短，只有追求更高，把珠绣做成画，才能传世，成为有着永恒生命力的艺术品。这桩身边的小事，从另一个角度更加坚定了黄伟雄在自己探索的新路上走下去的信心。

传承非遗　珠光溢彩

黄伟雄一旦确定了自己要将珠绣工艺从实用装饰品向纯艺术观赏品方向发展的目标后，就一头扎进了珠绣画的创作中，一幅幅作品从他的巧手中诞生了，越来越引人注目。

《九龙图》算是一幅比较大的画，长 3.2 米，宽 1.2 米。为了创作这幅作品，黄伟雄多次跑到北京故宫和北海公园，拍了很多九龙壁的照片回来参考。黄伟雄设计好画稿之后，一针一线精心绣制了近 200 个日夜才完成，共用了 126 万颗珠子、38 片小样。作品采用了立体垫高的绣法，使 9 条不同姿态的金龙，在画面上立体地突出来，绚丽夺目，栩栩如生。

《香堤风光》是长幅风景画，黄伟雄采用了西洋画的技法，针法技巧也大胆地从传统中突破，将抽空、交叉、补白叠缀等多种手法相结合，使画面看上去似油画又近水粉，亦真亦幻地把南国热带雨林迷人的自然美景表现得淋漓尽致，令人神往。

开启了珠绣画创作的创新之路后，短短 2 年时间，黄伟雄设计制作了近 10 幅作品，获得了工艺美术界和社会的高度认可，也赢得了许多奖项。2003 年 10 月，在杭州举行的"第四届中国工艺美

黄伟雄珠绣代表作《九龙图》

术大师作品暨国际艺术精品博览会"上，黄伟雄的珠绣画让专家们眼前一亮，这种新的珠绣表现形式得到专家们的一致好评，作品《今夜星光灿烂》荣获金奖，《富贵长春》荣获银奖。同年11月，在"第二届中国国际礼品展览会"上，黄伟雄创作的《梅姿竹影戏锦鸡》和《回归自然》荣获"首届中国礼品设计大赛"金奖，《梅兰菊竹》获得银奖。在"2004年广东省工艺美术大师作品暨名人名作展"上，黄伟雄的《九龙图》和《五彩缤纷》荣获金奖，《国色天香》获得银奖。在"2004年深圳旅游商品博览会"上，他的作品《情有独钟》被评为"深圳优秀旅游商品"。深圳高交会的高科技新闻发布会上，黄伟雄的珠绣画作品被大会挑选为礼品，送给了美国前科技部长吉本斯，并由他再转送一份作品给美国前总统克林顿。吉本斯先生酷爱中国工艺品，当得知这画是由手工将珠片一针一线绣成时，忍不住连声赞叹中国工艺的精巧……荣誉纷至沓来，黄伟雄感受到了各方对自己创新的肯定，对"珠绣画"的创作更加充满了激情与热爱，以更加饱满的劲头坚定踏实地往前行！

黄伟雄在不断创作的过程中不忘对工艺进行理论研究，他撰写的《浅谈潮州珠绣的用料及针法》《从传统工艺到现代艺术的升华——浅谈"珠绣画"的创作》《一种独特的绘画形式——"珠绣画"》等论文陆续发表，及时地对珠绣画的技法工艺进行梳理总结，引起了工艺美术学界与业界的广泛关注。2004年，他对"珠绣画"提出专利申请，2006年1月，获得了国家知识产权局颁发的专利证书。由他主编的《雅风》及《梅痴》几年前已经由岭南美术出版社及人民美术出版社出版。最近，他花了若干年时间撰写的专业性教材《珠绣》专著，也将由岭南美术出版社出版发行。

　　黄伟雄在珠绣画的创作上不断进步，也不断地挑战更高的难度，突破自己。他深深体会到珠绣画与普通刺绣的不同，题材选取和画稿设计要更加精细之外，对不同材质珠片颜色的把握尤其难。各种珠片，不同于作画的颜料色彩固定，它受到材质和规格的限制，在光的反射、折射、散射下，在不同针法排列组合下，视觉效果会有很大区别。因此，珠绣画的创作者不仅要有扎实的美术基础，还要有高超的工艺技巧与成熟的经验，才能把不同颜色、不同形状的珠片做好巧妙搭配，用工之大，要求之高，都是常人难以想象的。他在熟悉的题材创作基础之上，开始思考对名家名画进行二次创作，进行"珠绣画"呈现。

　　黄伟雄仔细研究了徐悲鸿的《八骏图》，骏马奔腾，那飞扬而起的气势和肌肉动态的准确都是高难度的呈现。他下定决心，要挑战这幅高难度的画。他用了整整8个月的时间，用20多万颗、100多种不同颜色的细小玻璃珠，用不同色彩的珠子和不同的排列形式进行明暗区分，一针一线地绣成不同的色块，形成骏马不同的肌肉纹理，绣出来的八马轮廓清晰、动态分明，奔跑的气势与神韵在不同的光线和不同角度下呈现出变化多端的美感。这幅珠绣画完成后，黄伟雄将它命名为《前程似锦》，送到"2010中国（深圳）第六届国际文化产业博览交易会上"参展，获得"中国工艺美术文化创意奖"金奖。

备受鼓舞的黄伟雄更加沉静下来，经营企业这么多年，事业发展顺风顺水，从小就钟爱与擅长的珠绣技艺已经达到一定的高度，开创性地创作"珠绣画"也实现了自己在传统手工艺上的创新，拿奖拿到"手软"。那么，下一步，他该怎样做得更好呢？我们优秀的民族手工艺发展需要大师，需要具有工匠精神的大师，需要引领行业发展的大师。这需要物质层面多年的积累，更需要非物质层面文化的积淀。他回想起当年许多年轻人找他学服装设计和刺绣设计时的热闹场面，他追忆起当年自己开班授课时的满腔激情和豪气：是时候为我们国家优秀民族工艺的传承做些事了！

2012年，"首届中国刺绣艺术大师"在北京评审，全国共评出49人，黄伟雄作为珠绣的领军人物，获此殊荣。他陪着母亲一同上台领取荣誉证书，一同感受这一成功的喜悦。获得"首届中国刺绣艺术大师"荣誉称号之后，黄伟雄在伟业大厦开办了"中国刺绣艺术大师黄伟雄工作室"。他从自己伟业公司的员工开始培养，毕竟都是熟悉潮绣和珠绣的手艺人，手上功夫基础扎实，底子好。黄伟雄企业做得大，与他宽广的心胸分不开，他鼓励员工不断进步，帮助他们学技术、评职称，成为伟业的高级技术人才，也不阻碍他们学成之后出去创业。黄伟雄重情义，伟业公司的员工往往都是他十几年甚至是几十年的忠实跟随者。他经常把员工们集中进行培训，亲自讲授美术基础知识，总结刺绣针法和技巧，开启珠绣画的创作思维，并在员工们开展创作与手工刺绣的过程中进行个别授课和单独指导。这批"学生"在黄老师毫无保留的授课和指导下,进步飞速,很快就能独立出作品了。

黄伟雄教学注重实践操作,与学生之间教学相长。他带着6名爱徒,开始了一件宏大作品的再创作。明代画家边景昭的《百鹤图》是黄伟雄心中的真爱,原作为一幅高约45厘米的工笔重彩长卷,成群的仙鹤动态各异,栩栩如生,整个画面笔墨精炼、色调明快,非常动人,他立志把它用珠绣画的形式呈现给世人。作品以原作为蓝本进行放大、剪裁、再创作,把原作中最生动、最具代表性的画面与情节重新组合,共绣制了100多只神态各异的仙鹤,在开阔的表现空间上,使用排列、叠加、交叉、抽空等珠绣技巧,多种针法交替运用,用色以灵动、抒情的形态进行呈现,细腻的针法和深浅得当的用色让仙鹤不同的神态跃然于画面之上。这件作品,黄伟雄带领6名学生精心打磨,历时近3年,使用了100多种不同颜色的细小玻璃珠几千万颗绣制而成。绣成后,整件作品长940厘米、高248厘米、厚83厘米,形成由12幅拼接而成大型的珠绣屏风,成为当时中国刺绣界规格最大的一件作品,气势恢宏,细节精美,有着极强的视觉冲击力和很高的艺术价值。作品刚完成,就引起了广泛的关注,2012年,珠绣画屏风《百鹤图》获广东省人民政府颁发的珍品认定证书。

2014年9月,广东女子职业技术学院聘请他为客座教授,在学院设立的"黄伟雄刺绣技能大师工作室"被教育部评定为国家级技能大师工作室。他任教至今已经有8年的时间。8年来,他教授了300多名学生,既讲刺绣艺术理论,也手把手教珠绣技巧。这些学生毕业后,大部分选择了刺绣相关的职业,并在行业赛事中多次获奖,多名学生已评了职称,坚定地朝工艺美术大师的目标前进。黄伟雄看到学生的进步高兴不已,看到年轻人心甘情愿地传承传统

黄伟雄珠绣代表作《百鹤图》

刺绣工艺更是无比欣慰,这样的"成果"带来的成功感和充实感比以往任何时候都来得更猛烈。

他从小就有收藏的爱好,读中学的时候,开始收藏邮票,"方寸之间,大有文章",他从收藏的邮票中,学到了很多课本之外的知识。1981年,高中毕业的黄伟雄才17岁,刚好成立"潮州市集邮协会",他自然地成了集邮协会的第一批会员,也是最年轻的会员。几十年来,他收藏邮票至今都没有间断,家里收藏的邮票都装了好几个大铁箱。他多年从事工艺美术创作,手上有许多自己创作的作品被人追捧争相收藏,他大部分舍不得卖,但遇到优秀的工艺美术大师创作的精品时,他自己也难以按捺住要买来收藏的心。于是,遇到喜欢的作品,能买的他就买,不能买的他就拿自己的作品换。几十年下来,黄伟雄积累了非常多的工艺美术大师的作品,他对收藏的热爱也越来越深,见到好的藏品就忍不住买。藏品越多,他对中华文化博大精深的理解和感慨就越多,想要分享给更多人了解的愿望就越强烈。

2015年初,黄伟雄开始在"中国工艺美术之都"潮州筹建第一个"百师园",百师园地址就设在伟业大厦。为什么起名为百师园,他说:"我很喜欢韩愈的《师说》,师者,所以传道受业解惑也。"

百师园的释义是：百，众多之意，寓百花齐放、百家争鸣；师，指具有思想与技艺的人，历史上，孔子、老子、韩愈、鲁班都是"师"的代表人物；园，汇聚人才和精品的地方。

百师园作为工艺美术大师和大师作品的聚集地。在这里，他为大师们免费提供传承和展示的场地，对传统民族工艺尤其是非物质文化遗产进行全方位的展示和推广。原来伟业公司的员工，在黄伟雄几年来的精心培养下，也完成了技术上的提升与文化上的转型，他们一个不落地留在百师园，既可以从事作品创作、传授技艺，也可以服务大师，讲解藏品。

百师园专注于非遗传承，"传承非遗，园聚百师"是办园宗旨。在接待中外游客的同时，更注重中小学生的研学实践。黄伟雄与大师们一起，开发了12个研学课程，编写教材，让学生们易学易懂。百师园创办的几年时间里，接待中小学生前来百师园参观研学的有20多万人，由于百师园在传承方面所作的贡献，被广东省教育厅评为"广东省中小学生研学实践教育基地"，被广东省妇联评为"广东省妇女创新创业基地"，被广东省文化和旅游厅评为"广东省非遗工作站（百师园工作站）"，被中国非遗保护协会授予"中国非物质文化遗产青少年培训基地"，同时也评为"国家AAA级旅游景区"，创建广东省省级文化产业园等各种荣誉。

这几年，百师园迅速发展，先后在北京、上海、广州、深圳、东莞等地设立百师园机构，成立非遗博物馆及工艺美术研究院。随着百师园规模不断扩大，许多人慕名而来学习非遗技艺，黄伟雄教授的学生人数也不断增加。在众多的徒弟中，有在高校任教的教授，有省级工艺美术大师，有正高级技术职称的，他们敬重黄老师的为人和技艺，纷纷前来拜师。其中有一个比较特别的徒弟是内蒙古姑

黄伟雄珠绣代表作《梅姿竹影戏锦鸡》

娘娜仁高娃。

与娜仁高娃相识是在一次全国性的乡村刺绣大赛上,黄伟雄是评委,娜仁高娃是参赛选手。娜仁高娃作为内蒙古刺绣的青年代表表现优秀,引起了评委们的注意,虽然她在刺绣技艺上算不上最优秀,但在面对评委答辩时谈到自己致力于刺绣工艺的传承并力图带动周边妇女共同发展努力致富的想法让评委们印象深刻。黄伟雄代表评委对她做了点评,给予了高度肯定。娜仁高娃在那场赛事中获得了"最佳风采奖",感谢评委肯定的同时也由衷敬佩黄伟雄专业的指点和鼓励。她主动要了黄老师的联系方式,不久就鼓起勇气提出要带上作品来深圳拜黄伟雄为师,请黄老师当面教授珠绣技艺。黄伟雄被这位少数民族地区的年轻人的好学勤奋精神打动了,同意了收她为徒的请求,并为她免费提供吃住,让她到深圳的百师园来跟着自己学习。娜仁高娃和百师园的员工一道,在深圳跟着黄老师学习一段时间,又到潮州的百师园实习。这段时间,娜仁高娃进步非常迅速,内心充满了对珠绣的喜爱和对黄老师以及其他同学的尊敬。学成回到内蒙古,她组织当地的牧民成立了手工合作社,承接刺绣业务,领着大家一起学艺致富。黄伟雄知道后,又让百师园的员工寄了很多的珠片等刺绣材料过去,支持她们靠手艺致富。过了一段时间,娜仁高娃告诉老师,自己的技艺已经到了一定的瓶颈,牧民社员非常需要得到更高的指导。黄伟雄听说后,马上决定和林红一起去一趟内蒙古。当他们坐飞机落地呼和浩特后又辗转坐6个小时的汽车到娜仁高娃的家乡时,才发现那是位于我国和蒙古国交界的一个边陲小镇,非常偏远。他们带着大包小包的材料包过去,也受到了意想不到的热烈欢迎,当地政府的领导和娜仁高娃的社员们一起来迎接他们,非常热情,非常热闹。黄伟雄两人连续授课几天,感受到牧民们好学的热情,也深深感受到当地物质条件的艰苦和牧民们待人的真诚。这次授课,他们全程自费,并免费提供了大量的原材料,但是他们都感到非常愉悦,那是"授人以鱼不如授人以渔"的满足感,也是"赠人玫瑰手留余香"的幸福感。

黄伟雄夫妇非常重视教育,一对儿女从小读书成绩就非常好。对于孩子未来的择业,他们夫妇并没有必须继承他们衣钵的想法。没想到,在艺术氛围里长大的女儿,从小跟着父亲学画画,耳濡目染。高考后顺利地进入到自己心目中的第一志愿广州美术学院学习,毕业后又被艺术领域里的"王牌"——伦敦艺术大学录取,攻读服装设计专业。在英国留学的5年里,她不仅潜心学习世界最前沿的时尚设计理论,还时常自费学习刺绣技艺。她曾经花了十几万元的学费学习法国刺绣,悉心寻找法国刺绣与珠绣的异同,汲取养分充实

黄伟雄珠绣画工作室内部分荣誉展示

自我。学成归来,她成为了深圳高等学府的一名老师,像父母一样,致力于民族工艺的研究与传承,力求发扬光大。

在采访的过程中,得知黄伟雄的儿子刚从美国留学获得了博士学位回国发展,赞叹他真是事业家庭两不误。

黄伟雄衷心地为自己的学生们感到骄傲和自豪。他多年在工艺美术界和商界打拼取得的成功为他反哺行业、回馈社会奠定了良好基础,当老师,无疑是最便捷和有效的选择。潮州市饶平县英粉村是一个有名的贫困村,为了帮助家乡人民早日脱贫,黄伟雄带领团队在英粉村开设珠绣技能培训班,毫无保留地将珠绣技艺倾囊相授,让当地600多名妇女掌握珠绣技艺,并联系加工订单,帮助她们自力更生、脱贫致富。一时间,传为当地的美谈和佳话,全省甚至全国各地都有人过来学习扶贫经验。广东省委书记李希视察扶贫点现场时了解到情况,对此给予了高度肯定和赞许。

黄伟雄和百师园的传承事业发展壮大,为行业和社会所作的贡献被越来越多的人看到,也得到政府和社会各界的高度肯定和大力支持。他信奉工匠精神,领头示范,几十年来他创作的作品共获国家级金奖31项、银奖6项、省级金奖13项。有3件作品入选中国工艺美术双年展,有4件作品被国家级及省级博物馆收藏。行业里,他获评正高级工艺美术师、广东省工艺美术大师、首届中国刺绣艺术大师、第一届中国工美行业艺术大师等诸多"大师"。社会上,他获得诸多殊荣:2014年,他被授予"深圳市高层次人才(地方级领军人才)"称号;2015年,被国务院评为"享受国务院政府特殊津贴专家";2017年,被评为"潮州市第七届拔尖人才",并被命名为"国家级非物质文化遗产项目粤绣(珠绣)代表性传承人";2019年被授予"第五届广东省优秀中国特色社会主义事业建设者"和深圳市2019年度"鹏城工匠";2021被广东省人民政府授予"第四届南粤技术能手奖"……

硕果累累成才路,赤子丹心工匠魂。黄伟雄在刺绣工艺的这条路上行走了近半个世纪,他孜孜不倦地追求着事业的成功,付出了常人难以想象的艰辛,也收获了常人难以企及的成就。即将步入耳顺之年的黄伟雄,一手创建的"伟业"明年将迎来而立之年,各地的"百师园"文化产业公司和博物馆也发展壮大,刚刚整合成立了"百师园文化集团"……我们仿佛看到,一辈子专情专注做刺绣的黄伟雄亲手打造的艺术王国越来越大,越来越强,融入优秀传统文化传承发展大业中的光芒也将越来越璀璨!

深圳匠魂

陈活常

深圳匠魂

电动装卸机械高级岸吊操作技师。获得全国技术能手、全国五一劳动奖章、全国交通技术能手、广东省职工经济技术创新能手、深圳市技术能手、深圳市经济技术创新能手、深圳市地方级领军人才、深圳市盐田区梧桐凤凰B类人才、"金锚奖"等荣誉。培养岸吊司机约300人次。

让平常活成为不平常
——记盐田国际岸吊操作师陈活常

邵永玲

那一天正下着大雨，路上的行人都被"下"走了，而我已经和陈活常老师约好下午2点半到盐田附近的面点王访谈。可当我快到面点王时，他一个信息来了，告诉我他已经到了面点王，比我们约定的时间足足提前了20分钟。他说，他就在餐厅等我，当我从地下通道钻出来时，雨还在没羞没臊地下着。因为还有十几米的距离是没有遮雨的地方，没有拿伞的我，犹豫了一下还是小跑着钻进了雨里。

就在这时，我从一个男人的身边走过，或者说，我并没留意到他。没想到他从后面追了上来。"您好，您是邵老师？"并把雨伞伸到了我头顶。

"您？是陈老师？"我很吃惊，他竟然一眼就认出了我。他笑着说："一看，就感觉是您。怕您没有带伞，所以就出来接您了。"

在前几日线上沟通时，我看过他发的照片，也在百度里搜索他的资料时，看过他一些照片，但照片上的他和本人一点也不像。不只是样貌上的不同，站在面前的他所散发出的青春活力也是照片上所没有的。照片上的他，是稳重的，是严肃的，是高冷的。而眼前的他，是热情的，是风趣的，是随和的。

他就是陈活常，作为盐田国际集装箱码头的一线岸吊操作师，曾在1小时内让超过60个标箱安全到达准确位置，而在当时业内的平均效率只有1小时30个，并在2014年全国交通运输行业职业技能比赛中一举夺得岸吊比赛冠军。他也是全国五一劳动奖章、全国技术能手称号获得者。同年，陈活常成为中国共产党党员，还带动了一大批业务骨干积极向党组织靠拢。

活常不平常的肆意

起初，陈活常并不叫这个名字，他叫陈国庆。

1979年国庆节当天10点多，在梅州市丰顺县潘田镇的一个小村里，一个男婴呱呱坠地，"哇"地一声发出响亮的啼哭声。这个男孩因此而得名陈国庆。也许正是那一天的出生，注定了他的不平常。乡亲们都感慨：这孩子，可真会赶时间！

陈国庆是家中老三，他有一个姐姐和一个哥哥，还有一个大他7岁的舅舅。陈国庆从小好动，还喜欢在地上爬，小小的他总是把自己滚得一身灰。除此之外，家里的锅盆瓢碗也成为他的玩具，家人们不怕他吵闹，就怕空气突然安静，因为这个时候，他准在哪里破坏什么东西了。他有害怕的人吗？有，是他爸爸。但他一点又不怕，闹完就躲在哥哥、姐姐、舅舅的背后。

"我没什么记忆了，这都是家里人跟我说的，大概是真的很折腾吧。"陈活常笑着说，"但和我爷爷在一起的时候，我还是很安静的。"

在陈活常3岁时，他的外婆去世了，留下了一个上小学的舅舅。长姐如母，于是舅舅成了他的又一个"哥哥"。4岁那年，一天早上10点多,在门口,陈国庆像个大老爷们一般,学着坐在他旁边的爷爷的姿势躺在凳子上,与他爷爷一起晒太阳。这是陈活常能好好安静会儿的时刻,那时光陈活常今天想起来,仍能感受到一种惬意和舒服。那天,曾经历过第二次世界大战时期的爷爷,看着投射在地上晃着的光影,然后摸着陈活常的头说:"希望你能活得平平常常。"

也许是突然的想法,也许早就有了这样的想法,总之,他爷爷不想让他的肩膀扛那么重的担子。赶在上学前,爷爷给陈国庆改了名字。于是,被叫了5年的"国庆"成了"活常"。不过,陈活常这前半生活得一点也不平常,从小就很调皮,只差拆房卸瓦了。只是,如今回忆起爷爷,陈活常说:"他希望我活得平常,我曾试图追求过不平常,好在一直都平平常常。"只是有那么些许时候,一个不小心活得并不是很平常。

不知从何时起,陈活常开始喜欢捣鼓各种器械,小到家里的遥控器,大到自行车。第一次把整辆车拆解是在读六年级那年。一天,邻居家的门口放着一辆半废的自行车,他寻了个机会,偷偷把自行车拖到一个少人路过的小巷。邻居家发现自家自行车不见的时候,便寻了过来。这时,陈活常正进行重新组装的最后一步。邻居目瞪口呆地看着他,不知道说什么好。旁边赶来的陈爸爸拿着柳条追着他打。

"不是揍,是打哦。"陈活常笑眯眯地说道。

还这么干吗?陈活常就还这么干。

10岁,个子不高的陈活常就学会了开摩托车。13岁,他把家里的摩托车给拆了,完了又给重装了回去。

陈活常在拆解器械方面的这一手成为他小时候的骄傲。自小,他的学习成绩并不好,但他的哥哥、姐姐的成绩都很好。让人意外的是，从小到大，陈活常并没有被家里人拿来与哥哥、姐姐作比较，只是常与他说明学习的重要性，要他好好学习。事实上，在学习这方面，陈活常仍旧是无所进取，好不容易上了高中，在高三第二学期，对于学习，他实在提不起劲，最终选择了辍学。

那个时候，他兴致勃勃地与家里人说："我要去学修车。"

陈活常幻想着将来有一天会在修车界流传着独属于他的风光伟绩。天生惯用左手的他多了份"中二"感，自觉自己是与众不同的，虽然叫"活常"，但他觉得自己本质上还是野的，他就想要活得"不平常"点。没多久，修车就成为他自信能"露一手"的东西。很久之后，他回忆起来，说有点莽撞，但更多的是因为这事对于当时的他来说还是一件挺好玩而且很感兴趣的事，"这便足够了"。

"直到今天说起这事，我妈妈都会哭，她很愧疚，觉得没有把我教好，太放任我了，觉得我蹉跎了自己的人生。"妈妈常把陈活常对学习的不上进当成是自己的"错误"。但比起责怪儿子，她还是更愿意去支持他。面对如今陈活常取得的成绩，在陈活常看来，有自己的选择。"既然选择了，那就要做到最好。"这是他的信念，也有母亲在背后的默默支持。

"于是，一不小心就到了现在，一不小心拿了些奖。"陈活常笑了笑。真的是一不小心吗？想来并不是。我们循着陈活常走过来的路，发现他有他的勇、他的青春肆意。但他只要认定的事，他学得细，学得谨慎，学得专注而用心。他说他从不相信仅靠天赋能成就一件事，必须得付出百分百的努力。

那时候的陈活常确实很单纯，选择了，就干。光干还不行，还得好好干。陈活常在镇上的一家修车店做起了学徒，没有工资，但包吃包住。一进店，异味扑来，这是黑乎乎的一家店，墙上、地上挂满了各种摩托车零件，异味是从各种机械油里散发出来的。见到这些，陈活常异常兴奋，他觉得自己就是一只耗子掉进了米缸，还能任自己随意吃。

让陈活常没想到的是，他过敏了，当初并没有太在意，只是在痒的时候顺手挠了挠，觉得可能就是有点"水土不服"，等过段时间适应了便没事了。开始时，因为长时间拧螺丝，他的手掌被磨破了皮，他看着手掌上的水泡倒是乐意极了，觉得这是属于他的"勋章"。

在那里的日子，他觉得很充实，时间就这么飞快地过去了。而在修车店做学徒的这段时间里，陈活常展现了他异于一般人的天赋，不到半年时间，他便出师了。他还能听声辨位。当一辆有故障的车摆在眼前，他能通过敲打直接找出故障的位置。

一天，一个客人拖了辆摩托车到店里，对着老板说："能修就修，修不好就算了。"陈活常的师傅仔细查看了这辆摩托车之后，摇了摇头，正准备告诉客人没法修了，陈活常信心十足地插话道："师傅，让我试试！"

这也是陈活常第一次单独接单，而且成功了。那是一个不容易被发现的问题，他通过声音来辨认可能出现故障的位置，再一一排除，最后确认问题所在，让那辆摩托车起死回生。见此，陈活常被客人大赞了一番，顺着这事，师傅也拿他在这段时间里的丰功伟绩向客人炫耀了一番，并给了陈活常现金奖励。听到他们对自己的夸赞，陈活常很开心，也为自己感到骄傲，但他还是装得矜持地、淡定地说道："师傅教得好。"

如今，他还是笑着说："一不小心，哈哈。"

不过，陈活常以为的"水土不服"并不见好转。他手上、背上都长了许多小疹，越发难受，擦了药也只能暂时缓解瘙痒，但他还是不想半途而废，于是坚持了半年，直到单独接单修车。

1998年底，陈活常结束他的第一份工作。因为皮肤过敏的原因，陈活常只好暂时不碰这类工作。于是，他拿着出师后接单赚来的工资，学着他爸爸做起了生意。他想过回去学校，只是他家是做小本生意的，不足以支付全家小孩的学费。尤其在当时，当地还没实施九年义务教育，上初中的弟弟需要学费，上大学的哥哥姐姐也需要钱。

所以在妈妈问他要不要回学校的时候，他像个小大人一样叉着腰，说："我不需要上学，我能赚钱了。"他的妈妈无可奈何，只好任他去做生意。

1999年，陈活常买了5张桌球台，在自家一楼腾出了间桌球室，再在旁边放了20台游戏机。他的第一次创业就这么开始了。

2001年，他在镇上开了第一家中国移动代理店，以售卖手机卡为主，兼卖手机。为了卖手机卡，他找了当地学校的老师们，软磨硬泡地让他们换新手机卡，还跑遍了当地政府单位。20岁出头的小伙，常笑嘻嘻，说话还幽默，又懂得哄长辈，又是独一人做这个业务，大家也就随了陈活常。

说着说着，陈活常兴奋地讲起了生意之道："我卖一部手机可以赚300元，但对外报价的时候肯定不能这么说，你要多报200元，然后和对方说可以便宜200给他，他觉得你少赚了，他得利。事实上，你想赚的差价并没有变，对方想占点便宜的心理也得到了满足……"

"你很喜欢做生意吗？"

"要说不喜欢，那是骗人的。"

"那对于后来的选择后悔吗？"

"不会。"陈活常斩钉截铁地说。

人生不存在"一定",不存在"唯一",只取决于当时那"一不小心"的选择,然后小心且大胆地干了这个选择。

过了2年,陈活常的舅舅将一个选择题交给了他。他说,舅舅是他生命中的一个转折点。

2002年,陈活常自觉他选择的行业,在当地再没有能拉的业务可做时,他又用赚来的钱开了家杂货店。就在他以为就这么在生意场上过下去的时候,在深圳盐田国际工作的舅舅打来了电话。原来,他舅舅置了一套房,正准备装修,想让他过去帮忙。

2003年4月,陈活常把店面都交给妈妈,整装到了深圳。对于深圳这座城市,陈活常并不陌生。之前放假时,他随舅舅在深圳待过一小段时间。他开杂货店期间,许多货也都是通过在深的朋友发货,开中国移动代理店时的货源也是找的在深圳华强北的朋友。

年底,在结束装修工作时,陈活常的舅舅问他:"接下来,你想做什么?"陈活常想了想,摇了摇头,对于未来,他还是迷茫的。

"那你要不要来我们这里工作,我们正在招人?"听到这一问话,陈活常当场呆住了,顿时陷入沉思,仿若置入一个与世隔绝的地方,再听不到其他声音,只有舅舅的那一句"要不要来"反复在耳边响起。他知道舅舅所在的公司是做什么的,只是从来没想过要去那里工作。他突然醒悟到,他还是想要做与机械类有关的工作。他想起了曾经对着各种器械的兴奋感,快过去5年了,是什么时候淡了这种感受呢?陈活常也不清楚,只是某一天,就学起了父亲做起了生意,丢下了曾经的梦想。在舅舅的问话下,藏在内心深处的梦想浮了上来,而属于年少时期的"征服欲"也再一次被激发出来。

陈活常听见自己在说:"好。"于是和盐田国际结下了不解的缘分。

回忆起过去的那段时光，陈活常说："这是最好的选择，有什么好后悔的呢。"如果都能看懂命运了，那就不叫命运了。

第二年，他与青梅竹马的爱人结婚了。这一刻，他明白了"家"的意义，懂得了责任，他踏实下来了，再不敢随意任性了。

活常不在于天赋

1985年，地处大鹏湾畔的盐田区还不叫盐田区，就在改革开放的春风里开辟了一个新的港口，取名为"深圳东鹏实业有限公司"，拥有可供兴建深水泊位的海岸线6.7千米，以及可供开发建设港口配套设施的后方陆域和港区面积17.96平方千米。

1994年，"深圳东鹏实业有限公司"更名为深圳盐田港集团有限公司，负责统一规划、建设、经营、管理盐田港区6公里海岸线及前方水域和后方陆域，承担建设盐田国际中转大港、港口配套服务和港口卫星城建设的任务。当年，盐田港区响起了嘹亮的汽笛，"世界船王"马士基·阿尔基·西拉斯号集装箱船首航盐田港，成为盐田港开港后迎接的第一艘船舶，也是盐田港开通的第一条国际航线。

1998年，盐田区成立，盐田港区的集装箱吞吐量正好突破100万标箱。

这年，陈活常辍学。5年后，他站在公司大楼下，抬头望着这栋大厦，虽有困扰，但并不迷茫，至少那时候的他是这么认为的。面试很顺利，只是时光荏苒，没想到就这般顺利地过去了20年。

第一年，他是龙门吊操作师，即操作门式起重机，用于港口货物装卸作业。难吗？陈活常不觉得。打小就对机械感兴趣的他，擅长去揣摩机器的性能，甚至能把每个操作动作精细到严苛的程度。

陈活常工作的盐田国际码头

集装箱码头作为海运系统网络的重要节点,它的运作效率会对整个运输系统产生很大的影响。他的这种钻研精神,让后来的他不断刷新行业纪录,加快了港口装船与卸船的速度,缩短其运输的周期。

旁人与他说:"活常啊,在这方面,你有天赋。"

陈活常回说:"这不是天赋。"

在他看来,"天赋"一词是对一个人努力的亵渎,所得来的成绩该是来源于对事物规律的洞察和领悟,要成为一方高手没有捷径,只有不断地重复练习,长时间经验积累。"用心想,你想不想去做?要么不做,要做就做好。"陈活常说道。他把这句话当作人生信条,也将它传达给后来的学生以及自己的孩子。

"机械的原理都是一样的,平常人一年半载才能熟练操作的龙门吊,我3个月就把它吃透了。"陈活常回忆说。过去,他能用2

个小时学会开汽车,这时,他就能用最短的时间出师。

之后,陈活常又用了3年时间,成为一名岸吊操作师。

岸吊是码头上用于装卸货的吊机,陈活常操作的岸吊有将近50米高。为保证视野,操作室都是用玻璃制造,就连地板都是透明的,看起来就是一个吊在半空的"玻璃房"。操作室面对着盐田港,平日里,不断有船进进出出。

陈活常的工作就是坐在座位上,低着头,操控岸吊,往世界各地进港停靠的船上装卸货。每天的工作就是重复再重复,也磨掉了他一开始面对高空作业时的恐惧。

而每台岸吊和每款船舶都有不同的特点,这些因素都直接影响岸吊司机的操作。喜欢琢磨的陈活常,在日常工作之中,他还会特地去留意不同岸吊和船型的特点,摸清它们的"脾气",找到规律,总结经验,提升效率。

"别看我们的工作一直坐着,好像很轻松,其实需要高度的精神集中。"陈活常说,岸吊操作师最重要的就是视力和判断,如何将集装箱准确地摆放到船上指定的位置,都靠他们的判断来完成。陈活常在这个岗位做了10多年,也练就了许多"神技",比如说,听声音就能判断高度。

在盐田国际集装箱码头,岸吊操作师这个岗位有300多人,每一个人都需要很好的视力,操作的时候要看清脚下几十米船上的具体情况;还要有很好的反应能力,港口突然遇到大风大雨是常有的事情,这个时候就需要岸吊操作师沉着、冷静的判断。

2005年,盐田国际集装箱码头扩建工程启动,深港合作进入了一个新的发展阶段,盐田港集团可持续发展战略得到进一步的深化;同年,盐田港区荣获全球最佳港口称号。2007年,盐田港集装箱吞吐量突破 1000 万标箱，实现了盐田港发展里程中一个历史性的跨越。

这一年，一次细心的发现，陈活常成功避免了一场大型意外事故的发生。当天，在上机前，陈活常习惯性地敲了敲岸桥，他敏感地发现岸桥发出的声音不对劲。他招呼大家暂停手上的活儿，绕着岸桥敲敲打打，细细观察，发现传送带的压轴轴承断了，本来十几个固定螺丝也只剩下一个，而这压轴本需要支撑近 300 斤的部件。现今想起来，仍旧一阵后怕，然而这也是陈活常在工作中需要常面对的可能存在的危险。

"工作的时候，我时刻绷紧神经，因为心里明白，干我们这一行，一出事就是大事，一个集装箱那么大，重几十吨，稍有偏差，后果不堪设想。"陈活常说道。

不平常为上限，平常为下限

2009 年，陈活常凭着自己总结而来的经验第一次刷新了行业纪录，在世界码头平均运输效率只有 30 个标箱的情况下，他在一小时内让 63 个标箱安全到达准确位置。对于这个成绩，陈活常说，他不能算是最快的，但却是最稳的，稳住心态，稳住操作。而"稳"一字也让他在十几年的从业生涯里实现了零事故。

2013 年 1 月 8 日，盐田港集装箱吞吐量累计达到 1 亿个标准箱，用 18.5 年创造了一项港口行业操作新纪录，再次实现了里程碑式的历史性跨越。

2014 年盐田港集团集装箱吞吐量升至 1293 万标箱，深圳港集装箱吞吐量也一举超越香港，跃居全球第三。同年 11 月，曾在

2012年获得盐田国际第三届劳动技能竞赛岸吊操作项目二等奖的陈活常得到机会与另外3个同事参加了第六届全国交通运输行业职业技能比赛，这也是首届全国港口领域职业技能竞赛。此次竞赛属国家级一类竞赛，由交通运输部、人力资源社会保障部和中国海员建设工会全国委员会主办，交通运输部职业资格中心和深圳市交通运输委员会承办。有来自全国的27个代表队、3000名选手参加预赛，近200人进入决赛。

竞赛设电动装卸机械司机、叉车司机2个工种。电动装卸机械司机比赛项目被命名为"狭路'箱'逢"，通过取箱，吊箱经过限高杆、限宽通道和放置指定平台的测试，检验操作人员在日常作业中对吊具控制的稳定性和精准度，展现选手狭路"箱"逢勇者胜的拼搏精神。叉车司机比赛项目被命名为"勇闯三关"，通过精细对货盘、准确挂彩笼、技巧挪金蛋和轻熟绕障碍的测试，要求选手做到稳、准、快、巧，检验叉车司机的综合能力，展现选手不畏困难勇闯难关的挑战精神。

这次竞赛是融学、练、赛于一体的综合活动，是全行业"能工巧匠"展示技能、交流技术、切磋技艺的重要平台。参加这次比赛的选手都会有一两个绝活。在这么残酷的竞争下，陈活常脱颖而出，一举夺得冠军。

如今的他依然淡淡地笑着说："一不小心，这饼就砸我头上了。"又是"一不小心"，而个中苦却难以为外人所道，天下又哪有掉馅饼的事？

为了参加这次比赛，并在比赛中拿到好成绩，他们进行了一个月高强度的培训。每天天没亮，他们就得起床训练，直到半夜。又因为这是"首届"，没有任何可参照的经验，在这场兼具技术与表

陈活常（前排左三）在全国交通技能能手的颁奖台上

演的比赛里，他们只能自行摸索。陈活常不知道自己究竟哭了多少次，也不知道有多少次退却的想法。最崩溃的时候，他在1小时内，抽了7支烟。除此之外，这期间，唯一能做的就是，在崩溃的时候，他们4个人互相捶打，互相鼓励。

带队的负责人担心这般下去，比赛还未开始，他们便先倒下了。于是，负责人请来了一位心理师。心理师看着他们，说："你们现在需要的是自信。"

在临近比赛日时，心理师放了一段视频。视频里的人们正在为橄榄球比赛做训练。视频中的教练对着训练生们喊"对了，就是这样"，对着快要受不住的训练生喊"加油""别放弃""不要停""继续"……分别喊了13次、15次、23次、13次、48次，最后，教练问："我能信赖你吗？"

心理师也问："我能信赖你们吗？"他们给出了与视频一样的答案，也是那样的铿锵有力："可以！"顿时，他们抱在一起大声哭了出来。

"那时的我就是个傻子！"陈活常回忆那时的自己，直言道。

那股傻劲让他暂时抛下了所有，只追着一道不知能否抓住的光，在黑暗中爬行，拼命挣扎。也许，傻劲到了一定程度后，你的上限也被拉高了。

预选赛那天，也就是11月13日，正是陈活常妻子的预产期。为了不影响陈活常的比赛，他的妻子在没有和他商量的情况下选择了提前剖腹产。11月9日，陈活常的小女儿出生了。他赶到医院，抱着孩子的那一瞬间，看着孩子皱巴巴的脸，他"哇"的一声哭了出来，为自己的无用，为自己的无能，为自己的无措，家人们本该是陈活常永远的底线。他的妻子对他说："不要辜负了自己的努力，不要让自己后悔，但也无需勉强自己，尽力便可。后边有我呢！"说完她笑了。回忆到这里，陈活常也笑了："夫妻的感情是世界上最难经营的一件事，却也是世界上最幸福的一件事。"

这场比赛没有满分，也没有最高分，只有更高分。预选赛后，参加的人数只剩下187人参加决赛。当天，陈活常抽到的号码是31号。轮到他时，当时排在第一名的分数是451分。他需要做到的是超越这个分数。

在48米高空上，陈活常在狭窄的操作室中精准地完成各种动作。在操纵小车经过限高杆将吊箱放置指定平台的测试中，小车的四周放有4瓶矿泉水，吊箱移动时矿泉水不能倒下。"这项操作检查的是司机对吊具控制的稳定性，作业时不仅要保证效率，还要保证无损伤作业。"陈活常屏住呼吸，300多秒几乎无失误地完成操作，只越过红外线0.3秒，最终拿到811分。巧合的是这个分数正是陈活常的农历生日。

这一刻，全场欢呼，因为他们知道，如没有意外，该项目的第一名便是陈活常的了。事实上，陈活常确实拿到了第一名。陈活常

陈活常（左二）与同年获全国交通技术能手的同事一起跟公司领导合影

走下台后，带队的负责人直接抱住了他，激动得大哭起来。此时此刻，陈活常就是热血剧里的那个成熟、稳重，嘴角还带点笑容的主角。

陈活常说："他的压力很大，我们的压力也很大。那时候我一直在跟自己说'第一名本来就不是我的，能拿到是我赚到了，拿不到我也已经努力过了'。在开始的那一瞬间，我想到了还躺在医院的老婆，突然就淡然了。"

当天，有许多人因为情绪紧张导致操作失误没有拿到分，陈活常是现场心态最稳的人之一。"也许我的技术并不是最好的，但心态绝对是最好的。"陈活常说。

同年，他被评为"全国技术能手"广东省职工经济技术创新能手称号，次年，他接连获得"全国五一劳动奖章"、广东省"金锚奖"、"全国交通技术能手"，在深圳市人力资源和社会保障局组织的劳动技能竞赛中获"深圳市经济技术创新能手"称号，在深圳市第八届职工技术创新运动会电动装卸机械司机比赛中获二等奖等。

而在比赛的前一年，陈活常提交了入党申请书，2014年底，他被特批正式成为中国共产党党员。"成为党员可以让我更好地做好一个榜样。"陈活常说，他入党的初衷就是想带好头，在岸吊操作师的范围内影响到更多的人。"当然，能带出第二个陈活常，我会比拿冠军更开心。"他说，他想通过"传帮带"把经验、技术传承下去，希望帮助整个团队提升素质。这便是后话了。

9个月的"老"师傅

第六届全国交通运输行业职业技能比赛之后，盐田国际集装箱码头立即组成了一个临时教官团，将集训和比赛经验加以提炼，总结出一套培训方案，对团队进行培训，陈活常也成了教官团的一员。

实际上，陈活常早就成了"陈师傅"。

在成为岸吊操作师9个月后，陈活常便被要求带一批徒弟。他很惊讶，这是没有前例的。在他的认知里，培训师的经验是需要时间熬出来的，甚至可能需要10年以上的时间。他只有9个月，能行吗？领导说："我相信你，你有这个本事。"

原来，随着设备的不断更新，码头货运量的不断加大，为了更好地熟悉新设备的性能，提高自身的技能，陈活常根本闲不住，常利用空闲时间去学习。为了扩大自己的知识面，陈活常甚至自学了编调、桥长。他还通过自己不断地学习练习，与同事们切磋技术，探讨技术要领和规则，从中钻研总结出一套操作方法。

当然，只有不到1年经验的他依然是不受待见的。新人们质疑他、反对他："他也就比我们多了9个月，就要成为我们的老师，这培训还能好了，该不会是走个过场的吧？"

安排他的领导直怼:"我说行就行。"就在这时,港口有紧急任务,必须在规定时间内完成。这次任务来得突然,正好,你们不信服是吧?那就拿现成的成绩给你们看!陈活常与他们杠起来了,本志忑的心情也被激起的征服欲冲淡了。

随着最后一个集装箱安全着陆,陈活常脸色苍白地走出操作室。在几个小时里,他将船上的集装箱全部卸了下来,平均每小时54吊次。这一次,陈活常又创下了业界记录。瞬时,在场的伙伴们都对他刮目相看了。此时,领导也拿出陈活常近3个月的操作数据给他们看,必须是心服口服这个"年轻"的陈老师了。

在访谈中,陈活常也一次次强调:"也许我不是最快的,但我一定是最安全的,也是最稳的。"陈活常分析桥边作业可能存在的各种风险情况,并为各种风险情况作出相应的防范措施。

他说:"你们要想到自己还有一个家要养,你要保住自己,也要保住自己的钱包,那怎么办呢?从小事做起,养成习惯,特别是轻拿轻放的习惯。"他还制订针对性的技能提升培训方案,结合自己过硬的操作技能和良好的安全意识手把手传输技能和灌输安全,改正他们的不良操作习惯。此外,在培训中,他将自己总结的操作方法完完全全分享给他们。以第六届全国交通运输行业职业技能比赛为契机,陈活常成为专职机械培训师。

在盐田国际的15年间,他带过的徒弟很多,每次培训,他都站在学员旁边,细心指导操作中的每一个动作,纠正他们的操作习惯。高度的责任心和无私的奉献精神让他培养出了许多优秀的学员。

"这些年,我带出来的'徒弟'应该有500人左右。"陈活常说,只要有人愿意和他交流操作心得,他都会毫无保留地把经验传授过去。兼做教官之后,陈活常的工作时间从以前的每天8小时增加到了 14 小时，但他依然整天乐呵呵的。

据统计，陈活常完成岸吊司机培训及技能提升合计约 500 人次、培训课程 50 课次，同时也积极协助其他机械各种培训。经过技能培训及提升，司机的技能均得到较大提升，安全事故逐年下降，操作效率及服务质量得以稳定提升。

后来，陈活常还与同事合创"岸吊操作服务"微信公众号，积极推广自己多年积累的电动装卸机械的操作技能，在"岸吊操作服务"微信公众号内容中，详细介绍了电动装卸机械的各种操作技巧和注意事项。

陈活常在尽全力将自己的毕生所学传授给他人。在他看来，1 根筷子容易折断，10 根筷子抱成团要想折断就难了，所以，在这个领域一个人强不算强，所有人强了才叫强。

他说："我不想在他人面前塑造我有多厉害，我只希望能把事故率降低，再降低，对我好，对你好，对他好，对公司好，也对这个社会好。"

靠拢大家，笑看小家

2018 年，盐田国际码头新 A 闸进闸通道正式投入使用，这标志着盐田港疏港交通基本实现了进出港交通与社会交通的分离，港区内拖车排队、港区外交通拥堵的状况一去不复返，港城协调发展由此翻开新的一页。这一年，盐田区也迎来了 20 岁生日。

这一年，即将 40 岁的陈活常成为盐田区 20 周年"山海盐田，最美是你"形象代言人之一。而陈活常也在只有 20 岁的盐田区里度过了 17 年的时光，他的家人在盐田区，他的工作在盐田区。这一路，盐田区在成长，他也在成长。"当然，盐田区是庞然大物，我只是渺小的我，只是渺小也有渺小的活法。"陈活常说。

再忆起"活常"二字的含义，陈活常越发觉得这 40 年来过得平常。他曾觉得命运是相反的，也曾"中二"地想干一番大事业，事实上，他终究应了他爷爷的期待："活得平平常常。"

也许，还是有点不平常吧。

平常是当代人最大的幸福。我们生活在最好的时代里，漫行在自己所抉择的人生中。也许，你是别人人生里的路人甲，但某些节点里，也还是会难得成为众目睽睽下的主角。比如，当选盐田区形象代言人后，在一些特殊节日里，陈活常还会担任盐田区的导游，为到来的人们介绍盐田的过往历史。

比如，2019 年，陈活常获得"鹏程工匠"称号。这一年，为促进港口码头智慧化转型升级，提升港口作业效率，进一步节约人力资源成本，实现低投入、高收益等目标，盐田国际"智慧码头"项目启动。为使得智慧码头的实际操作时安全系数更准确、更稳，陈活常担任负责人及系统的测试人。

在陈活常看来，理论上的安全系数与实操的安全系数是存在一定误差的。为降低这种误差，他以实操的角度去完善智慧系统的安全装置，还需要判定环境因素对安全系数的影响。而今，这个项目正在试运营中。陈活常相信，港口离集装箱码头全自动化不远了。

2017 年，陈活常当选广东省第十二次党代会代表。刚到广州，陈活常就张罗着和各位省党代表微信建群。"有问题随时可以问，随时学习，能够更好履职！"

而从加入盐田国际大家庭后，志愿服务便成了陈活常生活的一部分。教育家苏霍姆林斯基有这么一句话："谁要是没有感受过与

陈活常在中国共产党深圳市第七次代表大会上留影

人为善的那种欢乐，谁就不感觉到自己是真实而美好的事物的坚强勇敢的卫士，他就不可能成为集体的志同道合者。"近20年来，陈活常始终将这种无私奉献精神根植于自己的内心，并付诸行动。他喜欢公益，也享受公益，如今的他已是盐田国际工会的一名委员，常组织公益活动。

2021年，盐田区发生"5·21"疫情。"党员们都清楚地认识到肩上扛的责任，疫情就是命令，即便是在休息时间，只要指令一到，都像打了'鸡血'一样蹦起来。"5月26日，陈活常入住集中居住区，负责安排190多名岸吊司机的防疫措施、工作计划及衣食住行，孩子临近中考，只能让家人全力陪伴，但陈活常表示："这也都是身为党员应该做的事情。"

为了精益求精，当好一名省党代表，陈活常说，在赶往广州参会前一个月，他每天晚上都是抱着书本度过的，对党史等进行了系统学习。"没有最好、只有更好。"陈活常说，能够成为一名省党代表，是自己个人的新起点。在基层一线，党员就要不断加强学习、充实自己，要当好示范、做好表率，把正能量传递给更多的人。

说到"更多的人"，陈活常对自己的家人却是有许多愧疚的。

于妻子、女儿们，码头上不间断的工作让陈活常无法像平常人一样有稳定的假期。为了在工余时间更多地陪伴家人,陈活常和女儿有一个约定:回家不能碰手机。

此外,在家教方面,陈活常也有一手。他不反对孩子玩游戏,他觉得适当的游戏能增加一个人的思维逻辑能力,提升他的反应能力。

于父母,他觉得自己没有为家人们争来什么耀眼的光芒,因为工作性质,也少回老家。然而来自母亲对自己的愧疚,也使得陈活常更加不知所措。好在他的哥哥姐姐们在家,也常会开导母亲:"不要一天愁着脸,你看我弟整天笑眯眯的,运气多好。"

"虽然不怎么相信运气这种虚无缥缈的东西,但爱笑的人运气总不会差,我喜欢笑。"说着,陈活常又笑了起来。

未来还可能存在一两个"一不小心"

长时间的低头作业,让陈活常时常感到颈椎酸痛。"但是我仍旧非常喜欢我的工作,每当完成一次挑战,看着船员远远地竖起大拇指时,满满的成就感便油然而生。"陈活常说。为了在工作时保持更好的状态,强化自己的体能,保持自己的活力,陈活常成了健身房的常客。同时,他也是家附近公园的常客,常绕着公园绿化道跑步,偶尔还会带上妻子、女儿们。

但陈活常至今仍有微许遗憾,那就是"生意"心仍然萦绕在他的脑海里。毕竟,早年那段时间,他从学校辍学出来干活,很卖力,也很充实。这是一段很宝贵的时光,并深烙在他的记忆深处,也是他向往的另一种自由。如今,陈活常的弟弟陈活跃继承了他爸爸的"生意"脑,在东莞开起连锁五金店。

对此，陈活常说："我做事情不想半途而废，当某一天，我觉得足够了的时候，也许就会重操旧业，去创业。"他不属于在单一领域里深耕到底的人，但他却会在这个领域里把自己所拥有的技术横向拓展并创新。

除了还有项目未完成，让陈活常留在盐田国际的更重要的原因是感恩。

"要么不做，要做就做到最好。"这是陈活常对工匠精神的解读。20年来，陈活常将信条贯彻到底，一路学习，一路成长。而盐田国际对陈活常的培养之恩，他从来没有忘记过，他也从来没有忘记2014年的那场赛事结果公布后带队负责人抱着他大哭的场景。

"我这人还是比较感性的，做人也是要懂得感恩，是吧？"他用了一个问句。也许，陈活常也是想要得到他人肯定的回答，限于工作，不限于感情。

他想，既然盐田国际把自己培养出来了，他也要好好回报盐田国际，这是他的衷心。他说，他是自愿的，对于如今的工作和生活也未必过得不自在，只是他还想去做一些有挑战的事情，想去接受新鲜的事物。虽然他一直在变化的工作平台也给了他一定的新鲜感和刺激感。往后，他还想接触更广阔的天地，不断挑战，不断突破，去实现新的人生价值。

也许再怎么坚持，还只配做个普通人，但说不定，就有那么一两个"一不小心"呢！

深圳匠魂

邓祖跃

深圳匠魂

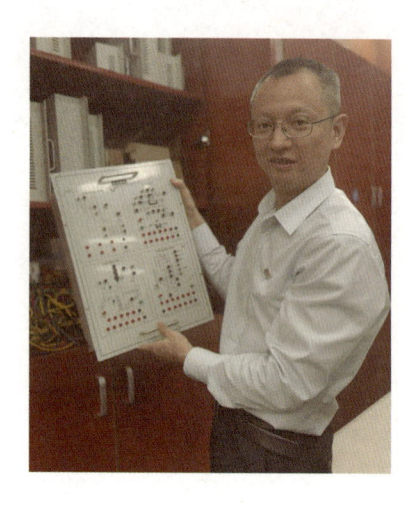

工业自动化仪器仪表装置装配工高级技师。曾获得"国务院政府特殊津贴",获得"深圳市高层次专业人才""2018年度全国能源化学地质系统优秀职工技术创新成果二等奖"等荣誉称号。获得国家实用新型专利2项。2017—2019年间先后完成"闪蒸控制系统优化""减少惰性气体含量工艺优化""攻克油田液位计跳变"等课题技术难关,创造经济效益约649.5万元,获得南海东部石油管理局2018年度创新奖。

豪迈唱响"我为祖国献石油"
——从陆地到海洋的仪表维修技能大师邓祖跃

易 芬

"这船 15 万吨,是我们俗称的'油轮',总面积比一个足球场还大,用 40 厘米粗的钢锚链固定在海底。它的石油管道跟钻采平台连接,是一座海上原油处理厂。"2022 年 4 月,在地处深圳南山区的中海油大厦一楼的展示柜中,指着一艘"油轮"模型介绍起海洋石油开采的最新技术,今年 49 岁的邓祖跃意气风发、滔滔不绝,诸多专业名词和故事,让人听来极为震撼。

邓祖跃所在的中国海洋石油有限公司是一家赫赫有名的央企,紧跟特区步伐,40 年不断乘风破浪,已经在"蓝色国土"上建造了又一个"大庆油田",引领了我国海洋石油开发史上一个又一个突破,在中国油气工业史中谱写下瑰丽篇章,推动中国跨入海洋油气生产大国行列。

作为一名曾经的技校生和"油二代",邓祖跃从 2007 进入中海石油(中国)有限公司深圳分公司(以下称中海油深圳分公司)之后,紧紧跟随这家央企的发展势头不断开拓,凭借踏实肯干的精神和百折不挠的毅力,带着耕耘陆地石油多年的父辈的期望,耐住寂寞、善于学习,数十年于一日。在中国南海"油轮"上观赏澎湃海浪、绝美夕阳和海豚候鸟,也在高温日晒下维修仪表,在狭窄宿舍里啃英文读本科、钻研技术，一步一个脚印，年年岁岁执着奋斗，去摔打、去磨炼，把困难当考验，把挫折当财富，在实践中练就了真本领，增长了真才干。

从业30年，邓祖跃一步步从基层员工成长为享受国务院政府特殊津贴的专家，获得深圳市"鹏城工匠"、中海油集团"海油工匠"等荣誉，不断在海洋石油开采道路上开疆拓土、"开枝散叶"，拥有以自己名字命名的"深圳市邓祖跃仪表维修技能大师工作室"，直接培养30余名徒弟和后辈，推动多项课题攻关，拿到多项国家专利。

"油二代"有"乃父之风"

20纪50年代，邓祖跃的父亲被招工踏进了四川省南充炼油厂，他很快成家立业，和妻子生育了两儿两女，1973年生下最小的儿子邓祖跃。

从小聪慧的邓祖跃是家中饱受宠爱的"幺儿"，无论是在四川乡下的生活，还是8岁时随着父母工作调往位于河南南阳的中石化河南油田，他生活稳定，都没吃过什么生活的苦。但在根正苗红的老党员父亲严厉的教导下，邓祖跃在一众油田子弟中，活跃却不捣蛋，机灵中透着爱学习、爱钻研的潜质。

眼看着哥哥姐姐和其他"油二代"一样，上学、招工，或就读河南油田技校，毕业后走进河南油田各个单位就职，邓祖跃对自己将来的人生也并未有太多想法。那时候，初中生邓祖跃英文成绩特别差，还曾经考过目不忍睹的二三十分，但数理化成绩稳居前列，他就此凭借较好的数理化成绩考上了河南油田技校，就读井下作业专业。

50名男学生就读的井下作业专业，教授的电工、铆工、机械方面等相关知识,邓祖跃都学得一丝不苟,具备了基本的动手实操能力,学习和考核成绩名列前茅。同时,他不改活跃的本色,热爱运动,动不动来个万米长跑,位居学校运动会该项赛事前列。

1992年技校毕业后,邓祖跃毫无例外地进入了中石化河南油田采油工艺研究所。这里,有着当时罕见的七八台计算机。在本职工作之外,邓祖跃对陌生的新领域很是感兴趣,有时间就钻研、向前辈请教,考到了初级程序员的资格证。1996年,邓祖跃工作调动至炼油厂仪表车间。某种意义上,当时这个岗位上下班准时,是个"衣食无忧"的铁饭碗,很多人就此放弃了前进的脚步,开始了属于那个年代的"躺平"。

但回想起那时候,邓祖跃对河南油田经常40℃的高温天、闷如桑拿房的厂房印象深刻,他更深刻地感受父母身为油田拓荒者的辛苦,也下定决心要比父母一代更加快速掌握最新技术和技能。高高瘦瘦的邓祖跃也经常被师傅赞为有"乃父之风",不嫌脏累,总是冒着40摄氏度的高温奔波在不同地点,在不同抢修现场积累着经验。

同时,他更注重"巧干",在他的工具柜里,始终摆着一叠被翻卷了的专业书。仪表专业需要学习的各类知识和技能,他总是告诉自己"笨鸟先飞",做笔记,向专家请教,一步步掌握过硬的技能和专业知识。

就这样,他逐渐从仪表工晋升到仪表班长,参与中石化河南油田分公司技术比赛,先后获得"技术能手""技术标兵"等荣誉。

拒绝"躺平" 苦学英语谋新求变

1999年,女儿出生,除工作之外,邓祖跃这个好爸爸把很多精力放在守护这个"小精灵"身上。就是从那时候开始,中原大地这个安逸的小城里,没有房贷压力,出行靠单车的两个小年轻自己吃饱、全家不愁的生活被打破。每个月夫妻俩2000多元的收入,比上不足、比下有余,但有了下一代,想尽办法也要给予日渐长大的女儿最好的生活和教育培训,这让邓祖跃夫妻俩逐渐感觉囊中羞涩。在陪伴孩子长大的过程中,邓祖跃不断酝酿着自己的提升和改变。

同时,河南油田的效益每况愈下,老牌国企担子多、负担重的各种短处逐渐显现。在邓祖跃看来,父母亲作为"油一代"可以"躺平",享受退休和即将退休的生活,而作为年轻一代,掌握了一定的知识和技术,需要更大的舞台和发展空间。恰恰那时,很多位稍微年长的同事已经作为先行者,不断南下,在急需人才的海上油田领域耕耘。

每当年节时分,跟这些返乡的曾经熟知的前辈和同行交流,邓祖跃就强烈感受到他们视野的宽广、思维的活跃、对未来充满希望的劲头,也逐渐探听到,前往海上油田开采、炼油单位,需要借助诸多国外的技术和设备,英语是必备技能。

英语自小是邓祖跃最头疼的科目,到初中才开始启蒙学英文,每次考试二三十分对年少的自己总是沉重的打击。技校阶段更是没有开设英语课,成年之后重新学英语,水平已经比不上当时的小学生,无异于从头开始。

既然下了决定要改变自己的生活、寻求更高的事业发展平台,那就要下苦功夫。邓祖跃重新做起了一位"老学生",报读了晚间和周末的英语补习班,每周两到三个晚上和周末,骑着自行车去培训机构学英语。

不仅如此,他还下了"血本",购买了当时被视为"奢侈品"

的 MP3，下载了诸多的英语短句和文章，路上的时间都不浪费，总一边骑单车一边听。原本在学英语方面信心严重不足，重回课堂的邓祖跃要花费更大的毅力和精力。那时的英语教材是新概念英语，学语言、背单词之外，邓祖跃大段大段地把文章背下来，滚瓜烂熟。同时，他也专攻海洋石油专业的相关英语词汇和专业知识。

从 2003 年开始的长达三四年的时间里，邓祖跃跳出了原本的舒适生活圈，把英文当做人生道路上的"硬骨头"来啃。学得特别艰难的时候，他就想象同行和前辈描绘的广袤大海上钻井平台和硕大油轮的场景，然后洗把脸、看看远方，再次埋头背英文，攻读石油专业方面的书籍。

那时候，他铆足了劲头，不断发挥学生时代"笨鸟先飞"的精神，想象着自己可以凭借良好的英语水平、多年锤炼的采油仪表方面的积累，走向更高的事业的舞台、改变自己的命运的未来，更好地回应根正苗红的老党员父亲的期待：你还年轻，要好好给国家做贡献！

远走青岛　见证"油轮"的建造过程

2007 年，正值南海东部油田大开发，在蔚蓝国土上，海上平台如雨后春笋般矗立。海洋油气开采相比陆地油气开采的技术难度和投资规模更大，水深的增加也进一步加大了开采难度和投资规模，而这也加速了来自全世界最新技术和合作商、来自全国各地的人才汇聚。就是在这样的大背景下，34 岁的邓祖跃抛开了自己的"铁饭碗"，向正在招聘的中海油深圳分公司投出了自己的简历。

来自陆地油田企业有 15 年现场工作经验，且在岗期间职位不断提升，获得"技术能手"等荣誉称号，邓祖跃很快赢得了面试机会。

面试是关于英文的大考验，充满方言味道的全英文自我介绍之后，又用英文回答了几个问题，随后邓祖跃就拿到了一段跟海上油田开采技术有关的某设备的英文说明书，要求翻译出来。邓祖跃口语不流畅，但是多年的刻苦学习下来，他在英文阅读和翻译这两项上不弱。虽然翻译出来的中文并未多流畅，但顺利过关，拿到了这家国内赫赫有名的央企的录取信。

对于中国海洋石油集团深圳分公司招聘技术人员为什么如此重视英文交流及英文阅读水平，邓祖跃面试当时还未有深切的理解。面试完直接上岗，飞去了青岛的北海船厂，这时他有了更深切的感受：建造过程中，打交道的是外籍专家，看的都是英文资料。

位于海边的北海船厂里，中海油深圳分公司的崭新项目——"海洋石油115"FPSO（浮式生产储卸油装置），俗称"油轮115"正在建造中。这类建造项目巨大而繁杂，建造的将是一座位于海中央的对接钻采平台的"处理厂"，船体总长266米、宽48米、高50米，面积比一个足球场还大。建造工程从一个铁片开始，到油气存储仓、原油处理设备、生活楼等，形成一个有机的海上石油生产及生活系统。从建造到投产，需要一个漫长的时间，一般长达2年。

邓祖跃抵达的前一年，中海油深圳分公司就派出团队，扎根现场，跟踪建造进度、协同解决各类技术问题。邓祖跃作为仪表技术人员抵达的时候，建造工程已经过半，时间已经过半。尽管在陆地石油企业已经工作了15年，初到北海船厂，邓祖跃还是感受了从陆地到海洋一切从零开始的滋味，深切感受了作为海洋石油这个全新领域"小白"带来的压力，压力之一就是"语言关"。

当时，船上没有翻译，众多外方合作企业专家全部用英文交流，诸多高精尖设备均来自国外，安装、调试均没有国内案例可查询，

已经投入生产的FPSO（浮式生产储卸油装置）

全部需要通读英文资料进行安装调试，对当时的邓祖跃来说，这无异于黑夜里的摸索和探究。

初上平台的邓祖跃和其他同事一样，跟在外方人员后面打打下手——拧拧螺丝。每当发现问题时更只能向国外厂家多方请教，寻求答案。他暗暗下决心，"非掌握它不可"。

不畏难、不松劲也不懈怠，在巨大的工作压力之下，邓祖跃购买了一台电子词典，有时间就研究以前从没接触过的设备的英文说明书，把诸多行业内的专有词汇和句子烂熟于心。当时的宿舍房间很小，住了很多人，但丝毫不影响他的学习劲头。经过半年的学习，他如愿以偿学会了仪表专业英语知识，顺利掌握了进口设备的维修技能，成了海上为数不多能够阅读英文原文资料的技术人员。

他同时养成了每天都写工作日志的习惯，把当天的难点记录下来，能当天解决的问题绝不过夜，不能解决的问题就留到第二天，跟其他技术人员或者外方专家请教。

他还清楚地记得自己遇到的诸多难以解决的问题，比如安装和调试一台空气压缩机。在安装过程中，他和同事们拿来图纸，按照实际情况不断调整，位置不对？改！不能启动？再调试！漏水？不行了，重新研究英文图纸，再改进！检查半天，还没发现问题？跟外方专家用英语再交流再研究！

抵达青岛的最初半年时间里，邓祖跃每天工作超过12小时，"每天都是新鲜的"，因为总遇到不熟悉的英文，遭遇不一样的问题需要解决，这些"新鲜的日子"都被他写入了工作日志。

写工作日志这个好习惯一直伴随了邓祖跃，让他受益匪浅。对于大型的检修作业，他总在工作日志中留下一个检修报告或维修记录存档；对于重大的技术改造和革新，在工作日志总可以找到技术总结或技术要点。

通过这种点点滴滴的积累和总结，邓祖跃慢慢地对于FPSO（浮式生产储卸油装置）各个系统有了全面的了解。邓祖跃深切感觉到自己的英文和技术水准的提升。"不逼一下自己，可能你还真不知道自己有多大潜力。"当时的邓祖跃对此深有体会。

南下深圳　在万吨油轮上"天天住海景房"

2008年，"海洋石油115"建造完成。这艘超级巨轮没有动力，需要靠一艘拖船从遥远的北国拖往祖国蔚蓝的海域——南海石油丰富之地。

11天的漫长海上航行开始了，为力保安全，这艘"油轮"按照特定的航线缓慢地前进着，船上的邓祖跃深切感受到了海上生活与

邓祖跃参加"油轮"上的座谈会

陆地生活的截然不同。

刚上船不久，邓祖跃就感觉发蒙，那种难以传达的难受遍布身体。他听从海上生活经验丰富的同事的劝导，平静躺下，身体慢慢恢复了正常。此后，他也学会了跟其他人一样，叉开腿走路，这样在"油轮"上行走，可以很好地保持平衡。

慢慢地，邓祖跃亲眼见识了暴风骤雨来临时候，船体如同一个大摆锤，呈十几度的摆动，很多同事晕船、呕吐、难受。他也见过，在餐厅中，尖锐的风声、爆炸一般的雷声下，船体嘎吱响着、猛烈摇晃，有同事想吐，但呕吐突如其来，来不及找个合适的地方，直接吐到了自己还装了部分饭菜的餐盘里。

吐完也就好了！这是邓祖跃经验之谈。他还有个经验就是，吃晕船药其实没什么用，晕船了，赶紧躺着养养精神最有效。

一路上未有太多波澜，一路上都在继续做最后的各类仪器的调试，"油轮"最终调试完毕，这个庞然大物也抵达了南海。各类蛙人相继下水，把15万的"油轮"用12根40厘米粗的钢锚链固定在事先勘测好的经纬度上，这个经纬度正对着广东西江，于是这艘油轮被命名为西江油田"海洋石油115"。在远离广东陆地200多公里的茫茫大海，这个命名总让众多忙碌的数百名技术人员和工人都很是亲切。

而到远离大陆的茫茫大海上生活，甲板上日晒强烈，温度有时候高达三四十度；吃饭睡觉在5层高的船上"生活楼"解决，"生活楼"的房间为了防暴雨和台风，窗户都非常厚实和"小巧"，邓祖跃和同事们经常调侃"天天住着海景房"，但内心里，这群新一代石油开采、炼油技术人员其实是寂寞的。

中海油深圳分公司的工作制度是连上28天，随后与同事换班回到陆地休假28天。工作的28天里，全天候都在"油轮"上，每天都是满负荷工作，漫长而琐碎，有任何问题随叫随到，上上下下走一遍又一遍，巡查各类仪表仪器是否正常工作，经常一不小心就走了上万步。而休息时间里，邓祖跃就和同事们用卫星电视看看节目，打打乒乓球，一度他还很喜欢踢毽子、练习八段锦。

当年的海上"油轮"，手机电脑都没有网络，仅仅靠卫星电话与家人联络。邓祖跃那时候总在排队打电话途中构思着，如何回答每次电话里女儿必问的问题："爸爸，你什么时候回来？"他为转移女儿的注意力，总会说出一些比较好玩的事情，缓解思念。

邓祖跃会在电话里跟远在河南南阳生活的妻子、女儿、父母描述海上壮丽到只能惊叹的日出和夕阳，有智能手机之后更是频繁拍下诸多的照片传给家人。他也会拍下高到两三米的巨浪、清澈到极致的海水、活跃的海鸟，有时候这些海鸟停留在附近的钻井平台，有时候停留在"油轮"上，有时候更是在"油轮"附近，追逐海豚。

邓祖跃见过多次，那一群群以广袤的蓝色大海为背景，不断追逐跳跃的大小海豚，也见过威武雄壮的虎头鲨在水平面下捕食小鱼，成群的彩色的热带鱼围着船体游动、硕大的海龟张开四肢缓慢漂浮。在南海广袤的海域，我国海底石油开采技术水准逐步提升，更注重对海洋生态的保护。石油开采技术提升的同时，不忘海洋里众多灵动的生命，这也是让邓祖跃这一代石油人很是骄傲和自豪的地方。

勤学苦练　走技能专家之路

早在 2007 年到新岗位之后，在繁重的工作压力之下，好学的邓祖跃在建造现场、调试现场解决一个又一个新问题的同时，也慢慢找到了技能提升的乐趣。2008 年，他参加了"仪表技师"的技能鉴定，顺利通过。

他有充分的底气。中海油深圳分公司给了他巨大的发展空间和施展的舞台，在工作中，他接触了多类型的海洋石油开采行业仪表，与诸多油轮的设计人员、仪表仪器的安装人员、电气等其他岗位的工作人员都有深入的交流和学习。一天天下来，每一个仪表都仿佛家人一样熟悉，哪里容易"罢工"，哪里的"动脉"容易不畅，他成竹在胸，能当下解决的立刻解决，不能当下解决的通过多方钻研，寻求治本之道。

在以前的工作岗位，邓祖跃觉得自己不算是健谈的人。2008 年第一次面对同事们来讲课，分享仪表调试和维修方面的技术问题，他说自己紧张得有点过分，手心都是汗，嗓子有点冒烟。但一次次这样的开放式分享会下来，积极的讨论，作为听课人受益匪浅，作为授课人在准备过程中，搜集资料、深入探讨、总结归纳，也是极大的益处。就这样，慢慢的"肚子里有货了"，下一次再分享的时候，就不再磕磕巴巴。

中海油深圳分公司内部，也逐步搭建了完善的培训体系和实操"练兵"平台，主操、中级员工分别与一两名初级员工"结对子"，维修时一起上，一起讨论钻研。

每周一次，这艘海上的庞然大物都要举办一次安全演习。如"海上孤岛"一般的建筑里，有众多现代化高科技设施，但是远离大陆，没有任何消防队伍等救援应急力量的支援，"安全第一"的思想观念需刻入"油轮"上所有员工的脑海里，需要通过一次次的演习来熟悉如何杜绝事故、保证安全。

每次"油轮"上有刺耳警铃响起，邓祖跃和同事们就会立即下床穿衣，从宿舍有序奔出，应急人员抵达自己的工作岗位检查、排除隐患，非应急人员前往餐厅、救生艇停放处集合。在"海洋石油115"上，邓祖跃作为仪表技师，和同事们一起，总会迅速抵达仪表柜，挨个排查问题所在。要走完这些分布在"油轮"上方和下方四五个区域的各类仪表，邓祖跃和同事们的手电筒、头灯不断移动，脚步飞快，总在以最快的速度排查，以防真正的警铃响起的时候，能不慌也不忙。

在海上那么久，中海油深圳分公司持续不断大力消除了各类安全事故隐患，但工作那么多年，邓祖跃也遭遇过冒黑烟、火警等相关警情。

2008年时候，邓祖跃发现自己负责的惰气系统冒了黑烟故障。他连续几天和同事一起，围绕惰气系统研究、查找原因，一连几天没有进展。他坚决不放弃，后来多番梳理和研究，他终于发现有2个参数不匹配，一个75，一个100。

找到了症结所在，邓祖跃就知道解决问题的方向了，他咨询仪表的生产厂家，组织内部讨论，查阅资料、归纳整理，积极寻找解决问题的办法。就是这样的坚持不懈、不解决问题不罢休的精神，邓祖跃先后成功地解决了一些急难险重的技术问题，如惰气系统冒黑烟、锅炉的点火故障、维修计量标定撬的体积管、阀门遥控系统舱底液压阀泄漏等重大问题。

还有一次"油轮"上电路短路起火、烟探报警，刺耳的警铃响彻生活楼。邓祖跃按照之前的多次演习，立即赶往仪表柜查看。火警发生后，石油生产的各类仪器已经自动关停。相关同事以相当快的速度排除了火警。得到了隐患排除的通知后，邓祖跃又挨个与同事们一起检查、排除隐患，再次启动仪表。

"我们的安全理念是有100件小事件，肯定就会有一件大事故，平日里有工作人员手指被划破都要写报告！"有赖于海上平台上多个岗位的同事们各司其职、团结协作，执行的安全管理体系细致到位，各类隐患总能在很短的时间里排除，恢复石油生产。

尤其值得一提的是，"油轮"上需要执行的安全管理体系的文本达到近千页，技术员们总在探讨中不断完善和改进。邓祖跃很欣赏公司内部这种浓厚探讨和交流的学习氛围，这大大锻炼了他的口才，同时也让他更多了解不同岗位的工作，爱学习爱钻研的他逐渐脱颖而出。

拿到"仪表技师"资格3年之后的2011年，邓祖跃又获得了"仪表高级技师"的资格证，这在当时的中海油深圳分公司是"第一个吃螃蟹"的人。"别人还跟我嘀咕，考过了这个资格证，也不增加工资，那么认真干什么呢，但我就想试试，学习的过程就是提升的过程，考试的过程就是检验学习提升的成果。"邓祖跃说。

为了高级技师的考评，邓祖跃准备了3年的时间，仪表高级技师的考核主要的难点在于PLC（可编程控制器）编程和DCS（集散控制系统）组态，编写程序就需要广泛的知识面和专业的培训，需要经过设计、编写、调试、下载、接线、联调等多个环节，而且要经常动手练习才行。

为了练习PLC的编程，邓祖跃甚至利用旧设备拆下的PLC，组装了一个"PLC练兵台"。就在这个与实际仪表无异的"练兵台"上，无数个同事们在休闲的夜晚，无数个海上风平浪静或者狂风暴雨的业余时间，邓祖跃心无旁骛地一遍又一遍训练自己，无数次的安装和调试，熟练再熟练，精准再精准。功夫不负有心人，2011年12月，邓祖跃一次就通过了仪表高级技师的技能鉴定，仪表专业技术水平也有了更大的提升。

在学历提升的道路上，邓祖跃也不断挑战自己，一边工作，一边在业余时间埋头备考，先后参加自学考试，从河南大学的市场营销专科毕业，又报读了石油大学（华东）的石油工程本科，一门门功课钻研，一直读到2013年毕业。

总结经验 解决千余项一线技术难题

不断挑战自己，可能是邓祖跃人生中的主基调。拿到仪表高级技师的资格证后不久后的2012年10月，一个新的挑战就摆在邓祖跃面前——重点项目"海洋石油118"FPSO（浮式生产储卸油装置）的新项目即将上马。邓祖跃始终认为，离一线最近的地方，也是离问题最近的地方,更是离创新最近的地方!邓祖跃爽快地加入了这个全新的项目团队。

生产建造是海上设施生命周期的最关键时期,这个时期建造的质量好坏将直接影响着今后的海上生产,而建造期一旦结束,设施基本上不会再回到陆地。这是一场艰苦的硬仗!"海洋石油118"比"海洋石油115"FPSO(浮式生产储卸油装置)的技术水准更上一个台阶,邓祖跃这次面临的是从图纸的设计审查、安装调试,到拖航组建、投产运行的全流程跟踪,这些关键环节环环相扣,丝毫不能马虎。

在这些流程中,仪表领域显得尤为重要。在建造现场,作为负责人的邓祖跃总是一马当先,什么工作最艰苦,他就带头干什么。他经常是白天盯设备、抓质量,晚上排计划、定进度,一项一项检查……为了不耽误进度,他天天顶着骄阳在生产现场,脚底甚至都磨出了血泡。同事们心疼地说:"您怕我们中暑,让大家轮流到现场,自己也不能一天也不休息啊!"

说起"海洋石油118"吸收了建造"海洋石油115"建造的诸多经验,改进了"海洋石油115"诸多影响海上石油生产和生活的方方面面,各方面的技术水平和建造水准都更上一个台阶之处,邓祖跃很是得意。

其中,"海洋石油118"的发电机的排烟系统设置就比"海洋石油115"更胜一筹,投产后的"海洋石油115"每逢风平浪静的时候,烟雾就朝着"生活楼"直排,邓祖跃每次经过,总闻着一股不舒服的味道。在"海洋石油118"建造时,邓祖跃和同事们力主将排烟系统设置到船舷外侧,让这些烦人的烟雾远离"生活楼"。

位于"海洋石油118"甲板中央的吊车位置更是比"海洋石油

邓祖跃（中）和同事们在现场巡查、调试

115"朝船体后侧移动了几十米，这样一改进，吊车司机工作的时候，就不会被船体上的其他设施遮挡视线，安全性能大大提升。

以前"海洋石油 115"出了一些问题都是"头痛医头、脚痛医脚"，到了"海洋石油 118"，邓祖跃和同事们吸取教训，在设计阶段就避免了很多缺陷和不足之处，像中医调理身体一样，根据当下最新的技术系统性地解决了很多问题，让"海洋石油 118"生产和生活设施更趋完善。

比如"导波管雷达液位计在 FPSO（浮式生产储卸油装置）五小舱的应用"这项实操技能，就是邓祖跃和团队发现 FPSO 五小舱舱室比较狭窄，使用普通雷达液位计容易受舱内结构影响。设计方选用了压力式液位计，但这种液位计故障率高、检修难度大，由此邓祖跃结合之前在"海洋石油 115"的经验，向设计方推荐使用导波管雷达液位计。之后投产运行后的顺利也证明了邓祖跃选择的正确性，该实操技能最后在中海油集团二级单位推广使用。

比如"超声波流量计在FPSO（浮式生产储卸油装置）外输计量中的运用"这种操作方法，是邓祖跃和团队吸收行业内诸多做法，总结出的当时处于全国同行业领先水平、后来在行业推广使用的操作方法。

总结出这一先进的操作方法的过程是漫长而复杂的。邓祖跃从参与外输计量系统招标、设计图纸审核、技术方案讨论开始，与同事们深入探讨和提升，耐心细致，一步一个脚印推进，后来又深度参与了设备安装质量跟踪、改造方案的确定、外输计量水标、油标的审定等，顺利指导外输计量系统球形体积管取得第三方的鉴定证书。诸多实践中的经验都被他写入工作日志，经过细心的梳理和写作，最终，邓祖跃根据这一从实践中来的经验总结写成的论文《超声波流量计在FPSO外输计量中的应用》，在中文核心期刊发表。

让邓祖跃印象最深的是，就在"海洋石油118"原定的投产日期前一周，在推进测试的时候，各自检查各类设备都没发现问题，然而进行"满载测试"，负荷增加到一定程度便有"跳闸"现象，电气、动力、仪表等多部门人员联合查找问题，连续巡查了48小时仍然没有发现异常。邓祖跃同事劝说他："祖哥，你先睡会。"邓祖跃支撑不住凌晨三四点睡去，没想到6点多他就醒来了，又赶到查找问题的现场。

功夫不负苦心人，2天后，他们终于找到了症结——某个细微的参数设置不对！调整参数，再次进行"满载测试"，负荷一再加高，再没有跳闸现象了！顺利解决！连续几天疲惫不堪的邓祖跃和团队成员才回到"生活楼"，睡了个安心觉。赶在2014年国庆节前，"海洋石油118"完成生产建造，比原定时间提前2个月投产。

统计表明，在建造期间，邓祖跃和团队发现并解决了1000多项技术问题。这1000多项技术问题的解决，是2年多时间里，克服烈日和暴雨等恶劣天气，日日夜夜地奔忙，顶着紧张工期的压力，在实践中用细致、耐心、恒心，不断发现问题、解决问题、总结提升推广达成的。

这一项项杰出成绩的背后，不知道有多少次日夜攻坚、多少次寝食难安、多多少次屡败屡战、从头再来，重新查找问题、寻求方法，这些珍贵和难忘的回忆，都已经镌刻在那"蔚蓝的国土"上了。

的确，以邓祖跃为代表的一批负责人以高质量的生产建造，大大减少了设施历年停产大修的工作量，也为后续"海洋石油118"成为我国首个海上台风自控模式改造中心打下了坚实的基础。

"海洋石油118"正式投产之后，邓祖跃依旧在攻坚克难的道路上大踏步前进。他通过多种方式，创新性提升员工动手处理故障的能力，先后完成了主海水泵机封更换、艇输大缆拉力传感器的故障处理等问题。

在推进"南海东部油田液位计跳变课题"攻关中，邓祖跃带领团队，先后收集了7个作业区，23个海上设施的液位计使用情况、故障现象、故障处理措施和改进建议，一共收集5万余字的材料。最后，经过汇总整理成1万多字的技术成果，提出2个关键解决措施和21条指导意见，创造经济效益649.5多万元，获得南海东部石油管理局2018年度创新创效一等奖。"南海东部油田液位计跳变课题"还获得了2018年度全国能源化学地质系统优秀职工技术创新成果二等奖。

就是在这样的高强度工作下，邓祖跃带领同事们不断创新，成绩突出，中海油深圳分公司给予其充分的肯定。2014年1月邓祖跃被聘为采油仪表工技能专家。2年后的2016年，邓祖跃升任"海洋石油118"总监，同年获得了"享受国务院特殊津贴"这一殊荣，2017年被认定为深圳市高层次人才。

诲人不倦 是"金牌讲师"也是"金牌教练"

在技术创新的道路上，邓祖跃从来不是独善其身之人，他推崇"学无止境，诲人不倦""独乐乐，不如与众乐乐"。在中海油深圳分公司，邓祖跃堪称"金牌讲师""金牌教练"，慷慨"传帮带"，培养了众多弟子，助推众多后辈长足发展，数以百计的员工在他的帮助下成长飞速。

其实，早在2012年初，邓祖跃受聘成为中海油集团仪表专业高级考评员、担任全国石化行业职业仪表技能大赛的裁判员之后，他在"金牌讲师""金牌教练"的道路上越走越宽，先后多次参加技能鉴定的考评工作，组织深圳分公司的仪表技能大赛，作为教练带领员工参与全国仪表技能大赛。

邓祖跃诲人不倦，多次开课授徒，讲授技师、高级技师考评中的注意事项和技能分享。2014年，邓祖跃被单位派往德国培训，了解德国的双元制职业教育、培育技能人才的途径、德国企业的创新管理、德国制造业的发展现状等。回到深圳，邓祖跃即开设了8课时课程，分享德国之行所见所闻和体验感受。

他也频频被中海油集团邀请讲课，开发各类微课开讲仪表专业的各类故障分析、故障处理等，累计教学超过120课时。在海休期间，邓祖跃走访多个平台，传授技能经验，让深圳分公司数以百计的员工受益。

邓祖跃深信，一个人技术再强、能力再有，也是有限度的。让身边的兄弟们都强起来，才可以星火燎原。久而久之，邓祖跃成了中海油系统内仪表圈的"活雷锋"。虽然在年轻的中海油深圳分公司中，邓祖跃属于年龄稍长的人，但是每次讲课，他都生机勃勃，积极乐观，跟年轻人交流起来毫无障碍。多次讲课，他总是深入浅出，讲到众多员工的心坎上，讲到他们最关切的实际操作中遇到的问题上。互动交流中，他更是毫无保留，和盘托出自己多年的实践经验、所思所想，对新领域的新思考。无形之中，他多年秉持的一些做人做事的观念和看法也传递了出去。

诸多新进员工都对他印象深刻，现任"海洋石油118"维修监督的王士猛就坦言，邓祖跃在年轻人中"人气很高"。他表示，"邓总是特别没架子的人，不管什么级别的员工，有问题请教他，他总是把很多问题讲解得特别透彻、特别全面，交流多了，就容易受到他的感染。可以说，他传承给我们的不只是技术，我们感受最多的还有他的一颗匠心情怀，教我们做人做事"。

2016年，邓祖跃更是通过实行"双周实操技能考核""精品课件的评选""实行岗位进阶人员梯队培养""十五分钟的传承"等活动，打造了海上人员技能培养的创新模式，提高了员工的动手能力、排除故障的能力、应急反应能力，促使人员的综合素质得到增强，这一创新模式也被中海油集团公司推广使用。

王士猛就深感自己和诸多同事的成长受益于邓祖跃建立的这个创新模式。"邓总不仅仅是做了顶层设计，给我们这些新进的大学生规划了职业上升通道，更是设计多类型活动推动这个模式的执行，多个方面鞭策我们不要躺平，要在各个工作岗位不断锤炼自己，提升工作能力，提升创新能力。"王士猛说。

2017年，中海油深圳分公司的仪表技师创新工作室成立之后，邓祖跃作为技术带头人，有了场地和资金，他更是潜心育人，在人员培养、技能培训、解决生产技术问题和开展技改技革和技能传授工作多方发力。

在王士猛看来，其实很多生产中遇到的一些问题，有些人会觉得找供应商、找生产厂家来解决，但是在邓祖跃负责的区域，遇到问题从来不会退缩，他经常会跟同事们一起，统筹组织多个技术能手，一起分析、研究隐患点，推进团队研究问题、解决问题，在实战中锻炼团队、提升团队的创新能力。

就是这样，邓祖跃带领工作室成员，积极主动地解决了诸多现场疑难问题，先后发明了用于海上油田FPSO的空气置换装置，解决了FPSO大舱空气置换时间长、存在安全隐患的问题，还发明了腐蚀挂片在线监测结构，解决了腐蚀挂片无法在线监测的问题，提高了工作效率，获得实用新型的专利证书。

此外，工作室先后解决了中控故障统计分析及整改、南海东部油田液位计跳变课题攻关、火气探头误报导致的生产关停等疑难问题。2019年荣升为"深圳市技师工作站"，同年获评为"全国石油石化系统创新工作室"荣誉。

在"金牌教练"的道路上，邓祖跃也大展身手。他在2013年便担任了全国石化行业职业仪表技能大赛的裁判员。2015年，邓祖跃参与和组织了深圳分公司的仪表技能大赛。作为较早成为高级技师的资深前辈，邓祖跃充分吸取多年来在一线打拼的经验，在大赛前制订详细的培训计划，将比赛内容分解为可细化的知识点，要求参赛者逐个练习，提升速度和熟练度。

同时，有多年带队经验的邓祖跃就成了和蔼可亲的"大家长"。

他一再强调"团队第一",每天比赛一结束,他都会主持分享会,抛砖引玉,让每个参赛者现场分享自己的参赛经验,一起讨论、分析不足和可以改进之处,这无形之中增强了团队凝聚力和默契程度,推动了参赛团队共同进步,携手取得最好的成绩。

同在2015年,在深圳分公司的比赛之后,邓祖跃再次作为深圳分公司仪表专业的教练,带领团队参加了中国海洋石油集团公司的技能大赛,参赛团队取得了1金1银3铜的优异成绩,实现了中海油深圳分公司在中国海洋石油集团公司技能竞赛金牌"零"的突破。

现在已经成长为中海油集团技能专家的于海军就是2015年获得那枚金牌的选手。于海军2009年毕业后来到中海油深圳分公司,2015年被选拔进入技能大赛队伍,前后1个多月的准备时间里,他跟邓祖跃朝夕相处,充分感受了这位在公司颇受尊敬的老前辈的技能水平和人格魅力。

"邓总用自己工作多年的实操经验帮助我们提炼和萃取生产中遇到的各类难题,让我们掌握得更加精准和熟练。同时他有极大的组织协调能力,他就像'催化剂',激活每个人的能量,让我们这些参赛队员毫无保留、踊跃探讨,找到最优的方式和方法,每天都有进步。比赛中我们都是客场作战,但有邓总这个坚强后盾,不断告诉我们怎么补短板,我们非常有气势,也有信心。"于海军说。

2019年,邓祖跃又一次以教练的身份,带领年轻人参加中国海洋石油集团公司的仪表技能大赛,参赛选手7人,其中5人获得2金2银1铜的最好成绩,在集团公司总成绩排名第一。其中有5名选手获得"广东省技术能手"称号,1名选手获得"中央企业技术能手"。共计培养了24名高技能人才。

邓祖跃（中）正在指导同事

"邓总是非常有人格魅力的人，无论谁遇到什么问题，找到他，他极其负责，会想尽一切办法，自己解决不了的也协调资源来解决。我们都特别佩服他，也就很紧密地团结在他的周围，向他看齐。他的技能水平和人品深刻影响了我们大家，参加比赛的很多人，后来都成为公司的骨干力量。"于海军说。

邓祖跃属于一线经验丰富的人员，也属于肚子里"有货"的人，他先后参与了中国海洋石油集团仪表维修工技术登记标准修订，主编了《中国海洋石油集团的仪表技师、高级技师题库（修订版）》，编著了大型装置技术手册《恩平油田作业区海洋石油118FPSO管理手册》《恩平油田作业区海洋石油118FPSO避、复台程序》《恩平油田作业区海洋石油118FPSO安全管理手册》等。

这些图文并茂、极具操作性的文本，是邓祖跃数十年丰富实践经验的总结，更是他们在海洋油田行业耕耘多年智慧的结晶。新入职的员工，拿着这些文本细致钻研，总能举一反三，迅速地掌握技能，在实际操作中迅速上手，保障安全。

新征程再出发　为智能油田开发出力

2020年，邓祖跃有了一个新的称号——"技能大师"，以他名字命名的"深圳市邓祖跃仪表维修技能大师工作室"由深圳市人力资源和社会保障局授牌。同年邓祖跃还获得深圳对技能人才的最高褒奖——"鹏城工匠"荣誉称号。

也在这一年，疫情防控新形势，对海上油田的生产和生活提出了前所未有的挑战。2020年刚过完年，海上设施启动特殊倒班模式，"海洋石油118"总监邓祖跃和普通员工一样，连续出海7周甚至更长时间，在疫情防控形势最为严峻的时候，众多员工海休期间回到陆地但不能回家，只能在隔离酒店度过。邓祖跃也保持了这样的作息，海上严格防疫、平稳生产两手抓，同时他也注重沟通，与各个部门保持密切联络，倾听员工意见和建议，积极解决相关问题。

很多员工都记得那段焦虑的日子，那时候，快到技能鉴定的既定时间，但考前培训却还没开展。很多人在担心：鉴定会不会取消，如果正常进行怎么办？邓祖跃了解到后，给大家吃了个定心丸："大家照着原计划去准备，不要担心培训的事情，这个我来解决！"

很快，邓祖跃带领团队，着手搭建起设施的技能培训及模拟考核体系，解决了不少员工疫情防控期间培训难、鉴定难的问题，并将良好经验推广到油田乃至全公司。

2022年，邓祖跃又收获了一个实至名归的荣誉，被评为中国海油第二届"海油工匠"。众多荣誉加身，邓祖跃依然是同事们心

邓祖跃现今正在推进智能油田建设

中热情的"祖哥"、经验丰富的技能专家,是领导们放心的项目负责人和团队带领者。

也在这一年初,邓祖跃从海上回到了陆地,担任深圳分公司生产指挥中心项目负责人,为未来海上油田的智能油田开发和无人平台建设,推进中海油的数字化转型和智能油田建设。

海上油田朝着智能油田迈进,建设无人平台,仅仅通过陆地上的设备全面监督和控制,面对台风等恶劣天气也能"自控"且安然无恙,这是智能油田未来的方向。邓祖跃回到陆地,更加踏实地带领团队参与深圳分公司指挥中心、操控中心、自控台风模式项目等智能化项目建设,助力实现了集团公司首个指挥中心建设及投用,全国首例海上设施台风远程遥控生产的落地。同时,他也同步参与集团公司、分公司"十四五"科技攻关项目，为解决卡脖子技术问题提供支持，为进一步安全稳定实现数字化转型提供保障。

在中海油大厦，邓祖跃带领员工们，通过众多电脑和大屏幕，了解着200公里外的海上油田的诸多数据，显示着各类仪表的运转状况，远程遥控众多生产设备，眼中闪着光，言语中总是兴奋和骄傲。这是对技术的更新迭代的自豪，也是对南海东部油田视野长足进步的欣慰。

邓祖跃也一再地谈起，南海东部油田事业发展40年来，从白手起家、对外合作到以我为主、全面自营，一代代南海东部油田开拓者自力更生、潜心钻研、励精图治、鉴往开来，而作为其中一员，自己深感荣幸。在中国海油这个成立40年的年轻企业里，所有的努力和创新都会得到尊重。他表示，无论环境怎样变，不变的是自己对技能的不断追求，永怀"我为祖国献石油"的信念不变，责任担当、匠心筑梦永不变。新征程上，他将充满豪情再出发，为中国海油下一个40年的辉煌作出贡献。

深圳工魂

王其林

深圳匠魂

  继电保护工特级技师，电力工程技术高级工程师，国家职业技能鉴定继电保护工高级考评员。曾获得"全国技术能手""全国能源化学地质系统大国工匠""深圳市五一劳动奖章""深圳市高层次人才""南网工匠""中国南方电网调度运行操作能手"荣誉称号。获得国家发明专利20项，使用形象专利12项和外观专利6项。开展各种技能实操培训500多期，累计培训人数超过5000人次。其中，培养高级技师11名、技师20名、高级工36名。

"电网神医"用匠心守护城市光明
——继电保护首席技能专家王其林

邵永玲

干一行,爱一行;爱一行,专一行。扎根继保一线,王其林一干就是20年,其间,他获得了国务院特殊津贴以及"全国技术能手""大国工匠""南网工匠""鹏城工匠"等荣誉,成为南方电网30万名员工中唯一一名首席技能专家,在平凡的岗位上书写了不平凡的故事。

2002年7月,刚刚大学毕业的王其林来到深圳。他走在深南大道上,看着道路两旁高楼和美景,他坚信继保人在这里一定会大有作为。

20年后,王其林初心未改,仍坚守在继保领域追逐的路上。

20年春秋寒暑,伴随深圳的GDP从不足3000亿元到超过3万亿元,深圳电网110千伏及以上输电线路从899千米增加到5416千米,变电站从70座增加至278座,电网主变容量从13239兆伏安增加至87780兆伏安。作为一名继保人,王其林很骄傲,也很自豪。他说,知之者不如好之者,好之者不如乐之者。专业,让他实现了人生的价值。他是打算在继电保护专业干一辈子的。

孜孜不倦，因爱"挑灯"

日常生活中，电力的重要性已不言而喻。第二次工业革命后，电力进入千家万户，成为人类必不可少的生存基础。照明、电视、空调、冰箱、洗衣机、电脑等，无一不需要电力的驱动。可以说，现代文明就是建立在电力基础上的。

记得小时候，时常会有停电的情况出现，渐渐的，不知从什么时候起，好像极少再遇到停电的现象。这是因为，有这样一群人，不辞辛苦地维护着遍布祖国大地各个角落的电网。

今天，我们就要介绍这样一位"守护者"，他用自己的辛勤和付出，二十年如一日地守护着深圳万千百姓的光明和温暖。他就是中国南方电网公司深圳供电局有限公司首席技能专家王其林。

王其林1978年9月出生于湖北的一个教师家庭，自小天资聪明，擅长物理，因为喜欢北京，在高考填志愿时选择了华北电力大学。大三分专业方向的时候，继电保护方向因为课程难、任务重，鲜有人问津，王其林却很喜欢这个领域，主动选择了该方向。后来机缘巧合之下，进入了深圳供电局，留在了深圳这座创新之城。

继电保护是电力系统的一个细分领域，可能很多人都不熟悉，继电保护是对电力系统中发生的故障或异常情况进行检测，从而发出报警信号，或直接将故障部分隔离、切除的一种重要措施。

当电力系统发生故障或异常工况时，在可能实现的最短时间和最小区域内，自动将故障设备从系统中切除，或发出信号由值班人员消除异常工况根源，以减轻或避免设备的损坏和对相邻地区供电的影响。

在变电站，众多设备各司其职发挥作用，又相互协作共同维护着电网的正常运行。如果把这些设备比作人体的各个器官，那么二次设备就犹如人体的神经系统，细微而重要。

继保工们经常要维护成千上万根二次回路接线，丝毫不能马虎。这个工种不像巡线检修那样需要经常野外登高作业，却像在手术室里给电网的神经系统做检查、做手术，需要精神高度集中，不止需要手巧，更需要心灵和脑力高速运转。

在继保领域，流传着这样一句话："接错一根线，停电一大片。"

王其林就是深圳供电局的一位"潜伏"在继保战线的麒麟才子，从事继电保护工作20年。他先后负责维护500千伏及以下变电站80多座，对管辖的500千伏和220千伏变电站的二次回路非常熟悉。

从2002年参加工作到今天，当初的新人现在也成了一名"老保护"。变电站保护屏上二次回路电缆线有成千上万根，毫不夸张地说，王其林能记住所有二次回路电缆的编号、走向和用途。只要看到任何一根二次线的编号，他就能知晓其走向和用途。

有时变电站设备发生故障或进行二次回路缺陷处理，只有对设备烂熟于心，才能做到不需要查看现场的图纸，迅速准确地定位到具体的问题点，通过远程遥控变电站运行人员进行操作，尽快处理故障，解决问题；不但大大节省了时间、人力、物力和财力，而且也保障了居民用电不受影响。

经过20年的摸爬滚打和历练，王其林为从事这个专业而自豪。他说，从事继电保护工作，要甘于寂寞，脚踏实地工作。只有立足本专业，才能成为一个合格的继电保护人员。

"我们既是电网的'保健医生'，也是'急诊医生'，24小时随叫随到。"王其林以实际行动履行了"主动承担三大责任，全力做好电力供应"的使命。

百试百灵，万张图纸记在心里

访谈那天，正巧碰到王其林为业内继保系统的一个比赛给十几个同事做封闭式的培训和辅导。在门口迎接我的他，见面后便抱歉地说："邵老师，不好意思。今天正好有个培训，我还得去一趟教室。"我当然不能放过这样的采访机会，于是跟着他先到了培训室。看见背着相机的我走了进去，十几双眼睛都好奇地盯着我，我马上自我介绍："大家好，我是本次来采访王其林老师的，我们正在编一本关于工匠的书。有什么关于他的故事大家可以跟我说说。"他的学生、徒弟们马上都兴奋起来，一个个都很踊跃地说起了他的故事。

王其林在业内，被大家亲切地称之为"灵哥"，之所以是"灵哥"而不是"林哥"，是因为多年来，王其林找故障原因，几乎是一找即准，百试百灵，因此得名"灵哥"。

大家还举了具体的例子，例如变电站直流接地有 4 条支路绝缘电阻偏低。一般遇到这种情况，如果让继保班去现场进行拉路查找，或用直流接地查找仪查找故障，运气好的话 2 到 3 小时就能找到故障，运气不好查上一两天也不一定能找到问题出在哪里。

有一次，220 千伏简龙站发生直流接地紧急缺陷，运行人员赶紧给王其林打电话请求支援，王其林耐心听完了故障描述，第一时间就建议对方打开刀闸机构箱看看是否进水了。这么简单？运行人员半信半疑拉开刀闸机构箱，水"唰"地流下来。随着积水排出和吹风筒烘干，接地马上恢复正常。

还有一次，500 千伏深圳站 5022 断路器正常运行中，断路器

樊涛、黄基放等和王其林在探讨问题

保护重合闸却莫名其妙动作了。500千伏无小事，经过讨论，决定申请停电检查。这时，看了好几遍现场打印保护装置动作报告和故障录波报告后，一直没出声的王其林突然说："会不会是开关结构分合闸辅助接点接触不良？"这个思路启发了现场所有人。经过检查，果然是断路器机构箱柜顶上有很多凝露，凝露滴下来，滴到开关的辅助接点上，误导通了B相合闸监视回路，使断路器保护收到了一个B相跳闸位置开入，导致保护装置重合闸误动作。找到原因后，问题迎刃而解，避免了500千伏开关非计划停电。

从此以后，"百灵哥"的外号就传开了。

可谁能想到百试百灵的王其林，本科毕业后，刚来到深圳供电局从事继电保护工作时，工作也曾毫不犹豫地给了王其林一个下马威。初到岗位的他，常常面对故障一头雾水，毫无头绪。

随着王其林对工作的渐渐熟悉，通过大量从理论知识到实践的应用，对继电保护图纸的研究逐渐深入。最后他发现，只有熟悉了图纸，在现场工作时才能如同玩游戏有了通关密语，练武功打通了任督二脉一样简单轻松。迷宫一般的二次回路，熟悉了图纸后工作也变得驾轻就熟起来。

不过把继保专业图纸装进大脑远非易事，王其林背图纸往往选择在下班以后，他住的地方离单位比较远，图纸又不能带离班组，为了回宿舍后能够继续学习，王其林萌生了把图纸拍成照片的想法。

2002年，王其林的手机镜头只有30万像素，手机屏也只有现在苹果手机屏幕的三分之一大，拍出来的照片又小又模糊，往往好几张才能勉强"拼"成一张完整的图纸，看起来非常费力。"有得看我就很满足了。"王其林却这样说。

2006年，王其林开始担任副班长，管理着坪山、马坳和鲲鹏巡维中心的一片变电站。2010年，他的工作范围进行了调整，开始管辖深圳、水贝和梧桐巡维中心的变电站。

在他管辖的500千伏和220千伏30多个变电站里，几十万根二次回路，他"窥一斑"就能知"全豹"，看一眼电缆线芯编号就能知道这根电缆的走向和用途。不管是哪个变电站的继保系统出现故障，他都能马上通过了解的情况，准确地说出故障原因。面对千奇百怪的二次缺陷，王其林总能"运筹帷幄之中，决胜千里之外"，一通电话就能将缺陷快速准确定位，为公司节约了大量的人力、物力和财力。

这也成了在南方电网深圳供电局内皆知的王其林"绝活"。

而能练就这绝活，是因为王其林将摞起来可以堆满几面墙、总共1万多张的继电保护专业图纸全部背了下来，装进了脑子里。

大家都纷纷称王其林为继电保护专业的"最强大脑",同事和徒弟们对他的专业能力和为人都敬佩有加,说他简直是南方电网的男神。

2015年入职的樊涛说:"我和灵哥虽不是一个班组,2021年有机会和他一起工作。别看他是南网最高级别的专家,能在几万根电线里准确地定位到故障点,但他没有一点架子,平易近人。在工作现场,最小的事他都会如一个新员工一样严谨认真地重复做。"

2020年入职的黄基放,被大家称为有潜力成为"灵哥第二"的新人。他说:"我刚来时就听前辈们说了很多关于'灵哥'的故事,对他充满了好奇和敬仰,很荣幸我成了他的学生。他的故事我们说几天几夜也说不完。就在2022年,他负责我们的赛前培训,除了给我们上课,工作也不能耽搁。每天都比我们十几个学员早到教室,晚上经常要到凌晨两三点才能下班,早上9点又会准时出现在公司。他的课我们都特别喜欢,我们可以与他随时探讨技术,他就是我们的百科全书,在我们眼里没有难题能难倒他。在我们单位只要是遇到特殊天气、紧急情况,一定得'灵哥'在场,我们才踏实,领导才放心,他是我们的主心骨和灵魂。"

很多人都很好奇,"灵哥"那继电保护方面的"最强大脑"是如何炼成的?

王其林的答案却出乎所有人的意料。面对笔者的提问,他回答说:"所谓的绝活,都是被逼出来的!我们班算上我,一共才14个人,但是要管的设备很多,大家平时工作已经够忙的了,节假日如果动不动就打电话让小伙子们到现场加班查缺陷,真怕他们身体扛不住。为了让同事们少加班,少跑路,所以我就想了一个办法——把所有二次回路电缆的编号、走向和用途,都背下来,让工作更省时省力。"

当然，背图纸只是一方面。王其林对变电站的熟悉，还得益于他"一直在现场"的工作原则。以500千伏深圳站为例，在该站综自化技术改造时，从设计、审图到施工验收他都一直亲力亲为，一直在现场。所以，他对麾下的变电站，自然如数家珍。"我所管辖的38座变电站和4000多套保护，哪个保护什么型号、哪个厂家的，我一清二楚。"谈起工作，内敛的王其林顿时信心满满。

只有对图纸、对设备烂熟于心，才能在运行人员求援时，胸中有丘壑，自然指挥若定、运筹帷幄了。

舍家为民，技改攻坚

2015年对深圳电网来说，是一个有特殊意义的年份。这一年，深圳电网第一个500千伏变电站的技改工程启动。深圳站是深圳东部电网重要电源点，又是深圳电网与香港电网的一个关键连接点，同时也是大亚湾核电站电能输送到香港、深圳大通道中的一个枢纽变电站，位置特殊，十分重要。

可以说，500千伏深圳站220千伏母线双母双分改造工程，是深圳供电局继保史上最难、最复杂的工程之一，王其林作为技术负责人，压力不可谓不大。

该工程涉港涉核，允许停电时间很短，不但工作量非常巨大，还求在较短的工期内完成。据统计，该工程新增保护屏12面，新增或完善刀闸电气连锁回路的间隔18个，变动二次回路共计20多万处。

为了保质保量的按时完工，王其林和同事们加班加点，开启了"五加二""白加黑"模式，到饭点匆匆的随便吃一些，累了就在边上打地铺轮流休息。

但是对于班员，王其林却安排了他们轮流回家休息。在班员的强烈要求下，王其林就算偶有回家，也通常是回家的路还没有走完，就忍不住走回来，因为不放心。

"凌晨一两点，大家都休息了，昏黄灯光下灵哥独自蹲在地上编写方案的场景令我至今难忘。"继保班员余镇桥说，"灵哥安排我们班组成员轮流休息，他却一直顶在前面，每天只休息四五个小时，这四五个小时还是在地上铺一块布，以资料盒为枕，以另一块工地上的布为被，打地铺睡的。"

现场施工场面大、人员多、专业杂，每次工作都有五六十人，安全问题成为一柄悬在王其林头顶的"达摩克利斯之剑"。安全无小事，为了把控风险，王其林编写了 5 万多字的二次安全管控方案，后来成为深圳供电局相关工作安全管控的典范。

经过大家不懈的努力和付出，经过 6 个停电阶段，半年多时间之后，工程比原计划提前完成，王其林带队交上了一份完美的答卷。

完工的那一刻，所有人的喜悦都溢于言表，这段时间以来的苦累和汗水，更加衬托了收获时的心情。每个人的心情都是一样的："苦和累在完成的那一刻都变得值得。"

其后，又对该站进行了综合自动化改造、500 千伏线路保护更换、500 千伏第五串及 #3L 联变扩建、调控一体化等新技术应用重点建设工作。

2019 年，王其林参与完成 500 千伏深圳巡维中心智能化改造，开发智能巡视、智能操作等功能模块，实现巡视操作无人化，打造深圳智能巡维中心示范区，不仅提升了深圳东部电网的可靠性，也为粤港澳大湾区安全、可靠、持续供电提供了保障。

在与香港连接的 #3L 联变扩建工程中，他主动联系香港中电联调联试，解决了与香港中电之间的电气闭锁、失灵互起联跳、四遥上送等技术难题。2020 年完成该站 500 千伏 GIS 汇控柜更换工程，该工程是深圳电网首次进行 500 千伏 GIS 汇控柜更换，现场完成更换电缆 522 根、制作航空插头 408 个，涉及多达 12000 根线芯，而且汇控柜与其他正在运行中屏柜通过大量的二次电缆相联，一根电缆没有解除干净都有可能造成开关误跳的事件。整个工程划分为 8 个工序，仔细研判每一天的工作任务及风险点并制订备用预案，全程监护汇控柜安装，管控作业风险点，并且创新采用了转接航空插头调试带电刀闸控制回路，有效消除验收死角。历时 42 天，圆满完成了这项高难度、高风险工程，彻底消除了 500 千伏进口设备的安全隐患。

作为一名继保人聚焦深圳重要用户可靠供电，以打造世界一流电网为目标，助力深圳建设中国特色社会主义先行示范区，王其林参与完成福田中心区变电站 10 千伏线路继电保护光纤化、智能化改造，创新完成了"基于'N 供 1 备'的保护自愈方案"。目前该片区年平均停电时间仅为 0.9 分钟，达到国际顶尖水平，为国内同类城市建成区实施高可靠性改造提供了"福田样本"。在中美贸易摩擦背景下，他带头完成"提升深圳坂田片区重要企业供电质量特维方案"的制定与实施，解决了重点企业对电能质量的特殊需要，为它们提供了可靠的电能保障。

匠心平凡，坚守基层

工匠精神，不同的领域、不同的人对其有着不同的理解，王其

王其林对专业知识的研究，专心又投入

林对匠心也有着自己的理解。执一心，忠一道，成一事，就是王其林心中坚守的工匠精神。

"执一心"，这一心，是初心，初心是对行业的喜欢。

变电二所总经理伍国兴是王其林在华北电力大学读书时的同班同学，他印象中，每次上课，别人早起是为了抢最后一排，王其林早起却通常是为了抢第一排，专业课程越难，他越是乐在其中。

"干一行，爱一行，精一行。"王其林其实也曾觉得继保又难又枯燥，年轻的时候也不是没有想过放弃的念头，每当这个时候，他就会给自己定一些"小目标"。"每天学点东西，慢慢就有成就感了，有成就感了就容易喜欢，喜欢了就容易干好。"

继电保护专业的工作很苦，王其林却执一心，"希望可以在继电保护专业干一辈子"。这句话说起来简单，敢说的人却很少。

喜欢是坚持和进步的原动力。

这一心，是专心。

有一次，他的住宅小区停电，深更半夜，王其林坐在床头点燃蜡烛看书，由于过于专心，蜡烛飘动的火苗将蚊帐烧着，他竟未发觉，等到妻子闻到一股焦味，才发现蚊帐已烧了一个角。

因为热爱，王其林经常会把在学校所学的理论和工作现场遇到的实际情况结合，并在业余的时间里利用比别人更多的时间去观察、研究、总结，久而久之练成了一身独特本领。

唯有热爱，才能专心。唯有专心，才能出类拔萃。

这一心，是精益求精之心。

那时候，深圳很多老站用的一些设备都是纯进口的，图纸上全是密密麻麻的英文。经过长期的摸索，班员们对其中信息的把握八九不离十，也从来没因此出过什么差错。王其林却说："不行，这个事得规范起来。"

由王其林牵头，继保班开展了一场轰轰烈烈的"扫盲"行动。查牛津、朗文词典，一个个单词翻译，有些过于专业的单词词典里都没有，王其林就去请教香港中电技术人员。历经几个月，终于将纯英文的图纸全部翻译成纯中文。

在主管郑润蓝眼里，用100%这个数字形容王其林的"工匠情"最为合适。"在王其林心中，99.9%也是不够的，很多事故都是不起眼的0.1%导致的。"而王其林对细节的专注和在意，往往就能将那0.1%的风险在萌芽状态就消灭了。

纵使心中早就有了所负责的继电保护线路的"细枝末节"，但王其林从未缺席过任何一次现场工作。不到现场，他会感到十万个不放心。即使远程指导同事已经完成了查看，王其林也通常会返回现场再确认下。

忠一道

"继保干久了,爹妈认为你不孝,总是忙;亲友觉得你不亲,少有时间来往;朋友觉得你装,喊你吃个饭还得看时间,早出晚归。未婚的以为你有问题,已婚的以为你有外遇。"虽然王其林有时也在微信朋友圈诙谐地"吐槽"继保专业的忙和累,但他更多时候是转发一些正能量:"这个世界上没有任何一个平台能提供'钱多事少离家近'的待遇,暂时没有回报,只能证明付出还不够。"

继电保护专业十分难学,不少继保人说,继保专业3年才算出师,5年不敢说精通,就算做了10年,也会经常发现"学无止境"。很多耐不住辛苦和寂寞的继保人没有转岗的机会,创造机会也要转岗。

"经常是没日没夜的加班,完全没有业余生活可言。"一位不愿意具名且已经转岗的原继保人对记者说。

"2011年以后我们继保班就没有来过新员工了,那些老员工,都干了快10年,还只是个班员。"王其林无奈地摊手,"一个班也就一个班长一个副班长岗位,所以一个个徒弟都'飞'走了,现在我徒弟只剩下4个,还在和我一起干着一线继保工作。"

王其林说,徒弟们另谋高就他也能够理解,有的去了南网总调,有的去了职能部门,他也挺为徒弟们的发展感到高兴。但他自己,还是更愿意在现场干活。他说:"我一两天不去变电站会不舒服。"2006年,他放弃了转为专工的机会。2013年,他考虑再三,又放弃了去职能部门任管理岗位的机会。他喜欢在"手工"劳动中创造价值,也喜欢在师徒技艺传承中体悟快乐,更喜欢看到深圳供电局不断进步,慢慢走向卓越。

2018年,看到不少继保基层班组的班员因为没有晋升渠道而纷纷转岗,王其林看到眼里,急在心里。他卸任了继保一班班长的职位,把自己的岗位让出来。"如果人人都去争着当科长,那么谁去搞现场呢?"王其林说,"让愿意坚守在继电保护专业的年轻人得到更多的锻炼吧。"他觉得自己还是做专业技术岗,可以给深圳供电局创造更多的价值。

但也正是因为他在生产一线的坚守和摸爬滚打,他的技能水平不断提升,超群绝伦,数次在全省和系统内拔得头筹。2019年,他被评聘为南方电网公司技能等级最高的特级技能专家,目前也是30万南方电网人中的唯一一位。2019年,王其林负责的工作室被深圳市人力资源和社会保障局认定为"深圳市王其林继电保护技能大师工作室"。

对于王其林的选择,继保一班班员余镇桥说:"灵哥喜欢这个东西。"伍国兴说:"20年来老同学一直没变,只是头发开始变白了。"

乐于此道,是他对继保的表白。王其林对继保的热爱发自内心,他追求的并非职位的高低,更多的是技能的高低。

成一事

不少继保人说,继保人就像老中医,越有经验越值钱,而王其林就是管理一所最有经验的"老中医",大家遇到各种"疑难杂症""奇病怪病"都会首先想到王其林,而王其林也很乐意在各种关键时刻挺身而出。

仅2010年至今,王其林共解决技术难题70多项,完成技改项目180多项、保护装置定检工作2000多项;发现重大隐患40多项,处理重大紧急缺陷200多项、一般缺陷2500多项，做到了消缺及时率100%，完成率100%。先后发表了《远跳回路的应用》《500kV线路保护更换若干问题》《220kV母差保护和线路保护配合》等多篇论文；完成了《电流互感器多点接地检测装置的研究》《二次智能接口装置》《继电保护规范化实验平台》《500kV深圳站设备改造》《深圳电网二次设备准入标准体系的研究》等20多项科研、职创项目，获得专利40多项，多项科研成果获省部级奖励。获得中电联电力技术创新奖2项、中国能源化学地质工会全国委员会职工技术创新奖3项、南方电网职工技术创新奖5项、深圳供电局职工技术创新奖10项。在理论创新、技术创新、科技创新，完成重大科研项目、参与重大工程建设方面成绩显著。

2015年研发设计一套智能接口装置，技术指标达到国际领先水平，填补了一项国内GIS成套技术设备的空白。

2017、2018年连续获得中电联电力技术创新奖。

2017、2018、2019年连续获得中国能源化学地质工会全国委员会职工技术创新奖。

2018年获得南方电网职工技术创新一等奖，2019年获得南方电网职工技术创新二等奖。

2018年获得2项深圳供电局职工技术创新一等奖，2019年获得深圳供电局职工技术创新一等奖1项，二等奖1项。2020年获得深圳供电局职工技术创新二等奖2项，成果转化应用二等奖1项。

参与南方电网重点科研项目——"城市配网超导输电关键技术研究及示范应用"示范工程建设，助力我国首条自主研制的新型超导电缆成功投运，为全球解决超大型城市高负荷密度区域供电问题提供新方案。研发设计一套智能接口装置，技术指标达到国际领先水平，填补了一项国内 GIS 成套技术设备的空白。参与的面向数字电网的二次设备集约运维和风险防控技术研究及应用项目，经鉴定达到国际领先水平。研制的即插即用预制控制电缆，主要解决配网自动化建设中遇到的相邻设备之间的连接问题，实现了标准化设计，出厂调试，预先安装、即插即用，连接更可靠，免维护，适应性强，重复使用等优点。成果转化 3 年来，实现销售额 2009.43 万元，支撑了福田中心区 2.5 分钟高可靠性示范区等 6 个高可靠性示范区建设。

多年的工作实践中，王其林扎根一线，扎根现场，练就本领，解决了许多重点和关键性技术难题。他的专业技术、技能水平在单位首屈一指。历经多年的刻苦"修炼"，王其林的继电保护技术"臻于化境"。

2002 年 7 月至今，一直工作在生产第一线的王其林，从继保基层班组班员成长为高级工程师，这 20 年的时间里，他在历届职业技能技术大赛中先后获得优异成绩。

2009—2013 年，他 3 次在省部级技能竞赛中斩获大奖。在继保专业的圈子里，王其林也越来越有名气。

2019 年，王其林获"第十四届全国技术能手"荣誉称号。这是我国技能人才领域最高的政府奖项之一，全国仅 143 人。"千万央企人，十万里挑一"，国资委"国资小新"微信公众号如此评价。

王其林在继保领域功勋显赫，荣誉自然也纷至沓来。多年来，曾获得"国务院政府特殊津贴""第十四届全国技术能手""广东省劳动模范""中国能源化学地质工会全国委员会大国工匠学习典型""广东省技术能手""广东省职工经济技术创新能手"，南方

王其林在感动南网人物颁奖现场留影

电网公司"首届十大工匠""青年岗位技术能手""第六届感动南网人物""南网调度运行操作能手",获得深圳市"五一劳动奖章"、"地方级领军人才""鹏城工匠"等称号。先后被聘为河南工程学院兼职教授、南网工匠大学高级讲师、南方电网专家级内训师。其事迹被新华网、学习强国、搜狐网、南方电网报、中国经济网、南粤之声电台、深圳电台等多家媒体宣传报道。

当问及王其林对自己这20年"等身"荣誉的看法时,王其林说:"相比全国技术能手等称号,我更喜欢别人叫我的微信名'继保工'。"

以心传承,桃李天下

能有如今的成就,王其林那远超于常人的刻苦和钻研,还有精益求精的态度必不可少,但这和刚入行时师父和前辈的悉心教导、无私传授也有着莫大的关系。

王其林特别感谢他的几位师父和前辈，他从师父们那里汲取的知识，现在正加倍传授给他的徒弟们。他如今工作的最大挑战在于，如何让继电保护专业的年轻人快速成长，能够在工作中独当一面。"未来，随着电网技术的发展，一方面要进一步提高自己的本领，另一方面要做好'传帮带'，多培养徒弟，让更多的人能够超过自己。"王其林说。

"培训徒弟要把实验室教学和工作实操相结合。"王其林对徒弟的培养很严格。在实验室里，他会先演示操作，并向学徒设立标准，要求他们反复练习，直到达标为止。

在工作实操后，他还会逐一提问每个学徒，了解他们掌握的情况。以往的师徒关系是徒弟不懂就问，一问一答。但到了王其林那里却变了样子。

"不管你问不问我，我去问你。不仅在现场我会随时对徒弟们发问，回来后，我还会和他们聊一聊，问问他们今天出现场学会了什么，还有什么不懂的。"王其林用心良苦，在他的"灵哥连环追问法"下，徒弟们干了还是没干，有没有用脑子干一目了然。

不过，王其林待人极其宽厚，对待跟随过他的年轻人，从没有发过火，红过脸，即使他对自己的要求始终非常高。在这种没有批评的无声严厉中，徒弟们成长得特别快，他们也特别感谢恩师"灵哥"。

他还是一个对同事有耐心、有爱心的人。不同于一些技术高手性格方面的"高冷"，他似乎传承了父亲的"好为人师"，始终坚守着继电保护专业师徒传承的"师道"。

午餐时间，往返食堂的路上，总是不乏年轻的继保工拦着王其林问问题，王其林总是停下脚步，经常一边端着餐盘一边耐心地和他们一起探讨。

王其林还经常被邀请给年轻员工讲课。跟随他多年的马帅说，王其林有项让人啧啧称奇的本领，就是徒手推导继电保护公式。"一个公式经常是一写就是一整块白板，他不用看任何资料，徒手写出来，可见基本功的扎实。不瞒你说，我觉得他比很多大学教授讲课都好。"

王其林是一个有大爱的人，他并不苛求他的徒弟们一直像他一样坚持做继电保护，他只要求徒弟们哪怕只在岗一天，也必须把当天的本职工作做好。对于后来另谋高就的徒弟们，王其林给予真诚祝福；而对于有志在继电保护方面想再进一步的年轻人，王其林则给予他们更多的要求和帮助。

"灵哥把对徒弟的培养也当做自己的事业来做，在现场有意识地把能够提高技术水平的事情交给我们去做。"徒弟王勋江说，"他的付出让人不忍心犯错误。"

自2010年至今，王其林编写培训教材12万多字，开展各种技术实操培训1000多次，开展技能培训3000多小时，累计培训超过2.4万人次，培养出高级技师8名、技师12名、高级工12名。

2019年，匠心创新工作室成立于深圳供电局变电管理一所，由王其林领衔。工作室秉承着"安全第一、惟精惟一、知行合一、表里如一"的理念，大力弘扬精益求精，爱岗敬业，持续专注，勇于创新的工匠精神，让青年员工成长为骨干，骨干成长为专家，专家发挥"传帮带""领头雁"作用，培养一批能吃苦、懂技术、能创新的具有匠心的人才。

工作室紧紧围绕变电核心业务，积极开展项目研发和人才培养工作。工作室的项目研发坚持"从群众中来，到群众中去；从工作中来，到工作中去"，发动团队人员在工作实践中找问题、找痛点、找创意。围绕核心业务，积极承担科技项目，开展职工技术创新研究、技术攻关、技术难题会诊、QC活动、合理化建议等，着力解决生产实际问题。将研发成果用于实践，帮助员工减轻劳动负荷，提高劳动安全性、效率和质量。先后获得深圳市劳模工匠示范性工作室、深圳市技能大师工作室等称号。

工作室现有20多名成员均为一线骨干，涉及继电保护、自动化专业领域，其中技术技能专家2名，高级技师13名，技师7名。工作室成立以来，获得国家专利30多项，研发的创新成果获南方电网、中电联、中国能源化学地质工会、深圳供电局等单位一等奖5次，二等奖10次，三等奖15次。

王其林作为工作室的首席技能专家，通过"传帮带"，全面提高工作室成员的技术能力。他采用互动式学习模式，对某一技术难点进行分析讲解，大家在了解相关内容后提出不明白的地方或新的建议见解，全体讨论后得出最优方法或正确结论，最终达到知识、技术和经验的共享。

哪有什么岁月静好，不过是有人替你负重前行。

王其林多年来始如一日，在织就的电网中奔走，在用户察觉前就处理了一个又一个的问题，消除一个又一个隐患，保障了深圳万千家庭的用电。日夜的操劳辛苦，让刚过不惑之年的他已双鬓发白。

高强度、长时间的工作自然是苦的，但作为一个有担当、讲奉献的人，王其林从不叫苦叫累，遇事从不推诿，关键时刻冲在最前面，处处发挥着一个老党员的先锋模范带头作用。

对一个精于技术、把身心都献给行业的匠师来说，人生是充实

首届深圳工匠活动周暨 2021 年技能大师论坛，王其林在分享自己的从业经历和故事

而有意义的，是简约但不简单的。他们无需讨好，只要做好自己，展现自己的特长，一切顺其自然，犹如那句话说的一样：你若盛开，蝴蝶自来。

跋

为匠人立传，给百工存史，今之往古，几稀。

当手艺人技仅糊口，当工匠无暇养家，挣扎的不仅是一个工种一个行业，扭曲的是世道人心。国力因之而损，民族竞争力由此而弱。

对工匠的凉薄，对技艺的不屑，究其原因，或在孔孟之道。儒家将劳心与劳力割裂开来，"劳心者治人，劳力者治于人。"也许还可以在更早的时代找到病根，有学者在考证"口"字后认为，后人常说的"君子动口不动手"的观念源自夏朝。

旧念未除，新的鄙视链悄然形成。在重投机、重快钱、重虚拟、重倍数效应的现在，轻视工业、轻视工匠的现象依然存在。

开风气之先的广东，正在实行影响深远的"粤菜师傅""广东技工""南粤家政"三项工程。细看三项工程，都与产业相连，背后是满满的"工匠精神"。"粤菜师傅"与粤菜产业协同发展，"广东技工"与广东制造共同成长，"南粤家政"与现代服务业相互促进。其目的，不仅在缓解"就业难、技工荒"的就业结构性矛盾，对深圳来说，更非一般。

深圳是中国工业第一城，工业是深圳经济的"定海神针"。工业稳则经济稳，工匠优则经济优。对深圳工业的心魂相守，需要政府层面的号召，社会层面的氛围，企业层面的需求，个人层面的磨砺一起努力，更需要关于工匠的社会叙事和大众传扬。发掘并传承深圳的工匠精神，对今日深圳科技创新，则有着更重要的意义。

深圳报业集团出版社和深圳市旧风车传媒发展有限公司、深圳市职业技能培训指导中心、深圳市职工教育和职业培训协会、深圳市企业家联合会、深圳市企业家协会、深圳市工艺美术协会、深圳市高科技企业协同创新促进会一群具有使命感的有志之士联合行动，为深圳工匠立传，为工匠精神树碑，因此有了这本厚重的《深圳匠魂》。放大来看，它是在为工业立心，为城市立命。

如果说，在古代中国，工匠是无名的大多数。那么，在大力弘扬劳模精神、劳动精神、工匠精神的新时代，《深圳匠魂》是在行补天之工，冀望工匠成为实名的大多数。

唯愿，为匠人立传，给百工存史，今之而后，繁盛。

丁时照　深圳报业集团党组书记、社长

2023 年 9 月 12 日